国家出版基金项目

“十二五”国家重点图书出版规划项目

中國京劇流派劇目集成

启功题签

《中国京剧流派剧目集成》编委会　编

第贰集

學苑出版社

图书在版编目（CIP）数据

中国京剧流派剧目集成．第2集 ／《中国京剧流派剧目集成》编委会编．—北京 ：学苑出版社，2013.1

ISBN 978-7-5077-4203-9

Ⅰ．①中… Ⅱ．①中… Ⅲ．①京剧－剧本－作品集－中国 Ⅳ．① I232

中国版本图书馆 CIP 数据核字 (2013) 第 002504 号

出 版 人：孟　白
责任编辑：潘占伟
装帧设计：徐道会
出版发行：学苑出版社
社　　址：北京市丰台区南方庄 2 号院 1 号楼
邮政编码：100079
网　　址：www.book001.com
电子信箱：xueyuan@public.bta.net.cn
销售电话：010-67675512　67678944　67601101（邮购）
经　　销：新华书店
印 刷 厂：北京信彩瑞禾印刷有限公司
开本尺寸：889×1194　1/16
印　　张：16.75
字　　数：384 千字
版　　次：2013 年 1 月第 1 版
印　　次：2013 年 1 月第 1 次印刷
定　　价：210.00 元（精装）

序言

◎黄克

京剧向称国粹艺术，内容博大精深，剧目十分丰富，人们常以“汉唐三千宋明八百”形容其浩瀚。其中流派剧目又以演员表演的鲜明个性使剧目显得更为多彩多姿，充满魅力，既被专业人员钻研承继，也为广大戏迷喜闻乐见，遂成为京剧舞台上一大亮点。

流派

举凡表演艺术，原本就无不带有表演者的个人色彩。京剧表演艺术因其唱念做打诸多方面功夫的综合性和繁难性，表演的个性化尤为突出；加以行当的粗分、剧目的雷同，于大致相同的条件下尽显各自的千姿百态、千变万化；一招一式、一腔一韵之中可以体现不同的特色，同样一出戏，甚至同样一个戏中人物也完全可以演出不同的风采，这种充满个性化的表演，遂成为京剧竞技场上最是为人乐道而又情趣无穷的审美内涵。倘若这种富于个性化的表演为受众所认可，且代有传人，形为规范，即可自成一家，成为迥异于他人的艺术流派。以“四大名旦”（梅兰芳、程砚秋、荀慧生、尚小云）为例，虽皆工旦行，却又各有千秋。京剧大师王瑶卿就曾这样分析这四位后起之秀的独到之处：“梅兰芳的样儿，程砚秋的唱儿，尚小云的棒儿，荀慧生的浪儿。”所谓“样儿”，指梅的艺术造诣全面，要什么有什么；所谓“唱儿”，指程以行腔之新颖动听为能；所谓“棒儿”，指尚的刀马功底深厚；所谓“浪儿”，指荀的柔媚多姿、风情万种。寸长尺短，一语道破各有专擅的各家流派特点。如此成就固然来自自己的勤学苦练、苦心孤诣，更少不了观众的知音捧场、鼓励有加。因此，一个艺术流派的形成，对于创始人来说，无疑是开拓了审美追求的新境界；对于受众戏迷来讲，则更是得到了多样化审美需求的新满足。梨园行有云：唱戏的是疯子——指其追求的执着，听戏的是傻子——指其享受的痴迷。二者相得益彰、相映成趣，或许正道出京剧流派形成之三昧。

流派剧目

在京剧传承的一二百年间，随着历史的变迁、社会的发展，以及新人辈出、师承转换，荡涤旧物、崇尚新声，传统剧目中的绝大部分早已绝迹于舞台，然而，其精华部分（包括剧目中表现出来的唱念做打等程式体系）还是被完好地保存了下来，并得到长足的发展。其间，流派创始人于剧目的推陈出新做出了不可磨灭的贡献。基于对剧目乃至剧中人物的理解和认识，以及更便于发挥自己技艺特长的需要，流派创始人对浩如烟海的传统剧目进行了严格的筛选，经过了整理加工再创作，使之又焕发出崭新的韵味和光彩；随着这样剧目的增多，最终形成了自己流派所特有的剧目系列。而另外的流派又在另外的剧目系列中发挥着自己的优势，即或剧目相同，不同流派依然可以于演出中表现出自己的独特风格。总之，在其演出的剧目中，无不打上自己表演风格的鲜明烙印。京剧舞台上一度出现的这种百花齐放、争芳斗艳的盛况，实由自丰富多彩的流派剧目，这在京剧发展史上已是不争的事实。

但也应看到，如今京剧流派剧目相对于京剧的鼎盛时期，已是光景不再。个中原因很复杂，就客观因素而言，新兴的艺术形式的多种多样，人们的欣赏习惯和娱乐方式已经有了更广泛的选择余地，因而完全可以去旁骛；此外，就京剧本身而言，演出剧目之贫乏不能不说是观众锐减的重要原因之一。本来演出场所和演出场次就不多，翻来覆去又只是那几出骨子老戏，怎么能吸引观众，特别是年轻观众呢？——连那些老戏迷们也都听腻歪了。

回过头来看，今日演出剧目的贫乏和流派创始人晚年艺术景况也不无关系。他们在艺术的巅峰期——集中在上个世纪二三十年代，创作或改编了一出出新戏，直令观众赏心悦目，目不暇接。当其时，除了富连成科班或游动的散班演出些大路戏外，北京的京剧舞台几乎就是流派剧目的天下。据1932年商务印书馆出版的《五十年来北平戏剧史材》的记载，自民国十二年（1923）至十八年（1929）这六七年间，以梅派剧目为例，只“初演”的剧目——也就是自家独创的新戏或整理改编的传统戏，就有前后本《西施》、《洛神》、《廉锦风》、头二三四本《太真外传》、《俊袭人》、全本《宇宙锋》、《凤还巢》、《春灯谜》等12出戏（其中前后四本《太真外传》这四出戏是在一年多时间里陆续完成的）；同一时间段，马派“初演”的剧目也有《化外奇缘》、全本《玉镯记》、《秋灯泪》、《战宛城》、全本《火牛阵》、《鸿门宴》、全部《临江馆（“馆”应作“关”）》、全部《浣纱溪》、《范仲禹》、全本《清风亭》、头二三四本《大红袍》、全本《天启传》、《许田射鹿》、全本《十道本》等15出戏（其中《大红袍》分头二和三四本两次演出），当然，其中还不包括“初演”以外的经常性的大量的传统戏演出。试问，这些曾经轰动一时的流派创始人编创的新剧目于今又有多少出传承下来了呢？个中主要原因就在于流派创始人到了晚年一些唱做吃重的剧目已难胜任，只有将其已臻于炉火纯青的技艺凝炼到少数剧目之中，或演出或教习也只拘囿于这少数几个剧目了。而其传人也就将这几出戏奉为圭臬，全不知其鼎盛时期的所谓“文武双全”、所谓“昆乱不挡”为何事，致使一些当年的热门戏几近失传，这不能不说是梨园一件憾事。记得梅兰芳先生曾撰文论述学艺过程中的“少、多、少”，大意是初学时会的戏（包括技艺）自然是少的。随着所学剧目的增多，技艺的增长，激发起拓宽其艺术驰骋领域的热情，兼收并蓄，从而极大地丰富了自己。进而又随着审美取向的定型，艺术见识的提高，势必要对自己所学所用下一番去芜存精的工夫，扬长避短，使自己的独特技艺集中在少数几个代表剧目之中。表面看来演出的剧目是少了，但炉火纯青，在艺术创新上却达到了新境界。从少到多，从多而少，贯穿着的是继承与发展的艺术成熟的过程，也闯出了一条攀升艺术高峰的必由之路。后学者以为，学会了几出流派代表剧目便可以薪尽火传，得到了真经，孰不料缺少广博的根基，既影响个人的发展，也造成了剧目越传越少的现实。这难道不是应该汲取的教训吗？

有道是“礼失求诸野”。由于流派剧目的独特韵味及其所富有的艺术魅力，由于京剧作为自娱自乐的审美取向已深入人心，更由于迷恋传统演唱艺术者的大有人在，京剧传统剧目——包括一些已经消失于舞台的流派剧目，至今仍在京剧爱好者中间传唱不息。我们不妨到公园里看一看那一圈圈围着的戏迷，他们来自四面八方，或许彼此并不相识，只凭一把胡琴就将大家凝聚在一起，有滋有味地互相欣赏着一段段流派唱腔。更不用说那遍布全国各地乃至国外华人聚居区的票房，他们还时不时地粉墨登场，过一把戏瘾呢！这种自拉自唱、自娱自乐的红火场面，充分显示了京剧流派剧目的深厚群众基础和顽强的生命力，对于相对落寞的京剧舞台不啻一种发人深省的挑战。然而，这又何尝不是对京剧振兴的潜在的呼唤和有力的支持呢！

流派剧目集成

正鉴于其强大的生命力和深厚的群众基础，“振兴京剧”作为文化建设的国策的提出可谓正得其时。而振兴之务，首要的是挖掘和继承优秀传统剧目，以之作为发展和创新的基础和借鉴。我们编纂《中国京剧流派剧目集成》的初衷正在于此：将流派剧目演出的精彩瞬间记录于永恒，将构成流派剧目的诸多元素一一记录在案。诸如每剧的剧情本事、创始人表演特点的提要，剧中人物行当归属、服装扮相，剧本曲文、唱腔谱、伴奏谱、锣鼓经，以及身段谱等得以再现流派表演风格的内容，都力图完整地记录整理出来，为流派艺术的教学和研究提供文字的基础资料。持此，内行自可作为表演的参考，京剧爱好者也可以作为演习的蓝本。

这一工作，对于京剧剧目的基本建设虽然可谓之善举，但具体做起来却困难多多。首当其冲的就是剧目的选定。京剧剧目虽称汗牛充栋，但保存下来的资料却十分有限。京剧形成初期，以“老生三杰”又称“前三鼎甲”的程长庚、余三胜、张二奎为代表的一代固然没有留下什么音像文字资料；即或以“老生新三杰”又称“后三鼎甲”的谭鑫培、孙菊仙、汪桂芬为代表的一代除了少量的唱片外也没有完整的剧目传下来，所以我们的剧目整理工作只能从民国初年以降的“四大须生”、“四大名旦”开始。他们受熏陶于前辈艺术家，可谓传统的集大成而又能创新的一代，整理剧目以他们为重点自然最合适不过。遗憾的是这些艺术大师大都已经作古，得到他们指点和首肯已不可能，为此，我们只能通过其亲传或再传弟子来进行流派剧目的整理工作。从中我们更深地体会到抢救要及时，当初未能抢救下来现在也不要嫌晚而不为，抢救一点是一点，否则能够保存下来的精华越来越少，越加难向历史向后人交代了。

更难的则是遴选整理者。剧目的全面整理需要全面的人才。我们在组织稿件的过程中却发现这样的人手颇不易得。如果流派创始人或其传人曾在戏校任教，且有较为完整的教案保存下来，今日稍加整理即可选用，自然不是难事。不过这样的情况并不多，大量的剧目尚需要对当年的演出本进行追忆记录，加工整理。曾经受业于流派创始人或其传人的京剧工作者虽然是整理演出本的合适人选，但是他们大都是单位的骨干，忙于演出，忙于剧务，或居于领导职位，很难分出身来。即或肯于应承下一两出戏，也常有如下的情况：能演不能说，能说不能写，能写又不能打谱。因此，完成一个剧目经常需由记录者、整理者和打谱人联袂而行，倘再加上剧目的传授者和提要的撰写人，则非四五人鼎力不可。《中国京剧流派剧目集成》收入二百多出戏，每出戏即使平均两三人参加，也要组织四五百人次。其繁难可以想见，其壮观亦可以想见。当然，这还仅就整理者的数量而言，更为难能可贵的还在于参与者的无私奉献。试想，跟演一出戏或教一出戏相比，以文字整理出一出戏，不仅费时而且费力，无疑是一桩一般人不肯为也不屑为的苦差事，而我们的整理者却能甘之如饴，乐此不疲，没有为京剧事业的传承而不计个人得失的宝贵情操，是难有这种积极性的。不仅如此，随着岁月流逝，整理流派剧日益困难，更需要求助一些老专家，他们或是资深艺员、教师，或是资深票友、戏迷，而今已是硕果仅存的京剧艺术的专家、流派历史的见证人。在他们身上洋溢着一种传承京剧流派的使命感，和对振兴京剧的期待。他们热情地参加到这项工作中来，或亲自动手，为我们整理剧目；或答惑解疑，给我们工作以指导。使我们在受教于他们的同时，油然而生一种深深的敬意。

克服了上述困难，《中国京剧流派剧目集成》终于呈现在读者面前。书中，除了囊括主要流派的主要代表剧目，试图反映京剧鼎盛时期的大致面貌而外，尚有可说道者。

首先是挖掘整理出一批流派剧目，其中不乏已近失传的流派艺术精品。其中共收流派五十余家、剧目二百多出，不仅是从装扮到曲谱俱全，而且半数以上不曾整理出版过，可算是京剧剧目建设的一个不小的工程。下列剧目可为佐证。如王（瑶卿）派名剧《南天门》（今能见到的只剩下王和老谭合拍的剧照）、余（叔岩）派名剧《太平桥》（据说是老谭给余说的开蒙戏）、马派名剧《白蟒台》（写王莽被俘后向旧臣一一乞命事，老生扮演反面人物堪称奇特）、麒派名剧《斩经堂》（其中吴汉的悲剧性格曾引起过热烈争论）、荀派名剧《鱼藻宫》（写吕后残害戚姬事，乃荀派悲剧剧目之一），以及汪（笑侬）派名剧《哭祖庙》、龚（云甫）派名剧《徐母骂曹》、徐（碧云）派名剧《绿珠坠楼》、裘（盛戎）派名剧《打銮驾》等，都是难得一见的流派剧目之珍品。而以“关外唐”名世的唐（韵笙）派名剧经其家人和传人的努力竟整理出其代表作《驱车战将》、《闹朝击犬》、《好鹤失政》、《绝龙岭》、《未央宫斩韩信》、《刀劈三关》等七出之多，堪称流派剧目建设的新收获。除此之外，《中国京剧流派剧目集成》还特别着力于武戏的挖掘整理。较之文戏，武戏更难整理，需要将演员在台上的动作招式一一准确地反映出来，没有深入的钻研领会、亲身体验，很难下笔。众所周知，杨小楼作为一代武生宗师，其“武戏文唱”乃武生的不二法门，也是令人神往的一种表演境界，在武戏剧目整理中理应得到体现。资深票友朱家溍先生得其真传，整理了杨派名剧《麒麟阁》，并详细记述了前后六次观剧的心得，惜乎不及将其用工尺谱记下的昆曲吹腔翻为简谱便溘然而逝了。另一出杨派名剧《镇潭州》则是根据京剧耆儒刘曾复先生的讲授整理出来的，其中杨再兴上场的“蝴蝶霸”、和岳飞对打的“枪架子”，皆独得杨派之秘，给人以再闻《广陵散》般的惊喜。此外，高盛麟的《长坂坡》、《走麦城》，王金璐的《落马湖》、《蚆蜡庙》也都走的杨派的路子，有的就是直接跟杨宗师学的。南派大武生盖叫天武功盖世，他的剧目身后却乏人整理，多亏移居上海的原中国戏校武功教师赵雅枫先生以耄耋之年勉力整出《一箭仇》，也算保存了盖派一脉。还值得一提的是收获了一批武丑戏。叶盛章当年是以武丑戏挂头牌演大轴的第一人，勇于创新，能戏甚伙，现将其创作的名剧《酒丐》、《祥梅寺》、《打瓜园》、《徐良出世》、《三盗九龙杯》、《铜网阵》等七出代表作一并推出，既再现了叶氏当年神勇，也为乏人承继的武丑行当提供一些演习之本。尤为可喜的是我们也挖掘整理出富连成科班总教习、文丑“萧派”创始人萧长华老先生的《选元戎》、《荡湖船》、《变羊记》等已近绝迹舞台的拿手剧目。凡此，整理者挖掘流派剧目的辛勤劳作成果，均为我们编纂“集成”增添了光彩。

为了方便读者翻检使用，本书采取四五出戏合编一册的形式，这样全书约有五十册之多，并拟分三批推出。第一批为老生行的余派，以及号称“南麒、北马、关外唐”的三派，和武丑行的叶（盛章）派，计五家八册。第二批则以旦行“梅、尚、程、荀”为代表，包括老旦、刀马旦等流派。第三批是老生、小生、武生、净、丑等其他流派。

预期一两年内出齐。倘若其中有重要疏漏，又得人整理，亦可考虑编辑出版“集外集”，以满足读者的需求，也使这部“集成”更为名副其实。

当然，《中国京剧流派剧目集成》的编纂，其目的只在提供流派剧目作为研究家和后学者的参考借鉴。而流派、流派，意重在“流”。所谓流，指流行和流变。流派艺术正是在流行、流变中最终形成的，即或在最终形成之后，也还是靠流行、流变而发展的，倘若泥古不化，抱残守缺，就会失掉其鲜活的生命力，艺苑奇葩也会枯萎，这已为京剧发展史所证明。不过，流派艺术发展也需要有个前提，那就是首先要掌握渗透在表演程式唱念做打、手眼身发步中的艺术个性，而流派剧目就是其艺术个性展现的载体。继承流派艺术，不能只满足于模拟外在的“体”，更要在剧目演练中去体味其艺术个性的“魂”，这样才能促使京剧流派艺术从剧目建设到表演个性都得到发扬光大。此乃传承流派剧目的题内之义，自毋庸赘言。

目录

马连良

马崇仁 **口述** 常保全 **执笔** 李祖铭 **记谱**

打渔杀家

马连良 梅兰芳演出本

据传《打渔杀家》从《水浒后传》李俊故事衍生出来：梁山好汉阮小二改名萧恩，携女桂英，隐居太湖，打鱼度日。渔霸与官府勾结，强索渔税。萧恩无路可走，携女杀了丁府全家，弃家而去。

该剧又名《讨渔税》，是一出优秀的京剧传统老戏，它是从秦腔全部《庆顶珠》中移植过来的两折戏，它表现了普通百姓的悲欢苦难。经谭鑫培、王瑶卿，余叔岩、梅兰芳两代艺术大师不断演出和细致加工，该剧成为一出富有人民性、艺术性很高的剧目，百余年来在京剧舞台上长演不衰。高庆奎还曾排演过全本《庆顶珠》。

1919年余叔岩嗓音有所好转，搭入以梅兰芳为主演的喜群社。梅先生为照顾他能在后面演大轴，排练了《打渔杀家》等剧。他们对谭鑫培、王瑶卿的演法精心地进行剖析，做了必要的修改。演出后，大受观众欢迎。他们的演法，就成了后人演出的范本。马连良早年演出此剧得到王长林的指教，又经常与梅兰芳合演，得到了谭鑫培、余叔岩演法的真传。在继承谭、余的基础上，形成了“马派”的演法。

《打渔杀家》开始桂英在幕内唱“白浪滔滔海水发”，接着萧恩一声：“嗬，开船哪！”配合着“水声”效果，父女执桨上，走圆场成“斜一字”，萧恩站立船头，苍髯微拂。桂英掌舵船尾，舵巾轻摆，唱着：“江岸俱是打渔家”本来空空荡荡的舞台，一下变成碧波粼粼的江面，一艘打鱼小舟破浪疾驶而来，把观众引入了一种诗画的境地。接着的表演，一直在这种诗画的氛围中展开。

“马派”《打渔杀家》的唱腔依然以舒展、圆润、玲珑、俏皮为其特色。“年纪衰迈气力不佳”一句，“气力不佳”是典型的“马派”腔，与《群英会》鲁肃唱的“用计不高”的腔类似，而表达的感情却大不相同。后者是一种讥讽；而前者却是一种感叹。“桂英儿掌稳舵父把网撒”、“猛抬头见红日坠落西下”都不用高腔，而走低唱成“藏起篷索父把网撒”、“红日不觉落西下”。避开高亢，以雄浑见长，给人以一种沉稳的感觉。随着“落西下”的唱腔，使人有一种日薄西山，天色渐暮的联想。到萧恩父女再念：“眼看不觉红日落，一轮明月照芦花”。本来明亮的舞台，似乎暗淡下来，明月东升，柳阴芦影渐渐地苍茫朦胧起来，渔舟轻荡，归家去也。这种联想审美的快感，是在电视剧、电影、话剧等写实艺术中很难体会得到的。

“昨夜晚吃酒醉和衣而卧”一段是全剧抒情的主要唱段，字句很通俗，表达的心情却很复杂。“马派”唱〔西皮原板〕，比一般唱〔三眼〕尺寸略紧一些，但疏密相间，轻重抑扬对比鲜明，在多变的节奏中衬托出沉稳苍凉。“老爹爹清晨起前去出首”一段〔西皮原板〕，梅兰芳充分利用场上桂英唱、幕后萧恩被打的一明一暗效果，用神情和脚步配合，将平淡的唱腔唱出了情绪。

《打渔杀家》通篇都展现着萧恩父女天性的深情。尤其是最后一场，萧恩父女的对话，非常精彩。萧恩从县衙挨打回来深知与丁员外的矛盾已无法调和，决心去杀丁的全家。女儿三次劝阻，层次非常鲜明：第一次“他家势力浩大，爹爹你，你就忍耐了吧”，把不要去的理由讲清；第二次是再努一把力，“依女儿看来，还是不去的好”；第三次明知劝不动，还不甘心，“爹爹还是不去的好”。最后，要跟父亲一起去，“壮壮胆量也是好的”。刚刚离家，女儿说门还没关呢。父亲弃家杀敌的决心已下，“这门么？唉，关也罢，不关也罢呀！”女儿又说里面还有许多常用的家具呢。马先生在这里加了一句“呵呵，傻孩子呀！充满了对不谙世事女儿的深情，形成了与丁府仇恨情感的强烈对比。后面才说“门都不关了，要家具做甚哪！”女儿似懂非懂，又问了一句“不要了？”父亲凄楚地说：“不明白的冤家呀！”对女儿不放心的情绪，很自然就引出了路途中的叮咛嘱咐。过江中间，桂英明白了真是去杀人，一个十六岁小女孩，害怕了，想要回去是很真实的。萧恩虽然有些生气，终究还是钟爱女儿，决定送她回去；可是女儿何尝不爱爹爹呢？梅先生用真实细腻的小女儿的情感凄楚地念出：“孩儿我舍不得爹爹！”使马先生的感情不能自持。他自己写到：“我已然被他充满着凄楚感情的声调感动得心里发酸，遍体寒栗，几乎掉下眼泪来，接下去我的‘哭头’：‘啊……桂英，我的儿啊！’这一句从内心，从声调都可以听出看出我的情感是非常激动而真实地流露出来了。”

《打渔杀家》中萧恩的身段和武打，非常讲究。大教师讨税和杀家两场中的开打，绝非是为了火爆热闹，而是紧紧贴着剧情的发展。讨税中的开打是萧恩给丁府一个警告，不要欺人太甚，只是把大教师和家丁们暴打一顿。杀家中的开打已经是仇恨发展到不可调和的地步，是一场你死我活的打。讨税中大教师说要打，萧恩把“份儿”放足：“……如今老了，我打不动了哇！”大教师非打不可，萧恩一欠身脱掉老斗衣，右手拉住大教师，抬左腿一亮，“打一个样儿叫你们见识见识呀！”马连良和王长林合拍了一帧珍贵的剧照将这优美的身段保留了下来。《杀家》是以赔罪为名，假称“有好心当献”，先将丁员外和葛先生杀死，为了脱身与大教师等开打，是非打不可。这也展示出了马连良很少在舞台上展示的深厚的武打功底。结尾时有两种演法：一是桂英跪步，萧恩拉下；另一是萧恩弓箭步在前，桂英搭肩在后，亮个高矮相，以示胜利。马、梅演出采用了后者。因为此剧通常只演《打渔》和《杀家》二折，故事已很完整，英武地亮住，给人一种鼓舞。

哈鸿儒

人物行当

萧　恩	老生	丁员外	净
萧桂英	青衣	葛先生	丑
大教师	丑	丁　郎	丑
李　俊	老生	四徒弟	杂
倪　荣	净		

服装扮相

萧　恩　俊扮。白毡帽、草帽圈、蓝绸条、黪发髻、黪满，香色袍衣袍裤，小蓝裙子，白老斗衣，薄底。

萧桂英　大头、渔婆罩子，蓝打衣打裤，蓝战裙，素青衣褶子，彩薄底。

大教师　白梢子帽，黑袍衣袍裤，褶子，薄底。

李　俊　俊扮。将巾、黑三，红衬褶子，外穿白绣花褶子，红彩裤，厚底。

倪　荣　勾绿碎脸。硬罗帽、插花、红扎，黄衬褶子，外穿绿绣花褶子，红彩裤，厚底。

丁员外　勾白粉脸。紫员外巾、黪满，紫帔，红彩裤，厚底。

葛先生　勾小花脸。方巾子、丑三，青素褶子，蓝绦子，青彩裤，大袜方口鞋。

丁　郎　勾小花脸。蓝毡帽头，蓝布箭衣，小大带，黑彩裤，薄底。

四徒弟　黑头布，黑侉衣，青彩裤，薄底。

道具

扇子	四把	锁链	一条
船桨	两根	枷棍	一把
酒盘	一个	茶杯	一个
酒壶	一把	刀	六把
酒杯	三个	枪	一杆
鱼网	一张	桌	一张
茶盘	一个	椅	两把
白绸子	一条	膏药	两贴

第　一　场

〔【一锤锣】李俊、倪荣各拿扇子“上场门”同上，走至台口【大锣归位】

李　俊　（念）拳打南山豹。

倪　荣　（念）足踢北海蛟。【大锣归位】

李　俊
倪　荣　（同念）俺——【大锣一击】

李　俊　混江龙李俊。

倪　荣　【大锣一击】卷毛虎倪荣。【大锣住头】

李　俊　贤弟请了。

倪　荣　请了。

李　俊　今日闲暇无事，你我弟兄不免同到河下游玩一番，不知贤弟意下如何？

倪　荣　正合我意。

李　俊　好，请哪！

倪　荣　请哪。（二人抖袖）

〔西皮摇板〕

李　俊　【闪锤】（7 6 5. 5 5 5 ‖: 3 6 5 i 3 2 1 2 6 5 5 5）:‖ サ3 3
忆 昔

4. 6 3 2 1 2 3 2 1 1 3 2 （3 5 2 1 6 1 2 2）
当 年 威 名 大，

倪　荣　2 3 1 2 2 3. 2 1 （3 5 2 1 6 2 1 1）
弟 兄 武 艺 果 不 差。

李　俊　1 2 3. 1 2 （3 5 2 1 6 1 2 2）
蟒 袍 玉 带

2 3 1 2 1 1 3 - 3 3 2
不 愿 （呐） 挂，

【快长锤】（下）

倪　荣　【快长锤】（走至“下场门”靠台口回身）（接唱）

（过门同前） 6 2 1 3 2 7. 6 6 1 ‖
流 落 江 湖 访 豪 家。

【一锤锣】（“下场门”下）

第二场

〔【缓锣】

萧桂英 （幕内唱）

〔西皮导板〕

【大锣导板头】サ（6 6. 5 3 3. 5 6. 6 5. 3 1 3

2 7 6 2 1 - ） 2 1 - 1 2 7
白 浪

6 （ 3. 5 5 - ） 1 1 6 5 3 3.
滔 滔

5 2 （ 7 6 1 2 - ） 2 1 6 1 （ 3 ）
海 水

2. 3 2. 1 6 1. 2 6 1 2 2 1 -
发，

〔萧恩内白：“嗬！【大锣一击】开船哪！”

〔【撕边】接（崩登仓）萧恩与萧桂英各拿船桨“上场门”上，成斜线亮相，起“水声”接【望家乡】萧恩在前，萧桂英在后同时摇桨走圆场，形成“上场门”“斜一字”。

萧桂英 〔西皮快板〕（同时随唱萧恩边摇桨边摆髯口，萧桂英边唱边摇桨）

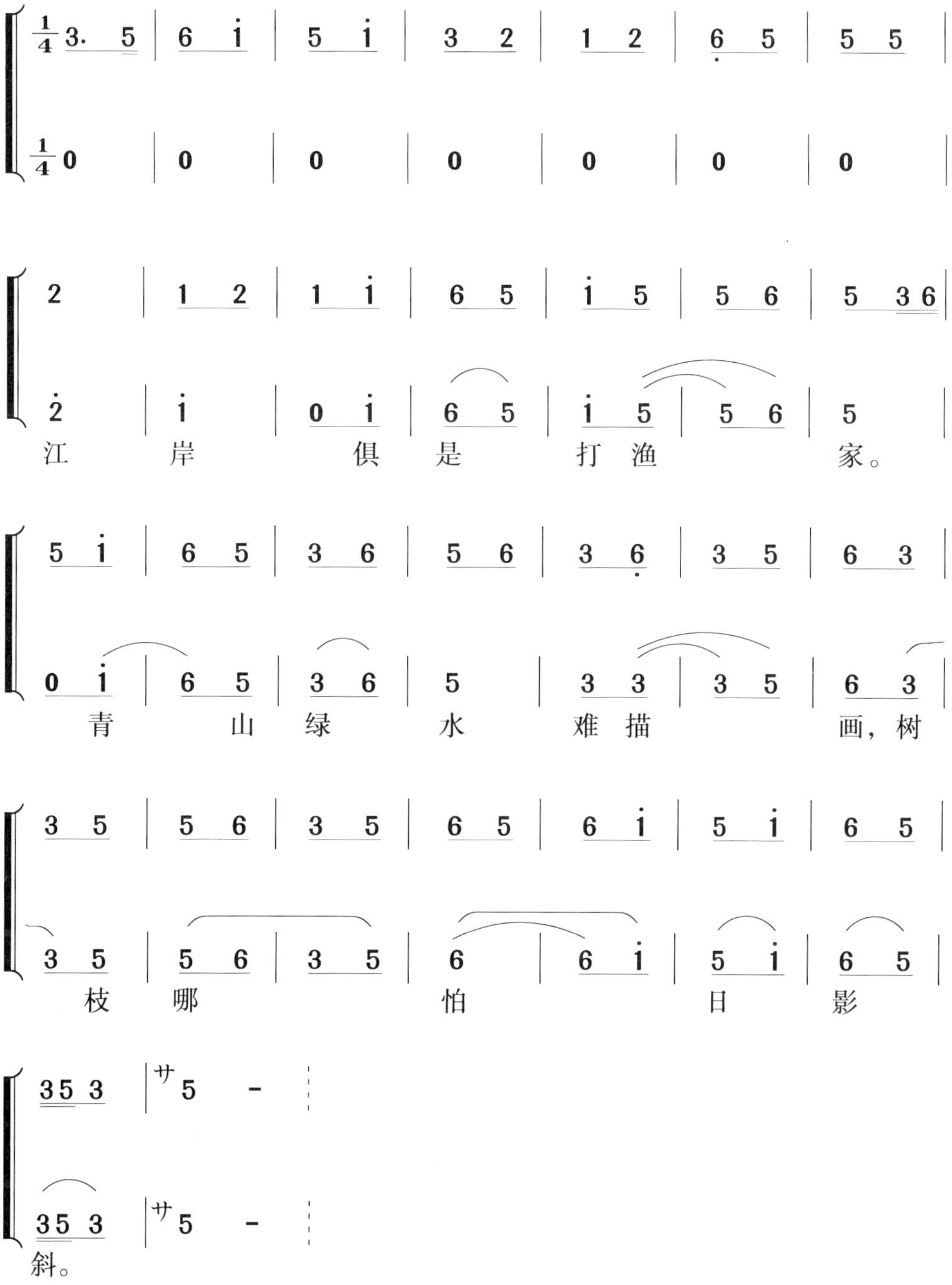

萧 恩 （左手持桨，站“大边”。面向萧桂英）

（念）儿呀！

〔西皮摇板〕

【闪锤】（过门同前）

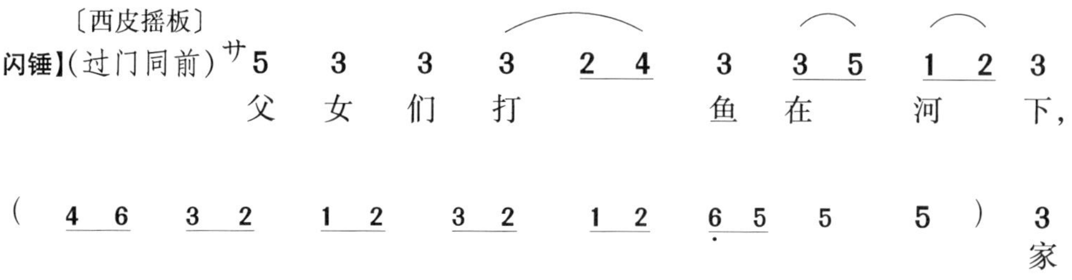

2 2· 6 1 2 3· 21 1· 6 3 2
贫 哪 怕 人 笑 咱。

6 1· （1 21 62 12 65 55） 2
藏

12 1 3· 1 2 （6· 1 2 -） 1· 3
起了 篷 索 （倾 仓） 父 （哇）

（拉右手山膀，向左前方看）

2· 1 3 2· 3 2·3 1 1 2
把 网 撒，

（八大仓）接【阴锣】

萧恩和萧桂英原地放下桨，萧桂英回身作进舱身段，走至“上场门”拿鱼网，萧恩抬右腿，拉右手向右转身接过鱼网，走至台中靠左前方，先一看，然后撒网。稍等一会儿，以示鱼进入网（八大大仓）左手弹髯双手拉网，然后随着三个【撕边大锣一击】拉三下网，（八大仓）萧恩向后倒步，萧桂英上前扶住萧恩。

萧桂英 爹爹保重了！

萧 恩 哦！

〔西皮散板〕

【大锣凤点头】サ（6· 6 5· i 3 2 1 7 2 1 -）

2 1 3 2· 3 2· （1 6· 1 2 -）
年 纪 衰 迈

25 3 21 1· 12 2 1· 2 1 -
气（呀） 力 不 佳。

【冲头】（拉上鱼网，做进舱身段，将网送至“上场门”，再回来二人面向前。）

萧桂英 啊爹爹，你我父女这河下生意不做也罢。

萧 恩 本当不做，你我父女拿何度日呢？

萧桂英 喂呀！苦命的爹爹呀！……（哭介）

萧 恩 儿呀，不必啼哭，将船拴在柳荫之下，为父要凉爽凉爽。

萧桂英 孩儿遵命。

〔【大锣扫头】二人拿桨，萧恩在前，萧桂英在后，向左走半个“圆场”，到“下场门”靠近台中成斜线，起“水声”萧恩放下桨，扔缆绳，跳上岸抓住缆绳，绕三绕，踩一下，然后跳上船。【小锣一击】

萧　恩　儿呀，将打来的鲜鱼，烹制好了，为父要在船头之上吃杯酒哇！

萧桂英　孩儿遵命。（放下桨，进舱，“下场门”下）

〔萧恩摘下草帽圈，蹲在“大边儿”靠近台口处，扇凉。

〔李俊、倪荣内白：“走哇！二人“上场门”上至台口处。”

〔西皮摇板〕

李　俊　【快长锤】(过门同前) サ1　2　1　2　3. 2　3　2（3 5 2 1 6 1 2 2）

弟　兄　无　事　河　边　游，（边唱边走小圆场）

倪　荣　6 2　1　2　2　2　3　1　（3 5　2 1　6 2　1　1）

波　浪　滔　滔　向　东　流。（边唱边走小圆场）

李　俊　3　3 5　1 2　1　2　2 1　1　3　2　－

手　搭　凉　棚　用　目（哇）瞅。

【大锣一击】（二人右手举扇观望）

〔西皮摇板〕

倪　荣　【大锣凤点头】(过门同前) サ1　3　1 3　2 3　7 2　6　1　【大锣住头】

柳　荫　之　下　一　小　舟。

李　俊　看那旁好像是萧兄模样，你我弟兄冒叫一声！(向萧恩蹲着的方向) 啊萧兄，萧兄！（萧恩没有听见，萧桂英从“下场门”上）

萧桂英　啊爹爹，岸上有人唤你呢！

萧　恩　哦，有人唤我？（站起）待我看来。(把草帽圈交给萧桂英，萧桂英“下场门”下)

【小锣一击】

李　俊　啊萧兄！

萧　恩　哦，原来是李贤弟，敢莫是要到舟中走走？

李　俊　正是。

萧　恩　待我与你搭了扶手。（拿起桨，平举）

李　俊　（回身对倪荣招呼）贤弟随我来。

〔李俊在前，倪荣在后，二人上船，“水声”【小锣一击】萧恩归“小边儿”，李俊在“大边儿”靠里，倪荣在“大边儿”外手，成“八字形”。

倪　荣　嗯哼！

萧　恩　（一看）此位是？

李　俊　这就是卷毛虎倪荣贤弟。啊贤弟，见过萧兄。

倪　荣　（转身向外“背供”）待我试试他的膂力如何。（将扇子插入脖内）啊萧兄，小弟这

厢有礼了！（边念边过去用双手攥住萧恩双手，萧恩翻手腕抓住倪荣右膀按住）**【大锣一击】**

萧　恩　这做什么？

倪　荣　试试你的膂力如何？

萧　恩　哎呀老了，不中用了。

〔松开手，轻轻一推倪荣，倪荣顺势向前一个小蹉步，晃动右膀。

倪　荣　哎呀呀，老英雄了哇！（夸奖的）

萧　恩　儿呀，出得舱来见过二位叔父。

〔萧桂英“下场门”上，走至“大边”里。**【小锣一击】**

萧桂英　参见二位叔父。

李　俊
倪　荣　（同念）罢了，令嫒今年多大年纪？

萧　恩　一十六岁。

李　俊
倪　荣　（同）倒也长成人了。

〔萧桂英进舱，“下场门”下。

李　俊
倪　荣　告辞！

萧　恩　且慢，愚兄方才打得几尾鲜鱼，你我弟兄就在这船头吃杯酒哇。

李　俊
倪　荣　到此就要讨扰哇！

萧　恩　儿呀，将酒取来。（萧桂英托盘从“下场门”上。盘内放一壶三杯，交给萧恩，萧恩接过盘边走边念）你我弟兄席地而坐呀。（李俊坐中，倪荣“大边”，萧恩“小边”）啊二位贤弟，愚兄做的是河下生意，忌的是“干”“旱”二字，若有人提起“干”“旱”二字，不敢说罚，要多吃三杯呀！

李　俊　好。（对倪荣）贤弟你要记下了。

倪　荣　我们大家记下了。

萧　恩　（举杯）请。

李　俊　饮。（三人喝酒介）

倪　荣　干！

萧　恩
李　俊　（对倪荣）呃，罚你三杯！

〔三人斟酒、饮酒。

〔葛先生内：“走哇！”**【小锣抽头】**（“上场门”上，至台口）

〔西皮摇板〕

（过门同前）サ 2　2　1　3　2　2　1 2　⁵3　3　2

来　到　河　边　用　目　瞰，

【小锣一击】（向船上望，见桂英）

咦，哈！哈哈！（笑介）

【小锣凤点头】(过门同前) $\overset{\frown}{\underline{\dot{6}\ 2}}$ 1 $\overset{\frown}{1\ \ \underline{\dot{6}\ 3}}$ 2 1 2 1 (大大大台)
船 上 坐 定 一 枝 花。

(念) 船头之上坐定一个女子，待我来偷觑偷觑！(向船上张望)

李　俊
倪　荣　(发现葛先生) 啊萧兄，岸上有人。

萧　恩　哦，待我看来。【小锣一击】(下船) 呃！做什么的？

葛先生　呃——问路的。

萧　恩　问的是哪一家？

葛先生　(支吾的) 呃——哦，问的是丁府。

萧　恩　你来看。(大 大 大大 乙 台) (左手弹髯手向左前指) 前面有一八字门墙，那就是丁府。(葛先生没听，仍在向船上张望) 呃！这做什么？

李　俊
倪　荣　(在船上交谈) 定不是好人。

葛先生　呃，有劳了，请了！【小锣一击】(“上场门”下)

萧　恩　哼，真真的放肆。【小锣一击】(上船，仍在原位坐下)

李　俊　萧兄，他是做什么的？

萧　恩　乃是问路的。

倪　荣　哪里是问路，分明是觑——

李　俊　量他也不敢哪！

〔丁郎内喊：“啊哈！”【小锣五击头】(“上场门”上至台口)

(白) 离了家下，来到河下。(一看) 这些船，哪个是萧恩的呢？(一想) 待我冒叫一声。我说萧恩哪，萧恩——！(稍拉长音)

李　俊　萧兄，岸上又有人唤你。

萧　恩　怎么，岸上又有人唤我？(与李、倪) 再饮几杯。

李　俊
倪　荣　我二人酒已够了。

萧　恩　儿呀，将酒接过去。

〔萧桂英“下场门”上接酒盘等下。萧恩和李俊、倪荣站起来，萧恩在【小锣一击】中下船。李、倪在原地。

丁　郎　(还在喊) 萧恩哪！

萧　恩　来了。哦，原来是丁郎哥，到此做甚？

丁　郎　催讨渔税银子来啦。

萧　恩　你来看。这几日天旱水浅，鱼不上网，改日有了银钱送上府去呢！

丁　郎　怎么着，又没钱？

萧　恩　好，好，好，苦了你一趟啊。

丁　郎　想着有钱给我们送去。

萧　恩　晓得，晓得。

丁　郎　别叫我们一趟一趟的这么跑。

萧　恩　哦，是，是，是。（上船）
丁　郎　跑坏了鞋，好几大吊。（边说边回身欲走）
李　俊　做什么的？
萧　恩　催讨渔税的。
李　俊　待我来嘱咐他几句。
萧　恩　叫他回去吧。
李　俊　回来！
丁　郎　（回身）回来？有给钱的啦？回来怎么着？
李　俊　你是做什么的？
丁　郎　催讨渔税银子的。
李　俊　凭着何来？
丁　郎　太爷当堂所断。
李　俊　敢是那吕子秋？
丁　郎　要叫太爷。
李　俊　回去对他言讲，从今以后渔税银子免了便罢！如若不然，大街之上撞着于俺，多有不便哪！
丁　郎　说这么大的话，你叫什么名字？
李　俊　混江龙李俊。
丁　郎　怎么？混江龙李俊，就是你，好咧，你接着我的。（慢行欲下）
倪　荣　我也嘱咐他几句。（大声的）呔！【大锣一击】滚回来！【撕边大锣一击】
丁　郎　哎哟我的妈吔，怎这么大嗓门呀？什么？叫我滚回去，我偏不依着你，回来啦，怎么着？
倪　荣　我来问你，催讨渔税银子凭着何来？
丁　郎　本县太爷当堂所断。
倪　荣　敢是那吕子秋？
丁　郎　要叫太爷。
倪　荣　回去对他言讲；渔税银子免了便罢，如若不免，在大街之上撞着于俺，俺要剥他的皮，【大锣一击】抽他的筋，【大锣一击】剜他的眼睛泡烧酒喝。
丁　郎　嗬！你说得这么横，你叫什么？
倪　荣　卷毛虎倪荣。
丁　郎　怎么着，卷毛虎倪荣就是你，我憋你不是一天啦。
萧　恩　你要怎样？（下船，揪住丁郎）
丁　郎　萧恩，你把他揪住喽。
倪　荣　你要怎样？
丁　郎　我，我好跑！【小锣一击】（跑下）
萧　恩　哼！
李　俊
倪　荣　什么东西！（萧恩上船）啊萧兄，为何这样懦弱？
萧　恩　他们的人多！

李　俊
倪　荣　你我弟兄人也不少哇！

萧　恩　他们的势力大！

李　俊
倪　荣　欺压我们不成？

萧　恩　这就难讲话了！

李　俊
倪　荣　萧兄，这河下生意不做也罢。

萧　恩　唉！本当不做这河下生意，怎奈我……唉，惭愧得很哪！【小锣一击】（李俊、倪荣互相示意）

李　俊　小弟送纹银十两。

倪　荣　小弟送白米十石。

萧　恩　哪位贤弟送来？

倪　荣　小弟送来。

萧　恩　好好好，如此当面谢过。

李　俊
倪　荣　令嫒可曾许配人家？

萧　恩　有了人家了。

李　俊
倪　荣　但不知是哪一家？

萧　恩　就是花荣之子，名叫花逢春。

李　俊
倪　荣　倒也门当户对。告辞了。

〔西皮摇板〕

李　俊　【闪锤】(过门同前)サ4　3　3　3　1 2　3　3　(4 6　3 2　1 2　3　3)

听 说 令 嫒 许　花 家，

倪　荣　2　3　1　2 3　2 1　6　1　(1　2 1　6 2　1　1)

门 当 户 对　果　不　差。

李　俊　5 3　3 1　2　1　3　2　–

辞 别 萧　兄 把 船　下，（萧恩拿桨，【快长锤】李俊、倪荣下船，至“上场门”靠前处）

倪　荣　(过门同前)サ1　1　3　2　7 6　6　1

白 米 纹 银 送　到　家。【大锣一击】

李　俊
倪　荣　（同）请。【快长锤】（“上场门”下）

萧　恩　（放桨、下船，萧桂英从“下场门”暗上，【长锤】切住，接“行弦”，萧恩面向“上场门”里）

（念）啊二位贤弟慢着走，愚兄不能远送了，哈哈哈……（边笑边回身）这才是我的好朋友哇！

萧桂英　爹爹上船来吧！

萧　恩　好。（上船，“水声”【小锣一击】归“小边”）

萧桂英　啊爹爹，那二位叔父，他是甚等样人？

萧　恩　儿问的就是他。【大锣一击】（萧恩起反云手向右转身，面向“上场门”里，萧桂英在萧恩后扶萧恩肩亮住）

儿啊！（两人磕手反转身推磨换位，拉云手）

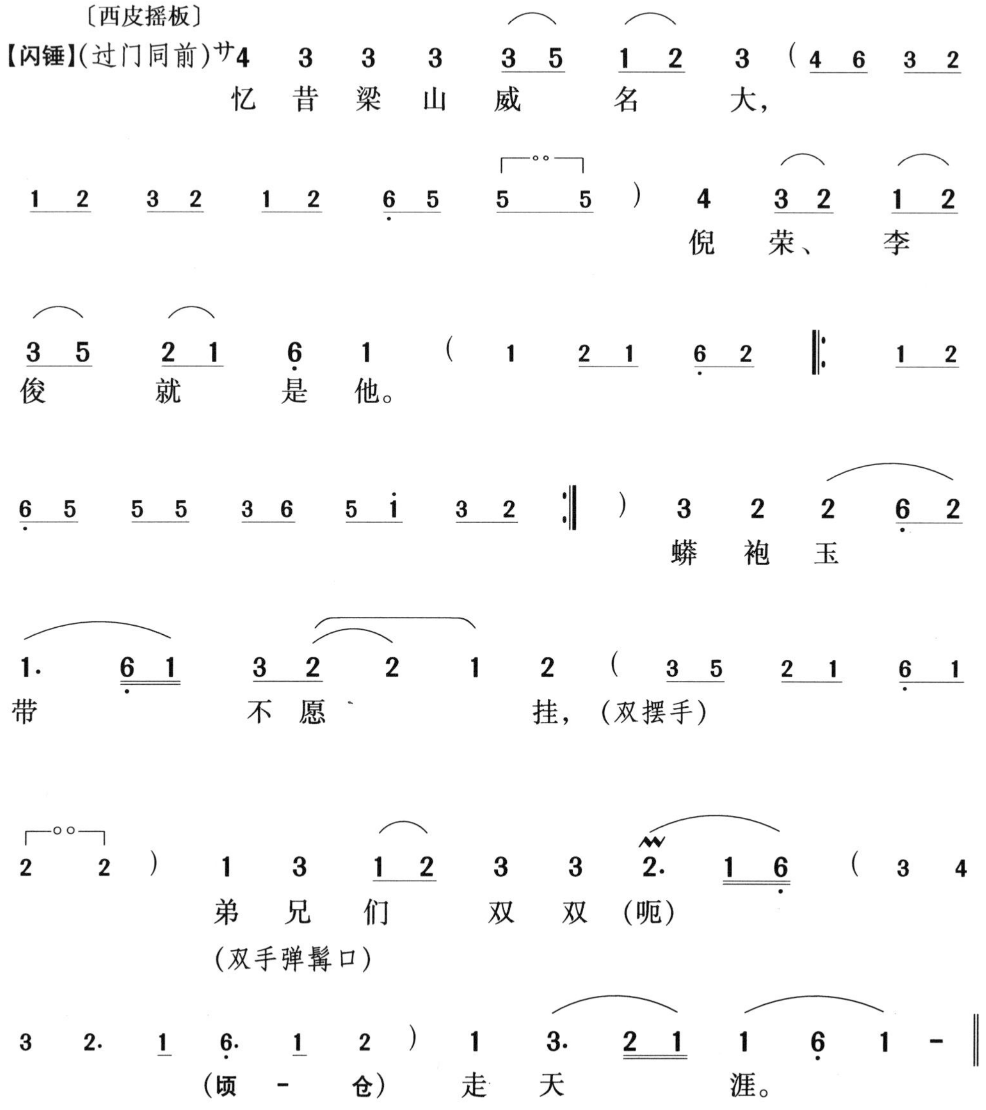

〔西皮摇板〕

萧桂英 【大锣凤点头】(过门同前)サ i 3 36 5 7 6 35 6 (65

昔 日 有 个 俞 伯 牙，

35 65 32 12 6̣5 55) i 5 6

千 里 迢

6 65 53 5 (65 36 5i 32 12

迢 访 豪 家。

6̣5 55) i i 36 5 7 76 56

知 心 人 说 的 是

(65 35 6 6) 5 7 63 5 4. 5 3 3 ⁵2

那 知 心 话，

〔西皮摇板〕

萧 恩 【大锣凤点头】(过门同前)サ32 1 13 2 35 3 21 1 –【大锣住头】

红 日 不（哇）觉 落 西 斜。

（白）儿呀，看天时不早，回去吧！

萧桂英 是。（萧恩下船，“水声”解缆绳，扔船上，再上船，“水声”二人各拿桨在手）

萧 恩 正是，（扎）（边念边走圆场）

（念）父女打鱼在河下，

萧桂英 （念）家贫哪怕人笑咱。

萧 恩 （念）眼看不觉红日落，（萧桂英在前，萧恩在后“下场门”成“斜一字”）

萧桂英 （念）一轮明月 照 芦 花。

（八大台 仓 仓 仓）

〔萧恩随“三锣”三甩髯，萧桂英随“三锣”三摆桨（**崩登仓**）向里亮相，**【撤锣】**双下。

第 三 场

〔正场桌“小座”，“小边”跨椅。

〔丁员外内：“嗯哼！”**【小锣打上】**（葛先生、丁员外“上场门”上）

丁员外 （念）家有千石粮，

葛先生 （念）前仓对后仓。

〔**【小锣五击头】**丁员外坐“小座”、葛先生坐“跨椅”，丁郎上。

丁　郎　离了河下，来到家下。还是那两句话。（进门，归“小边”）参见员外。

丁员外　丁郎回来了？

丁　郎　回来了。

丁员外　命你催讨渔税银子怎么样了？

丁　郎　萧恩说得好，这几日天旱水浅，鱼不上网，改日有了银钱与咱们爷们儿送上府来。

葛先生　哎，倒是两句好话。

丁　郎　好话不是，出来一个挡横儿的，他叫我回去。

葛先生　唤你回去做甚哪？

丁　郎　我当是给银子呢，我就回去了。他问我：要渔税银子凭着何来？

丁员外　本县太爷当堂所断。

葛先生　是呀！

丁　郎　敢是那吕子秋？

丁员外　怎样讲话？

葛先生　要叫太爷。

丁　郎　是他说的：从今以后渔税银子免了便罢，要是不免，在大街之上撞着您哪，可有点不便！

丁员外　他叫何名字？

丁　郎　嗯，他叫什么——“屎屎虫”！

葛先生　敢莫是“混江龙”。

丁　郎　不错，就是他。

丁员外　记下了。

丁　郎　我刚要走又出来一个，长得跟花鸡蛋似的。他说：“呔，滚回来！”

丁员外　你可曾滚回去？

丁　郎　您这是怎么啦！我要是滚回去不是挼了咱们爷们儿的锐气了吗！

葛先生　你是怎样回去的？

丁　郎　我呀，我爬回去的。

丁员外　嘿！他讲些什么？

丁　郎　还是那一套。他说：这渔税免了便罢！如若不免，在大街之上要是撞着您，他要扒您的皮，抽您的筋，剜您的眼睛泡烧酒喝。

丁员外　吓！这厮真乃可恶，他叫什么名字？

丁　郎　他叫什么——哎“烤白薯”。

葛先生　敢莫是“卷毛虎”。

丁　郎　不错，就是这小子。

丁员外　来，顺轿！

葛先生　哎，慢来，慢来。休要动气，些须小事待我来办理。

丁员外　速去办理。**【小锣一击】**（“下场门”下）

葛先生　（向丁郎）有请教师爷。

丁　郎　有请教师爷！（四徒弟“一条鞭”上）

四徒弟　什么事？

丁　郎　葛先生请。（下）

四徒弟 葛先生，什么事？

葛先生 请你家师父出来！

四徒弟 是啦！有请师父！

（**大、大**）（大教师上，走至“上场门”靠近台口处）

大教师 （念）好吃好喝又好搅，

听说打架我先跑。

什么事呀？

四徒弟 葛先生请。

大教师 在哪儿哪？（葛先生走至台口）

葛先生 啊，教师爷。

大教师 罢了，罢了。请出我们爷们儿有什么事呀？

葛先生 员外命丁郎催讨渔税银子，被那萧恩骂了回来，烦劳教师爷辛苦一趟吧！

大教师 就这事儿？好，套车去吧！

葛先生 敢莫是拉银子啊？

大教师 啊，拉不回银子，我们爷儿几个还不拉回来！

葛先生 教师爷取笑了，回来饮酒，请了。**【小锣二击】**（“下场门”下）

大教师 徒弟们！

四徒弟 师父！

大教师 你们练了没有？

四徒弟 练了！

大教师 好，吃得饱饱儿的，明儿个早晨找萧恩去，走着！

四徒弟 走着！**【小锣水底点】**（四徒弟先下，大教师“下场门”走下）

第　四　场

〖正场桌“小座”。

萧　恩 （内穿抱衣抱裤，头戴白毡帽，外披老斗衣，右膀在外，随着**【夺头】**在“过门”中“上场门”上，慢步至“九龙口”）

〔西皮原板〕

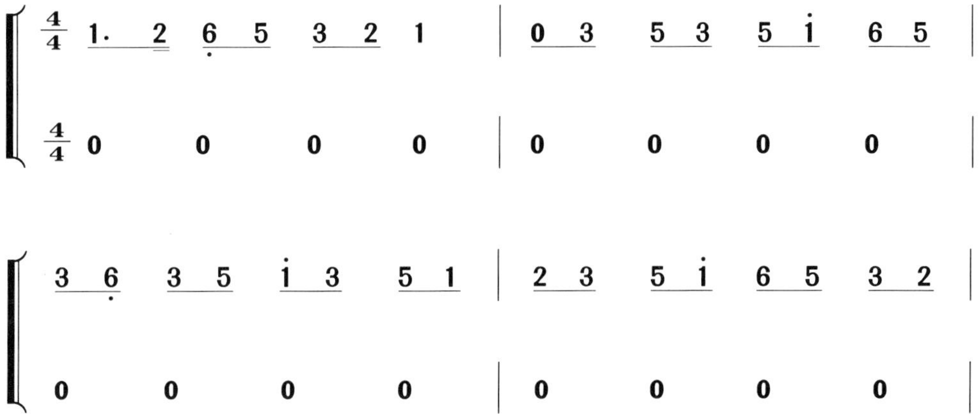

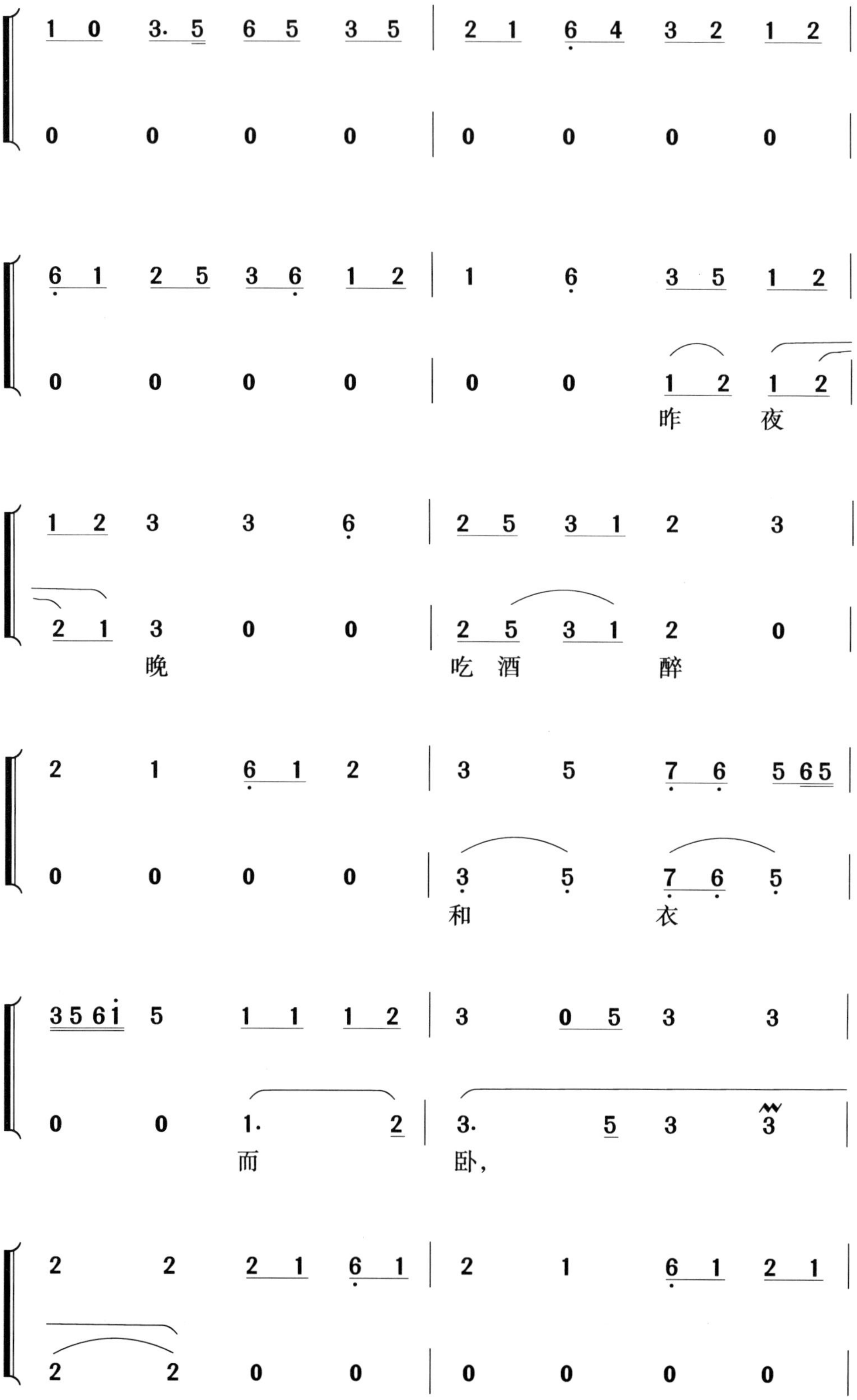
昨 夜
晚
吃酒 醉
和 衣
而
卧，

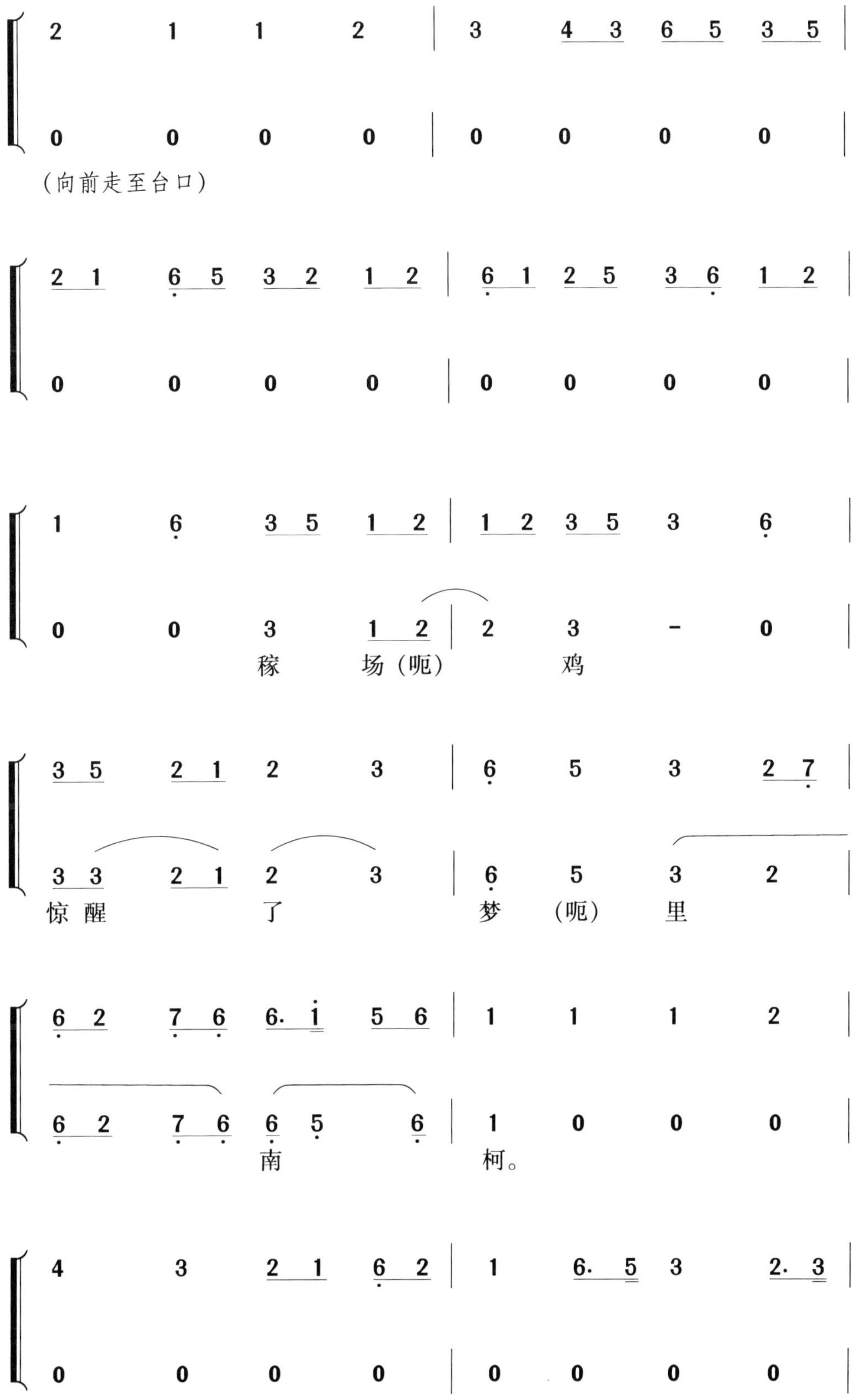
（向前走至台口）
稼 场（呃） 鸡
惊 醒 了 梦 （呃） 里
南 柯。

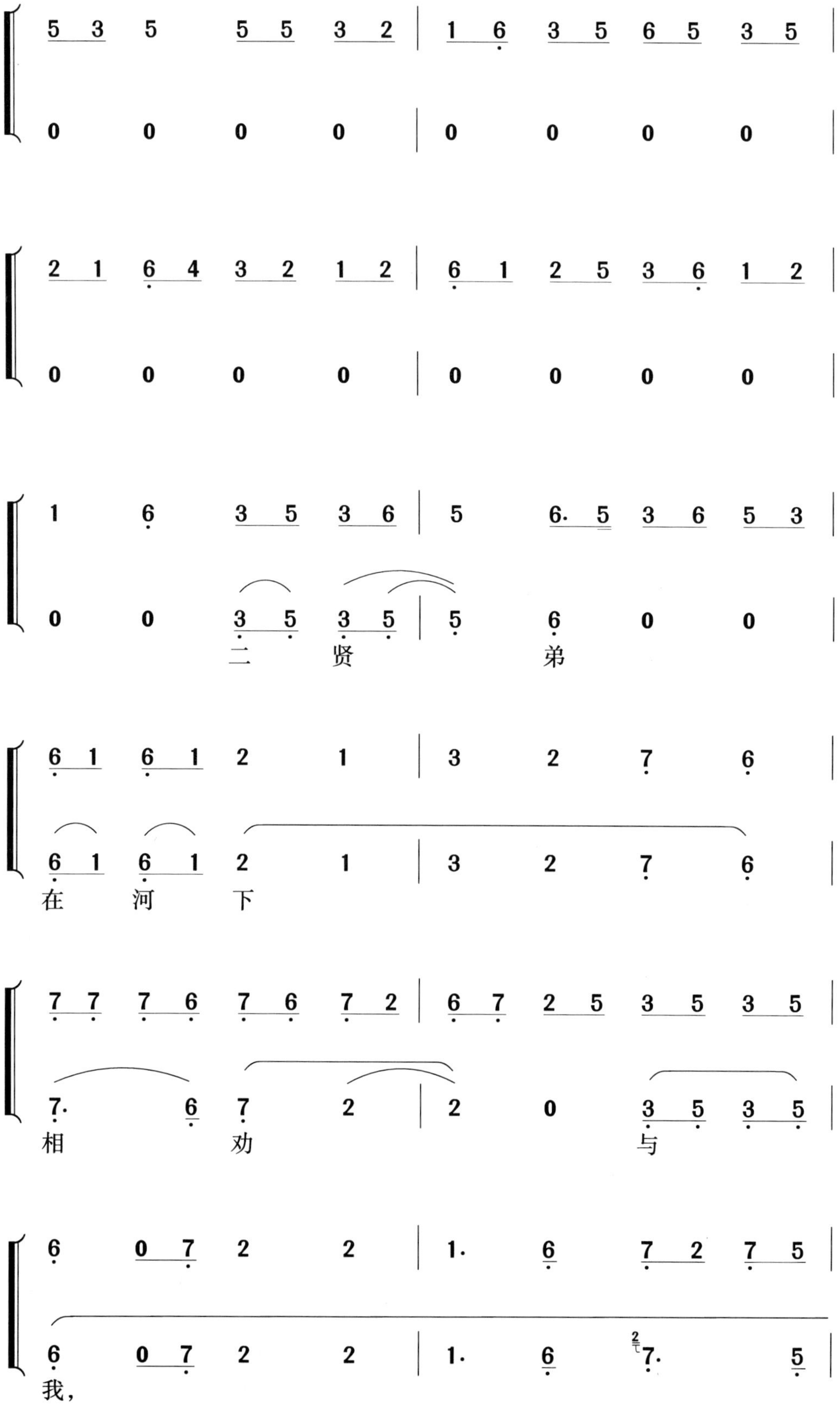
二 贤 弟
在 河 下
相 劝 与
我，

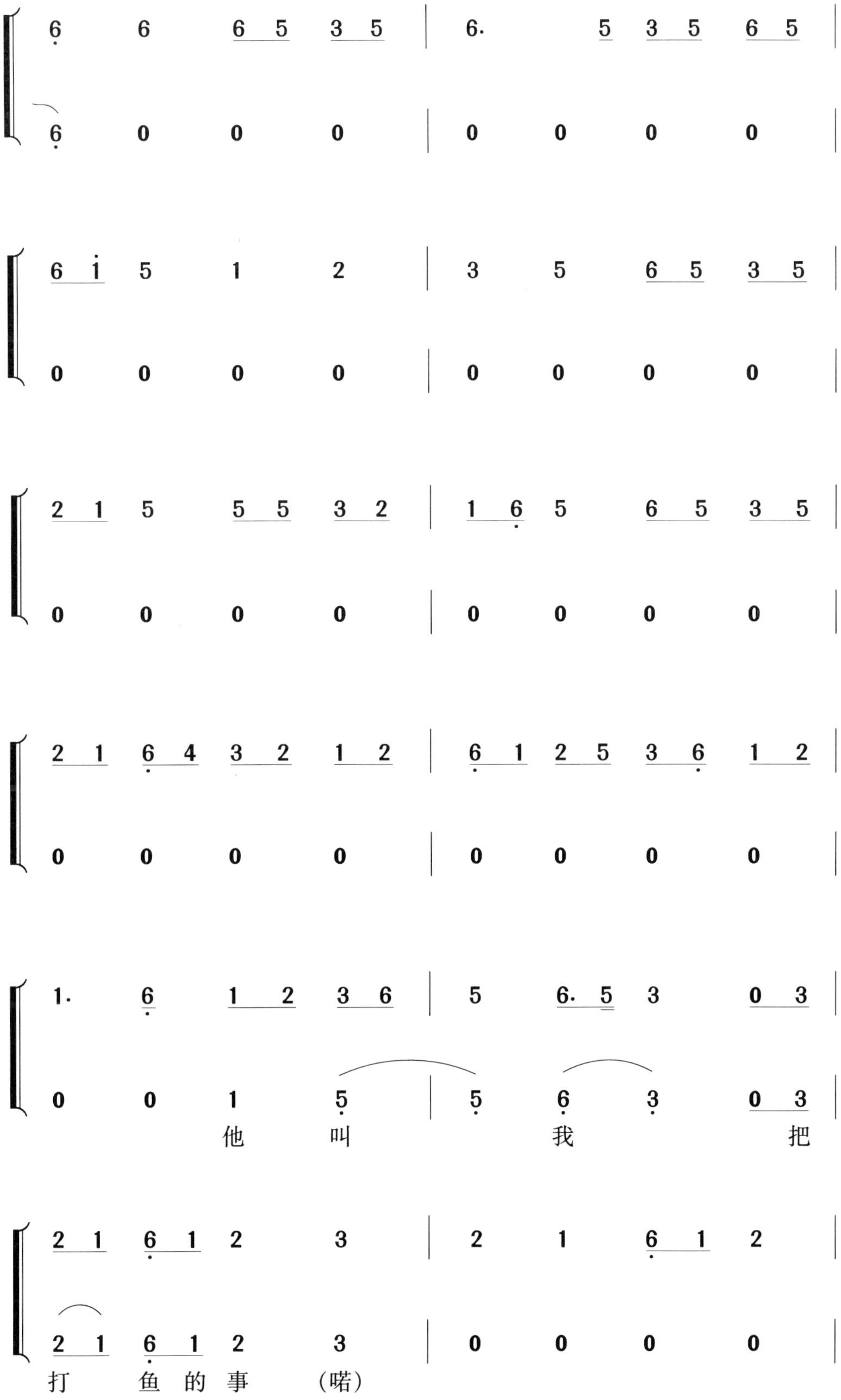
他 叫 我 把
打 鱼 的 事 (喏)

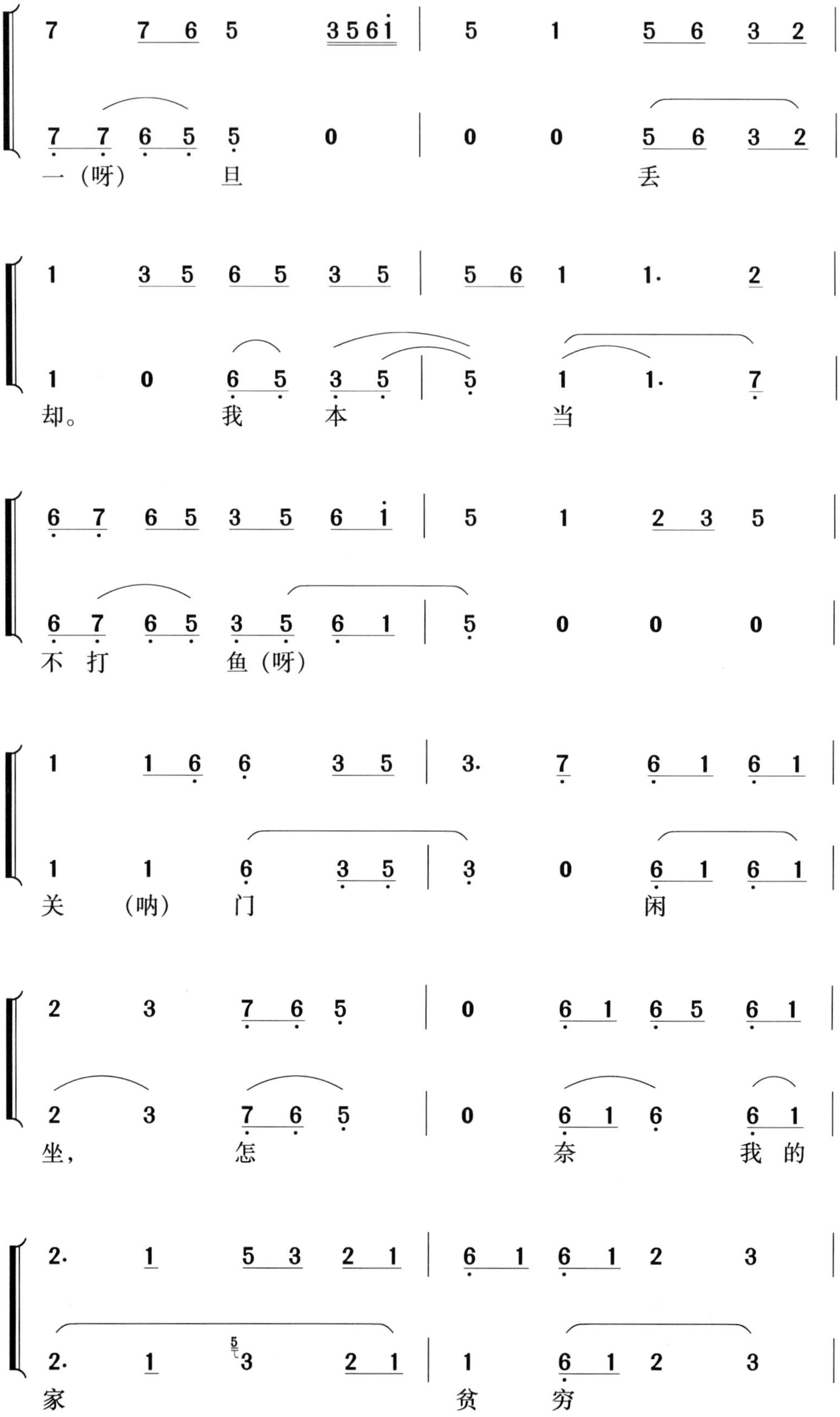
一（呀）旦 丢
却。我 本 当
不 打 鱼（呀）
关 （呐） 门 闲
坐， 怎 奈 我 的
家 贫 穷

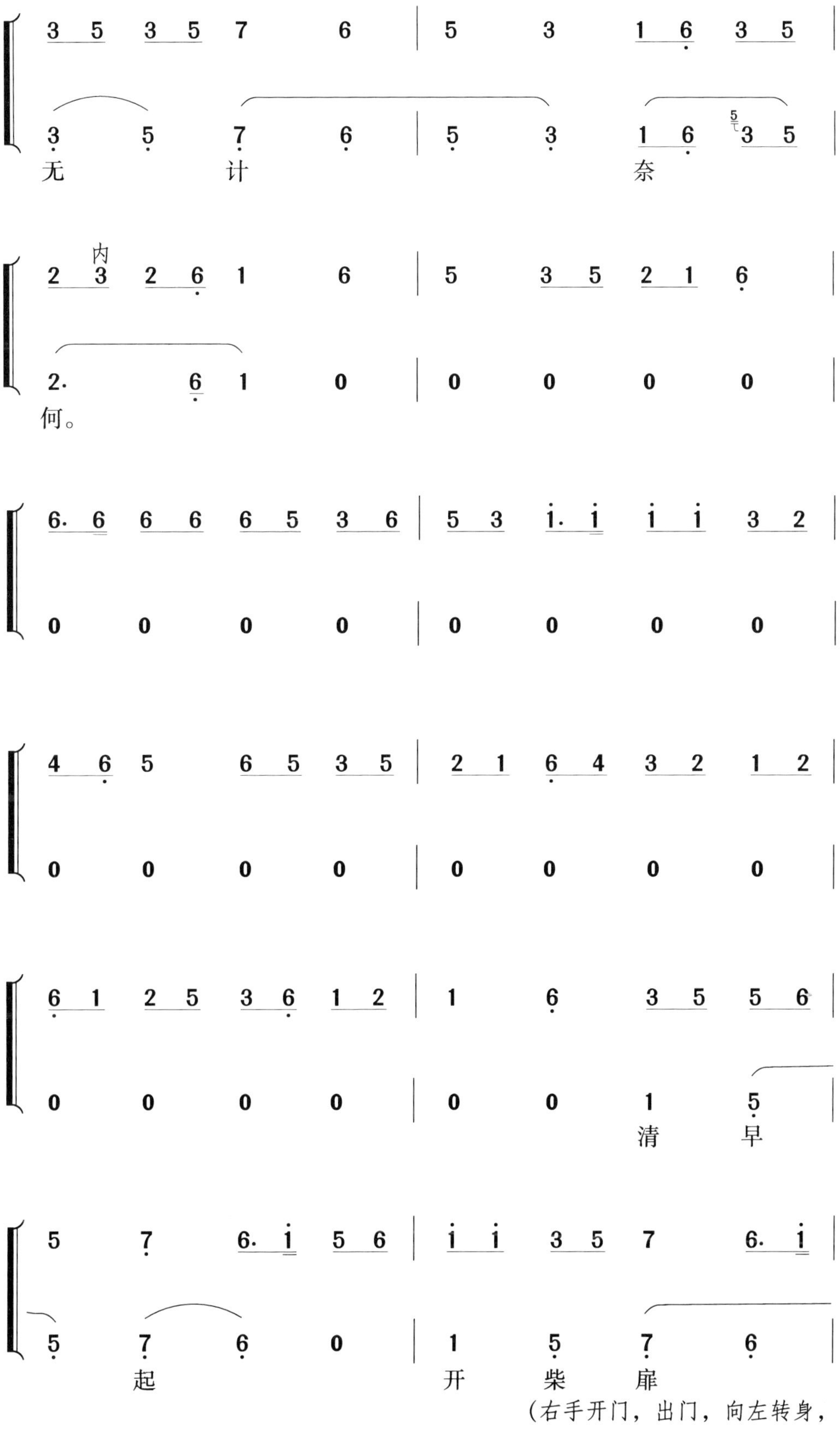
无 计 奈
内
何。
清 早
起 开 柴 扉
（右手开门，出门，向左转身，

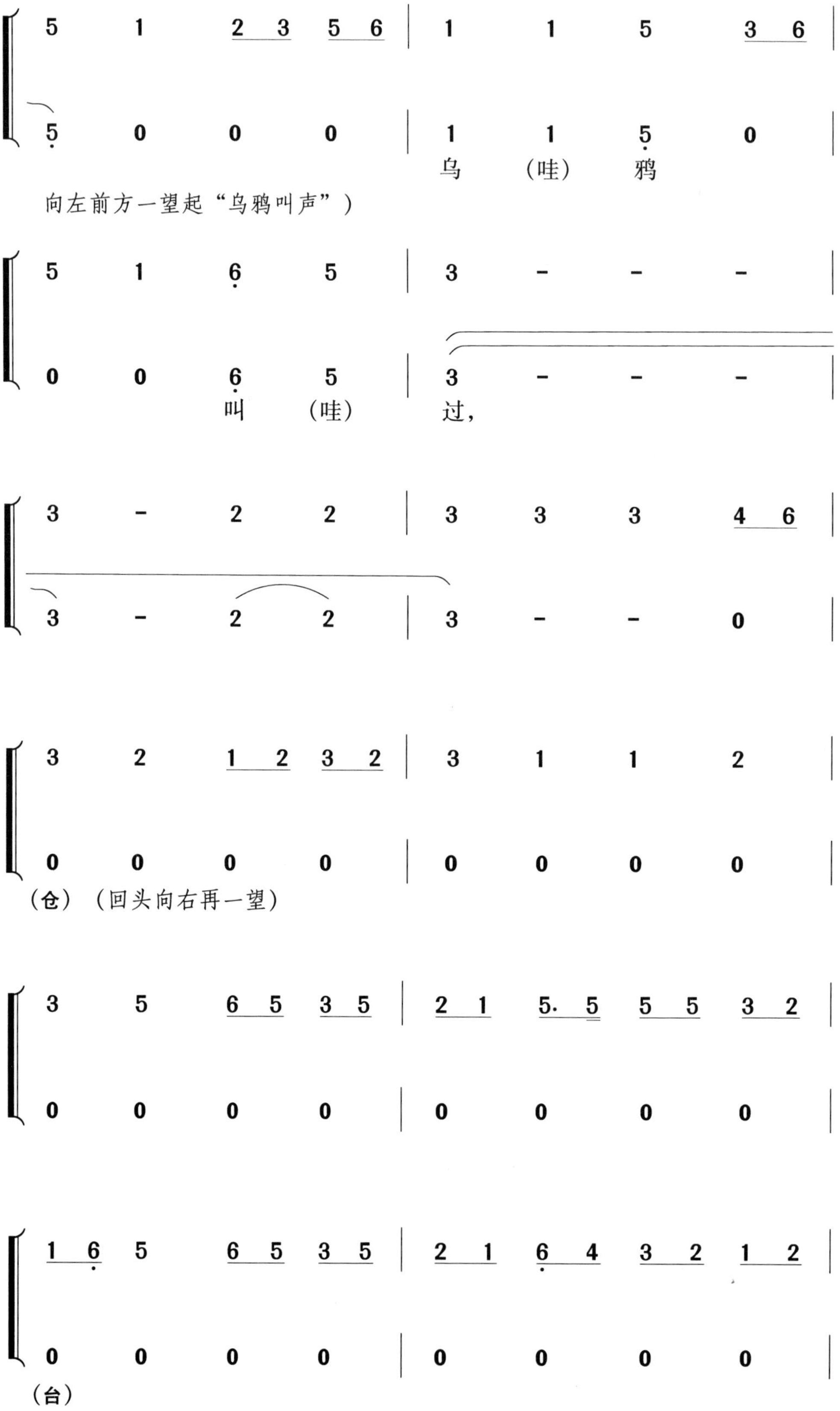
乌 （哇） 鸦
向左前方一望起“乌鸦叫声”）
叫 （哇） 过，
（仓） （回头向右再一望）
（台）

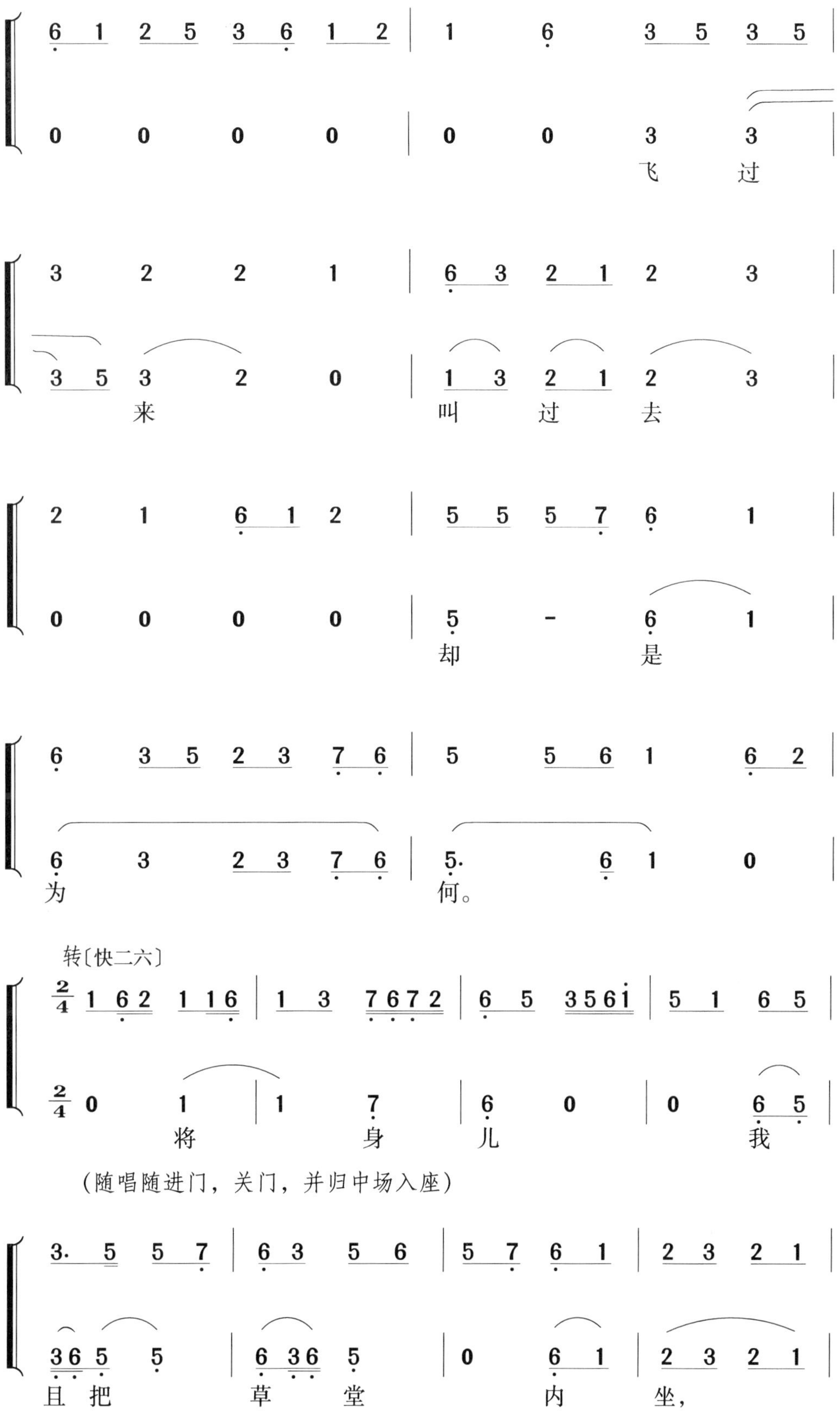
飞 过
来 叫 过 去
却 是
为 何。
转〔快二六〕
将 身 儿 我
（随唱随进门，关门，并归中场入座）
且 把 草 堂 内 坐，

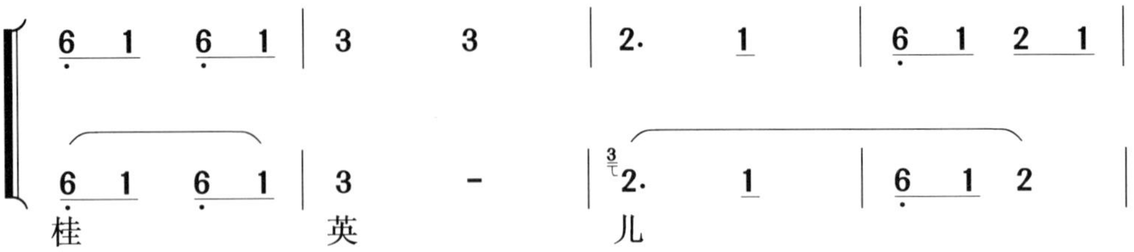

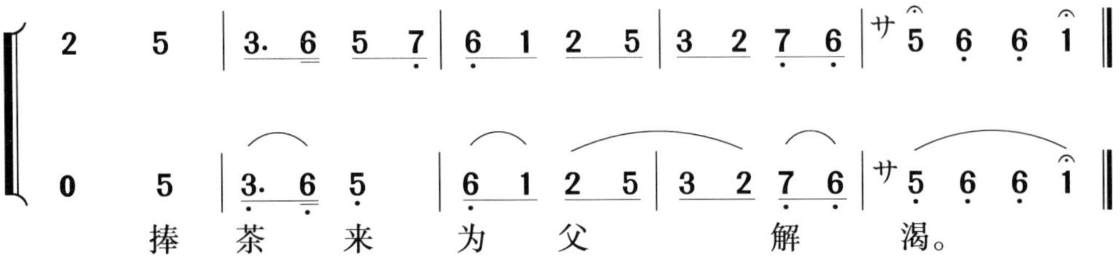

〔萧桂英内："来了！"【小锣抽头】（端茶盘上放一茶杯，"上场门"上）

〔西皮摇板〕

萧桂英 （过门同前）

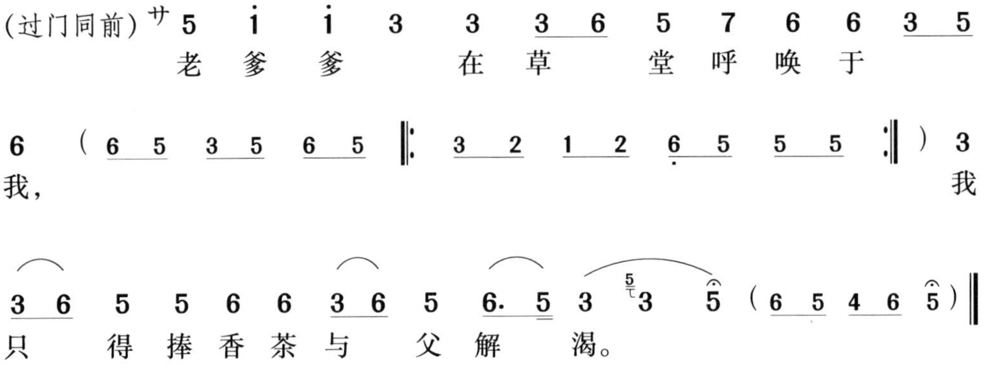

（进门，归"小边"）

（白）爹爹请茶。

【小锣一击】（萧恩从盘中拿茶饮尽，放入盘中，萧桂英将盘放至桌上，归原位）【小锣一击】

萧　恩 （打量萧桂英，不悦的）

嗯——。为父怎样嘱咐于你，不叫儿渔家打扮，偏偏渔家打扮哪？

萧桂英 爹爹，孩儿生在渔船，长在渔家，不叫儿渔家打扮，要怎样的打扮呢？

萧　恩 嗯！【小锣一击】不听父言就为不孝哇！（扭过头去表示生气）

萧桂英 爹爹不要生气，孩儿从今以后改过就是。

萧　恩 这便才是呀！（萧桂英过去给萧恩捶背）

〔【小锣"水底鱼"】四徒弟"上场门""一条鞭儿"，大教师上至台口。

大教师 走着，走着。（见四徒弟站着不动）走哇！

四徒弟 别走了，到了。

大教师 到了？（一看）就这儿呀？（指）

四徒弟 就这儿。

大教师 叫门去!
四徒弟 不会。
大教师 叫门都不会?
四徒弟 不会。
大教师 瞧师父的!(欲叫门又回来)是这呀?
四徒弟 没错儿,是这。
大教师 我要叫了。
四徒弟 您叫吧!
大教师 (向前,又退回)回去吧,萧恩没在家。
四徒弟 您怎么知道没在家?
大教师 关着门哪!
四徒弟 关着门是在家,锁着门才是不在家哪!
大教师 哦!关着门是在家,锁着门才是不在家呢?我再瞧瞧。(又看,又回)回去吧!回去吧!我说没在家就是没在家。
四徒弟 又怎么啦?
大教师 房上晾着网哪!
四徒弟 晾着网才是在家哪!
大教师 我要叫门了。(小声轻轻地)萧恩!萧恩哪!
四徒弟 师父,使点劲儿呀!
大教师 使劲儿?叫他听见那是闹着玩儿的吗?
四徒弟 原要他听见!
大教师 哦,原要他听见?好!脱喽(脱褶子)。瞧着点,这叫门得有个架式,前弓后箭,再瞧这个架子。
四徒弟 好架子!
大教师 搭歪了!——这叫做"拦门式",他要是出来,上头一拳,底下一脚,他就得躺下。
四徒弟 对,他就得躺下。
大教师 这叫作:"金风未动蝉先觉,暗送无常死不知。"呔!**【大锣一击】**萧恩哪!
〔**【撕边大锣一击】**萧恩站起,左转身扶椅背,萧桂英后撤**【撕边大锣一击】**萧桂英欲开门,萧恩拦,(**大台**)萧恩示意,萧桂英"上场门"下。
大教师 嘿嘿,他要出来就得躺下!
四徒弟 哎,就得躺下!
大教师 伙计们!过来点!
四徒弟 我们不敢过去!(**大台**)(萧恩开门,出门)
大教师 过来呀,不要紧!
萧 恩 (抓大教师手,脚下一扫,将大教师打倒)是哪个?**【大锣一击】**
大教师 哎哟!(四徒弟扶起大教师)
四徒弟 师父,起来,起来!
大教师 (起来)这有水,怎么滑了我一跟头哇!
四徒弟 师父,萧恩出来了。

大教师 怎么着，萧恩出来啦？（看萧恩）哦，是个糟老头子！

四徒弟 人家问上了。

大教师 啊，是我、是我，是嘚我！

萧　恩 （站台口靠“大边”）你们是哪里来的？

大教师 丁府上来的。

萧　恩 哦！（打量一下）原来是丁府上的教师爷。

大教师 罢了！

萧　恩 哼！【大锣一击】（用右手切教师爷手腕，大教师急撤回手做痛状）

四徒弟 师父，怎么啦？

大教师 这老帮子是会家子。

四徒弟 会家子！

大教师 你们可得留点神啊！

萧　恩 你们到此做甚？

大教师 跟你要渔税银子来啦！

萧　恩 你来看，这几日天旱水浅、鱼不上网，改日有钱送上府去，何劳教师爷你来！（用右手指点教师爷左胸，大教师闪躲不及）【大锣一击】

四徒弟 师父，您又怎么啦？

大教师 （手抚胸）这老帮子会点穴，这幸亏是师父，这要是别人哪？

四徒弟 那可了不得！

大教师 哼，他也戳不着哇！——萧恩，你说什么，这几日天旱水浅，鱼不上网，改日有钱，给我们送上府去。这要是别人来了，叫你拿两句话打发走了，今儿个教师爷我来了，任凭你怎么说，别管你怎么说，你总得拿银子来！

萧　恩 哼！旁人来了无有，教师爷你来……

大教师 拿来！

萧　恩 哼哼哼……【撕边大锣一击】越发的无有哇！（又点教师爷胸，教师爷躲开）

大教师 又来了，我这防备着哪！（问徒弟）带着没有？

四徒弟 （拿出锁链）带着哪！

大教师 拿过来。萧恩哪！你认识这个不认识？

萧　恩 哼哼，（冷笑）朝廷的王法。

大教师 这是你姥姥怕你活得不长远，给你打的百家锁儿。

萧　恩 哼！【大锣一击】（右手将锁链打落在地，用右脚踩住）

大教师 哎哟！

四徒弟 师父，怎么啦？

大教师 不要紧，没砸着。（指锁链）捡过来！

四徒弟 不会捡。

大教师 这也不会？这算得了什么呀！（过去欲拿，一看萧恩，又退了回来，指一个徒弟）哎，你把它拿过来，不就结了吗？

一徒弟 我不敢拿！

大教师 你不敢拿，我就敢拿啦？

四徒弟 您是师父，瞧您的。

大教师 这儿等着我哪。好，瞧我的。

四徒弟 瞧师父的。

大教师 （一想）萧恩哪！你瞧见过“稀稀罕儿”没有？一个家雀儿俩脑袋，在那儿哪。（往左前一指，推萧恩，拾锁链）【小锣一击】在这儿哪！

萧　恩 哼！

大教师 瞧见没有？拿过来啦！学着点，这叫有力使力，无力使智。听着，锁上拉着就走！

四徒弟 没错儿。

大教师 萧恩哪！你不给渔税银子，教师爷我要锁你！【撕边大锣一击】

萧　恩 怎么，你要锁？

大教师 要锁！

萧　恩 当真要锁？

大教师 当真要锁！

萧　恩 果然要锁？

大教师 果然要锁！（欲套萧恩）

萧　恩 你就与我（抓住锁链【大锣三击】）锁，锁，锁！（随三锣三摆锁链一扔反套住大教师。四徒弟上前拉着欲走）

四徒弟 锁上了，拉着走！

大教师 别用劲儿，看准了拉，锁上我了，拉得走吗？

四徒弟 拉错了。

大教师 跟他讲讲面子。哈哈哈！（笑介）萧老头哇这话哪是这么说，这要按理呀，把你锁上一走去见我们员外爷，我们爷们儿交差没事了。话虽这么说呀，你这个岁数，你这个年纪儿，在这江边混了不是一年半年了，真把您锁上，那够多么的不好看哪！我们爷儿几个也是上命差遣，概不由己，没法子，这么办，您跟我们辛苦一趟，去见我们员外爷，渔税银子要不要在他哪，给不给在您哪，我们爷儿几个交差没事了，您看这个主意怎么样？

萧　恩 好便好，就是你二大爷无有工夫哇！

大教师 他跟我论上了。

四徒弟 论上了！

大教师 打他！

四徒弟 打他！

大教师 萧恩！叫你走，你不走！要银子你不给！你看教师爷我带的人多，我嘚儿要讲打！【大锣一击】

萧　恩 怎么，尔要讲打？

大教师 讲打！

萧　恩 哎呀！【大锣五击头】老汉幼年间，听说打架，犹如小孩子穿新鞋、过新年的一般！如今老了，我打不动了哇！

大教师 你别嘚撇斜，我今儿非打不可！【撕边“八大仓”】

萧　恩 娃娃！【大锣五击头】当真要讲打？

大教师 打！

萧　恩 果然要讲打？

大教师 打！

萧　恩 也罢！（**大大八仓仓顷仓**）（脱老斗衣，夹在左腋下，抬左腿）待老汉将衣帽留在家中，（摘毡帽）打一个样儿叫你们见识见识呀！**【撕边“八大仓”】**（扔衣和帽至台后，打大教师毛，大教师过“大边”，“冲头”四徒弟一边两个，萧恩面向里）

〔西皮导板〕

萧　恩 **【大锣导板头】**サ（3. 5 6. 6 5 i 3 2 7 6 2 1 －）

3 3 3 3 3 4 3 3 3 2 3 4 3 －

听 一 言 不 由 人 七 窍 冒 火，

〔**【急急风】**萧恩面向后“双飞雁”，转身与“下场门”前第一个小徒弟“幺二三”盖手踢屁股坐；再与“上场门”前的小徒弟，盖手、打胸，小徒弟倒毛坐地，接打“下场门”后第三个小徒弟，扫“旋扑虎”，然后蹦出来。打“上场门”后第四个小徒弟“搭加官”，小徒弟倒地。上前站中，大教师在“大边”出手与萧恩架住。**【急急风】**停。

大教师 你说什么，听一言不由你七窍冒火，教师爷我要打你个八处生烟。

〔大教师念：“八处生烟”时，与萧恩手打“幺二三”，萧恩一盖大教师手，推出大教师。**【大锣一击】**

〔西皮摇板〕

萧　恩 **【闪锤】**（过门同前）1 3 2 3 1 1 3 2 1 6 1

不 由 人 一 阵 阵 咬 碎 牙 窝。

（1 2 1 6 2 1 2 6 5 5 5）3 3 2

江 湖 上

1 3 3 2.（3 2 1 6 1 2 2）2 2

叫 萧 恩（呐） 不 才

2. 2 1 2 3 5 1 2 － **【长锤】**

是（喏） 我。

〔萧恩“扫堂腿”，四徒弟同时“爬虎”，与大教师架住。

大教师 打！你说什么，江湖上叫萧恩不才是你，教师爷我也有个名姓儿，我叫左铜锤（**扎扎仓**）（萧恩抓大教师手三摆，扔手杵大教师眼）哎哟！打！

〔西皮摇板〕

萧　恩 **【闪锤】**（过门同前）2 1 2 3 1 2 3 2 2 1 6 1

大 战 场 小 战 场 爷 见 过 许 多。

（ 1 2 1 6 2 1 2 6 5 5 5 ‖: 3 6 5 i 3 2 1 2

6 5 5 5 :‖ ） 2 1 2 2 3 3 3 2. （ 3 2 1
俺 本 是 出 山 虎（哇）

6 1 2 2 ） 3. 1 2 1 2 3 2 1 2 －
独 自 一（呀）个，

〔【急急风】萧恩绕两个小徒弟脖子，然后搂住脖，飞起双腿踢另外两个小徒弟，推开搂住的两个小徒弟，大教师出拳，萧恩架住。

大教师 你说什么？你好比出山虎独自一个，教师爷好比那打猎的，单打你这出山虎。

〔（扎扎仓）大教师打萧恩双拳，萧恩双手挡住，然后切大教师胸脯。

〔西皮摇板〕

萧　恩 【闪锤】（过门同前）2 1 2 3 2 2 1 1 3 2 1 6 6 1 2
何 惧 尔 看 家 犬 一 （呀）群 一 窝

（单起【凤点头】萧恩揪大教师耳朵，拉至台口）

（ 6 6 5 i 3 2 7 6 2 1 ） 2 1 2 2 1 5
尔 本 是 奴 下

3 2. （ 1 6 1 2 － ） 3. 2 1 2 3 3 － 3 3 2 － ‖
奴（哇） （倾 － 仓） 敢 来 欺 我！

〔【撕边一击】（打大教师一耳光，面向里站，四徒弟过来扶大教师）

大教师 （边走边念）打他，打他！

四徒弟 别打啦。

大教师 怎么，有人出来了吗？

四徒弟 没人了！人骂您是奴下奴，没我们什么事儿。

大教师 什么，骂我是奴下奴？我问问他！萧恩，（萧恩转身上前）你骂我们是奴下奴，不错，是奴下奴，可不是你萧家的奴。这么办，你经得教师爷“三羊头”，渔税银子不要了，带着徒弟们一走，你看怎么样？

萧　恩 慢说是“三羊头”，就是“三狗头”——

大教师 人头嘛，怎么是狗头哇？

萧　恩 你二大爷何惧呃！

大教师 哪有功夫？

萧　恩 哎！（指左边腹部）

大教师 你站住喽，【大锣三击】（撞萧恩三下。【扫头】萧恩打四徒弟“萝卜头子”，四徒弟“下场门”下。大教师在“小边”和萧恩在“大边”，**【撕边大锣一击】**萧恩拦住大教师，又**【撕边大锣一击】**再拦大教师，（**崩登仓**）接**【慢撕边大锣一击】**大教师给萧恩跪下）二大爷，徒弟们都打发走了，就剩我一个人儿了，咱明儿见！（欲走，萧恩拦住）

萧　恩　哎，撞了老汉“三羊头”，老汉打你三拳放你回去呀！

大教师　二大爷，别打喽，别打喽！

萧　恩　要打。

大教师　你打？

萧　恩　哎！

大教师　好，你就打三拳。（运气介）

萧　恩　哪里有功夫？

大教师　（指腹部）呃——这！

萧　恩　着打。

〔**【大锣三击】**萧恩打大教师三拳，萧桂英拿枷棍“上场门”上，（**八仓**）打教师后部一下，（**八仓**）打第二下，（**八仓**）打第三下后，大教师到“大边”向右往里转身，（**八大仓**）打大教师头。

大教师　哎哟！哎哟！哎，你们俩打一个。**【冲头】**（“下场门”下）

〔萧恩、萧桂英随**【冲头】**双进门，萧恩归大边，萧桂英归小边。

萧桂英　女儿打得可好哇？

萧　恩　只怕打出祸来。取为父衣帽过来，去到县衙，抢他个原告。

萧桂英　他家势力浩大，爹爹忍耐了吧。

萧　恩　不用你管，快快地取来。

萧桂英　（“下场门”下取衣帽又上，交萧恩）爹爹要早去早回。

萧　恩　我儿看守门户，为父去也！

〔**【扫头】**出门，左腿踢大带、右手拿老斗衣，起“云手”，向左转身，老斗衣交左手，右手变掌垂于腹前，面向“下场门”斜后方，抬左腿亮相。下“下场门”。萧桂英随**【扫头】**关门，“上场门”下。

第　五　场

〔四徒弟扶大教师“上场门”上，葛先生“下场门”迎上。

葛先生　教师爷，辛苦你了，有累你了，哎呀呀，银子拉回来了？

大教师　萧恩把我们给打回来了。

葛先生　真真的可恶！教师爷歇息去吧，待我衙前走走。（下）

大教师　伙计们，跟师父养伤去。**【小锣打下】**（众徒弟扶大教师“下场门”下）

第六场

〔中场桌“小坐”。

〔萧桂英随【小锣“夺头”】在“过门”中“上场门”上。

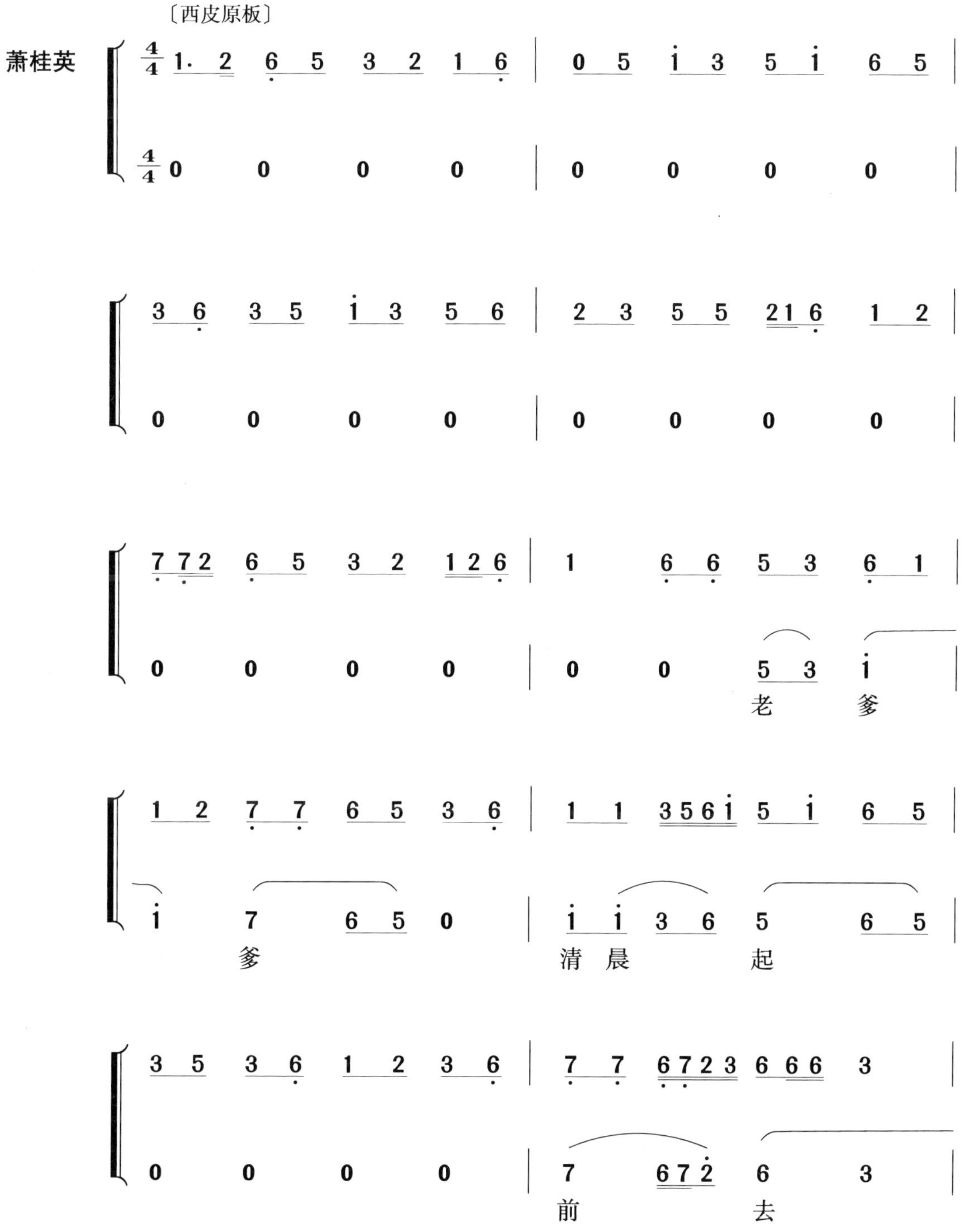

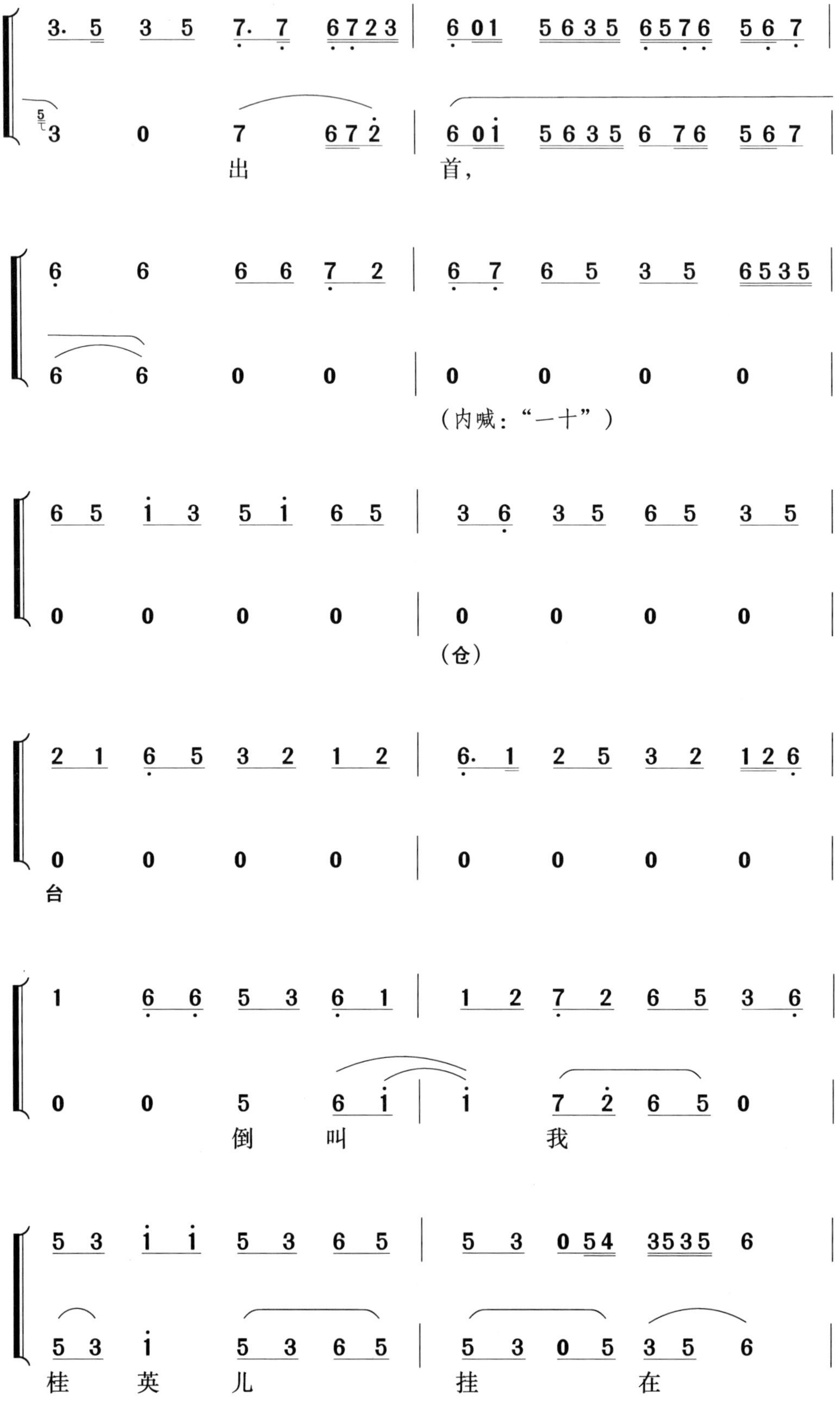
出
首，
（内喊："一十"）
（仓）
台
倒
叫
我
桂
英
儿
挂
在

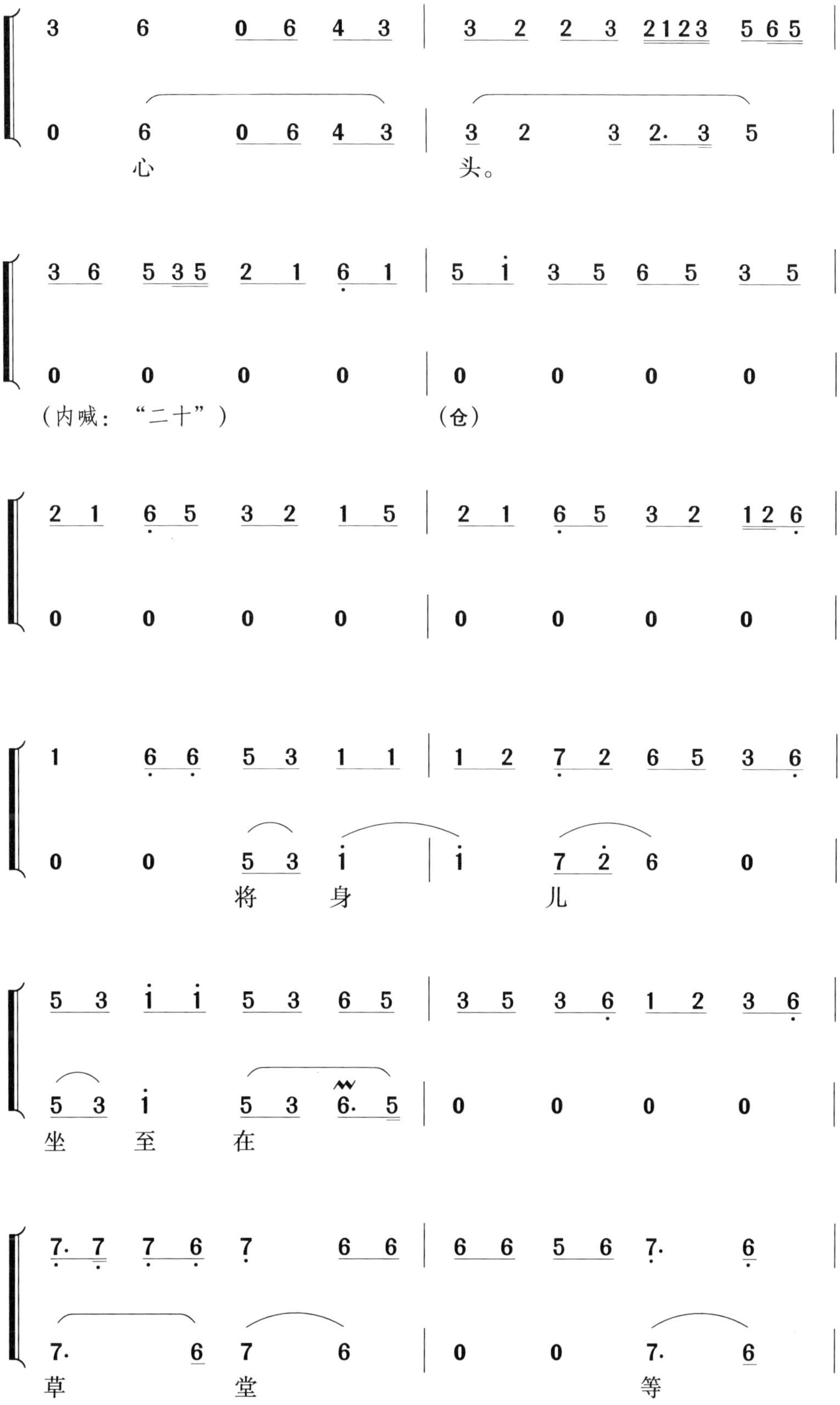
心
头。
（内喊：“二十”）
（仓）
将
身
儿
坐
至
在
草
堂
等

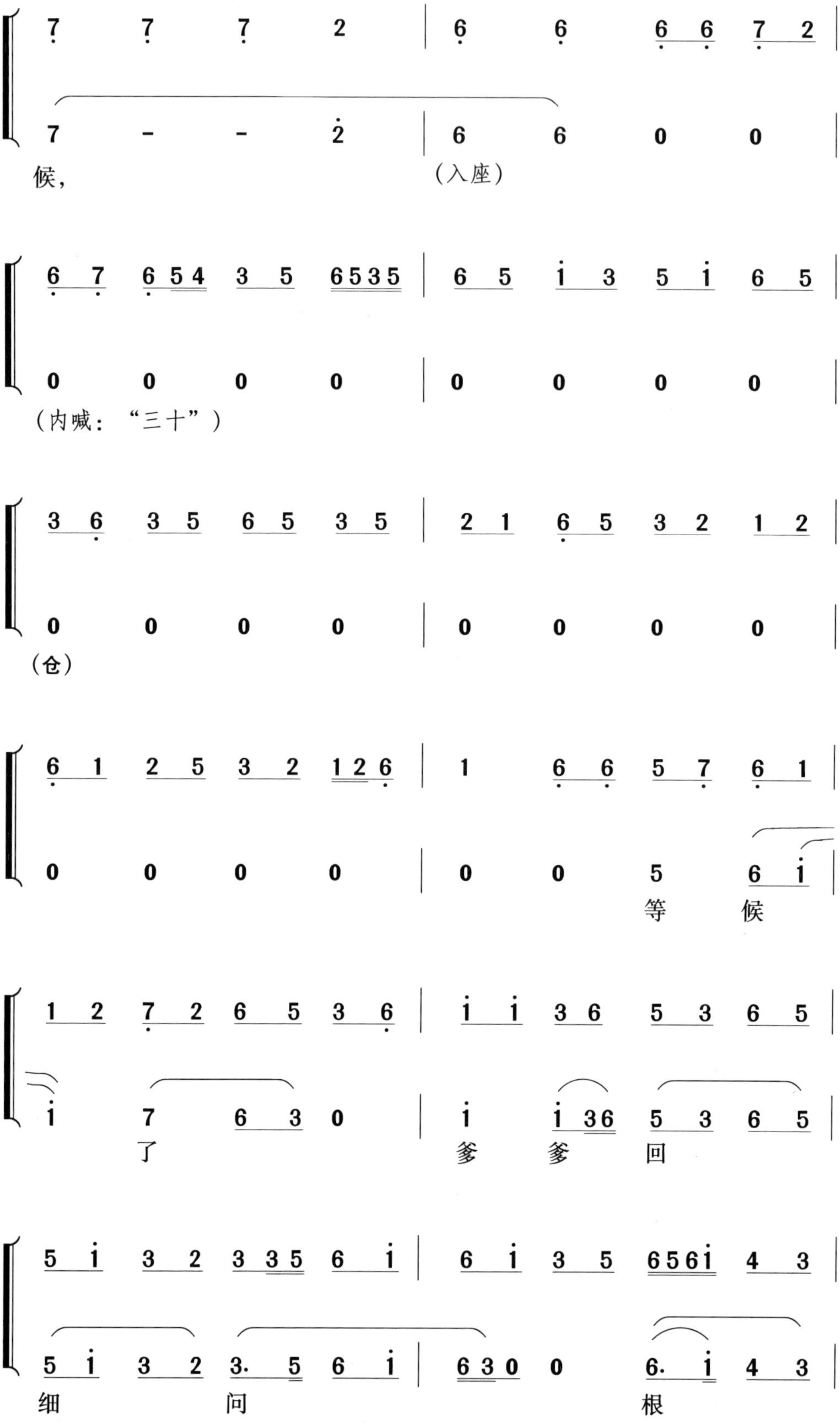
候，
（入座）
（内喊："三十"）
（仓）
等 候
了
爹 爹 回
细 问
根

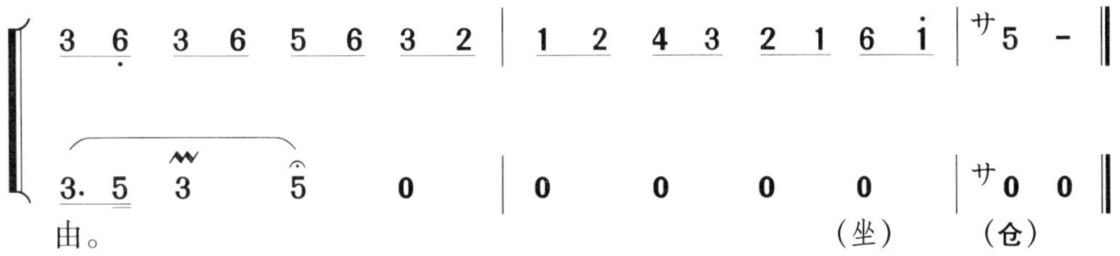

（内喊：“四十打完。”）

【大锣一击】（内喊：“命你过府赔罪。退堂！”）

（冬冬仓）接起**【乱锤】**

〔萧恩在**【乱锤】**中，穿老斗衣“上场门”上，向左前方，斜迈步，至台口起**【撕边】**抬左腿，单腿向后退，脱老斗衣，左手拿住，然后落左腿向右转半身，面对“上场门”，背朝外亮“弓箭式”。

萧　恩　**【大锣一击】**好贼！**【纽丝】**（回身走至“上场门”台口）

〔西皮散板〕

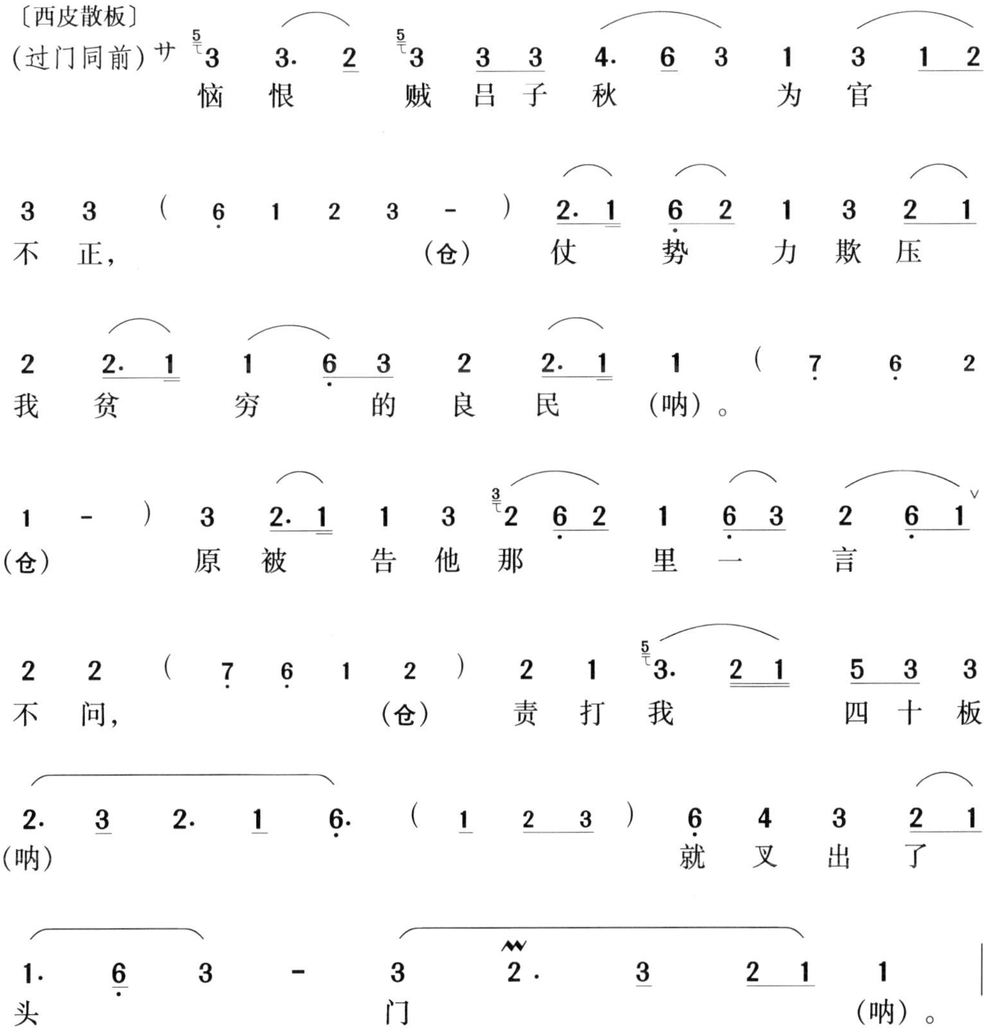

（左手向右指，跺右脚，起**【乱锤】**接**【大锣凤点头】**）

（过门同前） 3 2 1 1· （6） 5 6 1 6 1 3· 3
无 奈 何 咬 牙 关（呐）

2· 1 6 5 （4 3 6 5） 5 6 1 3 2
（顷 仓） 忙 往 家

〔哭头〕
1 （1 － 1 － 4 3 2 1 7 2 1） 2· 3
（仓 － 仓 － 仓 仓 台 七 台 仓） 奔

4· 5 3· 2 1 6 3 2 2· 1 1 2· 3

7 6 5· 6 7 6 7· 2 7 2 7 6

5 6 6 － 6 6 5 － 【纽丝】切住 （4 3 6 5 －）
（扎 扎 扎）

（左转身走小圆场，一望门）

〔西皮散板〕
【大锣凤点头】（过门同前）2 1 3 1 3 1 2 2 1 6 2 1 2 2· 1 1 －
叫一声桂英儿 你 快 来开门（呐）。

〔右手敲门，【扫头】桂英开门，出门，见萧恩，【乱锤】两人搭手双进门，推磨儿，萧恩归“大边”，将衣扔桌后，左腿踏椅上，面向里站。萧桂英站“小边”。

萧桂英 爹爹为何这等模样？

萧　恩 【叫头】哎呀儿呀！（回身）为父上得堂去，那赃官一言不问，将为父重打四十。【乱锤】噢！（右腿踏椅上面朝外）

萧桂英 好贼子！如此说来，爹爹你受了屈了。

萧　恩 这还不叫做受屈呃！

萧桂英 怎样才算受屈呀？

萧　恩 那贼言道：叫为父连夜过河，与那贼赔礼，这才叫受屈呀。

萧桂英 啊爹爹，你是去也不去呢？

萧　恩 哎呀！【大锣五击】（腿下椅子，向前走）讲什么去也不去，为父恨不得插翅飞过河去，我就杀了这……

萧桂英 噤声！（崩登仓）（两人搭住膀子，随【大锣三击】一起向前迈三步，萧恩抬右腿、萧桂英抬左腿落地【撕边大锣一击】各向两边一望，【撕边大锣一击】同往回对面示意无人，【大锣五击】退回来，萧恩示意叫萧桂英关门）

爹爹，杀什么哇？

萧　恩　杀了贼的满门，方消我心头之恨！

萧桂英　【叫头】爹爹呀！【大锣五击头】他家势力浩大，爹爹你，你就忍耐了吧。

萧　恩　不用你管，取为父的衣帽戒刀过来。

萧桂英　依女儿看来，还是不去的好！

萧　恩　不要你管，快快取来！（萧桂英下取衣、刀，萧恩整理一下，萧桂英上，将衣、刀放在背后）

萧桂英　爹爹还是不去的好。

萧　恩　不用你管，快快取来！

萧桂英　衣帽在此。（交给萧恩）

萧　恩　我儿在此等侯，为父去也。（欲走）

萧桂英　爹爹请转。

萧　恩　何事？

萧桂英　儿跟随爹爹前去如何？

萧　恩　女流之辈，去之无益呃！

萧桂英　爹爹杀人，女儿站在一旁，与爹爹壮壮胆量也是好的呀。

萧　恩　（一想）既要前去，带着儿的戒刀，将儿婆家聘礼珠子一同带在身旁。（萧桂英下取衣、刀。萧恩自言自语）站在一旁壮壮胆量也是好的呃。（桂英上）收拾好了？开门哪。（桂英开门。萧恩左膀夹刀，向外一望两望出门，桂英随出）走哇！（欲走）

萧桂英　爹爹请转！【小锣一击】（萧恩转回）

萧　恩　何事？

萧桂英　门还未曾关呢。

萧　恩　这门么？【撕边大锣一击】咳，关也罢，不关也罢呀！（欲走）

萧桂英　爹爹请转。【小锣一击】

萧　恩　儿呀，又是何事？

萧桂英　里面还有许多动用的家具呢？

萧　恩　（用右手指桂英）呵呵，傻孩子呀！门都不关了，要家具作甚哪！

萧桂英　怎么，不要了！

萧　恩　咳，不明白的冤家呀！（大大大大乙台）（父、女哭介）哎，不要啼哭，快快随为父的走哇。

〖闭幕。撤桌椅。萧恩、萧桂英走圆场，边走边念。

萧　恩　儿呀，到了那里看为父的眼色行事，【小锣一击】不可莽撞行事啊。

萧桂英　儿记下了。

〖至“上场门”台口，幕拉开〔水声〕萧恩一望，将衣、刀交萧桂英。

萧　恩　儿呀，看仔细了。

萧桂英　是。

〖跳上船，拍掌，萧桂英回拍，扔衣、刀，萧恩接放台中。萧恩再拍掌，萧桂英回拍，再扔衣、刀，萧恩接放台中。〔水声不断〕拍三掌后两人对摸，上搭右手下搭左手，萧桂英转身一跳上船，松手。萧恩下船解开缆绳，再跳上船，至台中靠后处拿船桨。

萧　恩　（念）儿呀，夜晚行船比不得白昼，儿要掌稳了舵。

萧桂英　儿遵命！

〔**【紧锤】**萧恩在前，萧桂英在后向左转走半个圆场。至“上场门”。斜走向左前方至台中靠左前，边划边唱。

〔西皮流水〕

萧　恩

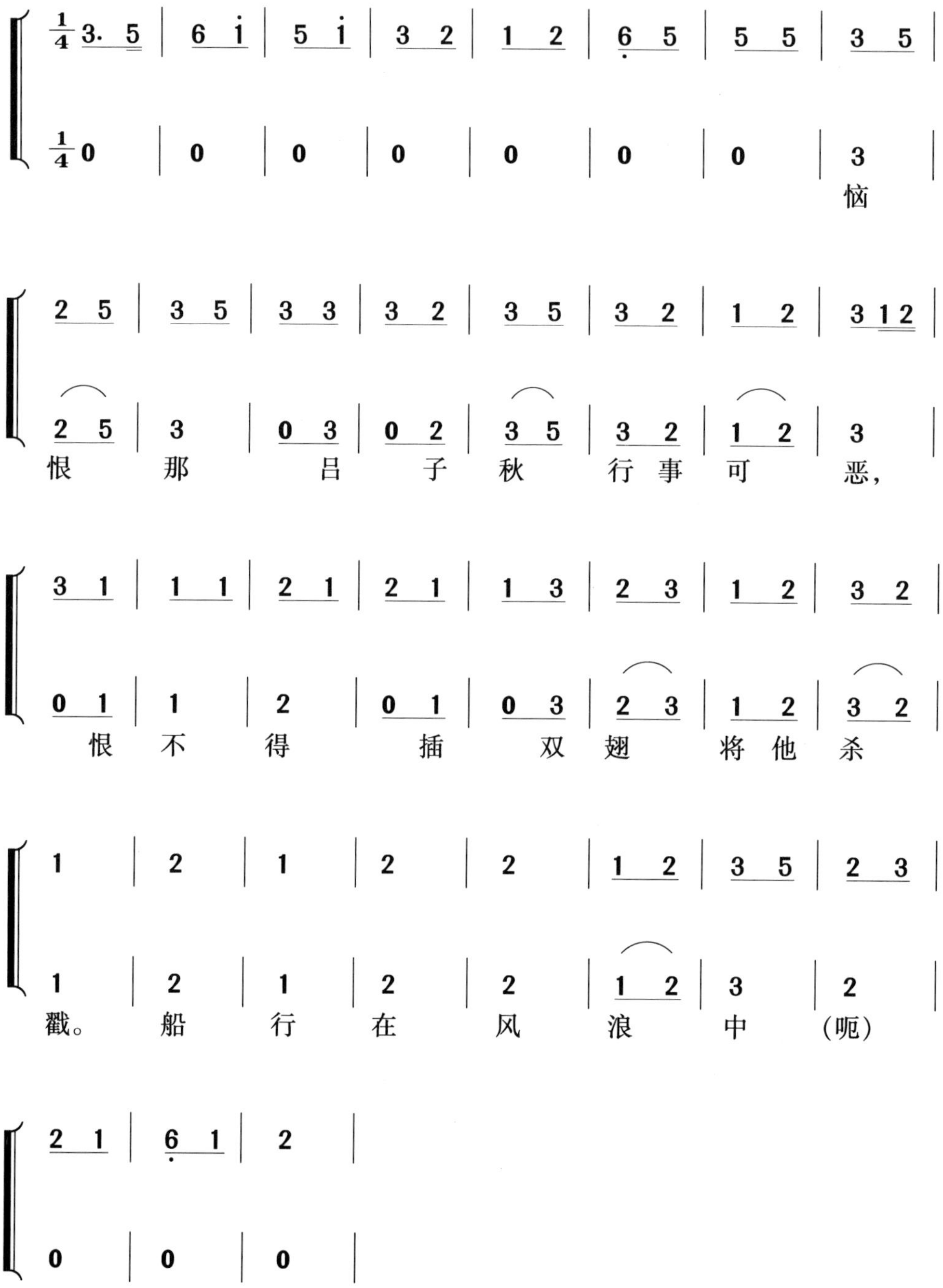

サ 2 2· 2 1 2 3 ³5 1 2· 3 4 ⁵3 ⁶¹2 –
要 掌 稳 了 舵，

〔【大锣一击】萧桂英抬手表示松篷索。

〔西皮散板〕

萧　恩　【大锣凤点头】(过门同前) サ 3 2· 1 1 1 6 1 1 2· 1
我 的 儿 为 什 么 撒

6 3 2· 1 6 1 – 【大锣住头】
了 篷 索。

萧桂英　啊爹爹，你此番杀人，是真的，还是假的？

萧　恩　【撕边一击】呃！我恨不得飞过河去，杀贼的满门，方消我心头之恨哪！

萧桂英　如此说来，女儿我有些害怕，我不去了。

萧　恩　(左手拿桨，向里甩髯) 呀呀呸！【大锣五击】为父怎样嘱咐于你，不叫儿前来，儿是偏偏要来，哎——也罢，待为父送儿回去！

(八仓) (萧恩划一下桨，萧桂英反划一下) (八仓) (重复一次) (蹦登仓) (划第三下)

萧桂英　孩儿我舍不得爹爹。

〔哭头〕

(0 65 3 5 65i 5 –) 5 6· 6 5 6 1· 16
(八大台 顷 – 仓) 啊！
(右手弹髯，左手持桨，面向里)

(1 – 1 – 4 3 2 1 7 2 1 –) 1 1 6 3 1 3
(仓 – 仓 – 仓 仓 台 七 台 仓) 桂 英 (呃)

2 1 6 1 2 3 5 6· 5 4 4 5 6 6 5 –
我 的 儿 (呃)。

唉，走【扫头】(向左走半圆场至“下场门”处。再斜着走至台中“水声”两人先将船桨扔至后台。萧恩摸至船头，将绳扔至岸上。然后跳上岸拉船【撕边】系缆绳。拍手三番，萧桂英将衣刀扔给萧恩，搭手上岸) 儿呀，在此下船，还要在此上船，儿要记下了。

萧桂英　记下了。

萧　恩　儿呀，随为父的走哇！(挽萧桂英手，向右转，走半个圆场，归台中。边走边念) 儿呀，到了那里，叫儿骂，儿就骂，叫儿杀，儿就杀呀！

萧桂英　记下了。

萧　恩　哎，儿呀，珠子可在身旁。

萧桂英　现在身旁。

萧　恩　好，到了那里，倘有不测，将珠子顶在头上，逃往你婆家去吧！

萧桂英　爹爹你呢？

萧　恩　我么，**【撕边大锣一击】**咳！儿就不要管了。（哭介）

萧桂英　苦命的爹爹！（哭介）**【小锣一击】**

萧　恩　不要啼哭，快快随为父的走哇。（向左转走圆场，至上场门台口）来此已是。（示意，两人穿好衣服，将刀藏在衣内）

萧桂英　待我叫门。

萧　恩　**【大锣一击】**（拦介）不可莽撞。（向"下场门"）呃！里面有人走出一个来！

大教师　（**大八、大八**）（手绑绷带，从"下场门"上）

谁呀？看看去！（出门见萧恩，向后退）**【大锣一击】**萧恩哪，你太难啦，怎么打到门上来啦？

萧　恩　前来赔礼来了。

大教师　哦，赔礼来啦？

萧　恩　哎。

大教师　你敢不来！

萧　恩　啊！（欺大教师，堵住门）

大教师　（退后）哎，你瞧那是谁？

萧　恩　（回身挡住桂英）啊！

大教师　（趁机退回进门）有请员外。

丁员外　（"下场门"上，葛先生随上）何事？

大教师　萧恩过府赔罪。

丁员外　家丁们走上。

大教师　家丁们走上！**【冲头】**（四家丁空手两边上，大教师出门向萧恩）进来。

萧　恩　儿呀，随为父的进来。

【冲头】（二人进门挖开，萧恩归"大边"，萧桂英归"小边"）

丁员外　胆大萧恩，不纳渔税银子，反将我家教师爷打得这般光景，来，拿下了！

萧　恩　且慢！**【大锣一击】**我父女到此，一来赔罪，二来有好心当献。

丁员外　哦，献什么好心？

萧　恩　我父女在河下打来一个好宝贝，名叫"庆顶珠"，特来献上。

丁员外　好，拿来我看。

萧　恩　这，**【撕边大锣一击】**耳目甚众。

丁员外　两厢退下。**【冲头】**（四家丁、大教师两边下）取来我看。

〔（**八大仓**）二人将丁员外、葛先生杀死。

萧　恩　随为父的杀！

〔**【急急风】**萧恩"下场门"追下。台上剩萧桂英拿单刀，与两个家丁开打，将两家丁打下。大教师拿枪上，与萧桂英打，将萧桂英打下。萧恩"上场门"上，见大教师起**【马腿儿】**打"锁喉"**【四击头】**亮相。萧桂英"下场门"上，二人压住大教师的枪，一同杀死大教师。萧恩归"大边"、萧桂英归"小边"，起**【冲头】**接**【叫头】**

萧桂英 爹爹呀！贼子一家俱被你我父女斩尽杀绝了，快些回家去吧！

萧　恩 【叫头】哎呀儿呀！我们回不得了，快快随为父的来呀！

〔【急急风】二人走圆场，在台中【四击头】萧恩抱刀弓箭式在前，萧桂英在萧恩左侧靠后抚萧恩肩亮相。（崩登仓）二人转身面向里再亮相。<尾声>，下。

——剧　终

迟金声 马崇仁 **整理** 常保全 **执笔** 李 平 邢大武 **记谱**

串龙珠

马连良 郝寿臣演出本

《串龙珠》并不是京剧原有的传统剧目，而是马连良先生由晋剧移植改编的。

晋剧本名《五红图》，是晋剧名须生丁果仙送与马连良的剧本。为表谢意，马先生把京剧《四进士》剧本（晋剧有《紫金镯》剧本，但是不如京剧《四进士》情节集中）赠给了丁果仙，并亲自帮助晋剧团排练，也算一段梨园佳话。

马先生拿到《五红图》剧本后，请吴幻荪先生执笔重新组织结构，更名为《串龙珠》。表现的是元末徐州王完颜龙肆行虐政，徐州州官徐达和众乡民忍无可忍、奋起反抗的故事。《串龙珠》首演于1938年冬的北京"新新大戏院"（今长安街"首都电影院"）。马连良主演徐达，剧中的完颜龙，特别邀请郝寿臣扮演；其他角色也非常整齐：叶盛兰扮演康茂才，马富禄扮演花婆。

马先生对新编排的剧目在案头工作上总是反复研究。每排一出戏，马先生在全剧的唱、念、做、打的艺术安排上都展现马派的特点和特长。剧情中所展现的反抗异族侵略的主题也很鲜明，表达了沦陷区人民的心声，敌伪政府对此十分反感，此戏首演后便遭"禁令"，直至抗战胜利后才得以重新公演。他首先考虑的就是演员阵容，他认为这出戏中完颜龙这一角色非常重要，非郝寿臣先生莫属。马先生自1925年与朱琴心双头牌演出时就有郝先生参加，到1927年马先生独挂头牌时，其班社中仍有郝先生，他们合作演出了许多剧目。直到1930年郝先生与武生宗师杨小楼合作演出，马先生的"扶风社"才另请其他花脸演员。1937年"七七事变"后，杨小楼先生因病辍演，直至1938年病故，郝先生也一直未登台演出。这次马先生亲往郝宅拜访，请其合作演出《串龙珠》。郝先生慨然应允，并回访马先生，共同研究剧本的细节问题。一日，郝先生给马先生打电话，说请马先生到家谈事。郝先生遂向马先生认真讲述了他根据完颜龙这个人物的凶残暴虐的性格所设计出的黄色"花三块瓦"脸谱，并当着马先生拿出勾脸的用具在脸上勾画出来，让马先生审定（后来其他演员演出时均按郝先生创作的脸谱勾画）。马先生后来在与我们闲谈时提到此事，非常钦佩地讲：老先生对一个新角色创作如此重视并细心研究的精神，是我们应当认真学习的。

《串龙珠》一剧在唱腔的安排上有〔二黄〕和〔西皮〕，板式都与剧情的规定情景非常贴切。徐达第一场唱的是〔西皮三眼〕转〔流水〕，唱出了人物当时的压抑心情和胸怀抱负。下一场是完颜龙要杀乡民，徐达为其请命求情，并亲手责打乡民的一段〔二黄碰板〕转〔原板〕。这段唱词既有人物内心世界的独白，又有对郭广庆的指责，是很精彩的重点唱段。"公堂"一场安排的是〔西皮快板〕和〔散板〕，马先生的唱，在〔散板〕和〔摇板〕方面本有其独特的风格，这段〔散板〕共有十句之多，句句动情，声情并茂，准确地表现了徐达在公堂之上对冤屈乡民遭遇的深切同情。

马先生的念白特点鲜明，在第五场与完颜龙的对白，推进了情节的进展，如："……想下官身为民之父母，百姓开罪千岁，乃是下官不善教导之过，请先杀了下官，然后再杀百姓，以惩不教而诛之罪也。”这段念白的节奏由中速转快，铿锵有力，顿挫有致，重音突出，充分显示了他爱民如子、为民请命的铮铮铁骨，所以演出时每念到此都能获得观众的满堂彩声。

《串龙珠》一剧的最后是徐达率领众乡民大反徐州，马先生设计徐达身着“箭衣”，手持宝剑，有一小段开打，使此剧唱、念、做、打等各种艺术手段充分展示，成为马派的独有保留剧目。

迟金声　常保全

人物行当

徐　达	老生	完颜图	丑
完颜龙	净	吴　怀	丑
乐　儿	丑	吴　贵	丑
郭广庆	净	二宫女	旦
侯伯清	老生	八校尉	杂
康茂才	小生	二班头	丑（杂）
花　婆	丑（彩婆子）	四青袍	杂
金　氏	旦	八百姓	杂
周李氏	旦		

服装扮相

徐　达　俊扮。忠纱、黑三，蓝官衣、玉带，湘色彩裤，厚底靴；第十六场换甩发、面牌，浅蓝团花箭衣，红彩裤。

完颜龙　勾黄花三块瓦。改良倒缨盔、翎子、狐尾、黑扎、黑耳毛，红龙箭衣、黄大带、黄马褂，红彩裤，厚底靴；第十六场改发髻，马褂闪膀子。

乐　儿　俊扮。中军盔，箭衣、马褂，红彩裤，朝方。

郭广庆　揉脸。青罗帽、黑一字、黑耳毛，青素箭衣、黄大带，青彩裤，薄底靴。

侯伯清　俊扮。黑三、改良素将巾，青布素箭衣、黄大带，青彩裤，厚底靴。

康茂才　俊扮。素鸭尾巾，素褶子、青素箭衣、灰大带，青彩裤，布袜子，福字履。

花　婆　俊扮。牛角纂，素裤子袄（绑腿带），花坎肩，花彩鞋。

金　氏　俊扮。青褶子、白素裙、腰巾，彩鞋。

周李氏　俊扮。白褶子、白素裙、白彩绸，彩鞋。

完颜图　俊扮。黄色帝王巾，白四喜，白发髻、黄彩条，女黄帔，红彩裤，朝方。

吴　怀　俊扮。蓝毡帽头，茶衣腰包、圆纱、红官衣，青彩裤，薄底。

吴　贵　俊扮。梢子帽，蓝布箭衣、大带，青彩裤，薄底。

二宫女　俊扮。过桥，花褶子、素裙，彩鞋。

八校尉　改良小倒缨，紫花箭衣、黑马褂，彩裤，大带腰刀，薄底。

二班头　皂吏帽，布箭衣、大带，青彩裤，薄底。

四青袍　红椒帽，青袍，青彩裤，薄底。

八百姓　毡帽，豆包，高方巾，老斗衣，茶衣，素褶子，绦子，薄底，福子履，髯口等。

道具

箭	二根	茶盘	一个
弓	二张	串龙珠	一串
堂板	二根	单刀	数把
打棍	一根	腰刀	十把
素红伞	一份	单枪	数把
彩娃子	一个	手 锁链	一份
红银包	一封	堂彩	（大刑家法）一副
扑刀	一把	吊椅	一份（椅子绑吊竿）
城片	一份	箭鸟	一副（一根箭上绑一雕鸟）
当票	一张	宝剑	二把（完颜龙、徐达各一把）
方枷	一面	马鞭	十一根（含完颜龙、徐达单用的二根）
假手	一只	红色小帐	一份（上放二蜡台、香炉，帐杆上挂号）
水桶	一个	竹篮	一个（篮内放一饭碗，盖黑布）

公案　　一份（桌上摆印盒、文牍盘、惊堂木、笺帖）

圆笼　　二个（一个放酒壶。酒杯数个，一个放红纸花数个）

锄、棍、镰、铲（百姓手持所用）

桌、椅（含桌围椅披）等

第 一 场

〔【急急风】八校尉各持马鞭，乐儿背弓、挎腰刀、持马鞭上，站“斜一字”。【撕边】完颜龙挎宝剑持马鞭上至台口，乐队起【串子】转【冲头】完颜龙勒马右转身回至“上场门”“九龙口”，锣鼓住。

完颜龙 儿郎的！

八校尉 有。【大锣一击】

完颜龙 郊外去者！

八校尉 啊！

〔乐队奏唢呐曲牌<出队子>

〔八校尉“领起来”,“插门”再“挖门”，乐儿随校尉后站“大边”，完颜龙随后加鞭向里小转身站立在台中间勒马。随着曲牌结束，众人站立两边，曲牌停。

完颜龙 【归位】（念）沙漠为王胆气豪，

万里江山归吾朝。【大锣住头】

孤【大锣一击】大元邦徐州王完颜龙。【大锣住头】跟随先王东征西讨，开疆辟土；且喜大好河山，俱在大元邦掌握之中。【大锣住头】今当春光明媚，正好郊外行围。乐儿。

乐　儿 有。【大锣一击】

完颜龙 吩咐儿郎们郊外去者！【大锣一击】（加鞭亮相）

乐　儿 郊外去者呀！

八校尉 啊！

〔【闪锤】众人站立不动，完颜龙打马向左往里小转身，回身。

〔西皮摇板〕

完颜龙 1/4（7̣ 6̣ 5 5 5 3 6 5 5 3 2 1 2 6 5 5 5）

4 3 3 - 3 2 5 3 2 1 2（3 2 1 6̣ 1

人 如 龙 马 如 虎（哇）

2）3 - 2 - 2 - 3. 5 2. 1 1 - 2 -

军 威 雄 壮，

〔西皮流水〕

【闪锤】1/4（7̣ | 6̣ | 5 | 5 5 | 3 6 | 5 i̇ | 3 2 | 1 2 | 6̣ 5 | 5 5）|

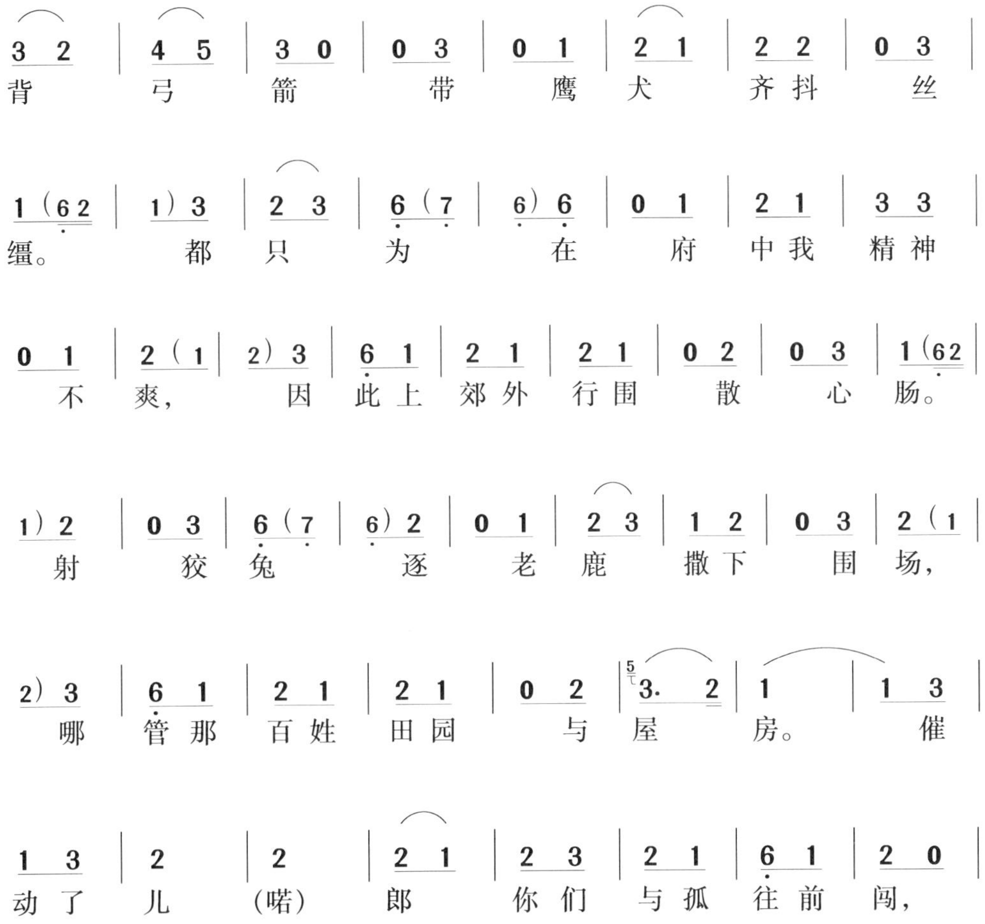

〔【快长锤】八校尉，乐儿“领起来”“插门”“下场门”下，完颜龙加马，转【纽丝】至“下场门”回身勒马。

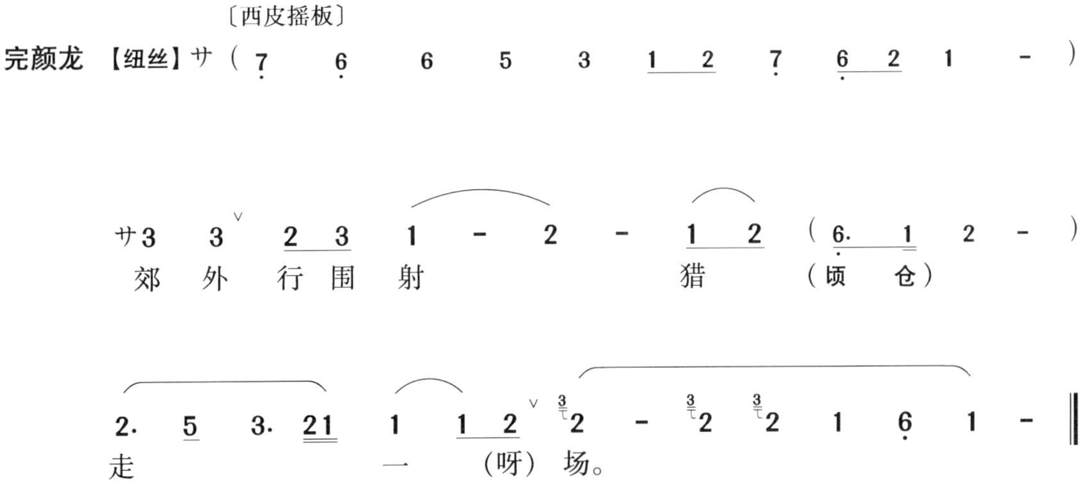

（【四击头】“趟马”接【串子】接【大锣三击】“三加鞭”【四击头】）

吠！【大锣一击】马来！（崩、登、仓）

〔亮相，起**【急急风】**转身勒马，向“下场门”下。

第　二　场

〔**【急急风】**转**【冲头】**郭广庆内白：“哈咳！”**【大锣五击】**“上场门”上，站中场。

郭广庆　（念诗）十年困风尘，叹做离乱人。
伤心亡国恨，壮志空凌云。**【大锣住头】**
咱**【大锣一击】**徐州府安乐村村长郭广庆。**【大锣住头】**生性粗豪，不读诗书。怎奈生不逢辰，偏遇着胡儿侵占中原，饱受异族欺凌。幸喜州官徐大老爷爱民如子，闻听今日下乡劝农，我不免约合乡党前去迎接。

〔侯伯清内白：“郭贤弟慢走！”**【大锣一击】**

郭广庆　那旁有人来了。

〔**【大锣水底鱼】**侯伯清“上场门”上，至“大边”站立，郭广庆归“小边”。

郭广庆　唔呼呼呀！原来是侯伯清兄长。

侯伯清　郭贤弟。

郭广庆　兄长急速而行，有何事故？

侯伯清　贤弟，听说徐大老爷今日下乡劝农，我有意约合众乡民前去迎接。

郭广庆　我正为此事而来。你我一同前往。正是：**【大锣住头】**

侯伯清　约合众乡党。（转身“下场门”下）

郭广庆　迎接**【一击】**好清官。（**崩登仓**）接**【冲头】**（“下场门”下）

第　三　场

〔舞台上空场。**【快原场】**缓锣切住。

〔徐达内白：“人役们！”

〔众衙役内白：“有！”**【大锣一击】**

〔徐达内白：“打道！”

〔**【快长锤】**四青袍抬食盒、二班头“上场门”上“站门”。徐达骑马上，伞夫随后上。众人站两边，徐达站“九龙口”。

〔西皮摇板〕

徐　达　1/4（7̣ | 6̣ | 5 | 5 5 | 3 6 | 5 i̇ | 3 2 | 1 2 | 6 5 | 5 5）|

サ 6̣ 6 2 1 3 3 2 －（2 1 6̣ 1 2）3 1 3 3 2 －
看 桃　 柳 芳 菲　　　　　　　 吐　 春（呐）信，

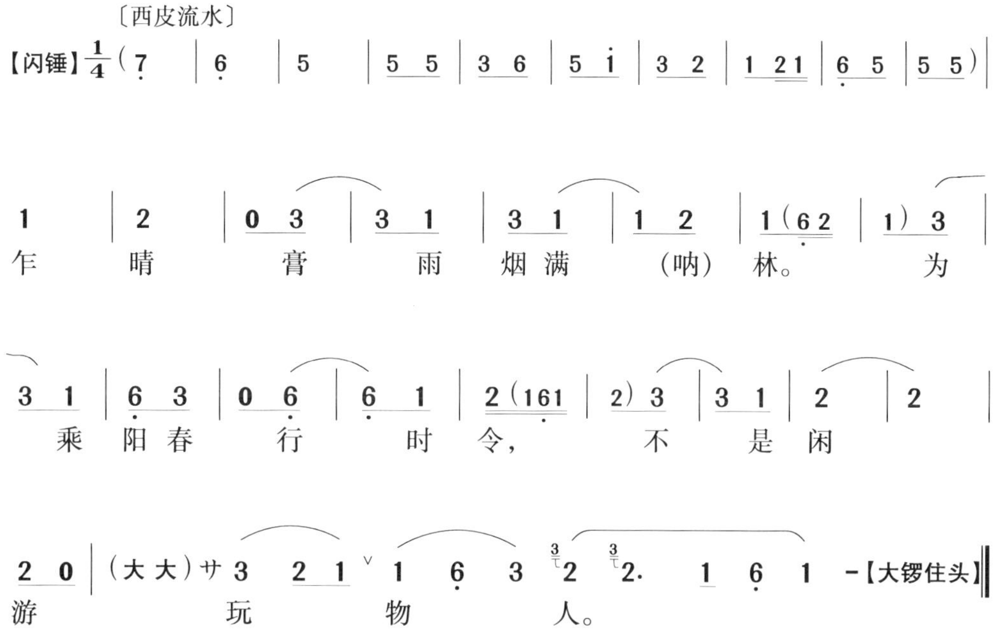

下官徐达。【住头】在元帝驾前为臣，官拜徐州正堂。眼见他们百般荼毒中原，任意凌辱百姓，亡国之恨，令人不堪。今当春暖时令，置备花酒，下乡劝农。人役们！

众衙役 有。

徐　达 一路之上不可啰唣！

众衙役 啊！【小锣一击】

徐　达 好天气也！

〔【慢长锤】加鞭往里小转身，回身站台中。

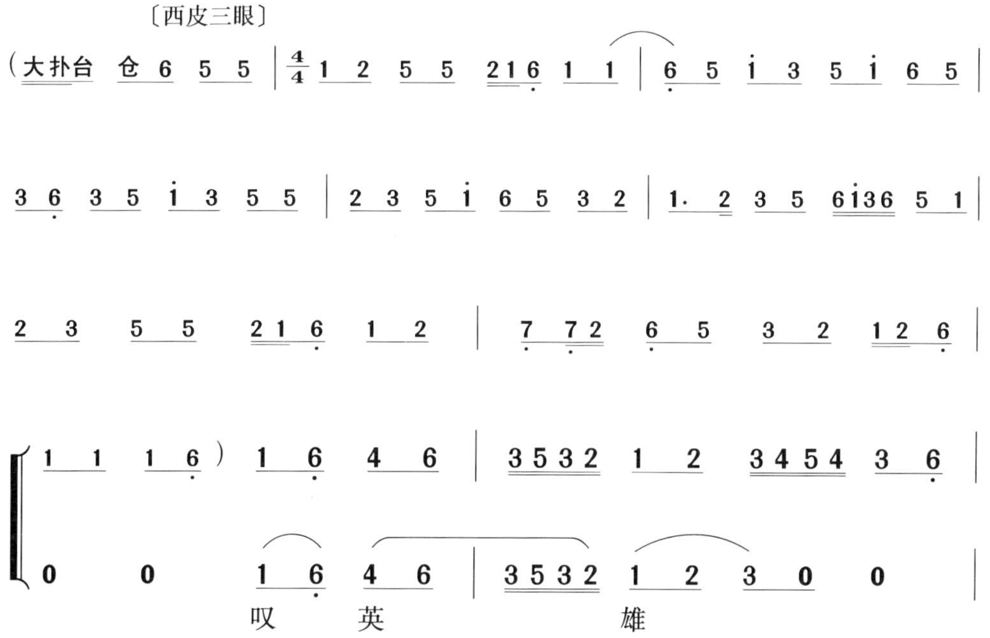

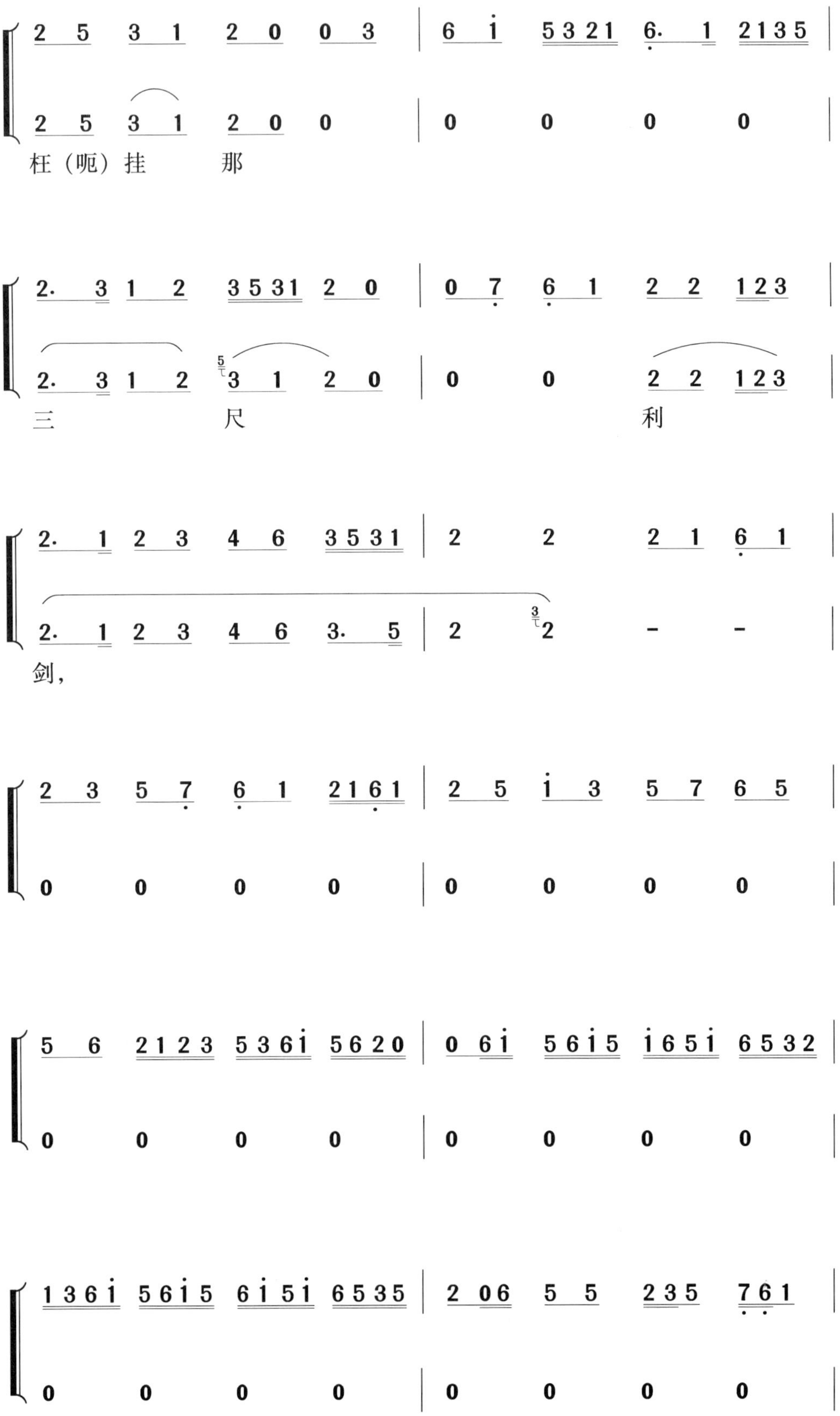
枉（呃）挂 那
三 尺 利
剑，

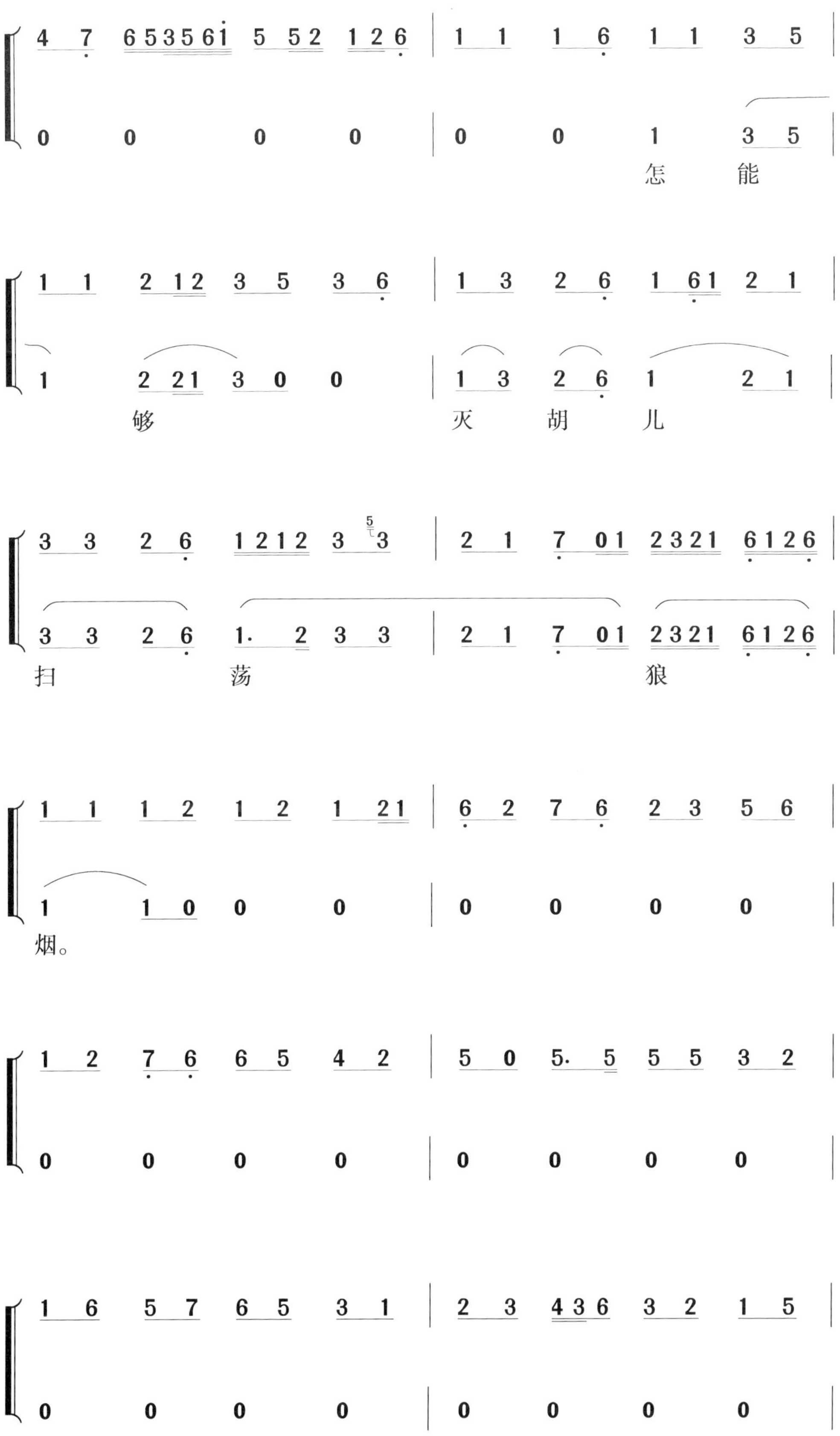
怎 能
够
灭 胡 儿
扫 荡 狼
烟。

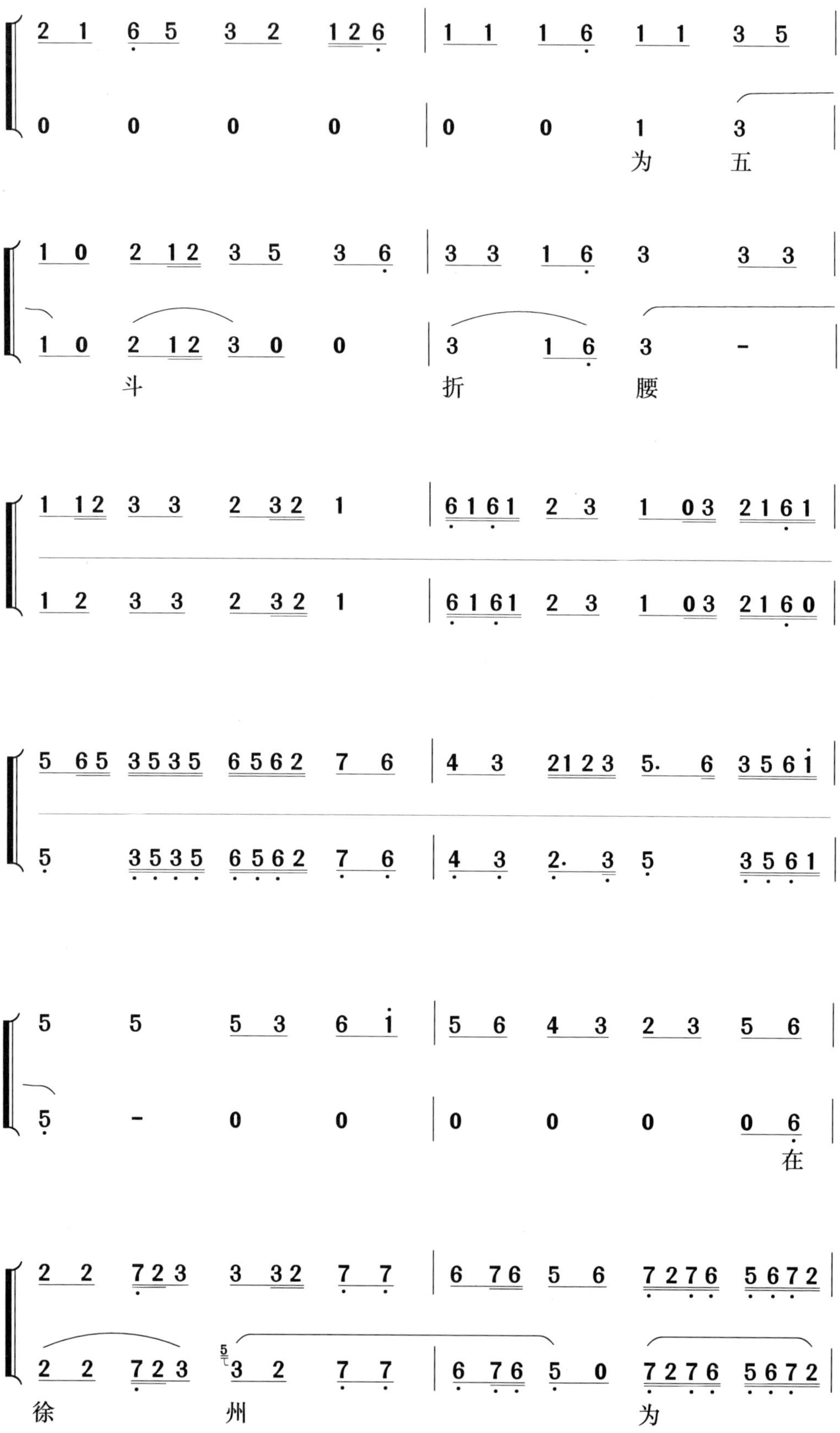
为 五
斗 折 腰
在
徐 州 为

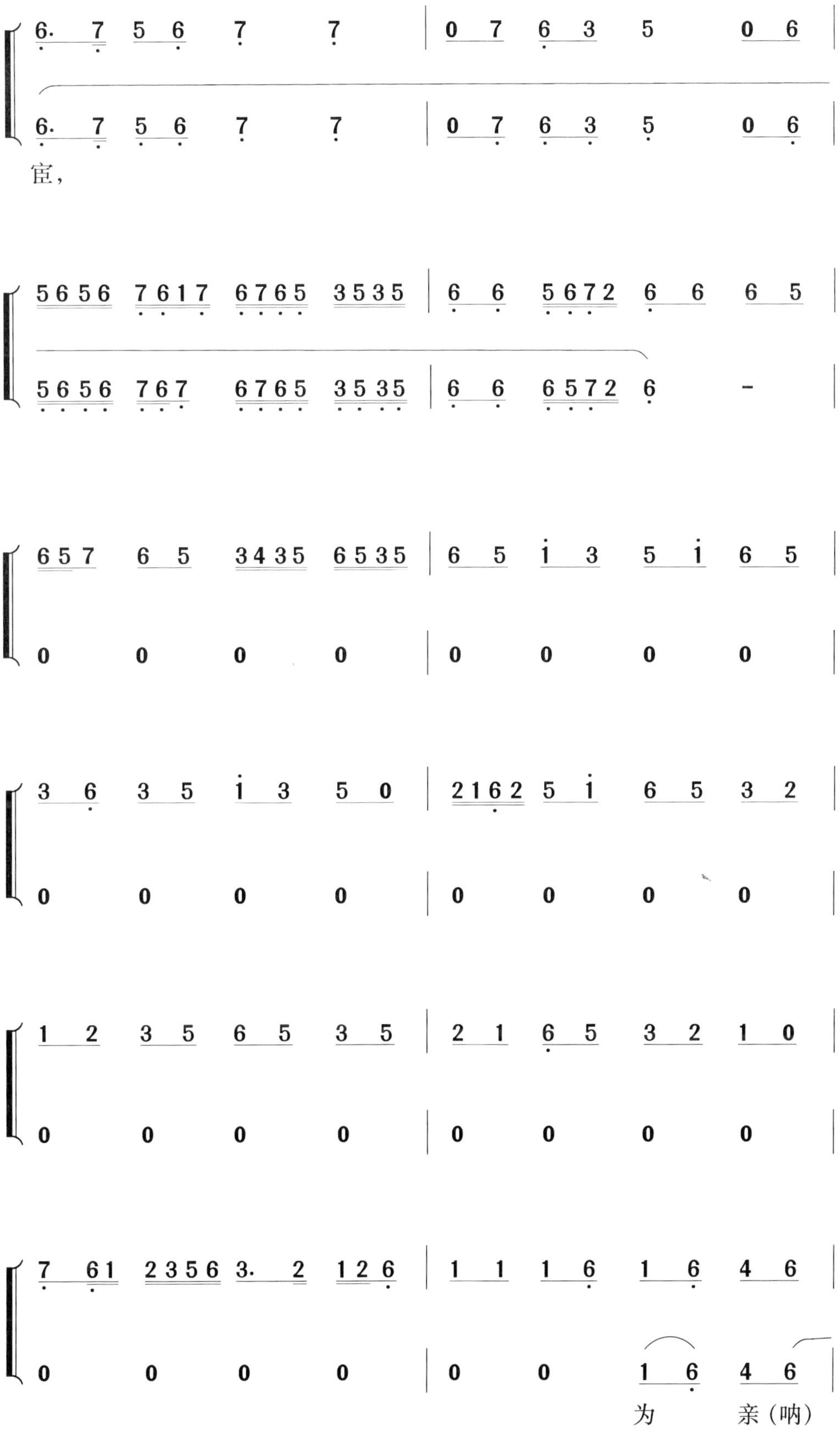
宦，
为
亲（呐）

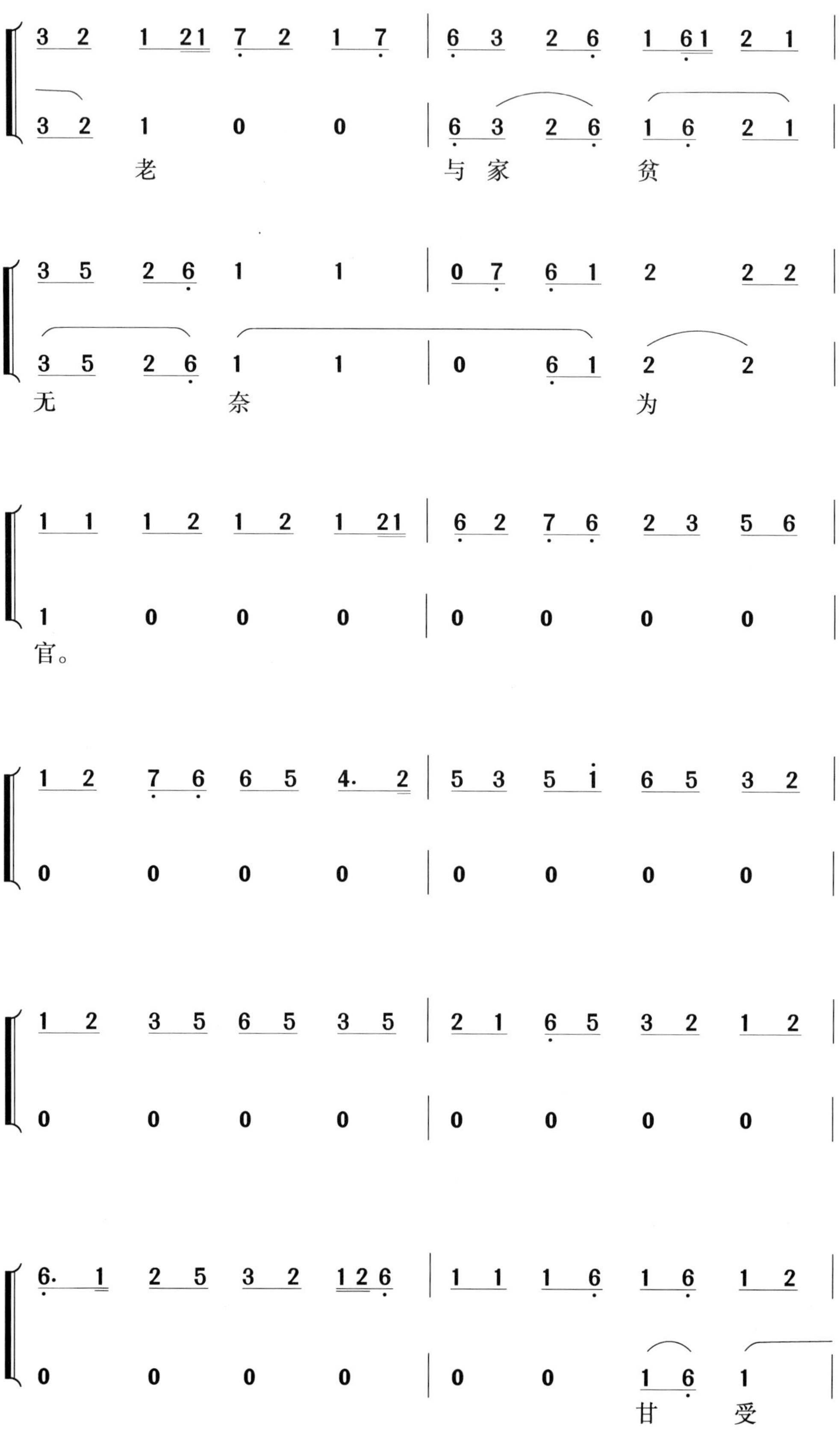
老 与 家 贫
无 奈 为
官。
甘 受

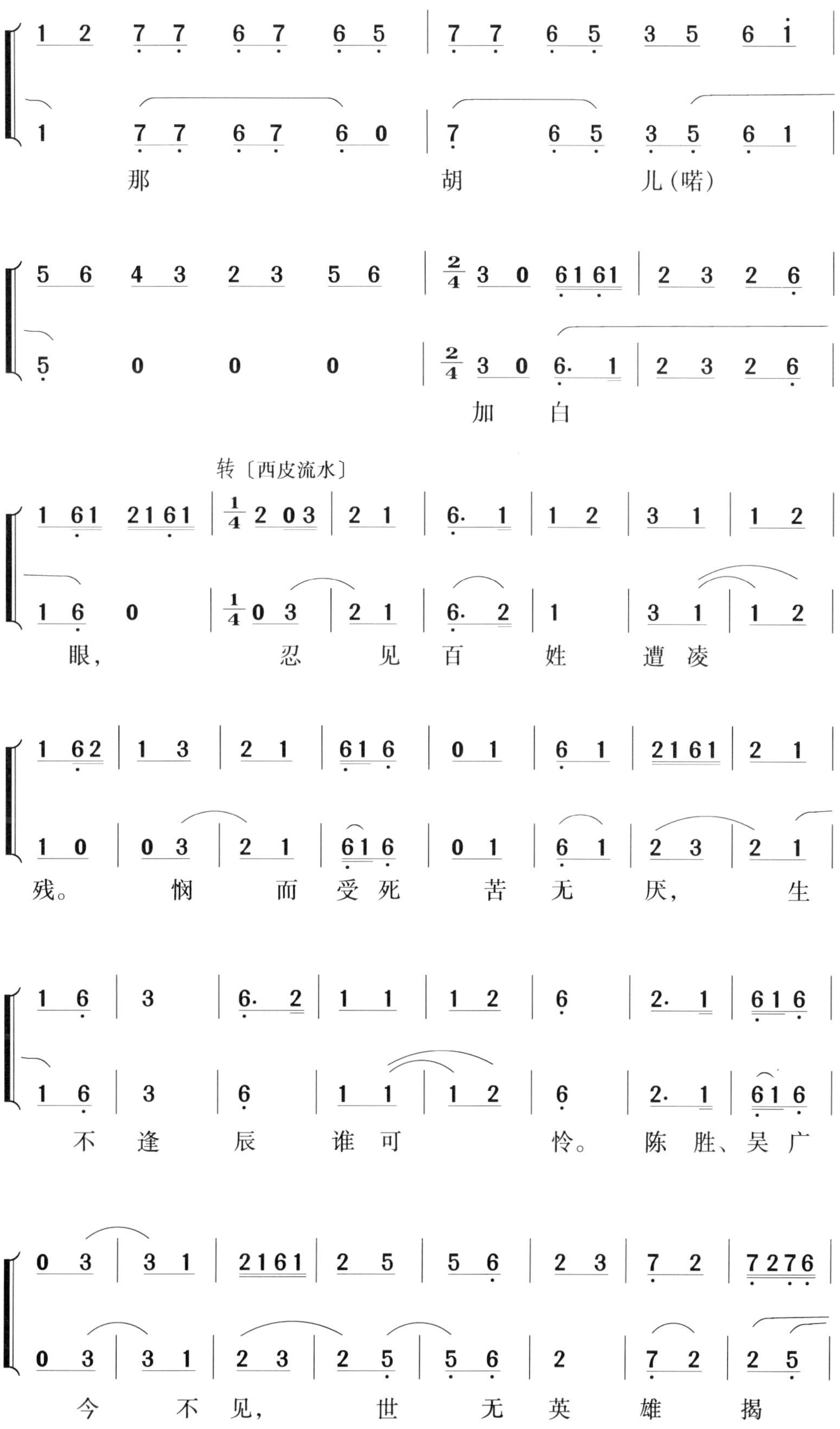
那 胡 儿(喏)
加 白
转〔西皮流水〕
眼, 忍 见 百 姓 遭 凌
残。 悯 而 受 死 苦 无 厌, 生
不 逢 辰 谁 可 怜。 陈 胜、吴 广
今 不 见, 世 无 英 雄 揭

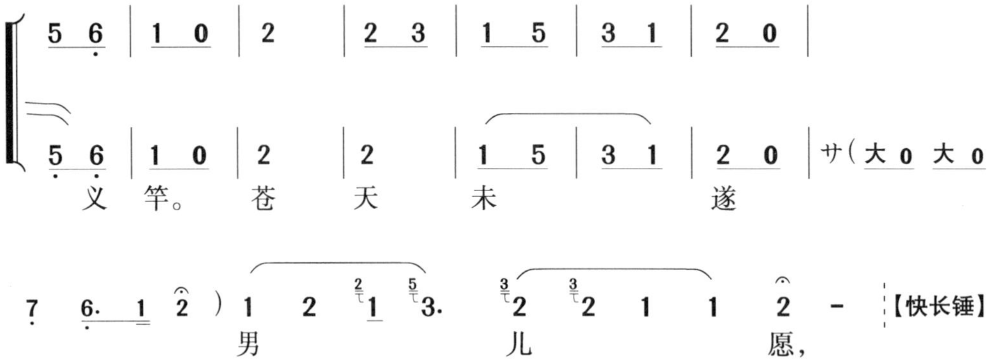

〈众衙役“领起来”，“下场门”下。徐达“打马”随众人走至“下场门”回身。

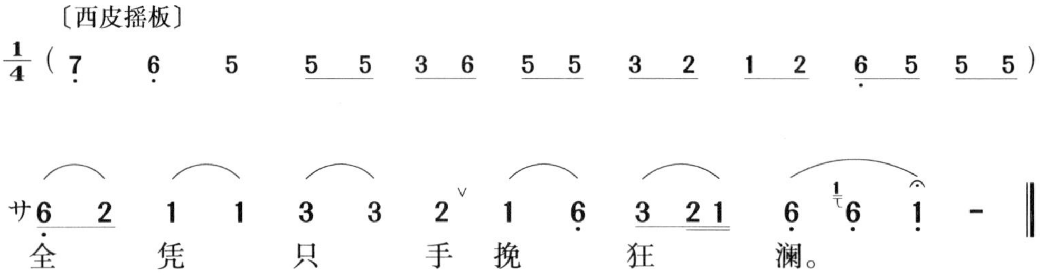

〈【大锣抽头】徐达“加马”上步转身向“下场门”走三步，转【长锤】，抱马鞭，下。

第 四 场

〈【小锣抽头】八名百姓“上场门”上，“站门”，其中两名站中间，成半圆形。

〈侯伯清、郭广庆内白：“走哇！”【快长锤】二人同从“上场门”上，至台口。众百姓归“小边”。

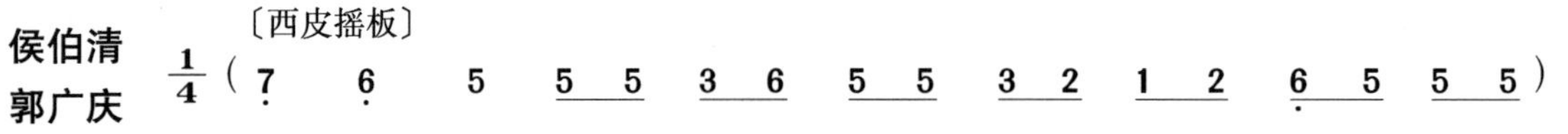

サ2 1 3 2 1 3 2 1 2 2 ∨ (0 3 2 1 6 1 2 1 6 5
约 合 村 中 众 乡 党，

5 5) 1 2 3 2 - 1 2 1 6 1 -【大锣住头】‖(二人同站“大边儿”)
迎 接 恩 官 到 我 庄。

侯伯清
郭广庆 列位请了。
众百姓 请了。
侯伯清
郭广庆 今有那爱民如子、廉洁贤明的徐大老爷下乡劝农，查看民情。我们大家一同前去迎接。
众百姓 理当如此。
〔内“开道锣”声。
侯伯清 听锣声响亮，那旁太爷来也。大家一同前去迎接。（同归“小边”）
〔【长锤】四青袍、二班头、伞夫“上场门”上，“一条鞭”；徐达上至台口处。

〔西皮摇板〕
徐　达 1/4 (7 6 5 5 5 3 6 5 5 3 2 1 2 6 5 5 5)

サ3 2 5 3 1 2 1 2 2 3 2 2 3 2 1 1 2 -
渡 过 了 小 桥 阡 陌 小 道

【大锣凤点头】(过门同前)サ1 6 2 1 2 2 ∨ 2 1 1 2 1 6 2 1 -【大锣住头】‖
早 来 到 茅 篱 村 舍 遥。

众百姓 迎接太爷！
徐　达 大家去至郭家场院叙话。
众百姓 啊。
〔【大锣水底鱼】转【原场】一个领起众百姓，向左走“圆场”。徐达等人随后，“挖门”；众衙役、班头归里站两边，徐达下马归中间，衙役搬上一座位，徐达落坐。众百姓在台口站“一字儿”面向里。
众百姓 叩见太爷。
徐　达 众百姓席地而坐，不可喧哗。
众百姓 是。
〔【大锣五击】侯伯清、郭广庆和众百姓分开两边，坐在地下。
徐　达 众百姓，本州因公务繁忙，半月有余未克下乡，你等村中有什么为难之事速禀我知。
百姓甲 （站起）小人因兵荒马乱，不能耕种，无衣无食，求太爷接济接济吧。
徐　达 你且坐下。（百姓甲坐下）哎！此皆本州不能安民之过。目今此来原为你们饥寒二字，想民为邦之本，民以食为天，今当春暖时令，正值耕种之期，你们种田若无籽粒者，本州贷以麦种；耕无牛者，借以耕牛。庶地尽其利，人安其生也。

众百姓 多谢太爷！

徐　达 好。吩咐各赐花酒。

〔奏唢呐曲牌<小傍妆台>二班头在曲牌中，将食盒开启，拿出酒具，向众百姓斟酒，曲牌止。

徐　达 众百姓请。

众百姓 太爷请。

〔奏唢呐曲牌<急三枪>徐达与众百姓同饮酒。

〔**【冲头】**百姓乙从“上场门”急上。

百姓乙 启禀村长，大事不好了。**【大锣一击】**

郭广庆 （站起）何事惊慌？

百姓乙 今有完颜龙率众行围射猎，踏坏了无数田园，又将咱们的长工眼看就要打死啦！**【撕边大锣一击】**

郭广庆 啊，有这等事？你等在此陪伴太爷，待俺前去看个明白。

〔**【冲头】**郭广庆“下场门”下，徐达及众人站起。

徐　达 **【叫头】**哎呀且住。**【大锣住头】**想完颜龙暴虐无道，他今此去必生是非。（向众人）你我大家速速赶上前去看个明白。

〔**【扫头】**众衙役、二班头、众百姓、伞夫“领起来”，“下场门”下。徐达在**【撕边】**中翻水袖（**崩登仓**）亮住转身，**【原场】**下。

第　五　场

〔**【纽丝】**四校尉、乐儿、完颜龙上“慢圆场”。完颜龙到台口，加靴，锣鼓住，勒住马。

〔二黄散板〕

完颜龙 サ（6 5 3 2 - 3 3 2 1 6 - 5 - ）

3 3 4 3 3 3 3 - （6 1 2 3）
孤　王　效　外　行　围　场，

3 3 3 2 5 3 2 3 1 2 - （5 6 1 2）
一　路　行　来　喜　非　常。

2 3 1 3 2 - 2· 3 1 2 1 6 1 - （众“挖门”分两边）
耳　旁　听　得　雕　声　响，

乐　儿　千岁，空中的雕来了。

完颜龙　弓来！

【大锣凤点头】（乐儿递弓箭，完颜龙接弓箭）

（ 3　3　2 1　6　-　^{6}5　- ）3　3$^{\vee}$　3 2　2 3
开　弓　放　箭（呐）

（ 6　1　2　3 ）3　-　2 5　3　-$^{\vee}$　2　-　2　- ‖
（顷　-　仓）似　飞　蝗。

（走一“小圆场”，射箭）

乐　儿　带箭而逃。

完颜龙　踏田追赶！

〔**【急急风】**完颜龙率众“领起”，走圆”。郭广庆率众上到“大边”，“一冲”。完颜龙勒马往外翻身，又往里翻。郭广庆率众同时往里翻，“一冲”。完颜龙率众加马到“大边”。郭广庆率众斜走到“小边”。

〔**【冲头】**完颜龙下马，马鞭交给乐儿。

完颜龙　**【叫头】**嘟！大胆百姓，竟敢挡孤的去路，扰孤的兴趣。乐儿！

乐　儿　有。**【大锣一击】**

完颜龙　与我打！

乐　儿　啊！（向众人做出欲打状）

郭广庆　住了！**【大锣五击】**想你身为王位，就该爱护百姓，不该踏坏田园，倚仗势力欺压百姓，其情可恼！

完颜龙　咦！**【撕边大锣一击】**大胆刁民，竟敢以小犯上，你们要造反哪！**【大锣一击】**今日若不早杀，定是后患。乐儿！**【大锣一击】**

乐　儿　有。

完颜龙　与孤斩，斩，斩！

乐　儿　啊！（举腰刀欲杀）

郭广庆　你们哪个敢斩?!（往前上步，挺身而立）

〔**【快纽丝】**徐达率众衙役、二班头、急上，众百姓随上，靠后。

〔二黄散板〕

徐　达　サ（ 3　3　2 1　6　-　^{6}5　- ）6　1　3 2
步　履　踉　跄

2 1　2　1　（ 6　7 6　1　- ）6 2　1　1 23　2　2 1
朝　前　闯，　特　地　到 此　救　善

6 1　2　-　**【大锣住头】** ‖（徐达暗示郭广庆等后退，站在“小边”）
良。

千岁在上，徐达奉揖了。

完颜龙 【撕边大锣一击】（转身看徐达）州官何来？

徐　达 特为百姓请命而来。

完颜龙 何言“请命”二字呢？

徐　达 但不知百姓身犯何罪，就要问斩？

完颜龙 他们以小犯上，其罪还小吗？【撕边大锣一击】

徐　达 这——但不知百姓为了何事，以小犯上呢？

完颜龙 孤不过是踏坏了他们几亩田园，他等竟敢挡孤的去路，扰孤的兴趣，其情可恼！【大锣一击】

侯伯清 啊，太爷，踏坏了田园，我们以何为生哪？

完颜龙 你住了！【大锣五击】想这中原乃是孤征服之地，容留尔等在此生存就是宽大为怀。慢说踏坏了几亩田园，就是将尔等驱逐境外，也算不得什么大事。尔等不思俯首帖耳，竟敢与孤抗衡，今日若不早杀，后必生患。孤是定斩不赦！【冷锤】（往前上一大步）

徐　达 千岁，以小犯上，情有可原，罪不当死呀！

完颜龙 孤杀杀何妨啊！

徐　达 千岁一定要杀？

完颜龙 一定要杀！

徐　达 要斩？

完颜龙 要斩！

徐　达 好，好，好！（双抓水袖，背手，小斜身，将头颈伸向完颜龙）请斩！【冷锤】

完颜龙 啊！州官，你这算何意呀？（拔剑撤身，看徐达）【大锣一击】（收剑）

徐　达 （将身撤回）不是哟，想下官身为民之父母，百姓开罪千岁，乃是下官不善教导之过，请先杀了下官，然后再杀百姓，以惩不教而诛之罪也。【撕边大锣一击】

完颜龙 啊州官，你与百姓讲情也就是了，你又何必如此呢？【撕边大锣一击】（面向徐达双手摊开，做无奈状）

徐　达 俯请千岁鉴谅。

完颜龙 难道罢了不成？

徐　达 但饶一死，任凭发落。

完颜龙 嗯，刁民实在的可恶，必须重责，方消孤恨。乐儿！

乐　儿 有。

完颜龙 与孤重责四十！

乐　儿 啊！（向前欲打）

徐　达 且慢！【冷锤】待下官亲自责打，以消千岁胸中之气！

完颜龙 （崩登仓）（上前抓住徐达的左手）【长撕边】嗯——【大锣一击】州官，怎么你要亲自替孤责打这个刁民？

徐　达 正是。

完颜龙 好哇！【大锣五击】你要与我打他一下，（斜指百姓方向）问他一声，【大锣住头】因何以小犯上，【大锣住头】欺官傲长！【大锣住头】你要与我打呀！【大锣一击】你要与我（顷仓）打呀——！

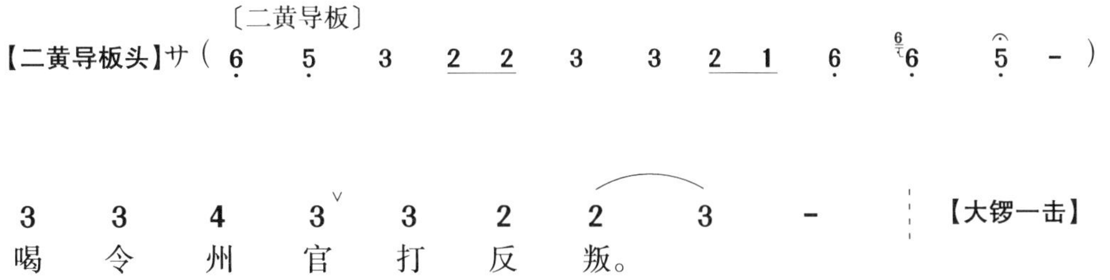

州官，你要与我打呀！你要与我【四击头】（徐达和完颜龙“双进门”。完颜龙拉剑，徐达向右甩髯口，手指郭广庆。郭广庆、侯伯清同时转身亮相）
打呀——！
【撕边】接（仓大）

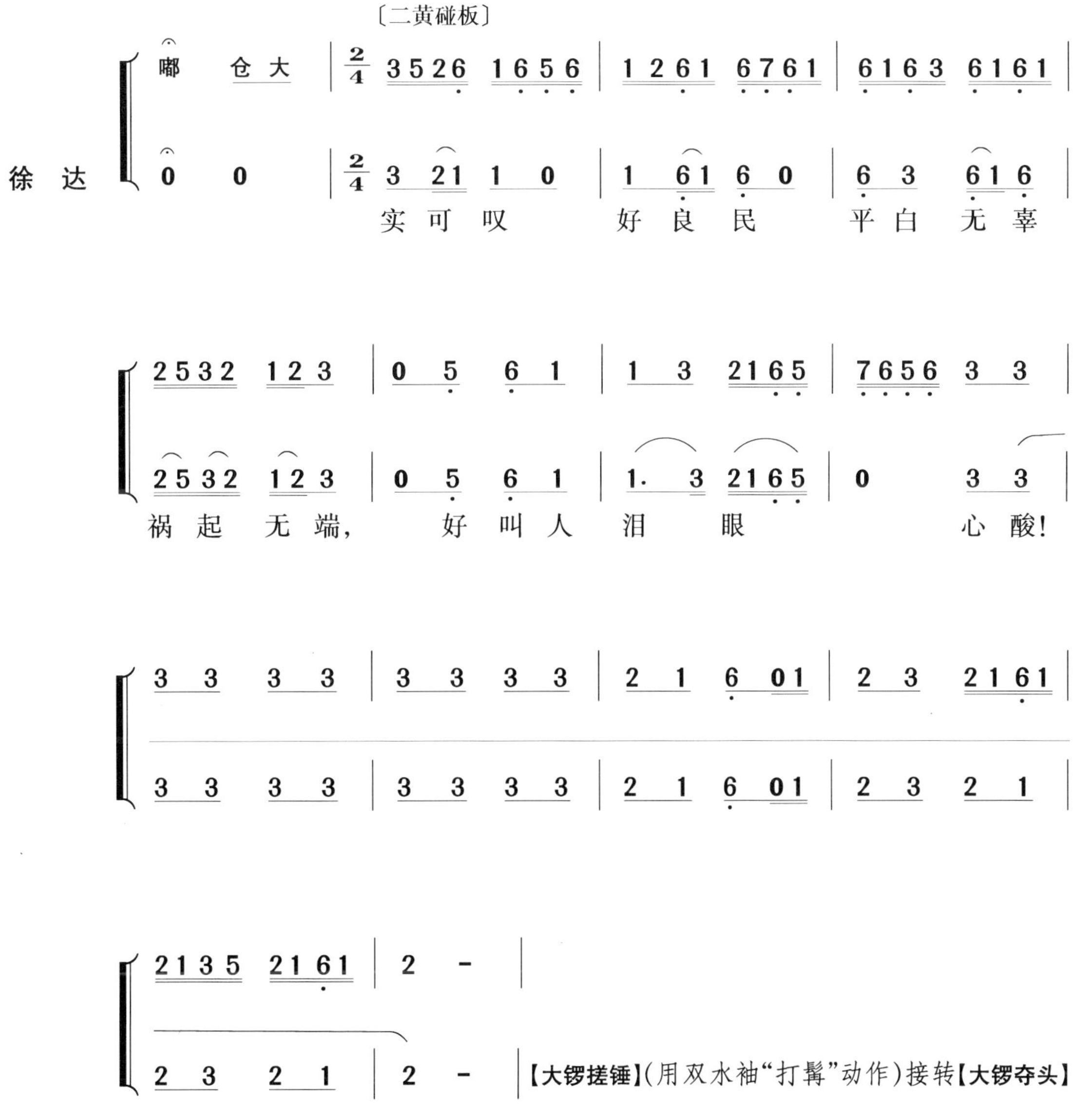

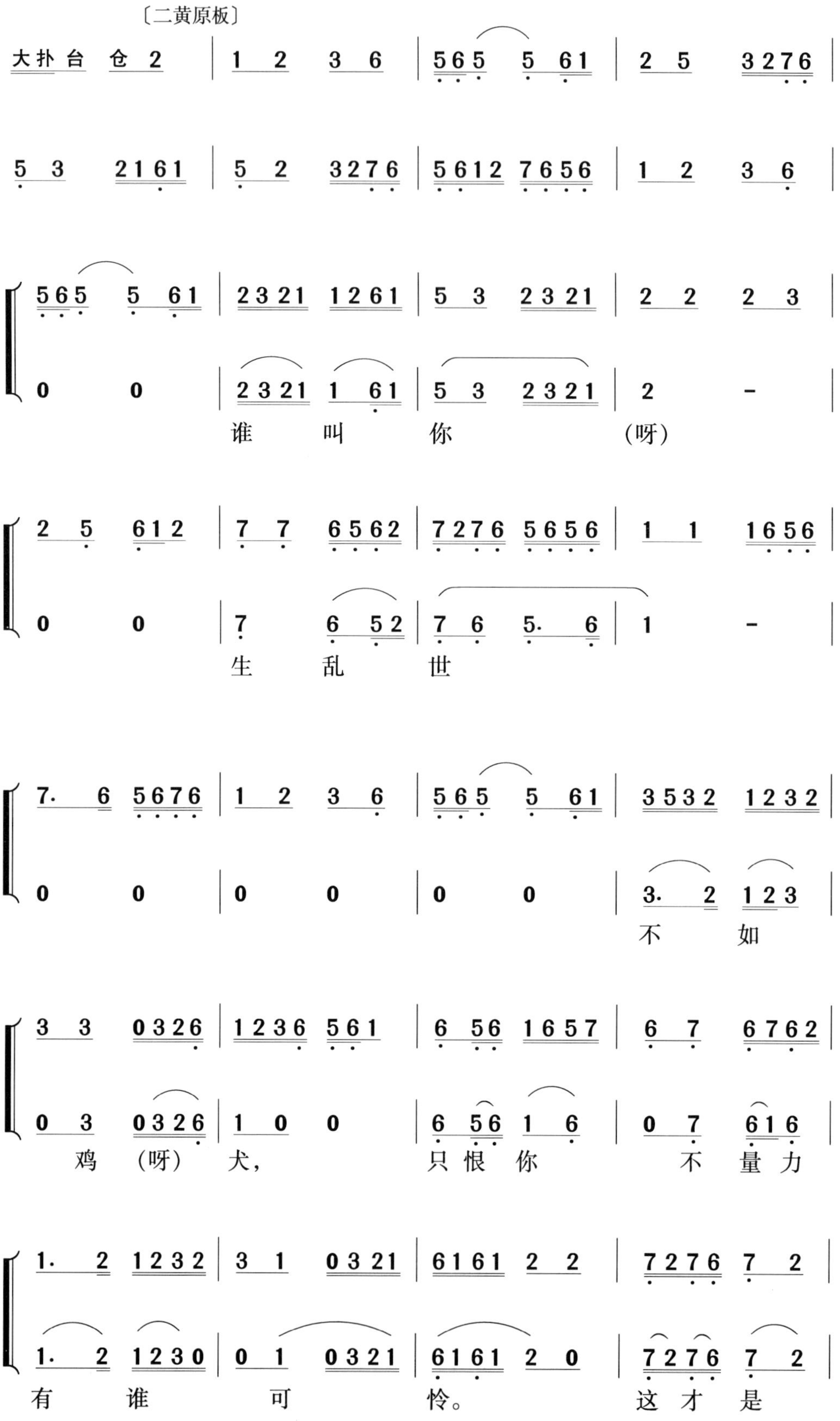
〔二黄原板〕
大扑台 仓
谁 叫 你 (呀)
生 乱 世
不 如
鸡 (呀) 犬, 只 恨 你 不 量 力
有 谁 可 怜。 这 才 是

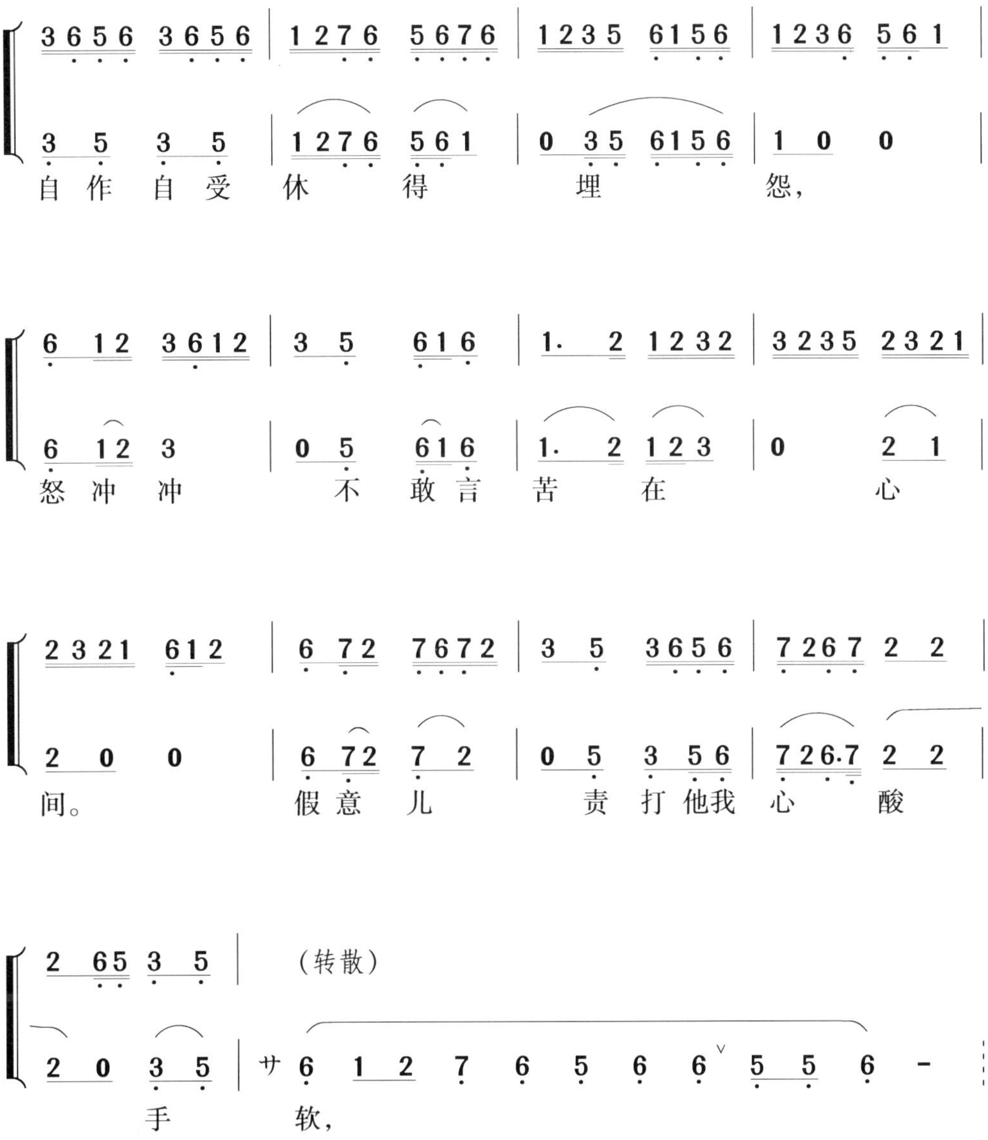

〔起【阴锣】班头甲给徐达“堂板”，班头乙将郭广庆推躺在地，二班头分前后按住郭广庆，【撕边四锣】徐达按锣的节奏，用“堂板”打郭广庆四下，（崩登仓）郭广庆欲起身冲向完颜龙，徐达手指郭广庆（顷仓）制止。

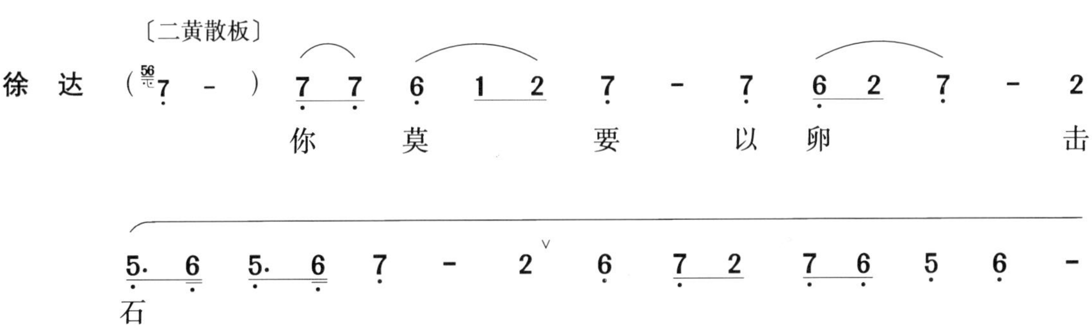

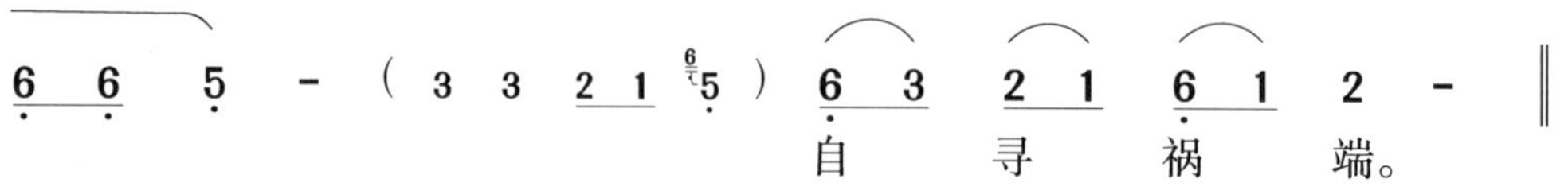

完颜龙 好哇！**【快纽丝】**（徐达半跪，向完颜龙验板）

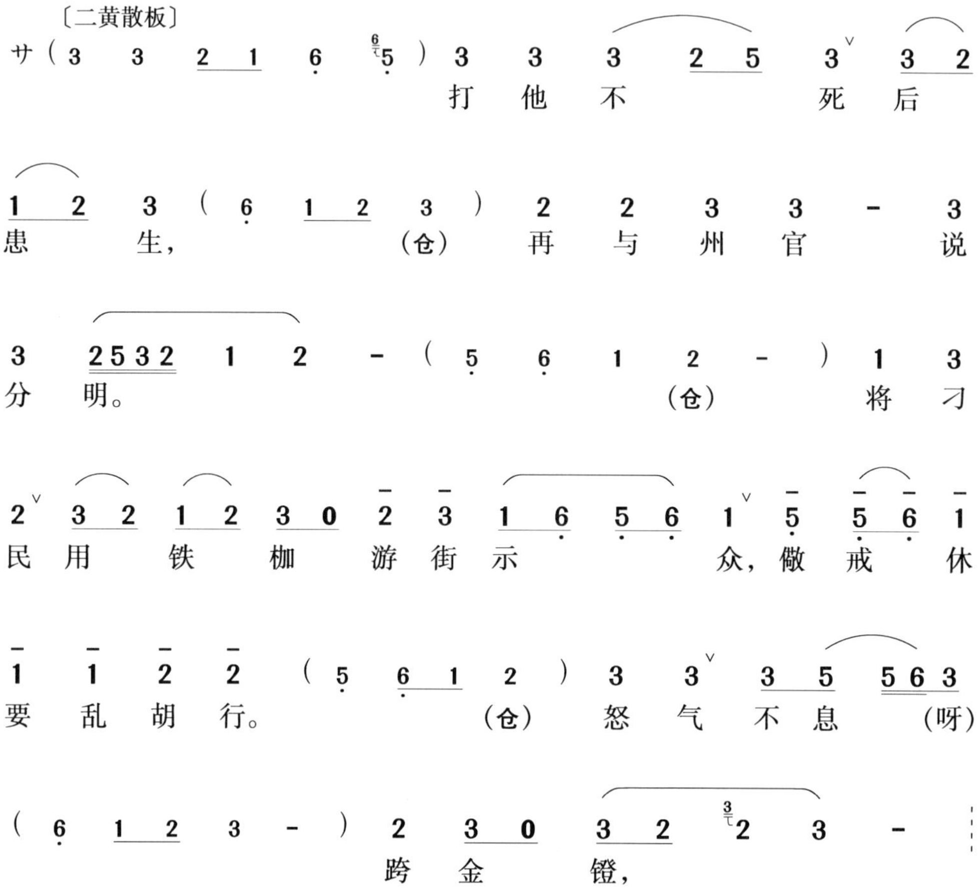

「**【急急风】**完颜龙“领下”，乐儿给完颜龙带马，**【四击头】**完颜龙上马，乐儿急下，**【纽丝】**完颜龙打马走，回身。

完颜龙

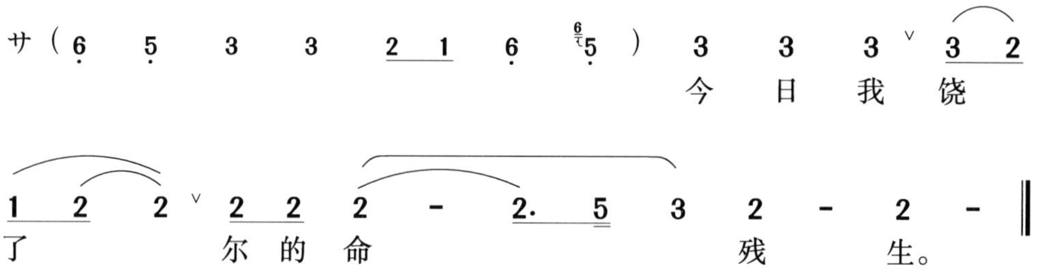

「**【大锣收头】**接**【冲头】**完颜龙转身勒马回来。

徐 达 （躬身）送千岁！

完颜龙 免！（转身打马**【快冲头】**下）

「**【撕边大锣一击】**徐达左手抓官衣下边，右手翻水袖，向左小转身看“下场门”方向；【撕边大锣一击】右手将水袖翻回来，右回身看众人；（崩登仓）回身向前亮住表示愤怒的心情。【快纽丝】抖水袖。

徐 达
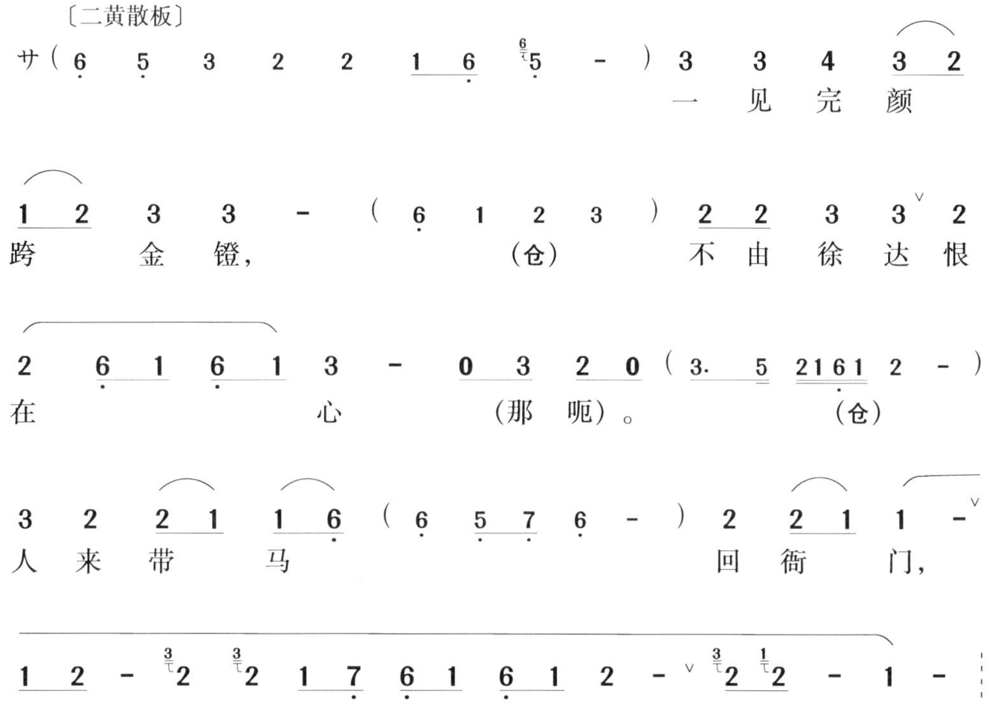

【纽丝】（四青袍，一班头给徐达带马，领下，郭广庆随下，侯伯清和众百姓归“上场门”“一字儿”，徐达上马至“下场门”回身）

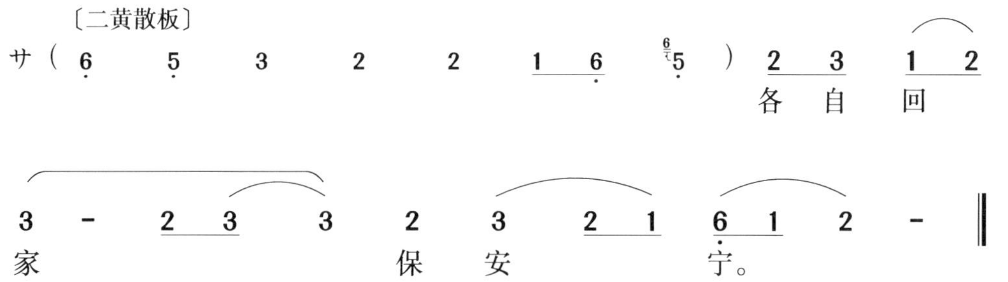

〈【原场】众百姓自“上场门”下，徐达“下场门”下，侯伯清留台上。

侯伯清 【叫头】且住！郭贤弟得罪完颜龙，枷号一月，如何是好？（思索）【叫头】有了，我不免将祖传串龙宝珠一百二十颗当在康茂才万顺当店，当银百两，去至完颜龙府中打点，搭救郭贤弟便了。（崩登仓）（亮相【原场】“下场门”下）

第 六 场

〈舞台设桌、“小座”、小帐子。

〈花婆内白：“啊咳！”【大锣五击头】“上场门”上，至“九龙口”。

花　婆　（念〔数板〕）自幼（多. 多　乙 多　多 0）

学就武艺高武 0 艺高，**【大锣软夺头】**（走动作，至台前）

惯打山鸡与野猫。

使钢叉 0 谁不晓 0，（仓 0）

还有一口七星大宝刀 0。

百步穿杨射得妙 0，

人送绰号 0“老 0 狸 0 猫 0”。**【大锣五击】**（转身归“小座”）

老身，花门郭氏。自幼膂力过人，全仗打猎度日。我儿花云，精通武艺；媳妇金氏，贤孝无双。看今日天气甚好，门外走走。**【大锣五击】**（出门向“下场门”方向一望，听鸟叫声）看空中有一雕鸟，待我显个手段！**【冲头】**（转身进门，到桌前，从小帐子左边取弓，再走出门，向下场的方向）看箭！**【小锣一击】**（后台从“下场门”扔出“箭鸟”，花婆拾起“箭鸟”观看）看此鸟已中二箭，倒也肥大，正好下酒。**【冲头】**（转身进门，呼唤）媳妇快来！（坐下）

〔金氏内白：“来了。”**【小锣长丝头】**“上场门”上，站在“小边”。

金　氏　婆婆何事？

花　婆　将此雕鸟拿至厨下，烹制好了，与为婆下酒。

金　氏　是。（下）

〔侯伯清内白：“走哇！”**【大锣五击】**“上场门”上，至台口处。

侯伯清　老姐姐在家么？**【撕边大锣一击】**（花婆起身离座，边走边出门，边看）

花　婆　是哪个？

侯伯清　小弟侯伯清。

花　婆　贤弟到了，请进。

〔**【冲头】**花婆与侯伯清双进门，侯伯清归“大边”，花婆归“小边”，入座。

侯伯清　老姐姐，大事不好了！

花　婆　何事惊慌？

侯伯清　只因你兄弟郭广庆，在郊外得罪了完颜龙，被枷号衙前一月。

花　婆　有这等事！必须想一法儿搭救于他的才是。

侯伯清　老姐姐，我家中有串龙珠一百二十颗，在康茂才店中当银百两，设法搭救郭贤弟便是。

花　婆　多谢贤弟！你我在哪里相会？

侯伯清　午刻时分在州衙门前相会。小弟告辞了！

〔**【冲头】**侯伯清出门，下；花婆送出，回身。金氏上。

金　氏　啊婆婆，雕鸟已然烧好，请来下酒。

花　婆　我心中有事吞吃不下。你且将它装在篮内，待为婆与你舅父送去。

金　氏　是。**【小锣二击】**（转身到“上场门”拿竹篮）竹篮在此。

花　婆　（接过竹篮）啊媳妇，好好看守门户，为婆去也！

〔**【大锣原场】**花婆“下场门”下，金氏“上场门”下。

第七场

〔【快纽丝】吴贵押解郭广庆带枷，“上场门”走上，至台口。

郭广庆

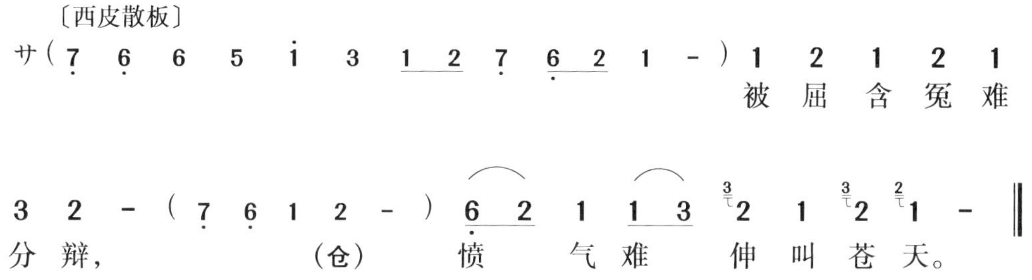

〔【大锣水底鱼】花婆、侯伯清“上场门”同上，站“小边”，吴贵、郭广庆归“大边”。

郭广庆 姐姐因何到此？

花　婆 你侯大哥前来送信，为姐的怎么不晓！我平日怎样嘱咐于你，叫你少管闲事，如今枷号衙前，这也是你爱管闲事的下场头呵！

郭广庆 唉呀！【大锣五击】待等小弟枷号期满，我定要杀——

花　婆 （崩登仓）噤声！【撕边大锣一击】（花婆阻拦郭广庆，二人同时向两边观望）

侯伯清 贤弟不可如此，愚兄自有救你之策。

郭广庆 多谢大哥！

花　婆 为姐带来饭食，兄弟请用。

郭广庆 小弟吞吃不下。

吴　贵 别说啦，快点走吧！

侯伯清 你我分别了吧！

〔【大锣扫头】侯伯清、花婆“上场门”下。郭广庆、吴贵“下场门”下。

第八场

〔【快长锤】八校尉、乐儿等人“站门”上，分站两边；完颜龙骑马随上，站中间。

完颜龙

乐儿，坐马声嘶，涧下取水。

乐　儿　没有水桶。

完颜龙　民间去借。

乐　儿　是啦！

〔【水底鱼】八校尉“领起来”“插门”走“圆场”，归“上场门”“一条鞭”。

乐　儿　这有一户人家。里面有人吗？给我走出一个来！

〔金氏内念：“来了。”【小锣抽头】（“下场门”上，袖内藏“彩手”[①]，至台前）

〔西皮摇板〕

金　氏　1/4（7 6 5 5 5 3 6 5 5 3 2 1 1 6 5 5 5）

サ i 5 6 6 ∨ 7 6 5 3 5 6 –（6 5 3 5 6 5 3 2

忽 听 门 外 人 喧 嚷，

1 1 6 5 5 5）3 6 5 6 6 ∨ 5 i 6 5 3 5 3 5 – ‖

急 忙 开 门 看 端 详。

完颜氏　（紧接着念）打了进去！

〔【乱锤】完颜龙领众人进门，归“下场门”“一条鞭”，金氏站在“小边”。

金　氏　啊？你们是什么人，青天白日擅闯民宅，是何道理？

乐　儿　你住了吧！这是我家完颜龙千岁行围至此，马要饮水。快拿水桶来。

金　氏　那厢便有，你自己去取。

乐　儿　我又自己去取啦，瞧你这股子劲儿！（边说边转身向“下场门”看，发现一物，自“下场门”拿箭）【小锣一击】啊！千岁，咱们的箭在这儿呢！

完颜龙　乐儿，与那妇人索要箭上的雕鸟。（接过箭细看）

乐　儿　那一妇人，我们箭上的雕鸟在哪儿哪？快给我拿来！

金　氏　此箭乃是在门外所拾，并未见有什么雕鸟！

乐　儿　啊！千岁，她不认账。

完颜龙　噢！她不认账？【撕边大锣一击】（转身向后看帐子）啊！墙上挂的何物？

乐　儿　佩刀一口。

完颜龙　取了下来！

乐　儿　啊！【冲头】（转身取下挂在帐子上的佩刀，递向完颜龙）千岁请看！

完颜龙　（接过刀一看）（扎扎仓）（用手试刀）乃是一口宝刀。乐儿，对那妇人言讲，将此刀抵换雕鸟。

乐　儿　告诉你说，这口刀调换我们的雕鸟啦！

金　氏　使不得！

完颜龙　带马！

---

① “彩手”——即制成的假手道具，以作被砍掉手时而用。

〔【乱锤】八校尉“领起来”，下。完颜龙欲走，金氏上前抓住完颜龙的右手，走“小圆场”。起【双四击头】完颜龙欲脱手，“一拉”，“两拉”。（崩登仓）金氏抢刀，完颜龙举刀砍向金氏的左手。金氏惊叫一声转身后“左手”落地人倒在地上。乐儿带马，完颜龙【四击头】上马，回身向金氏。

完颜龙 便宜了你！（（崩登仓）打马转身【冲头】下，乐儿随下）

〔【乱锤】金氏倒卧在地上。

〔西皮导板〕

金 氏 【导板头】サ（7 6 6 5 i 3 12 7 62 1 －）

3 36 5 57 76 5 6 －（65 3

霎 时 痛 倒

35 6 －）2 21 6i 2 2 i －

尘 埃 上，

〔【乱锤】金氏挣扎而起，跪步拾起“彩手”，哭介。转【纽丝】

〔散板〕

サ（7 6 6 5 i 3 12 7 62 1 －）

i i 36 5 6 6 5 65 3 5 －（02

痛 得 我 如 刀 刺 肝 肠。

36 5）36 5 7 76 5 6（65 3.5 6 －）

（仓） 血 流 满 地

5 65 3 5 － 5 6 － 【纽丝】（起身进门，关门）

魂 飘 荡，

（7 6 6 5 i 3 12 7 62 1 －）

i 5 6 6 － 5 65 3 3 － 5 － ‖

此 恨 难 消 记 胸 膛。

〔【大锣抽头】（看“彩手”，边走边哭，下）

第九场

〔【小锣抽头】周李氏抱彩娃子（小孩）上至台口。

〔西皮摇板〕

周李氏 1/4（7 6 5 5 5 3 6 5 5 3 2 1 2 6 5 5 5）

サ 3 6 5 6 6 - 7 6 5 3 5 6 -（6 5 3. 5
自 从 儿 夫 把 命 丧，

6）i 5 6 6 - 5 6 5 6 6 i 5 - ‖
孤 儿 寡 母 受 凄 凉。

奴家周李氏，不幸儿夫就丧，今日清明佳节，是我抱定娇儿，前去祭扫坟墓。祭扫已毕，不免回家便了。

〔西皮摇板〕

【小锣凤点头】1/4（7 6 5 5 5 3 6 5 5 3 2 1 2 6 5 5 5）サ i i 3
上 坟

5 7 7 6 5 6 -（6 5 3 5 6 5 3 2 1 2 6 5 5 5）
已 毕

5 6 5 3 - 5 - 6 - 【小锣抽头】（左转身走，婴儿啼哭声，右转身复回）
回 家 转，

1/4（7 6 5 5 5 3 6 5 5 3 2 1 2 6 5 5 5）サ i 5
娇 儿

6 6 - 6 5 5 3 - 5 -（5 5 3 6 5 -）‖
啼 哭 为 哪 桩？

出来半日，想是娇儿要吃乳食。看那旁有块下马石，不免与娇儿喂些乳食再走。

〔周李氏归“大边”，做给“小孩”喂乳动作。

〔完颜龙内白：“回府！”奏唢呐曲牌<风入松>八校尉、乐儿“上场门”上“一条鞭”，完颜龙骑马上，**【冲头】**到台口，看周李氏，下马。

完颜龙 呔！**【大锣一击】**那一妇人胆敢身穿孝服，在孤的府外！孤府门前有三尺禁地，身穿孝服的女子不许打此经过。怪不得孤今日行围，遇见许多不利之事，看将起来，俱是你这贱人所妨。难道你就未曾看见上面的禁止牌！**【大锣一击】**

周李氏 我乃乡间女子，不晓得什么禁止牌。

完颜龙 既然未曾看见，要眼何用？乐儿，将她的眼睛剜了下来！

乐　儿 啊！

〖**【急急风】**周李氏走翻身，从里跑至“小边”。乐儿率众校尉追，往外走向“大边”，归一排。乐儿揪住周李氏左手**【双四击头】**“一拉”“两拉”，（**崩登仓**）乐儿用手剜周李氏的双眼，**【冲头】**周李氏丢下“小孩”，双手捂脸，从“下场门”跑下。同时，四校尉归“小边”，八校尉分站两边，完颜龙归中间，乐儿从地上拾起小孩。

乐　儿 启千岁，还有婴儿一个。（将“小孩”交给完颜龙）

完颜龙 （接过小孩一看）小小的孩童要他何用？摔死了吧！

【大锣一击】（将“小孩”向“上场门”方向摔去）

（念）正是：**【大锣住头】**

杀人不眨眼，

人称徐州王。**【回头】**

〖完颜龙向“下场门”慢步走，乐儿在后边跟随。

乐　儿 您别生气啦，快进府休息休息吧。

〖乐儿边念边上前搀扶完颜龙走下。众校卫向里合，走下。

第　十　场

〖台上一桌，二椅。

〖**【小锣五击】**侯伯清手拿银包，怀揣“当照”，“上场门”上至台口。

侯伯清 （念）为友当珠宝，要学左伯桃。（向“下场门”方向）门上有人么？

〖**【小锣五击】**校尉甲从“下场门”上，出门。

校尉甲 做什么的？

侯伯清 烦劳通禀，侯伯清求见总管。

校尉甲 稍站。（回身向里）有请总管。

〖**【小锣五击】**乐儿从“下场门”上。

乐　儿 何事？

校尉甲 侯伯清求见。

乐　儿 侯伯清求见？（思考）叫他进来！（归正场“小座”）

校尉甲 （向侯伯清）总管传你，小心了！（转身下）

侯伯清 （进门，在中间）参见总管。

乐　儿 罢啦。你一旁坐下。

侯伯清 （归“小边”）管家在此，哪有小人的座位。

乐　儿　我叫你坐，你就坐下吧！

侯伯清　谢座。（自己搬一“跨椅”坐下）【大锣住头】

乐　儿　侯伯清啊，你要见我有什么事呀？

侯伯清　因郭广庆在郊外得罪王爷，恳求总管在王爷面前美言几句，将他释放。我这里有一茶之敬，请总管收下。（起身送银包）

乐　儿　（接过银包，看了看）这是多少哇？

侯伯清　纹银一百两。

乐　儿　纹银一百两？（怀疑的）你乃是一介贫民，哪儿来的这些银子呀？（凶狠的）一定是偷盗来的！

侯伯清　总管，不要这样讲。小人家中有祖传串龙宝珠一百二十颗，在康茂才的万顺店中当银百两。总管若是不信，这有当照为凭。（手指怀中）

乐　儿　当照在哪儿哪？拿来我看看。

侯伯清　（从怀中掏出当照）当照在此，总管请看。（递过当照）

乐　儿　（接过当照，起身向前走，“背供”）哎呀慢着！想这串龙宝珠乃是无价之宝，若能到手献于老王，岂不是我大功一件吗？（得意地转身，归原“小座”）我说侯伯清啊，你先回去吧，三日之内，我必设法开脱郭广庆之罪。去吧！

侯伯清　多谢总管！（欲出门，一想，转身又回，客气地）啊总管，我的当照呢？

乐　儿　当照啊，等千岁看完了再给你。

侯伯清　（恳求的）定要把还我的呀！

乐　儿　你的东西嘛，还能不给你。去吧！

侯伯清　是，是，是！告辞了。（出门）正是：【大锣住头】

　　世态炎凉真可恨，诸事认钱不认人。【冲头】（“上场门”下）

乐　儿　（起身）我不免将当照献于千岁。（向“下场门”方向躬身）有请千岁！

〔【大锣五击】完颜龙从“下场门”上，至台口。

完颜龙　何事？

乐　儿　小人得来一物，千岁请看。（递当照）

完颜龙　待孤看来！（用手拿过当照，观看）【撕边大锣一击】串龙宝珠一百二十颗——（惊喜）啊，乐儿，无价之宝怎能得到孤的手中？

乐　儿　小子有计献上。

完颜龙　有何妙计？

乐　儿　千岁派人去至万顺当，将店主康茂才和串龙珠一并拿来，就说他勾结强人，盗走您府中的宝珠。这样一来，串龙宝珠不就归了咱们了吗？

完颜龙　哈哈哈……（笑）【大锣一击】亏你想的好主意。校尉们走上！

〔【冲头】四校尉“搭轿”“上场门”上。

四校尉　叩见千岁！

完颜龙　命你等去至万顺当，将康茂才与串龙珠拿来见我！

四校尉　遵命！

〔【冲头】四校尉起身“插门”，“下场门”下。

完颜龙　（转身向“下场门”方向）有请父王。

〔【小锣五击】完颜图“下场门”上至台中。

完颜图　（念）人老心不老，爱打花胡哨，
　　　　爱财又爱酒，终日乐逍遥。

〔**【小锣五击】**完颜图归中场“小座”，完颜龙站“大边”，乐儿站“小边”。

完颜龙　参见父王。

完颜图　有话快来讲，免去俗和套。

乐　儿　与爷爷叩喜头。

完颜图　咦！你与爷爷道的什么喜？你送爷爷什么礼？

完颜龙　啊，父王，乐儿在府外拾得一物，父王请看。（递当照）

完颜图　（接当照）待我看来。（起身看当照）白纸黑字弯曲曲，到底是什么东西，我不认的（念“地”）。

完颜龙　啊父王，此乃串龙宝珠，无价之宝。少时取来，送于父王念佛之用。

完颜图　少时取来送到佛堂。

〔**【冲头】**完颜图“下场门”下。二校尉手拿串龙珠“上场门”上。

二校尉　宝珠取到。

完颜龙　送到佛堂！

〔**【冲头】**二校尉持串龙珠“下场门”下，另一校尉“上场门”“报上”。

一校尉　康茂才拿到！（归“小边”）

完颜龙　押上来！

〔**【急急风】**一校尉押康茂才“上场门”上，康茂才“报门”。**【快冲头】**康茂才进门跪在“小边”，校尉归“小边”。送串龙珠的二校尉“下场门”暗上。完颜龙归坐，乐儿站在“大边”。

康茂才　叩见千岁！

完颜龙　下跪可是康茂才？

康茂才　正是小人。

完颜龙　为何不抬起头来？

康茂才　有罪不敢抬头。

完颜龙　恕你无罪。

康茂才　谢千岁！（抬头）

完颜龙　嘟！**【大锣住头】**（踢康茂才坐地，康茂才甩掉鸭尾巾，露出甩发）康茂才，有人告你勾结大盗，发了数万家财，还不与孤讲！

康茂才　**【叫头】**哎呀千岁呀！小人素来安分为商，从不曾勾结大盗，望千岁详察。

完颜龙　不动大刑，谅你不招。乐儿，将他吊起来与我打！

乐　儿　是啦。

〔**【阴锣】**乐儿将康茂才吊在“大边”台口处，然后拿起马鞭。

〔西皮散板〕

康茂才　**【纽丝】**サ（7 6 6 5 i 3 1 2 7 6 2 1 -）

3 6 5 5 7 6 6 5 5 7 6 - （6 5 3 5

安　分 在　家 做　买　卖，（乐儿打康茂才）

6) 3 6 5 i 6 i 5 6 5 - (2 3 6
(仓) 平 白 大 祸 从 天 来。(乐儿再打康茂才)

5 -) 3 6 5 7 6 7 6 5 3 5 6 - (6 5
(仓) 皮 鞭 打 得 身 痛 坏,(乐儿再打

3 5 6) 3 6 5 i 6 6 5 353 5 - ‖
康茂才)(仓) 大 骂 完 颜 理 不 该。

【叫头】(康茂才手指完颜龙)完颜龙啊,狠心贼!【大锣住头】想我康茂才在徐州为商,安分守法,无端被你陷害。依我看真的强盗就是你!

完颜龙 乐儿,将他放了下来。【冲头】(乐儿将康茂才松开。完颜龙上前抓住康茂才的右手)(崩登仓)(上步至台口)哇呀呀……将他的狗皮剥下了!

〔【阴锣】乐儿剥掉康茂才的褶子,将马鞭递给完颜龙。

〔西皮散板〕

完颜龙 【快纽丝】(7 6 6 5 i 3 1 2 7 6 2 1 -)

3 3 2 3 3 2 ^{5}3 - (6 1 2 3) 【大锣一击】
开 言 骂 声 康 茂 才, (完颜龙拿马鞭打康茂才"屁股坐子")

3 2 3 2 1 2 3 5 216 1 - (7 6 2 1) 3 2 3
竟 敢 与 孤 要 嘴 乖。 (仓) 若 不
(再打康茂才"屁股坐子")

6 2 1 2 1 6 1 2 - (0 7 6 1 2 -) 2 5 3 2 1 1
叫 尔 知 厉 害, (仓) 鼠 子 踏
(再打康茂才"屁股坐子")

2 - (6. 1 2 -) 2 1 1 - 5 - 1 - ‖【快冲头】
翻 (顷 仓) 油 灯 (呐) 台。
(连续打康茂才,康茂才走甩发)

【叫头】呔!快快招出为首之人,我饶尔不死!

康茂才 为首之人,有你在内!

完颜龙 (拔剑欲杀康茂才)看剑!【撕边大锣一击】(乐儿上前拦住)

乐　儿 慢着,慢着。千岁,您何必跟他生这么大的气!把他送到徐达那里,问他个罪名,

不就给您出了气了吗?

完颜龙 （怒气未消）押了下去!

〔**【快冲头】**乐儿押康茂才“下场门”快下。“上场门”报子“报上”。

报　子 （上至“小边”跪）朱元璋造反!

完颜龙 再探!**【冲头】**（探子下）**【叫头】**且住!朱元璋造反，待孤御驾亲征。儿郎的!

四校尉 有。**【大锣一击】**

完颜龙 吩咐众将，全身披挂，校场听点!

〔（**崩登仓**）完颜龙硬转身，**【急急风】**“下场门”下。众校尉随后下。

第十一场

〔舞台设置同第六场。

〔**【纽丝】**花婆“上场门”上。

〔西皮散板〕

花　婆 サ（7 6 6 5 i 3 1 2 7 6 2 1 - ）

3 3 4 3 3 2 1 2 3 - （6 1 2 3 - ）
行 进 中 途 心 意 乱，（仓）

3 2 1 2 3 5 216 1 - （7 6 2 1 - ）5 3 3
莫 非 家 中 有 祸 端。（仓） 急 急 忙

2 - 3 2 2 -
忙 回 家 转，（边唱边走小“圆场”）**【大锣一击】**（闻听屋内金氏的哭泣声，惊讶）

【大锣凤点头】（7 6 6 5 i 3 1 2 7 6 2

1 - ） 2 1 2 2 2 1 6 1 -
媳 妇 啼 哭 为 哪 般。

媳妇开门来!**【小锣抽头】**

〔金氏“下场门”上。

〔西皮摇板〕

金　氏 1/4（7 6 5 5 5 3 6 5 5 3 2 1 1 6 5 5 5 ）サ i 5
忽 听

6 6ˇ 5 6 3 5 6ˇ（6 5 3 5 6 5 3 2 1 2 6 5
婆 母 门 外 喊，

5 5）3 6 5 6 6ˇ 5 i 6 5 3 ⁵3 5 – ‖
忍 痛 抹 泪 急 向 前。

〔【大锣五击头】金氏开门，花婆进门，花婆站中间，金氏站“大边”。

花　婆　啊，媳妇，你为何愁容满面，哭声甚惨，莫非你咒我死吗？

金　氏　【叫头】唉呀，婆婆呀！适才完颜龙打此经过，进门借桶取水，将我家宝刀抢去。是媳妇向前阻拦，那贼竟将我的左手剁了去了。【撕边大锣一击】（拿出“彩手”递向花婆，花婆接过“彩手”一看）

花　婆　唉呀！（崩登仓）（“气椅”坐在地下）

〔西皮导板〕

【大锣导板头】サ（7̣ 6̣ 6 5 i 3 1 2 7̣ 6̣ 2 1 –）5 5 5ˇ
见 此 情

5 6 5 –（2 3 6 5 –）5 5ˇ 5 6 5 – 3 5 –
不 由 我 肝 肠 痛 断（哪 呃），

【乱锤】转【纽丝】（花婆起，金氏哭）

〔西皮散板〕

サ（7̣ 6̣ 6 5 i 3 1 2 7̣ 6̣ 2 1 –）

2 1 2 3 1 2ˇ 3 2 1 6̣ 1 –（7̣ 6̣ 2 1）
骂 一 声 完 颜 龙 禽 兽 一 般。（仓）

〔亮弦〕

5 3 2 1 2 –ˇ 2 3 1 2 –（7̣ 6̣ 1 2 0）
手 拿 钢 叉 出 门 院，

（转身拿叉欲出门）

金　氏　婆婆哪里去呀？【大锣凤点头】

〔散板〕

花　婆　【大锣凤点头】サ（7̣ 6̣ 6 5 3 1 2 7̣ 6̣ 2 1 –）

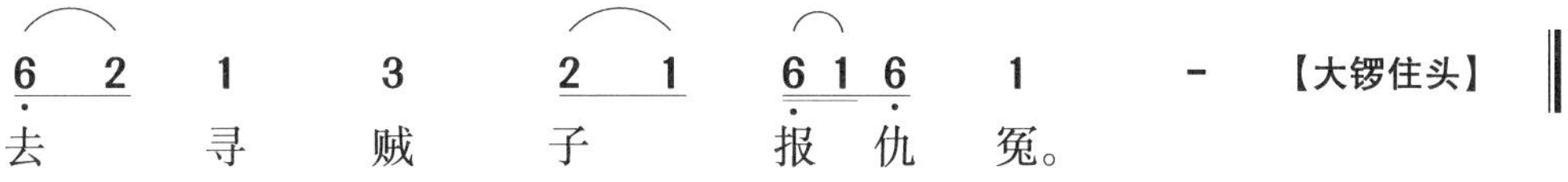

金　氏　哎呀婆婆！那贼势力浩大，婆婆一人前去，岂是他的对手？

花　婆　这——【叫头】哎呀！天哪！这都是天地不公！神佛不灵！待我将佛像打碎了罢！【乱锤】（用叉打佛前的供品）【叫头】哎呀，媳妇哇！【大锣五击头】你我婆媳去至徐州大堂告他一状！媳妇你随我来！

〔【急急风】花婆和金氏双出门，金氏害怕，不愿前去，【双四击头】“一拉”，“两拉”，金氏跪地，花婆拉金氏，金氏走跪步。（崩登仓）二人同起来“亮住”【快原场】同下。

第十二场

〔舞台设徐州大堂。

〔康茂才内唱。

〔西皮导板〕

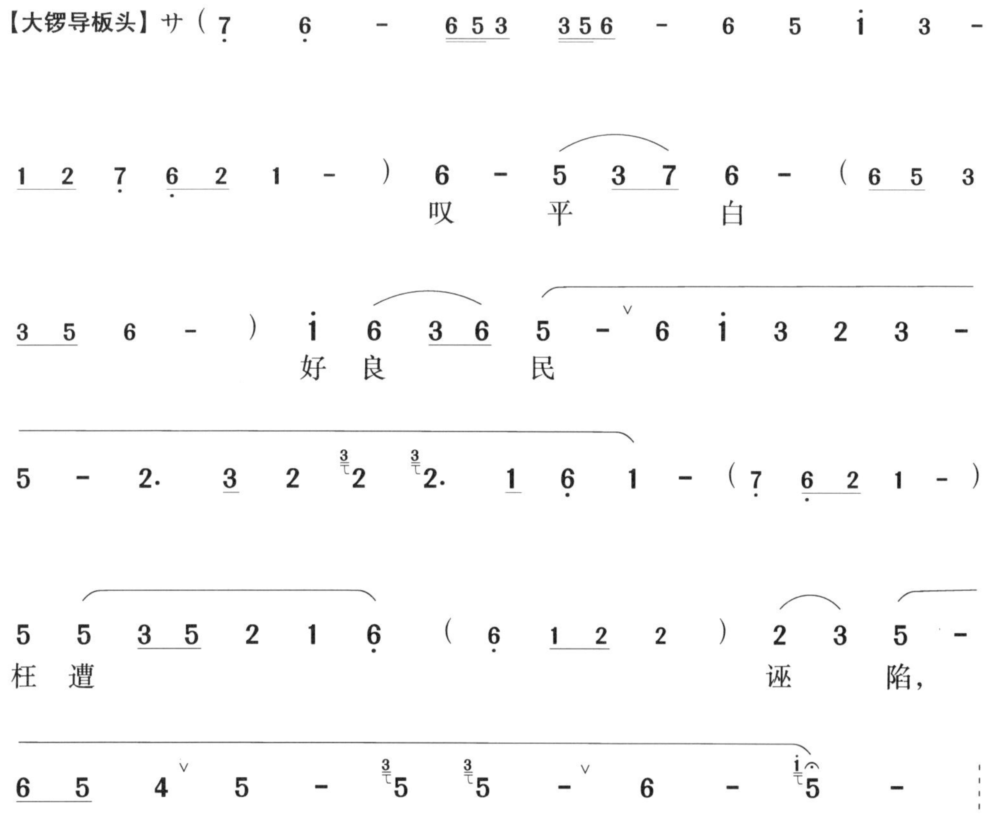

〔【慢长锤】乐儿押着康茂才上，康茂才带手杻走至台中区，【四击头】加动作“亮相”。

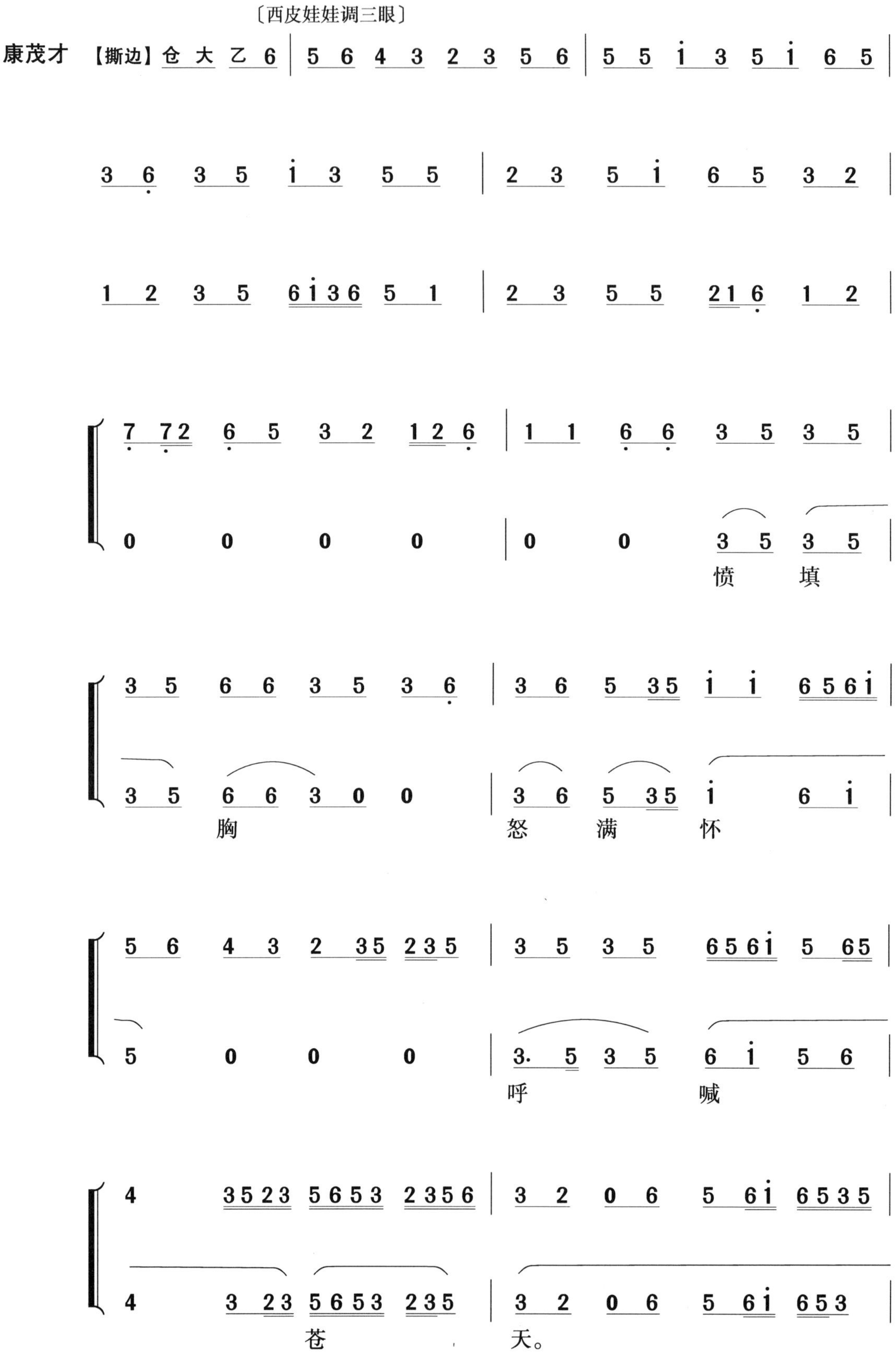
〔西皮娃娃调三眼〕
康茂才
【撕边】仓 大 乙
愤 填
胸
怒 满 怀
呼 喊
苍
天。

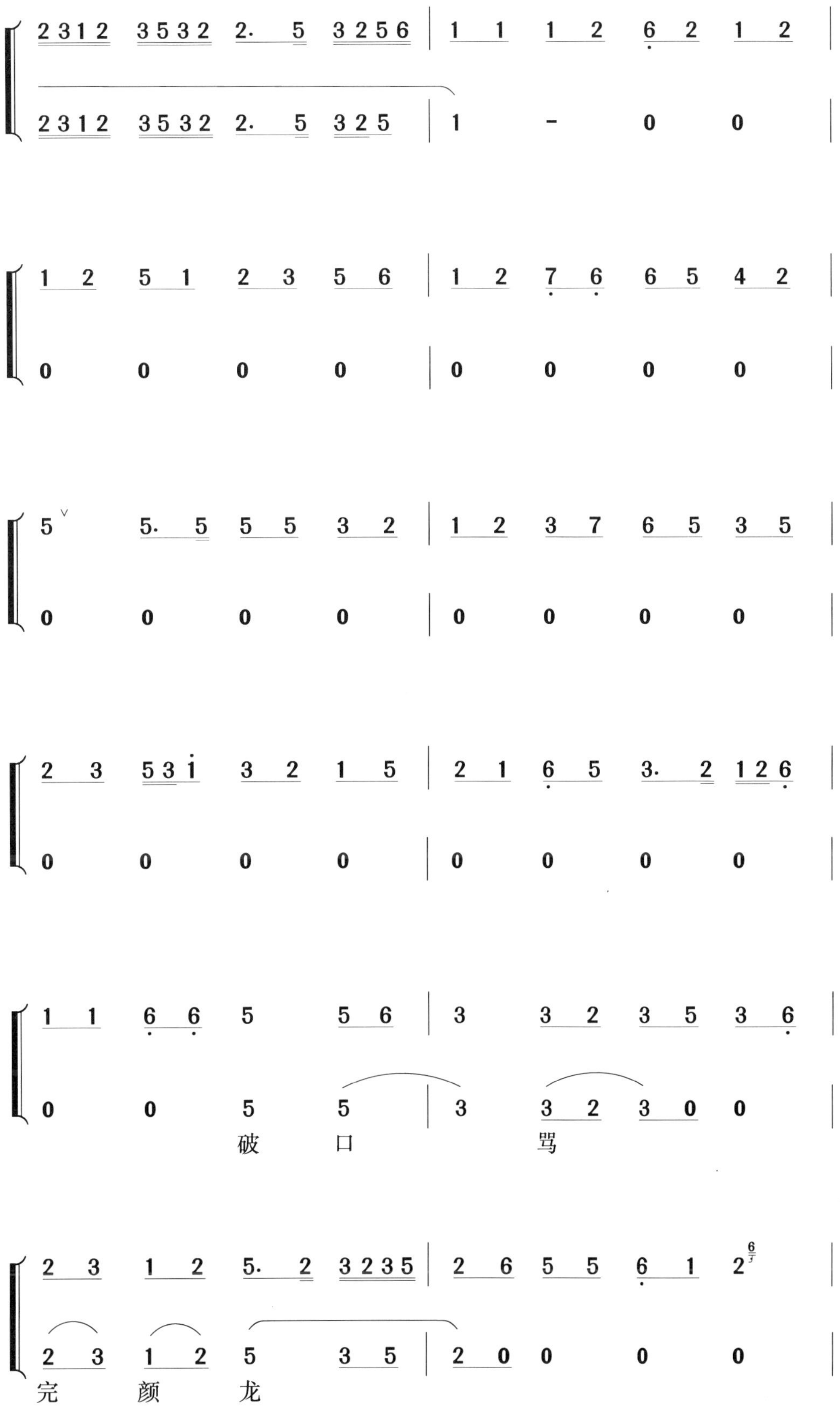
破 口 骂
完 颜 龙

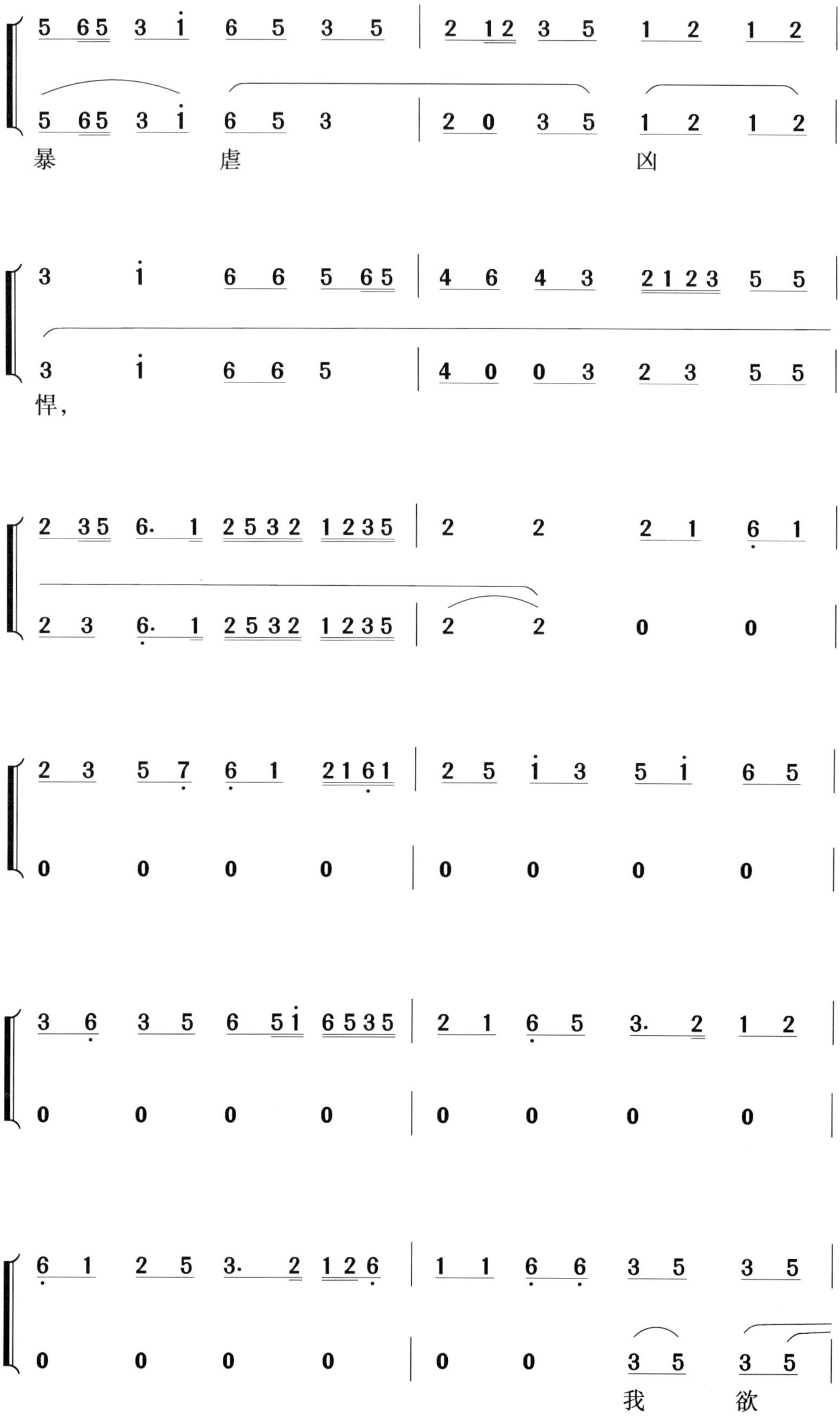
暴
虐
凶
悍，
我
欲

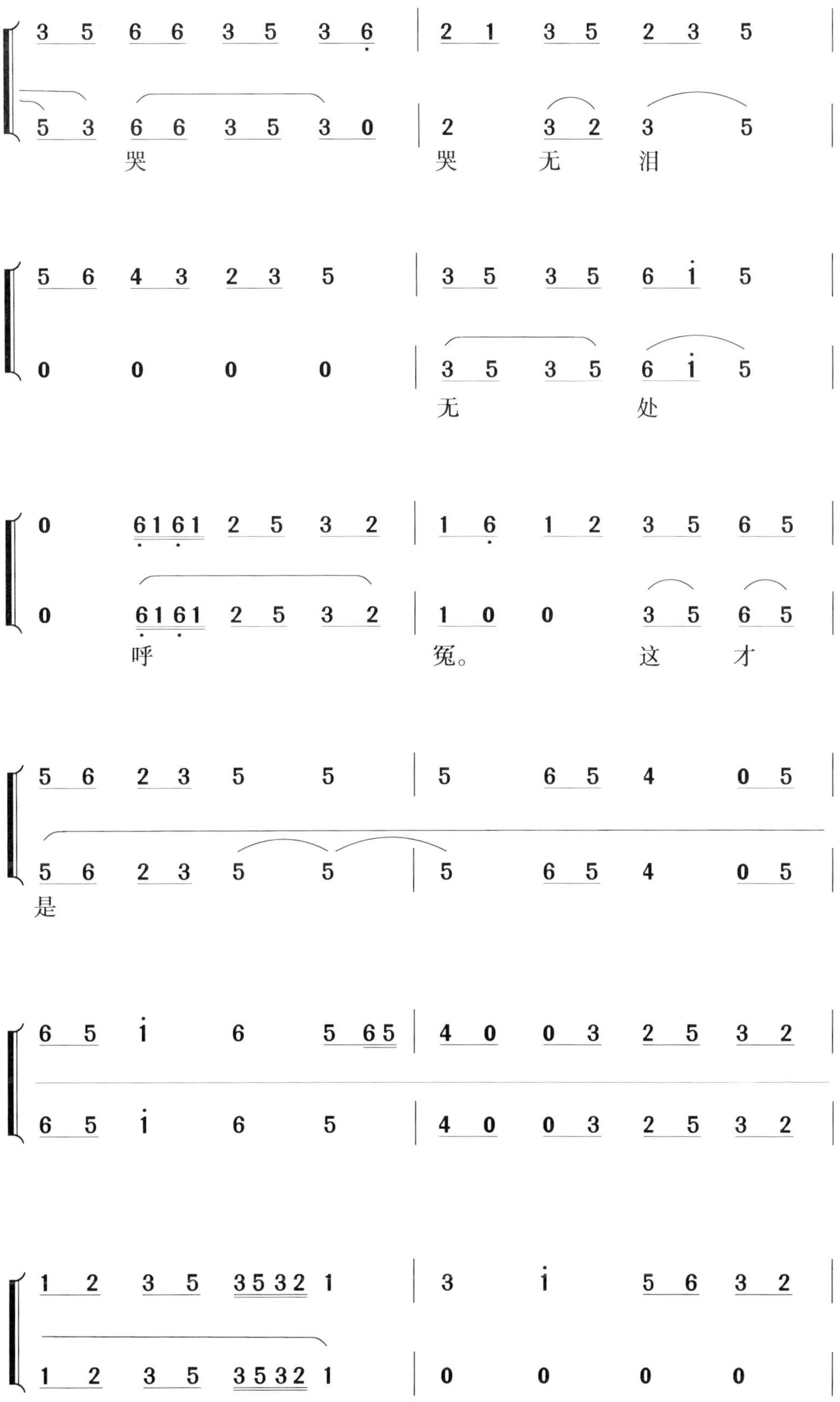
哭
哭 无 泪
无 处
呼
冤。这 才
是

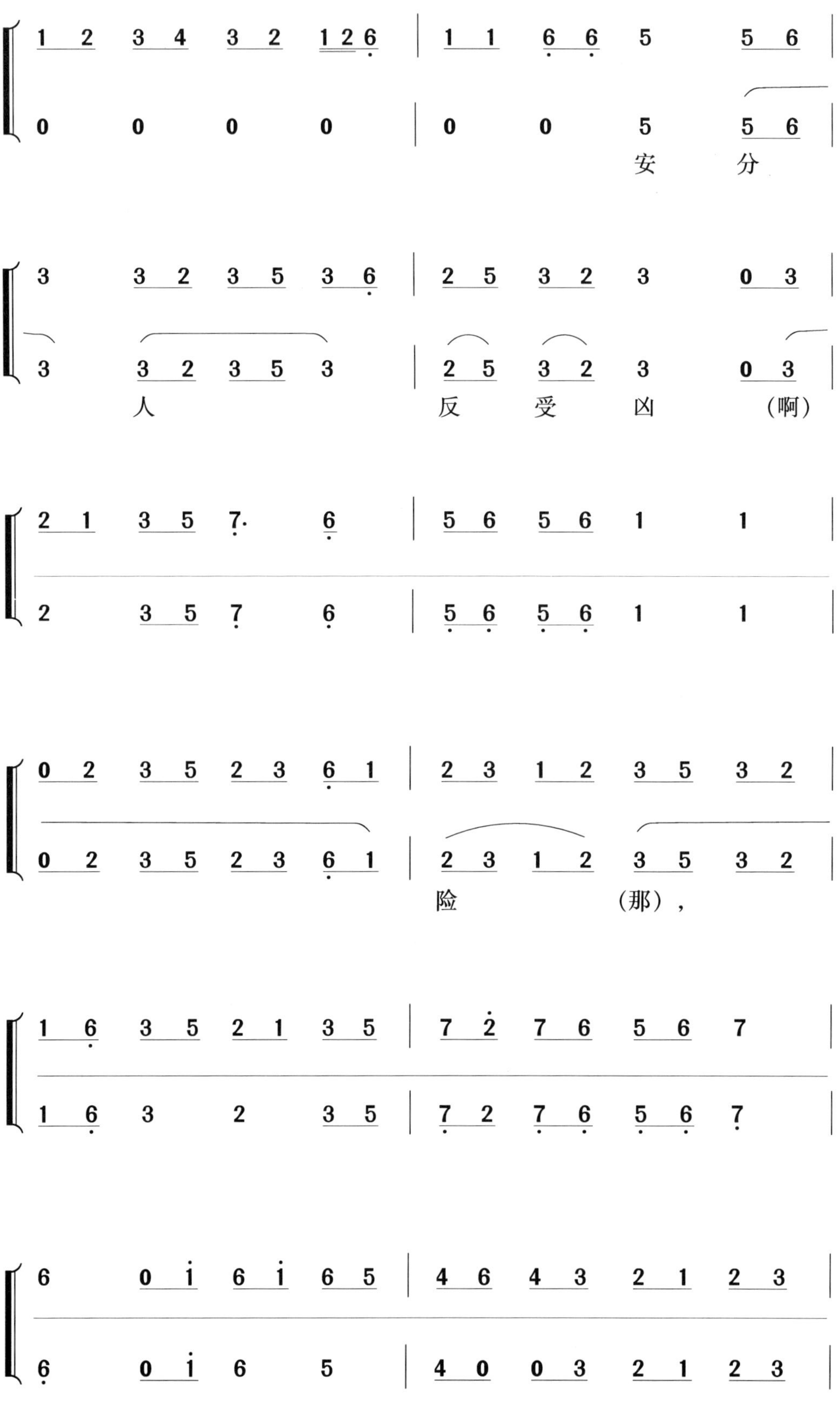
安 分
人
反 受 凶 （啊）
险 （那），

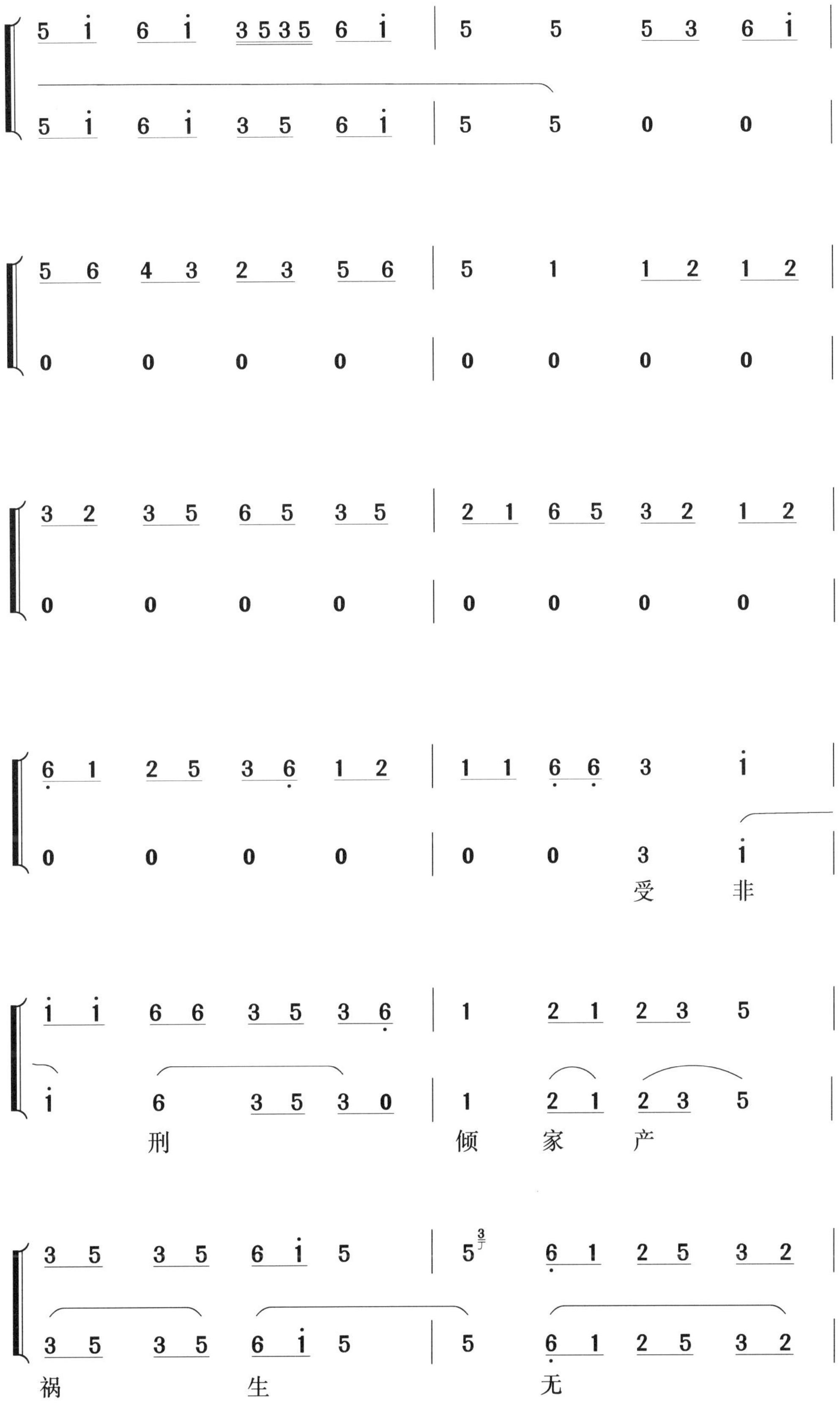
受 非
刑 倾 家 产
祸 生 无

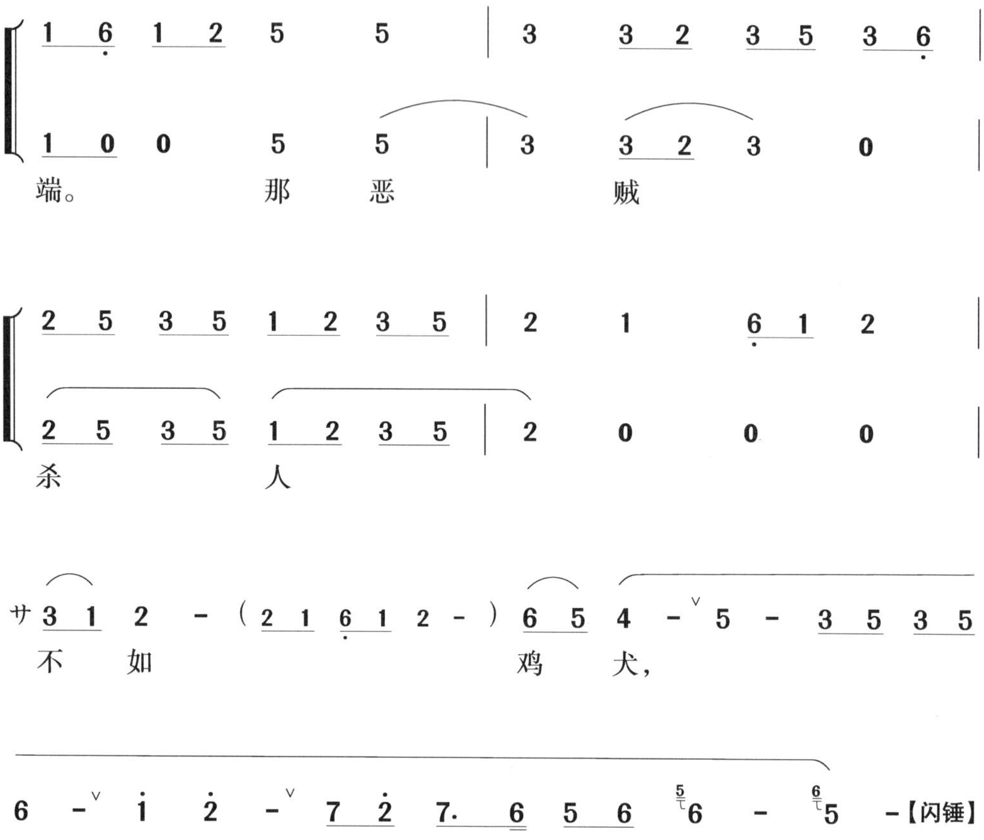

〔由中间归“大边”。

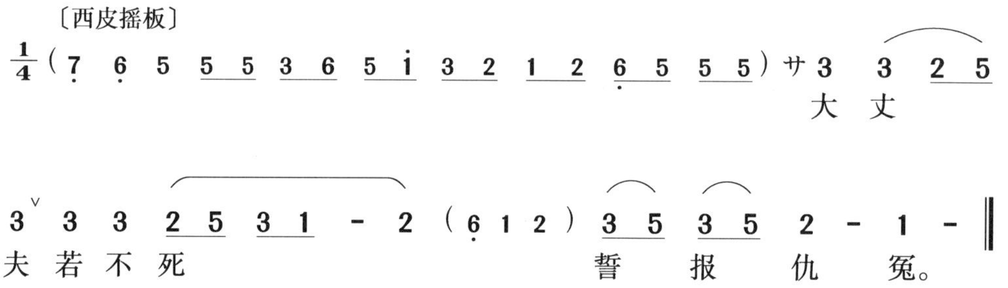

〔【大锣水底鱼】侯伯清“上场门”上，站“小边”。

侯伯清 这不是康大官人么？

康茂才 哎呀侯兄啊！你无端当的什么宝珠，如今害得我这般光景！【撕边大锣一击】

侯伯清 （侯伯清背供一想）噢噢是了。这定是乐儿所为。（怒视着乐儿）走哇，走哇！

乐　儿 哪儿去呀？

侯伯清 徐州大堂辩理。

乐　儿 怎么着，到徐州大堂？千岁正拿你哪！走着，走着！

〔【大锣水底鱼】乐儿带着“领起来”，“圆场”，侯伯清、康茂才随后，至“上场门”“一条鞭”，侯伯清上前欲击堂鼓，乐儿上前阻拦。

乐　儿 走开这儿！胡臭的脚丫子，往哪儿蹓跶？（上前一步，一看）瞧，这徐州大堂，还

没我们门房干净哪！我本当去见他，又有点不耐烦，跟他开个玩笑，打他个“花得胜”！（乱打鼓，后归原位）

〔【急急风】四青袍、二班头快“站门”上，徐达随上，至台口，【大锣搜场】双手捋髯。【撕边】

徐　达　升堂！【快冲头】（翻水袖、往右转身，快步进堂桌归坐）来！看看何人击鼓？

一班头　是。（出门看后，回身）启禀太爷，乃是完颜龙的总管击鼓。

徐　达　嗯！这厮小题大作。传他上堂回话。

一班头　总管，我们太爷传您哪！

乐　儿　衙门虽小，派头不小。（念“对儿”）小小衙门不放眼，大摇大摆到堂前。（边说边往里走，至“大边”）州官请啦！

徐　达　你到此何事？

乐　儿　千岁拿住两名贼犯，一名康茂才，一名侯伯清，偷盗府中宝物，叫你审问哪！

徐　达　罪犯今在何处？

乐　儿　现在堂口。

徐　达　来，将康茂才带上来。

乐　儿　康茂才上堂！

一班头　【冲头】（康茂才进门，至堂前跪下；侯伯清同时进门，至堂前跪下）

康茂才　叩见太爷。

一班头　当堂有刑。

徐　达　松刑。

〔【大锣五击】班头摘掉康茂才手杻。

徐　达　康茂才，因何做贼？从实讲来。

康茂才　太爷容禀：

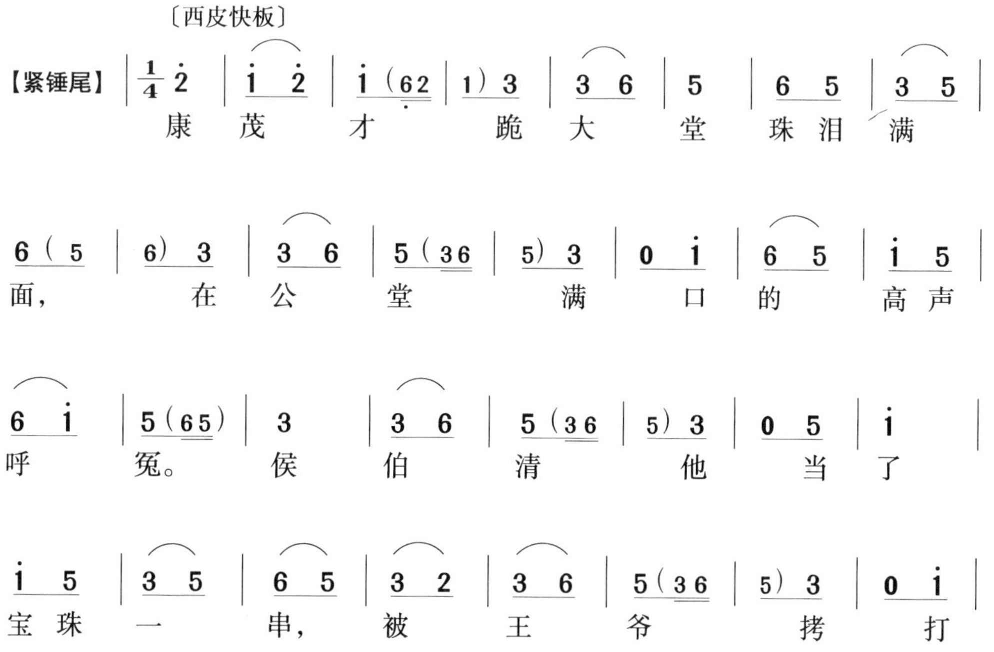

6 5 | i 5 | 6 i | 5 | 3 2 | 3 6 | 5（36 | 5）3 | 0 i |
我 珠子 不 还。 反 说 我 是 贼

6 5 | i i | 3 5 | 6（5 | 6）3 | 3 6 | 5 | 5 | 6 |
犯 送官 究 办， 望 太 爷 细 体

6 | 3 | 5 i | 6 5 | 6 i | 5 ‖（大 大 ……大 大 乙 仓）
察 鉴 明 此 冤。

徐　达　噢！【闪锤】（沉思）

〔西皮摇板〕

1/4（7 6 5 55 36 55 32 12 65 55）サ 1 3 2
听 他 人

1 3 2 2 3 2 1 2 2 －（7 6 5 55 36 55 3 2
一 番 言 真 假 难 辨，

1 2）1 6 2 1 3 1 2 － 6 2 1 2 2 1 －【大锣住头】‖（面向侯伯清）
再 问 问 侯 伯 清 便 知 根 源。

侯伯请，你且讲来。

侯伯清　是。小人侯伯清，与郭广庆交好甚厚。只因他在郊外得罪完颜龙千岁，枷号衙前一月，小人家中有祖传串龙宝珠一百二十颗，到康茂才店中当银百两，实指望到王府搭救郭广庆出监，不想乐儿将我的银两与当照一并收下，至今不还。求太爷明断。

徐　达　噢噢噢，原来如此。【大锣住头】（向乐儿）听他二人所言，事理已然明白。烦你回去禀告千岁，就说徐达言道：欲国之强，须要爱民。今侯伯清为友仁义，反获其罪；康茂才为商良善，反受其冤。想他们俱是奉公守分，交捐纳税的好百姓，罪无可加。我若昧心动刑，良心何在？天理何存？【撕边大锣一击】

乐　儿　那么，依你之见呢？

徐　达　依下官之见，禀知千岁，一要顺天理，二要顾人情。岂不知压制越深，抗拒越烈。使百姓人人自危，则将铤而走险，到那时激起公愤，悔之晚矣！为今之计，速将串龙宝珠交还原主，一切之事不必深究。如若不然，我就要亲自过府去取，那时反为不美。【撕边大锣一击】

乐　儿　你住了吧！千岁要你审问贼犯，你怎么把千岁也审在其中啦?依我看，你是不想做官啦！你是想回家抱……

徐　达　抱什么?

乐　儿　抱娃子去吧！

徐　达　嘟！【大锣五击头】胆大乐儿，竟敢咆哮公堂，目无官长。来，与我拿下了！

〔众人应声，欲抓。

乐　儿　（边跑边念）你接着我的吧！（从“下场门”跑下）

〔【大锣水底鱼】花婆带着金氏从“上场门”急上，走至台前，向堂内高喊。

花　婆　冤枉！

一班头　（出外看，回身）启禀太爷，有一老婆子带一妇人堂口喊冤！

徐　达　上堂回话。

〔【冲头】花婆、金氏同入门，跪在中间。

花　婆　叩见太爷。

徐　达　这一老妇人，有什么冤枉？快快讲来！

花　婆　【冷锤】（气急败坏地催促金氏）媳妇，你快些讲来！

金　氏　太爷呀！【快纽丝】

〔西皮散板〕

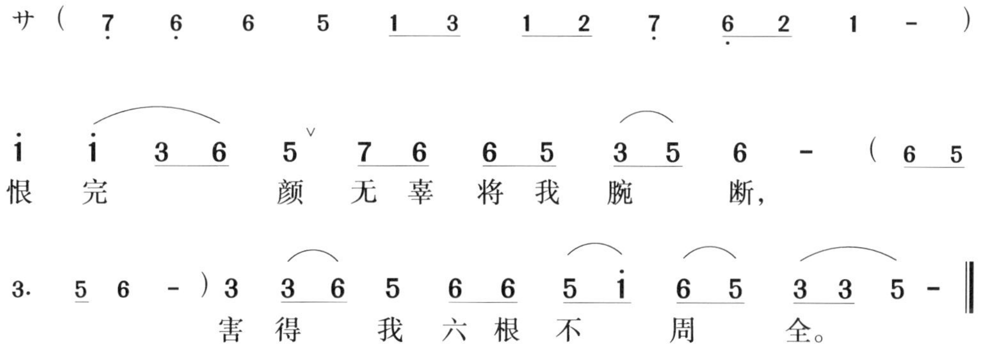

徐　达　（惊讶）噢！

〔西皮快板〕

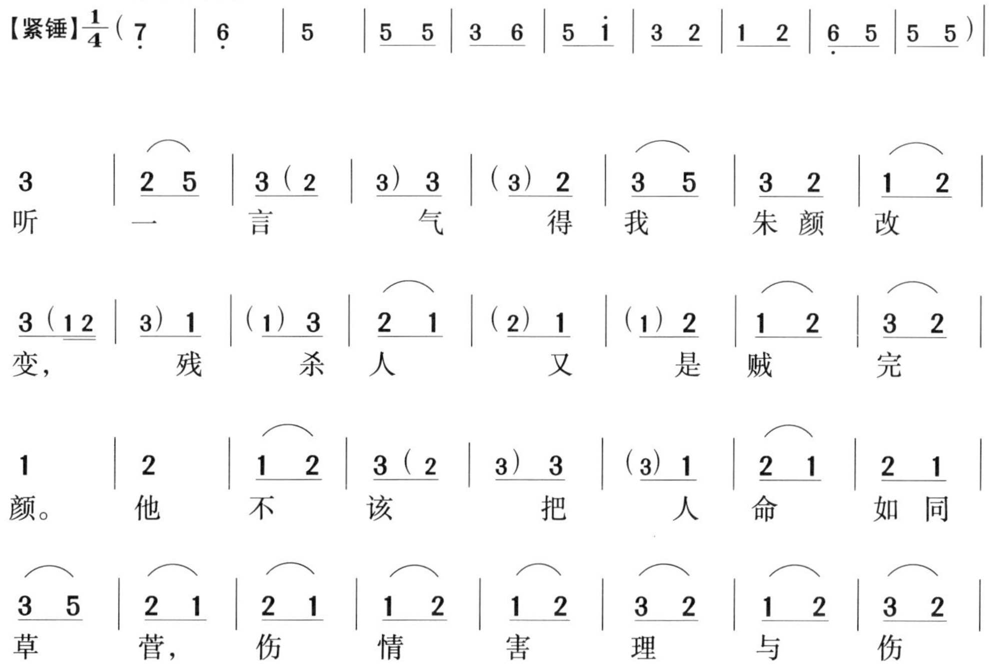

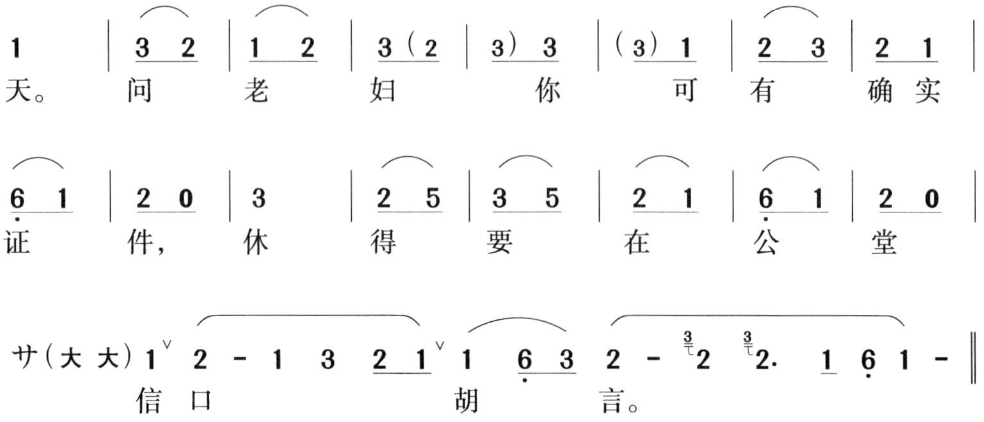

花 婆 太爷呀！

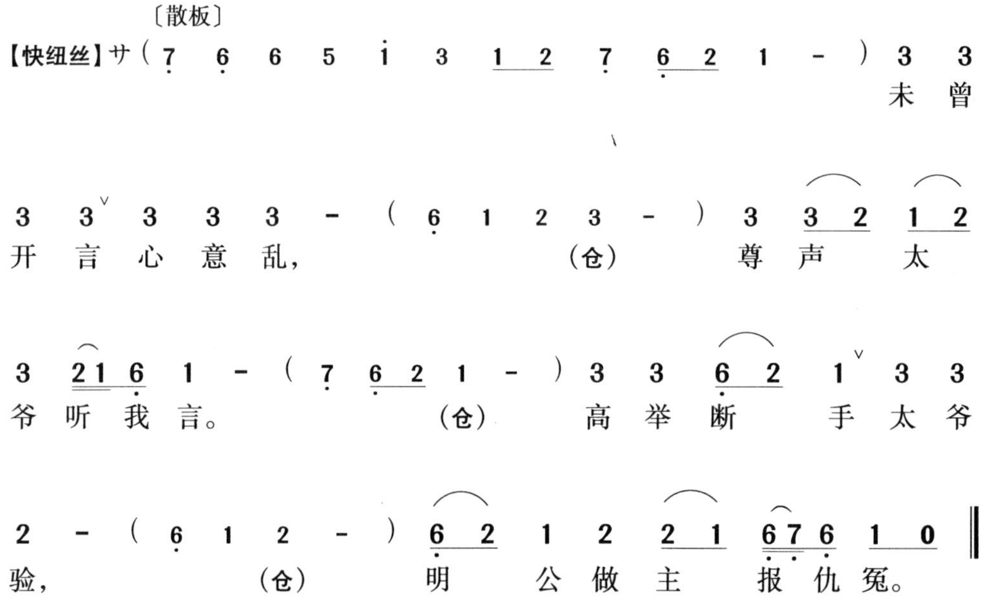

〔花婆拿出“彩手”，向前递给徐达。（**崩登仓**）徐达看“彩手”，惊讶！

徐 达 哎呀！【**快冲头**】（抬右手挡住脸，不忍观看）

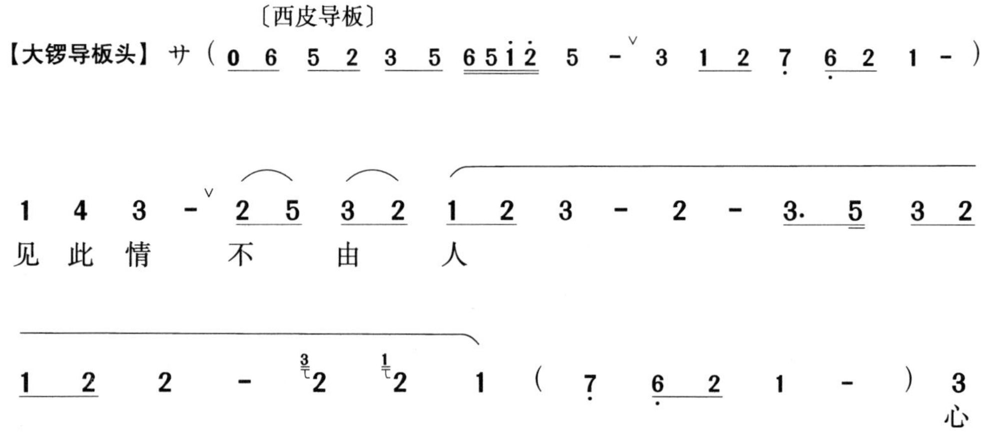

2 2 1 1 1 2 - ┆【纽丝】（走出堂桌，再看“彩手”）

中 好 惨，

〔散板〕

（6 5 - 3 1 2 7 2 1 -）3 2 1 2 3 3 1 3 2

（仓） 骂 一 声完颜龙

1 6 3 2 6 1 6 3 2 6 1 -（7 6 2 1 -）6 1 3

你 是 何 心 肝？ （仓） 小 民

2 6 1 6 3 6 1 2 1 2 1 2 1 2 3 2 6 1 - ┆

何 罪 将 你 犯，下 此 毒 手 忒 相 残 （哪）！

【大锣凤点头】（7 6 6 5 3 1 2 7 6 2 1 -）1 2 1 5

回 头 再

3 1 2 -（7 6. 1 2 -）2 2 1 1 1 2 - ┆

把 （顷 仓） 民 妇 验，

（再看“彩手”）

徐 达 （拿“彩手”出来，与金氏臂对脸）哎呀！【乱锤】（不忍目睹，扔掉“彩手”）

〔周李氏内白：“走哇！”【快纽丝】“上场门”上，至台口。

周李氏 サ（7 6 6 5 3 1 2 7 6 2 1 -）i 5 6 6

贼 子 做 事

6 5 5 3 5 -（4 3 6 5 -）i 5 6 6 2 2 i 2 2 i - ┆

欺 了 天。 来 在 公 堂 高 声 喊，

【崩登仓·撕边】（走躁步，大喊）冤枉——！

徐 达 啊？

【慢凤点头】（7 6 6 5 3 1 2 7 2 1 -）2 3 3 2 1

又 听 得

234 3 2 6 1. 2 3 3. 2 2 3 3 2. 1 2 -（2 1 6. 1

堂 口 （哇）

2 －）1· 3 2 1 1 － 【大锣住头】‖（班头出门一看，又回）
闹 （哇）喧 天。

班头甲 启太爷，有一妇人满脸是血，在堂口喊冤！

徐 达 噢！【撕边大锣一击】又有一妇人满脸是血，堂口喊冤？

班头甲 正是！

徐 达 【叫头】天哪！天！【大锣住头】我徐达为官以来，谨慎勤劳，宿夜在公，上不欺君，下不虐民。今日徐州堂上为何这等混乱？来！将那妇人与我带、带、带上堂来！

班头甲 那一妇人上堂回话。

〖【冲头】周李氏跌跌撞撞进门，跪下。

周李氏 叩见太爷。

徐 达 这一妇人，你被何人所害？快快讲来！

周李氏 太爷容禀：

〔西皮流水〕

1/4（扎 | 扎 | 仓 0）| 3. 6 | 5（36 | 5）i | 6 5 | 3 3 | 3 5 |
未 曾 开 言 泪 淋

6（5 | 6）i | 6 5 | 3. 6 | 5（36 | 5）i | 5 6 | 5（36 |
淋， 尊 声 太 爷 听 分 明。

5）i | 6 5 | 3 6 | 5 | i i | 3 5 | 6 3 | 3 5 |
完 颜 龙 剜 去 我 左 眼，特 地

5 65 | 3 5 | 6（5 | 6 i）| 5 i | 6 5 | 6. i | 5 ‖
前 来 把 冤 伸。

众 人 （齐呼）冤枉！

〖【撕边大锣一击】徐达看众人，又【撕边大锣一击】徐达再看众人。（崩登仓）

徐 达 哎呀！

〔西皮散板〕

【纽丝】サ（7 6 6 5 3 1 2 7 6 2 1 －）

1 4 5 3 － 4 3 3 － 1 3 2 1 2 3 －
这 一 个 刚 告 到 断 去 了 手 腕，

（6 1 2 3 －）5 3 7 6 6 3 5 － 3 1 6 5 3 5 6
（仓） 那 一 个 又（哇）告 那

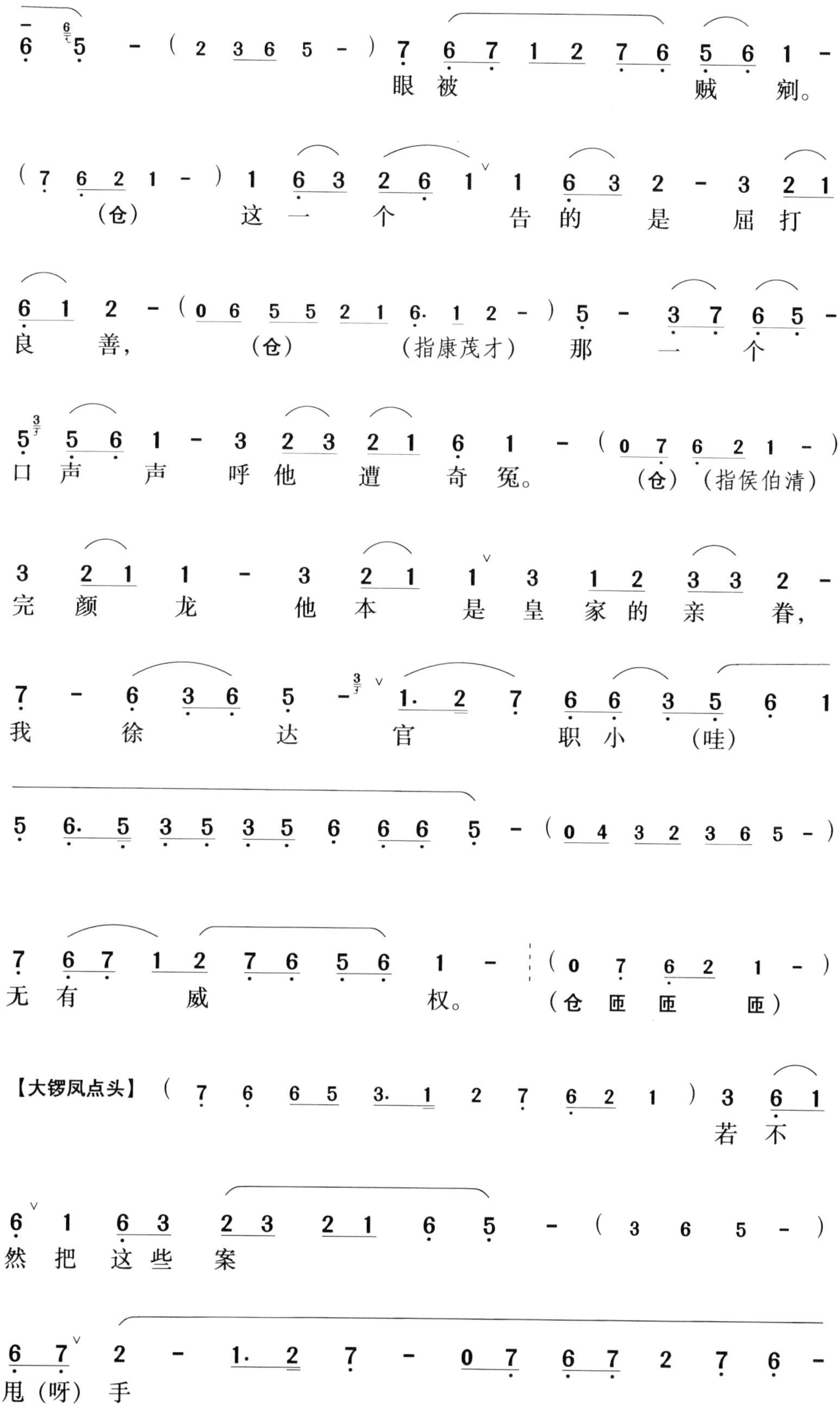
眼被 贼 剜。
（仓） 这一个 告的是 屈打
良 善，（仓）（指康茂才）那一个
口声声呼他遭奇冤。（仓）（指侯伯清）
完颜龙他本是皇家的亲眷，
我徐达官职小（哇）
无有威权。（仓 匝 匝 匝）
【大锣凤点头】
若不
然把这些案
甩（呀）手

5 3（大 大）6 76 7 2 7 ²7 6 －
不 管 （哪），

（双手摇摆着，往“下场门”走）

众　人　太爷做主哇！**【撕边大锣一击】**太爷做主哇！（**崩登仓**）（徐达蹉步在**【撕边】**中走回原位）

徐　达　**【纽丝】**（7 6 6 5 3 1 2 7 6 2 1 －）サ 1 3 2ᵛ
众 黎 民

1 3 2ᵛ 1 2 3 2 1 －（0 7 6 2 1 －）5 3 1 3
一 个 个 口 呼 青 天。（仓） 左 难 右

2 －（21 6 0 1 2 －）2 12 3 ⁵3 2. 1 1 2 2
难 难 坏 了 我，

【叫头】天哪，天！**【大锣凤点头】**（7 6 6 5 3 1 2 7 6 2

1 －）1 3 2 2 1 2 3. 5 2 －（0 7 6 1
一 时 无 计（呀）

2 －）1 － 6ᵛ 3 － 2 3 2 1 6 ¹6 1 －‖
难 周 全。

【冷锤】（徐达甩袖栽拳低头坐下。众人哑然而站）

〔吴怀内白：“啊哈！”

〔**【小锣五击】**吴怀与乐儿同从“上场门”上，至台口。吴怀手中捧着官衣纱帽。

乐　儿　官场如戏狗臭屁，

吴　怀　升官发财仗势力。

乐　儿　我说内弟呀。

吴　怀　怎么着？姐夫。

乐　儿　回头到了徐州堂上，你可得沉住了气，别露出马脚来，日后挣了大钱，可别忘了我呀！

吴　怀　没错儿，挣了钱，跟你是二一添作五。

乐　儿　好，你把这打饭的票穿上。

〔吴怀将手中的官衣、纱帽穿戴好。

乐　儿　（一看）行，沉住了气，跟我进去。（二人进门站在“小边”）州官请啦！**【撕边大锣一击】**

徐　达　（一看）你又来做甚？

乐　儿　无事不登三宝殿。老王有道手谕，你拿去瞧瞧吧。（拿出“帖子”举在手里）

徐　达　呈上来！【大锣五击】（一班头拿过“帖子”交给徐达，徐达展开读）这——？【冷锤】（无言而坐）

乐　儿　你倒是说呀！

徐　达　（看帖，再看众人，无奈地）唉！

乐　儿　你不说呀，我替你宣布了吧！众位百姓们听着：今有朱元璋造反，完颜千岁带兵迎敌。老王有谕：将徐达免职，其缺，着吴怀补授，命乐儿监视交代。话已说完，（向徐达）你还不交印吗？【撕边大锣一击】

徐　达　这——。

乐　儿　我说你倒是交印呐！

徐　达　唉！

〔【大锣五击头】徐达摘下纱帽放在桌上，拿印出桌，【九锤半】众人与徐达“一挤”，“两挤”【马腿】徐达将印扔给乐儿，【四击头】归坐在“大边”。

乐　儿　你这也不吹胡子冒泡了吧？哪怕你不交印哪！来，来，来！（将印交给吴怀）老爷升堂啦！（示众衙喊“堂威”，众衙役不语）我说你们怎么不喊“堂威”呀？

众衙役　我们呀，猪八戒摆手——不伺猴儿！我们不干啦！（将堂板扔在地上，分两边下）

乐　儿　哈哈！你们当没鸡蛋做不了槽子糕啦？来，我保着你！噢，老爷升堂喽！

〔吴怀归“大座”，乐儿站旁边。

吴　怀　你们这群刁民，还不给我跪下。

〔众人向坐在“大边”椅子上的徐达跪下。

众　人　太爷，快快与我们做主啊！【撕边大锣一击】

徐　达　【叫头】众位父老！完颜龙暴虐无道，屡屡欺压百姓，事已至此，倒不如将这二贼打死，我们大家杀出城去，反了吧！

众　人　（呼应）反了吧！

徐　达　反了吧！

众　人　我们反了哇！

〔【乱锤】众人上前将乐儿、吴怀打死。【急急风】徐达率领众百姓走“反圆场”，众人归“上场门”“一条鞭”。【四击头】徐达“亮相”下。众人随后下。

第十三场

〔【纽丝】吴贵押着郭广庆“上场门”，至台口。

〔西皮散板〕

郭广庆　サ（7 6 6 5 3 1 2 7 6 2 1 - ）2
伽

2 1 2 3 2 3 2 - （0 7 6 1 2 - ）
号 示 众 衙 前 站，（仓 匝 匝 匝）

〔众人内喊："反了哇！"

郭广庆 【大锣凤点头】（7 6 6 5 3 1 2 7 6 2

1 － ） 2 1 3 2 2 1 6 1 － ‖
忽 听 街 上 闹 喧 天。

〔【大锣水底鱼】侯伯清、康茂才持刀"上场门"上，与郭广庆碰面。

郭广庆 啊！你二人为何这等模样？

康茂才
侯伯清 官逼民反了！

郭广庆 好哇！

【纽丝】 サ（7 6 6 5 3 1 2 7 6 2 1 － ）

2 1 2 2 1 2 3 1 2 1 6 1 2 －
我 这 里 将 木 枷 一 折 两 断，

〔断枷，右手拿枷，左手抓住吴贵。

【大锣凤点头】（7 6 6 5 3 1 2 7 6 2 1 － ） 3 3
打 死

2 21 676 1 1 0 ‖ 【冲头】（用枷打死吴贵）
小 吴贵 命 染 黄 泉。

【叫头】二位仁兄，完颜贼子现在哪里？

康茂才 完颜龙出城迎敌去了。

郭广庆 好哇！你我弟兄三人，趁此机会，去至他府中，杀贼的满门便了！（崩登仓）

〔三人亮相【冲头】同下。

第十四场

〔【流水锣鼓】二宫女搀完颜图上，至台中。

〔西皮汉调〕

完颜图 $\frac{1}{4}$（仓 仓 | 令令仓 | 扎 5 | 3535 | 6 i 5 | 0 5 | 3532 | 1· 7 |

6123 | 1$^{\frac{6}{7}}$） | 3 | 5 | 0 6 | （6）1 | 6 3 | 2 2 |
我 在 徐 州 好 威 风（啊），

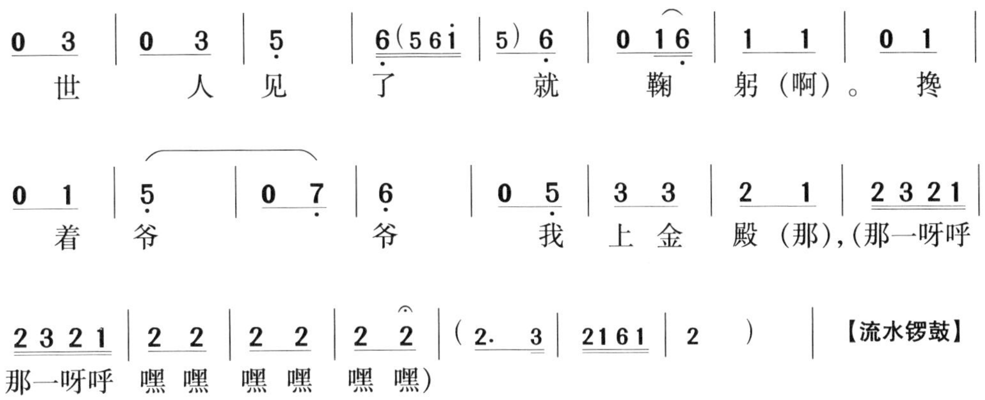

〔二宫女搀着完颜图转往里走、坐下。

完颜图

〔**【大锣水底鱼】**郭广庆、康茂才、侯伯清同上，至“上场门”台口。

郭广庆 呔！开门来！

门　官 （从“下场门”上，开门）什么人？

郭广庆 （上前揪住门官）老王今在哪里？

门　官 水磨厅。

郭广庆 看刀！（将门官杀死）打了进去！**【冲头】**（三人同进门）

完颜图 何处强盗，敢进府来？

郭广庆 老贼！你也有今日，看刀！（侯伯清拦住郭广庆举起的刀）**【大锣一击】**

侯伯清 杀死老贼，岂不便宜了他。

郭广庆 依你之见？

侯伯清 将老贼枷到州衙，在大众面前千刀万剐。

郭广庆
康茂才 好，将宝珠取下，把老贼枷起来！

〔**【阴锣】**郭广庆、康茂才将完颜图颈上的串龙珠取下，上枷。**【急急风】**郭广庆在前拉着完颜图出门，康茂才、侯伯清在后打。**【夹馋馋】【急急风】**下。

第 十 五 场

〔**【快纽丝】**花婆一人持叉上，至台中。

〔西皮散板〕

花　婆　サ（ 7 6 6 5 i 3 1 2 7 6 2 1 － ） 5 3 3 3
要 把 胡 儿

2 3 3 －（ 0 6 1 2 3 － ） 6 2 1 3 2 21 6 1 －
刀 刀 斩，　（仓）　要 与 媳 妇 报 仇 冤。

（ 0 7 6 2 1 － ） 5 3 3 2 2 2 1 3 2 － ‖
（仓）　手 持 钢 叉 往 前 赶。

〔【急急风】花婆“耍叉”【四击头】亮相【扫头】下。

第十六场

〔【缓锣】【冲头】徐达内唱。

〔西皮导板〕

【西皮导板头】サ（ 3 5 6 － 6 5 － i － 3. 1 2 7

6 2 1 － ） 3 3 4 3 5 3 2 2 2 3 －
徐 州 城 内 民 造 反（哪），

〔【急急风】四百姓、周李氏、金氏等手拿各种农具、刀棍，站门上，徐达拿宝剑随上，走至台口。

〔西皮流水〕

徐　达　**【紧锤】**$\frac{1}{4}$（ 3 5 | 6 i | 5 i | 3 2 | 1 2 | 6 5 | 5 5 ） | 3 | 2 |
拔 剑

0 1 | 0 2 | 2 | 3 | 1 | 1 | 2 | 3 | 1 |
砍 地 长 呼 天。 耳 听 喧

2 |（ 0 3 | 2 1 | 6 1 | 2 | 0 ） | サ 3 1 3 2 －
哗　一 阵 乱，

〔【快纽丝】康茂才、郭广庆、侯伯清押着完颜图，手持串龙珠“上场门”上。

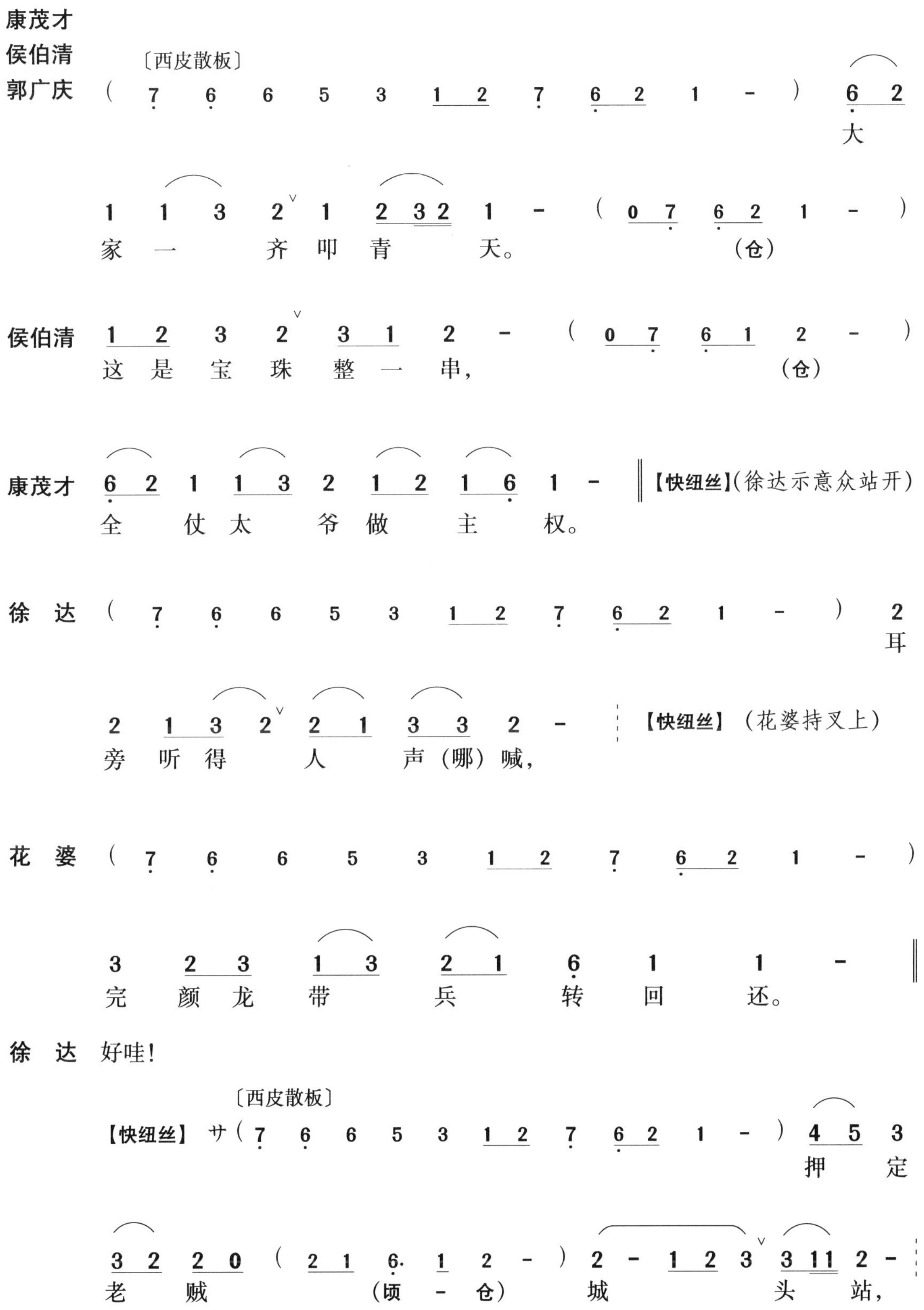

【快纽丝】（众百姓等“领起来”下。侯伯清、康茂才、郭广庆押完颜图随下，徐达上城，站定）

サ（7 6 6 5 3 1 2 7 6 2 1 - ）

3 1 3 2 1 1 2 1 6 1 - ‖
等 候 完 颜 到 城 边。

〔完颜龙内唱。

〔西皮导板〕

【大锣导板头】サ（7 6 6 5 i 3 1 2 7

6 2 1 - ）5 3 3 2 2 3 36 5 -
徐 州 城 内 民造 反，

〔【乱锤】八校尉各持枪“上场门”上“挖门”站两边，完颜龙持扑刀随上，至台中。

〔西皮散板〕

完颜龙 【快纽丝】サ（7 6 6 5 3 1 2 7 6 2 1 - ）

6 2 1 3 2 3 2 3 2 1 1 - ‖
小 小 沟 渠 翻 了 船。

【叫头】城上听者！【大锣住头】快将老王放出，如若不然，孤杀进城去，鸡犬不留！

徐　达 【慢叫头】完颜龙啊，狠心贼！【大锣住头】想你这贼，身居王位，就该爱护百姓，不该将徐州百姓任意杀害，不如牛马。你想，谁无父母兄弟，谁无夫妇子孙；骨肉之情，谁不悲痛！有道是：积善有善报，积恶有余殃。恨不得食尔之肉，剥尔之皮，以消民间之怨也！

〔西皮快板〕

【紧锤】$\frac{1}{4}$（3 5 | 6 i | 5 i | 3 2 | 1 2 | 6 5 | 5 5）|

2 5 | 3 2 | 3 | 0 3 | 0 3 | 2 5 | 3 2 | 3 | 0 1 | 0 2 |
在 城 楼 一 见 仇 人 面， 分 外

1 | 2 | 1 2 | 3 | 1 | 0 3 | 2 3 | 1 | 2 | 1 2 |
眼 红 怒 冲 天。 回 头 再 把 民

3 | 2 | 2 5 | 3 | 3 | 2 1 | 1 | 3 21 | 6 | i ‖
妇 唤， 快 将 老 贼 押 城 边。

〔【快纽丝】郭广庆、康茂才、侯伯清押完颜图上城。

康茂才
侯伯清
郭广庆 〔西皮散板〕
サ(7 6 6 5 3 1 2 7 6 2 1 -) 3 1 2 1 2
你 父 子 做

3 2 1 3 2 - 3 1 2 2 1 2 1 6 1 0 ‖
事 天 明 鉴, 仇 报 仇 来 冤 报 冤。
(仓 仓 仓)

完颜龙 哎呀!

【快纽丝】(7 6 6 5 3 1 2 7 6 2 1 -)

5 3 3 1 2 - 3 4 - 3 - 【快凤点头】
此 事 叫 孤 怎 交 战?

儿呀!

(7 6 6 5 3 1 2 7 6 2 1 -)

2 5 3 3 2 1 2 3 1 2 5 3 2 1 -【大锣住头】‖
你 爸 爸 老 命 我 要 玩儿 完 (哪)!

众　人 (齐喊)快快归降!
完颜龙 儿郎的,攻城!
众　人 滚木擂石打下!
〔【乱锤】众人举物下打,完颜龙等人从"上场门"败下。
众　人 太爷,你我将老贼杀死,出城杀那完颜龙一个措手不及!(徐达举剑杀死完颜图)
徐　达 开城杀!
〔【急急风】开城门,众人出城,徐达等随后,追下。

第十八场

〔【九锤半】转【急急风】"开档子""起打",郭广庆拿棍见四校尉,打"屁股棍儿"。花婆接上,见一校尉打,对转圆场,双下。一校尉"单起",康茂才拿刀

"漫头"，打"单刀枪"，徐达"续上"，杀死两名校尉。完颜龙"续上"，见徐达，"穿肚儿""削刀""削手"，完颜龙扑刀落下，众人上追杀，徐达揪住完颜龙用剑砍死，众人在**【冲头】**中归"小边"，徐达归"大边"。**【叫头】**徐达三笑，**【四击头】**亮相，奏唢呐曲牌<尾声>后半段，徐达转身下，众人随下。

——剧 终

东 辰 **整理**　　张耀鸾 **记谱**

胭脂宝褶

马连良演出本

京剧《胭脂宝褶》的故事发生在明朝永乐年间。侠士公孙伯原系将门后裔，因遭陷害，愤而在二龙山聚义。得知洛阳乡绅穆良强抢民女韩翠娥，遂下山搭救。归途中巧遇进京赴考的白简，白疑公孙行径，挺身面质。公孙伯喜其耿直，携之同回山寨说明原委，并与其义结金兰，又执意为媒将韩翠娥许配白简即日完婚。白无奈在洞房中与韩通宵对坐，翌日决意进京赴试，将韩女托在山下尼庵寄居。临行前公孙伯将一件家传宝衣——胭脂宝褶赠与白简，嘱其伺机可向皇家献宝以谋进身。白进京后寄寓遇龙酒馆。正月十五元宵夜京城大放花灯，永乐帝朱棣微服出宫私访，适到此处，见白正自研习苦读，面试其才艺俱佳，心喜之。离去时，朱棣身感凉意，白慨然借与胭脂宝褶御寒。帝回宫后封白简为进宝状元，并授巡按之职，命其招安公孙伯。白简至洛阳后，亦乔装出访，不慎将巡按大印失落。金印为洛阳县令金祥瑞所获。金昏庸嗜酒，诸事仰赖衙中皂隶班头白怀。白怀实为白简失散多年的老父，在署前适逢老家人白奇，白怀始知巡按即为己子，于是设计，使白简复得失印。后白简治穆良罪，又招安公孙伯归附朝廷。白怀请金祥瑞为媒，从尼庵中接回韩翠娥与白简完婚。

此剧溯源于清初盛际时的《胭脂雪》传奇，道光二十五年刊本《都门纪略》曾提及此戏演出。后来亦为余叔岩擅演的代表剧目之一。

当年京剧舞台上，经常演的只是故事当中的《遇龙酒馆》和《失印救火》两折，而缺乏一出较为完整的大戏。随着时代发展，在20世纪的30年代，马连良为了更好地满足观众的欣赏需求，就和李亦青合作，在上述两出折子戏的基础上，参考了山西蒲州梆子《烤火下山》（演白简和韩翠娥在二龙山上洞房之夜事）的一些情节，增益首尾，整理改编了这出《胭脂宝褶》。在戏里马连良一赶二角，前扮永乐皇帝，偏重唱动；后饰县衙班头白怀，以大段贯口念白和做工身段取胜。

老舍先生曾经说过："马派戏不仅在唱念做上都有独到之处，连人物的扮相与行头亦有精心设计。"胭脂宝褶就是老舍先生所称道的这样一出马派戏。

戏里的《遇龙酒馆》，马先生一改早先的西皮调式，换成了二黄，并且增加了极富马派唱腔特色的大段〔三眼〕，用在了永乐皇帝第一次出场时所唱"老王爷登大宝一统天下"，给观众留下的听觉第一印象是新锐美好的；微服入民间市井后，运用〔四平调〕唱道"适才间离却了皇宫内院……学一个赵太祖夤夜访贤"，唱得也十分俏丽，非常恰当。

这出戏的人物扮相和所穿行头，马连良也花费了许多心血。原来戏里的永乐帝和《梅龙镇》里的正德帝极为近似。后来马连良受到一幅朱元璋画像的启发，匠心独具地设计了一个特殊的造型，创造出一件别致的新行头——"箭蟒"。突破了传统老戏箱中皇帝所服"蟒袍"的样式，一改宽袍大袖为不缝缀水袖的圆形马蹄式袖口，衣服的前后都不开衩，在下摆处也不绣江涯海水，只在腰间加系软带，它既有蟒袍的雍容高贵，也有箭衣的潇洒利落。穿在朱棣身上，不单显示了天子的尊贵，也符合帝王微服离宫的特定环境，非常合适。《失印救火》

中的白怀又是一种形象，他的头上一改传统戏中衙役班头常戴的高罗帽，而改用经过改良的、原为丑行角色所用的皂隶帽，并巧妙地在正面加了一个“寿”字，身上所穿箭衣的颜色，也改用素蓝色。极大程度地让服装为表演、为人物服务。

前后两个人物性格的塑造上，马先生的处理迥然不同，反差很大。永乐帝年纪不大（戴黑三），是个英俊倜傥的少年天子，他演绎得既儒雅又有逼人英气，常使“丁字步”、“子午式”的身段，给人以文武兼备的感觉；而皂班头白怀则是年过花甲（戴黪满），是个久在“六扇门”中当差混事的圆滑干练的“老油条”，他的身上江湖习气比较浓烈。看马连良的表演，这两个人物形象都是栩栩如生，绝非一道汤。

杨蒲生

人物行当

四喽兵	杂	杠上官	杂
张　仁	武丑	庆太平	净
李　义	武净	红文堂	杂
公孙伯	净	船　夫	杂
二丑院子	丑	三扒手	丑
穆　良	净	游人甲	生
四家丁	杂	游人乙	生
韩若水	老生	游人丙	旦
韩翠娥	花旦	仇爱川	老生
白　奇	老生	白　怀	老生
白　简	小生	四青袍	杂
船　夫	杂	金祥瑞	丑
丫　环	旦	禁　卒	丑
闵　江	丑	门　子	生
侍　儿	小生	二夜捕手	丑
朱　棣	老生	二班头	丑
四太监	杂	轿　夫	杂
黄守备	生		

服装扮相

四喽兵　俊扮。青包头，青侉衣，青彩裤，薄底。

张　仁　勾枣核形粉脸。侠义盔（卡拉毡），花侉衣裤、白绦子、白大带、青褶子，薄底。

李　义　勾碎脸。侠义盔（卡拉毡），青侉衣裤、绦子、大带、花褶子，薄底。

公孙伯　勾紫色三块瓦脸。倒缨盔、翎子、狐尾、紫满，蓝蟒、玉带，厚底。下山后换侠义盔，绿箭衣、大带、绿褶子，挎剑。末扮穿蓝蟒、戴倒缨盔。

二丑院子　勾丑脸。青罗帽，青褶子、大带，青彩裤，白布袜，黑鞋。

穆　良　勾水白脸。紫员外巾、黲满，紫帔，福字履。

四家丁　俊扮。青头布，青快衣、小大带，青彩裤，薄底。

韩若水　俊扮。黑高方巾、黲三，青褶子、绦子，青彩裤，白布袜，福字履。

韩翠娥　俊扮。大头、亮花，花褶子、花腰包、绦子。洞房时穿红帔，红盖头。下山时披斗篷，头上包皎月色绸子。末场穿红帔、盖头。

白　奇　俊扮。前白毡帽头、蓝绸条、白满、白鬓发，白老斗衣、小绿裙，白布袜，福字履。后换青罗帽、绸条，青褶子，大带，厚底。

白　简　俊扮。如意巾，学士官衣、绦子，厚底。洞房时穿红帔，换学士巾。下山时换学士官衣、绦子。遇龙馆时穿皎月褶子，桥梁巾。封官时戴纱帽，穿红官衣，持牙笏。第二十二场连场时换红蟒。逛会时穿青褶子、绦子，高方巾。最后戴纱帽，穿红蟒。

船　夫　俊扮。梢子帽，布箭衣、搭包，青彩裤，薄底。

丫　环　俊扮。大头、亮花，花裤袄、大坎肩、腰巾，彩鞋。

闵　江　勾豆腐块形粉脸。毡帽，茶衣、腰包，白袜，黑鞋。

侍　儿　俊扮。素蓝风帽，白花箭衣、大带，红彩裤，厚底。

朱　棣　俊扮。武生巾带后兜、黑三，箭蟒、内衬大坎肩，彩裤、软带、厚底，挎宝剑。金殿时戴九龙冠，穿黄帔。

四太监　俊扮。太监帽，太监衣、黄绦子，青彩裤，薄底。第一名捧盘子，上有“胭脂宝褶”。第二名捧盘子，上有红官衣。第三名捧盘子，上有纱帽、盖红方绸子。第四名拿玉带。

黄守备　俊扮。大板巾、黑三，箭衣、马褂、大带，红彩裤，厚底。

杠上官　勾丑角馒头形粉脸。小圆纱、丑三，红官衣，红彩裤，朝方。

庆太平　勾红太监脸。太监帽，绿蟒、绦子，红彩裤，厚底。

红文堂　俊扮。大板巾，红龙套服，青彩裤，薄底。

船　夫　俊扮。梢子帽，蓝箭衣、大带，青彩裤，薄底。

三扒手　勾丑脸。一茶衣腰包，一大袖腰包，一侉衣腰包，毡帽，青彩裤，白布袜，黑鞋。

游人甲　俊扮。高方巾、黑三，青褶子、青彩裤，厚底。

游人乙　俊扮。鸭尾巾、黑三，蓝褶子、青彩裤，厚底。

游人丙　俊扮。大头、亮花，青褶子、蓝边裙，彩鞋。

仇爱川　俊扮。黪三，烟色老斗衣、烟色褶子、绦子，福字履。

白　怀　俊扮。皂隶帽、黪满、黪发，蓝布箭衣、大带，彩裤，厚底。末场换员外巾、香色帔。

四青袍　俊扮。青椒帽，青袍，青彩裤，薄底。

金祥瑞　勾丑脸。圆翅纱帽、黑八字吊搭，垫鸡胸、驼背，蓝官衣、玉带，青彩裤，朝方。

禁　卒　勾丑脸。蓝毡帽，大袖、腰包，青彩裤，白布袜，黑鞋。手杻。

门　子　俊扮。青罗帽，青褶子，青彩裤，厚底。

二夜捕手　勾丑脸。梢子帽，青箭衣、大带，青彩裤，薄底。锁链。

二班头　勾丑脸。梢子帽，蓝布箭衣、大带，白袜，黑鞋。

轿　夫　俊扮。梢子帽，蓝布箭衣、大带，青彩裤，薄底。

道具

桌子	二张	红官衣	一件
椅子	四把	纱帽	一顶
红绸	一块	托盘	一个
宝剑	一把	上方剑	一把
红大帐	一份	单枪	一杆
比目镜	一面	单刀	四把
马鞭	三根	印信	一方
包裹	一个	公案	一份
船桨	三支	铁链	一条
扇子	三把	堂板	一堂
印盒	一个	胭脂宝褶	一件
灰桌围椅披	一份	紫桌围椅披	一份
红桌围椅披	一份	黄桌围椅披	一份

第 一 场

〔正场桌，“小座”。

〔唢呐奏曲牌<水龙吟>，众喽兵、张仁、李义“站门”上，曲牌止。【四击头】公孙伯“上场门”上，【回头】【原场】走到台口。【大锣归位】

<点绛唇>

公孙伯 サ 6 1̇ 5 4 3 - 5 2 -【小锣二击】2 2 1 2 6 1
占 聚 山 岗， 武 艺 高

5 -【小锣三击】3 3 2 -【小锣二击】1 2 3 5 6 5 -
强。 恨 奸 党， 扰 乱 朝 纲。

【小锣三击】(6 5 6 1̇ 5 -)（崩 登 仓）2 2 1 2 1 6 1 5 - ‖
打 富 济 善 良。

〔【回头】【大锣原场】【大锣归位】公孙伯坐“小座”。

公孙伯 （诗）我父在朝掌兵权，
奸臣陷害丧边关。【小锣二击】
豪杰一怒归山旅，
打富济贫乐安然。【大锣归位】

某，【大锣一击】复姓公孙，名伯，人称赛虬髯。【大锣住头】我父当年镇守边关，被朝中奸臣陷害，是某一怒来在这二龙山聚义，打富济贫，除恶安良。张、李二位贤弟！

张 仁
李 义 大哥。

公孙伯 我有意下得山去，寻找土豪劣绅，劫取不义之财，你二人随我下山，意下如何？

张 仁
李 义 就依大哥。

公孙伯 好。

〔西皮散板〕

【纽丝】サ(7 6 6 5 5 5 5 1̇ 3 1 2 2 6 6 2 1 1 1 -)

3 4 3 3 4 3 3 3 1 2 3 3 (6 1 2 3) 3 1
都 只 为 洛 阳 县 连 年 荒 旱， (仓) 实 可

2 1 3 2 1 2 3 2 1 (7 6 2 1) 3 2 2 1
叹 众 乡 邻 苦 受 熬 煎。 (仓) 今 日 里 下

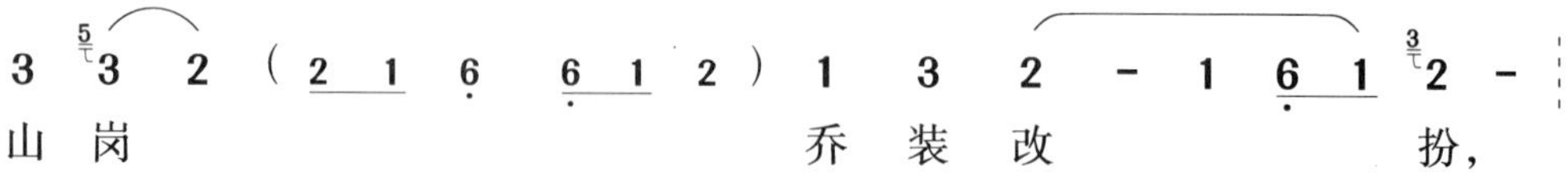

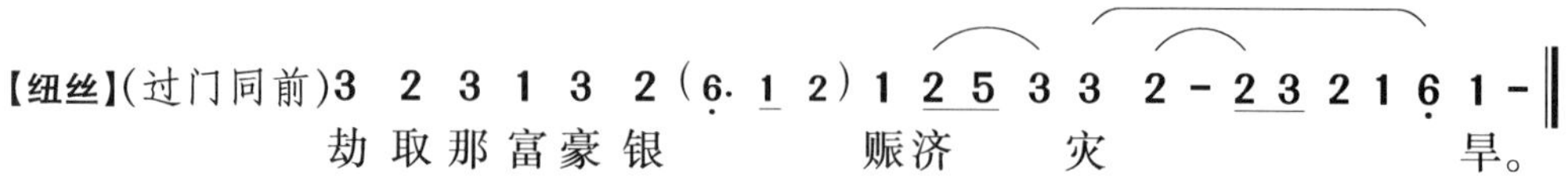

〔【大锣原场】【撤锣】众窝着下。

第　二　场

〔正场桌，“小座”。

〔【小锣水底鱼】穆良“上场门”上。

穆　良　(念)洛阳县内称首户，开了几座典当铺。【大锣五击】(坐“小座”，四家丁两边上)在下穆良，乃本地人氏。自幼爱财如命，坑蒙拐骗，无所不为，因此挣下了万贯家财。如今年过半百，膝下无儿，我有意娶个姨太太，可我又舍不得彩礼钱。本县有一韩若水，欠我三十两银子至今未还，他有一女儿，生得倒也不错，我不免找他要债，他若不还，就将他女儿带回，收为侍妾。小子们！

四家丁　有。

穆　良　随我到韩若水家中走走。

〔【小锣下场】穆良、众“插门”领首“下场门”下。

第　三　场

〔正场桌，“小座”【小锣抽头】韩翠娥“上场门”上。

韩翠娥

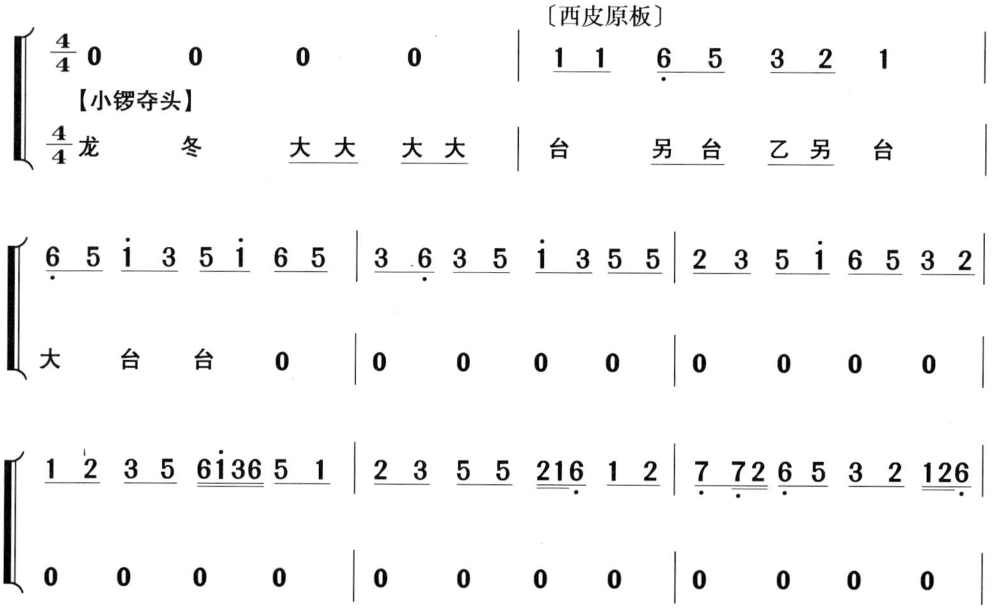

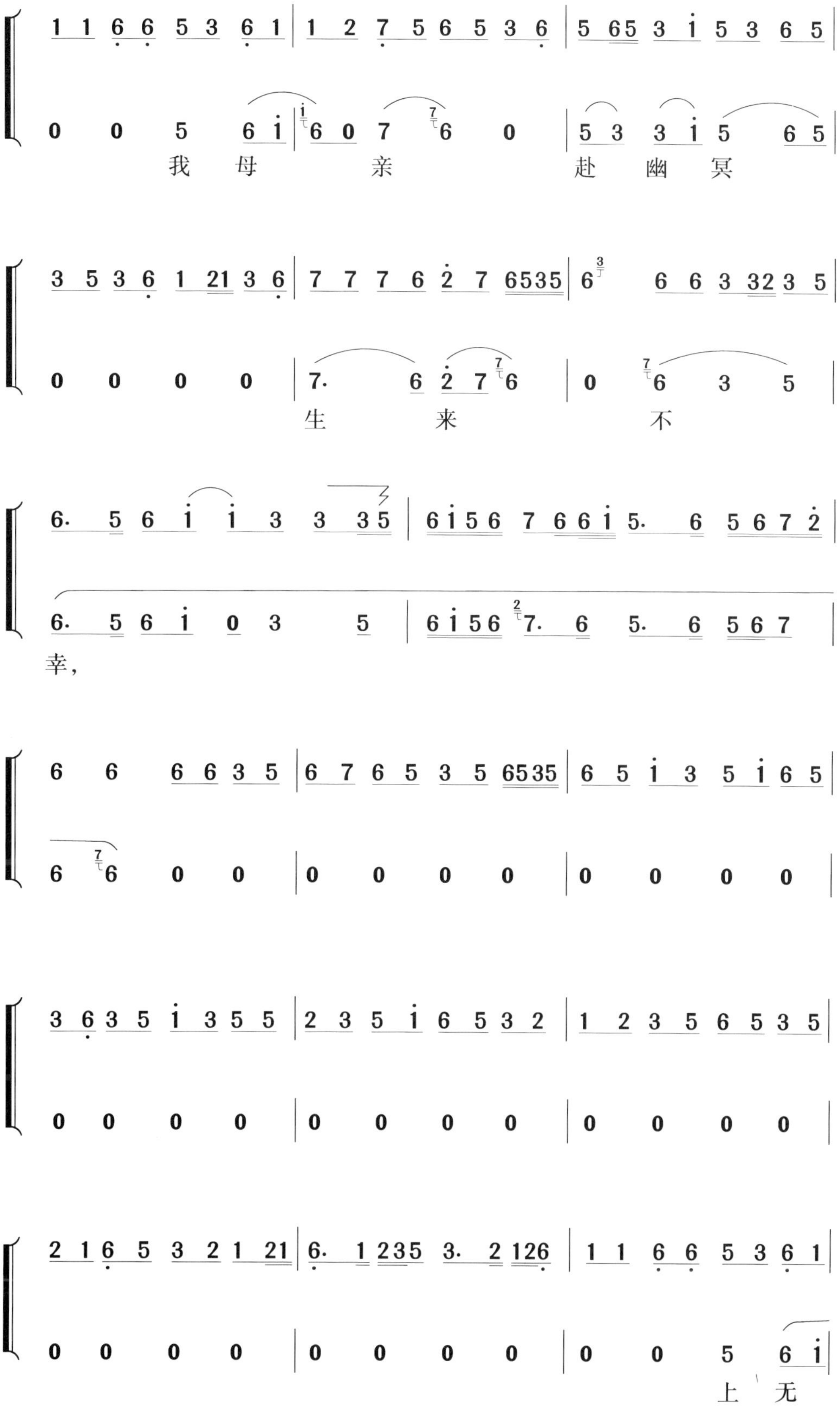
我 母 亲 赴 幽 冥
生 来 不
幸，
上 无

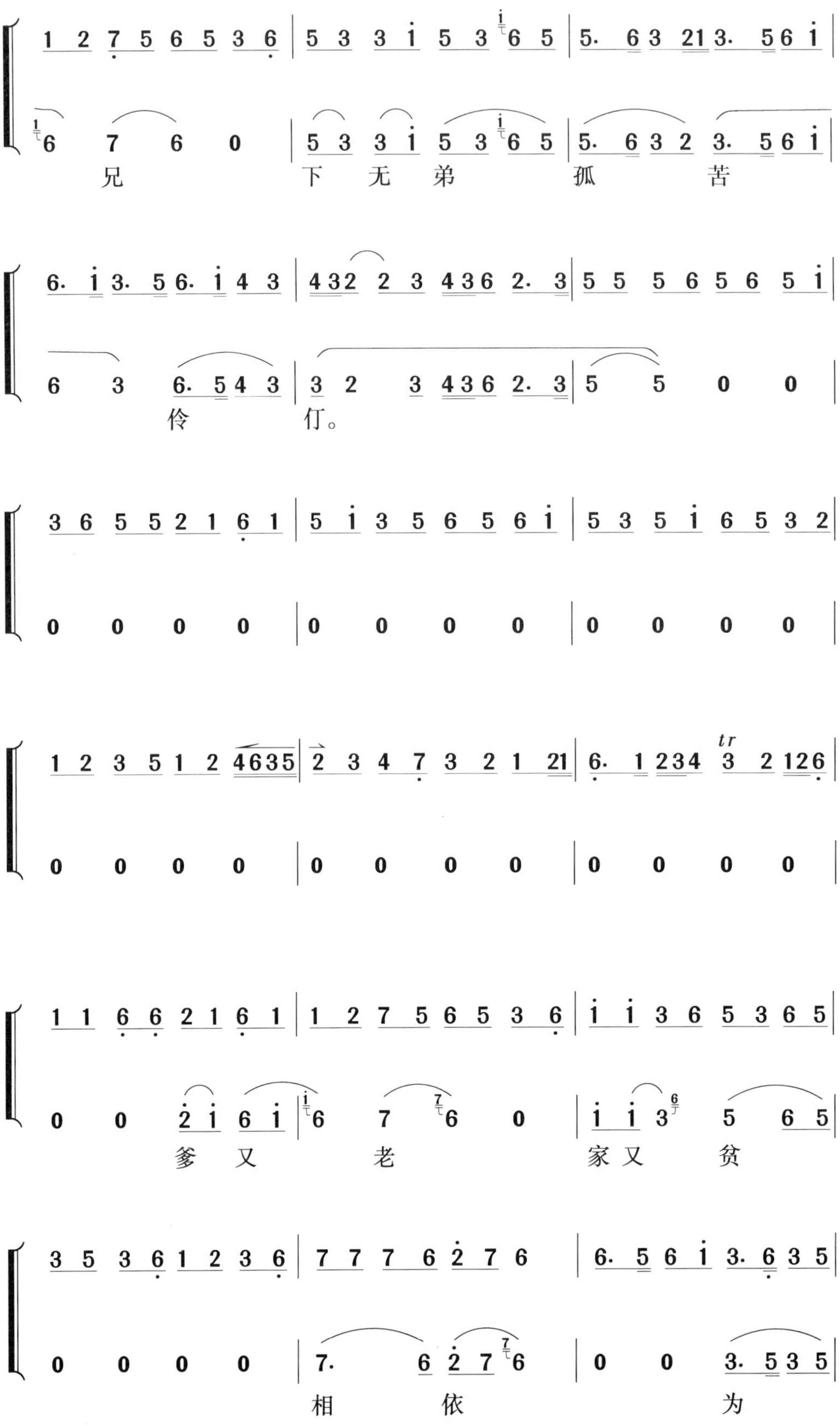
兄 下 无 弟 孤 苦
伶 仃。
爹 又 老 家 又 贫
相 依 为

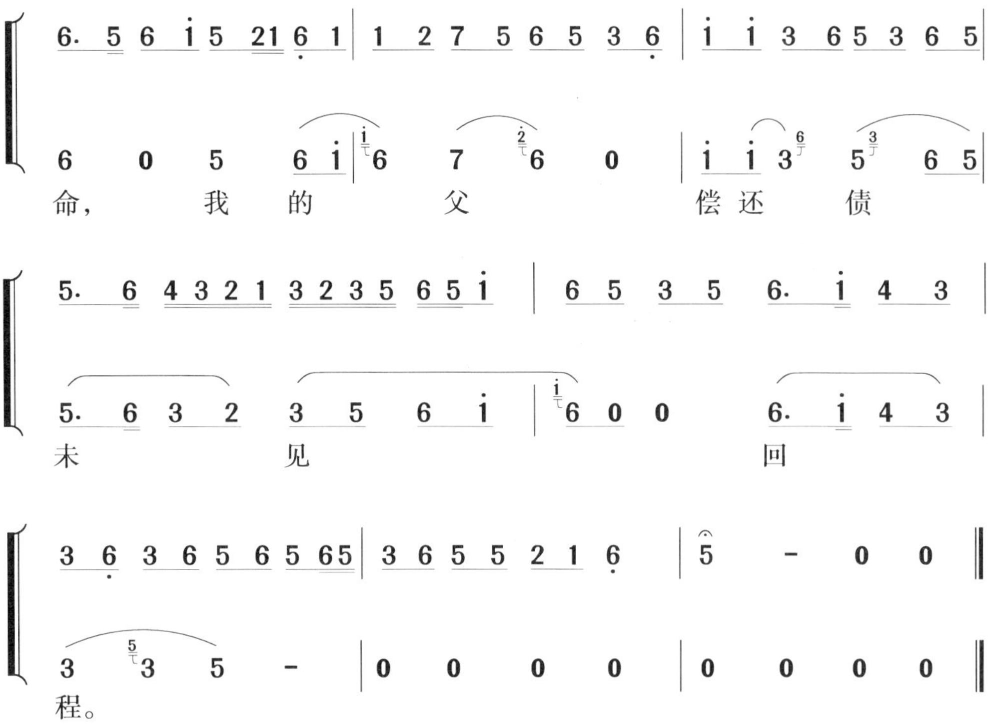

〔韩若水“上场门”上。【小锣抽头】

〔西皮摇板〕

韩若水

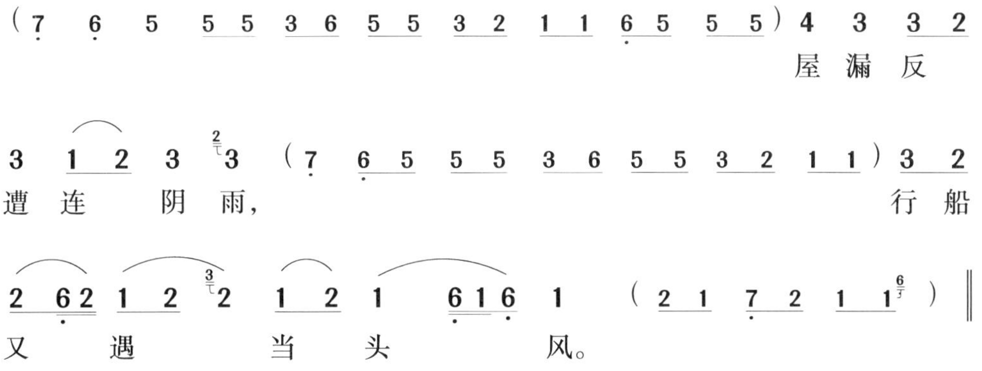

（白）我儿开门来。

韩翠娥 爹爹回来了。（开门）

〔【小锣五击】韩若水进门坐“小座”，韩翠娥关门站在“小边”。

爹爹借贷之事怎么样了？

韩若水 亲友家中都已去过，他们俱是闭门不见哪！

韩翠娥 爹爹不必如此，待女儿做些针黹，一来家中度用，二来积些银两再归还欠债就是。

韩若水 好个孝道女儿。

〔穆良内白：“走啊！”【小锣水底鱼】四家丁“一条鞭”引穆良“上场门”上。

穆　良 韩若水在家么？

韩若水 我儿回避了。（韩翠娥“上场门”下，韩若水开门）是哪一位？（出门）员外到了，请到里面。

穆　良　嘿，进去就进去。

〔【小锣五击头】穆良进门，四家丁“挖门”进去，站在两边，韩若水进门，站“大边”。

韩若水　员外请坐。

穆　良　坐下就坐下。（坐“小座”）【小锣一击】

韩若水　员外到此，有何见教？

穆　良　韩若水，你欠了我三十两银子，如今本利不还，是何道理？

韩若水　员外再宽限几日，待等小女做些针凿，积下银钱，加倍奉还就是。

穆　良　今日还我银子便罢，若是不还，我将你的女儿带到我家，以为老夫的侍妾，银子不要也就是了。

韩若水　员外使不得。

穆　良　家丁们，将他女儿与我带了回去。

〔【乱锤】韩若水与穆良架住双手，推“半个磨”，四家丁从“上场门”拉韩翠娥上，出门“下场门”下。穆良把韩若水推倒在“小边”台口。【大锣三击】（八大仓）

穆　良　哼！好不识抬举！（【快冲头】“下场门”下）

〔【大锣水底鱼】公孙伯“上场门”上，一望穆良背影，回身扶起韩若水，张仁随上，站在“大边”台口。

公孙伯　【大锣叫头】老头儿，为何这等模样？

韩若水　唉！这样伤天害理之事，壮士不问也罢。

公孙伯　某一生专打世间不平之事，你只管对某讲来。

韩若水　小老儿韩若水。方才那人乃是本县乡绅穆良，只因我欠了他三十两银子无力归还，他竟将我女儿抢了去了。【撕边大锣一击】

公孙伯　啊！有这等事？老头儿你何不到官府告他一状。

韩若水　那穆良结交官府，势力浩大，不准我的状子，也是枉然。

公孙伯　也罢！【大锣五击】今晚三更时分，【大锣住头】（往台中心走，右手高举，伸出三指）【大锣住头】你将门儿紧闭，（往“大边”台口走，双手做关门状）外面若有风吹草动，（再回原位）不可出外观看，定然有人将你女儿送回就是。【撕边大锣一击】

韩若水　如此多谢壮士，多谢壮士！

〔两个（八大仓）韩若水两跪，公孙伯两搀，与张仁同下。韩若水进门、关门，【大锣原场】打下。

第　四　场

〔空场。【大锣水底鱼】四兵丁“站门”上，黄守备持枪上。

黄守备　俺，【大锣一击】黄守备。【大锣住头】只因本地连年荒旱，盗贼四起，是我带领兵丁，四乡寻查，军士们！【大锣一击】

四兵丁　有。

黄守备　查夜去者！

四兵丁　啊！【冲头】

〔四兵丁领起“插门”，“下场门”下。

第五场

〔正场桌，桌上放镜子。

〔【乱锤】四家丁拉韩翠娥"上场门"上，穆良上，"挖门"，韩翠娥站"小边"，穆良站中间。

穆　良　啊，小姑娘，我乃是本县的首户，家财万贯，你若做了我的侍妾，真是造化不小。（回身从桌上拿起宝镜）这是我传家之宝比目镜，送你梳妆使用。

韩翠娥　好贼子！

〔西皮散板〕

【大锣凤点头】サ（6 6 6 5 5 3 1 2 6 2 1 1）3 5 5 3 5 5 5 6 3 5
侍 财 凌 弱 心 毒

6 （4 3 5 6 6）3. 6 5. 3 i 6 3 5 i 6 5 353 5 - ‖
狠，（仓） 强 抢 民 女 太 欺 人。

〔【急急风】张仁"上场门"上，进门抢过宝镜，拉韩翠娥出门，"下场门"下。四家丁两边逃下。同时公孙伯持剑上，进门抓住穆良，穆良跪在"小边"台口。

公孙伯　【大锣叫头】穆良！你的金银藏在何处？快快献出，我饶你不死！【撕边大锣一击】

穆　良　我……空有虚名，并无金银，大王饶命啊！

公孙伯　待某亲自取来。

〔【冲头】公孙伯"下场门"下。拿包裹复上。

公孙伯　某家去也！

〔【冲头】公孙伯出门，黄守备带四兵丁"一条鞭"上，双方在台口相持，公孙伯"下场门"下。

黄守备　与我追！

〔【冲头】黄守备带四兵丁追下。

穆　良　来了一伙强人将我的金银与比目镜抢去，想是韩若水勾结大盗，前来抢劫于我，我不免明日去至洛阳县告他一状便了。唉！

〔【大锣原场】穆良"下场门"下。

第六场

〔空场。【急急风】李义持桨摇船"下场门"上，搭扶手。张仁、韩翠娥、公孙伯上，上船，"下场门"下。同时黄守备带四兵丁"一条鞭"上。

黄守备　盗贼乘船逃走，本当追赶他们，怎奈我又不会水，军士们，回营交令。

〔黄守备、四兵士"上场门"下。【大锣原场】打下。

第七场

〔空场。【长锤】白简、白奇、船夫摇船"上场门"上。白简站台中，白奇站"大边"，船夫随后。

〔西皮摇板〕

白　简　（过门同前）3 6 5 5 7 6 5 6 3 5 6 6 （6 5 3 5 6 5）
离　岸登　舟往前　进，

3 6 5 6 6 5 i 5 6 5 （6 5 3 6 5 5 3 2 1 1）
披　星戴月　为功　名。

3 6 5 7 6 6 5 6 7 - 2 - 6 - 【长锤】
耳　旁听得　水声　振，

〔白简等三人走大圆场。同时公孙伯、韩翠娥、张仁、李义摇船"上场门"上，走半个圆场归到"大边"。公孙伯站里首、张仁站边上，韩翠娥站二人中间，张仁持桨站后边。白简归"小边"里首、白奇站"小边"，船夫站后面。【长锤】切住。

韩翠娥　（哭）喂呀……

〔西皮散板〕

白　简　【单楗凤点头】（过门同前）サ 3 6 5 6 6 6 5 5 3. 5 3 5 （5 5 3 6 5）
邻　船女子啼　哭　声。【大锣住头】

老人家，邻船之上有女子哭声，定有缘故。

白　奇　少管闲事，赶路要紧。

白　简　将船湾住，听他们讲些什么？（大大大大乙仓）

公孙伯　嘿！指望将这女子救回，使他父女相会，不想官兵追赶，只得将她带到舟中，叫某怎样安置于她？

张　仁　大哥，看她长得倒也不错，给您做个压寨夫人吧。

公孙伯　岂有此理！

韩翠娥　好贼子！

〔西皮散板〕

【双楗凤点头】サ（6 6 6 5 5 5 i 3 1 2 2 6 6 2 1 1 1）

3 3 6 5 5 7 6 5 6 5 6 6. i 3 5 6 （6. 5 3 3 5 6）
骂一　声贼强　人　无礼忒　甚，　（仓）

i 6 3 5 5 3 3 5 6 i 5 6 5 6. i 5 （5 2 3 6 5）
因何　故不　放　我回转家　门？　（仓）

3 3 6 5 5 7 7 5 6 - 2 2 1 6 1 2 - 2 1 - （八大仓）
我这 里对江心 拼了 性 命，

〔韩翠娥欲跳江，公孙伯急拦。

白 简 强人大胆！

【双楗凤点头】（过门同前）3 3 6 5 5 3 1 6 3 6 5 6 6 5 - **【大锣住头】**
气得 我抱不 平大 骂强 人。

你们这伙强人，何方抢得女子，欲行非理，难道就不怕王法么？**【撕边大锣一击】**

公孙伯 何处狂生，竟敢在此多言。

白 简 我乃会试举子，路见不平，故而拦阻。

公孙伯 某家行侠好义，足迹遍于天下，何用你这后生之辈多问。

白 简 （冷笑）嘿……**【撕边大锣一击】**亏你说得出侠义二字，眼前抢劫女子，现在你舟中，也算得行侠好义吗？

公孙伯 某家有满腹心事，中途不便言讲，你可随某回转山寨，仔细对你说明。

白 奇 趱路要紧哪！

白 简 倒要听他讲些什么。

〔**【冲头】**船夫、李义搭扶手，白简、白奇上公孙伯的船，同从“下场门”下。船夫“上场门”下。

连 场

〔正场桌，八字椅。**【大锣水底鱼】【大锣原场】**四喽兵“下场门”“一条鞭”上迎接。公孙伯、韩翠娥、张仁站“小边”，白简、白奇站“大边”。四喽兵归两边。

公孙伯 贤弟将这女子带到后面，好好安置于她。

张 仁 这女子随我来。**【大锣五击】**

韩翠娥 （哭）喂呀……

〔张仁、韩翠娥“下场门”下。

白 简 你有何理论？

公孙伯 你且听道：**【大锣归位】**某家公孙伯，人称赛虬髯，专打不平之事。只因洛阳连年荒旱，民不聊生，某家下得山去，打富济贫，路遇韩若水，他的女儿被乡绅穆良抢去；是某夜入穆良家中，救了此女，指望使她父女相逢，不想官兵追赶甚紧，才将她带到舟中。谁想又遇见了你，竟敢辱骂于我。话已说完，你看某是侠义、还是强盗？**【撕边大锣一击】**

白 简 你虽不是强盗，此事做得忒荒唐了。

公孙伯 怎见得？

白 简 想那乡绅穆良将这女子抢到他家，你就把这女子救回，那穆良必然以为韩若水勾结大盗；如今你又将她带回山寨，如何安置于她，岂不是荒唐了。

公孙伯 听你讲话甚是有理，来来来，请来上座。**【大锣五击】**

〔白简坐八字椅的“大边”，公孙伯坐“小边”，白奇站到“大边”。

公孙伯 请问贵姓高名，哪里人氏？

白　简 学生白简，四川人氏，进京求名，适才多有冒犯。

公孙伯 岂敢，看你青年英俊，义胆侠肠，我有意与你结为金兰之好，不知你意下如何？

白　简 我乃一介寒儒，不敢高攀。

公孙伯 某性情直爽，你不必推辞。某家今年三十六岁，不知你多大年纪了？

白　简 这……

白　奇 二十一岁了。

公孙伯 如此某家占长了，你我望空一拜。

〔**【大锣五击】**二人到台口一拜。

白　简 兄长请上受我一拜。

〔白简拜，公孙伯扶起。

公孙伯 快快请起，请坐。**【大锣住头】**

〔公孙伯坐“大边”，白简坐“小边”，白奇站“小边”。

白　简 仁兄，我看你仪表轩昂，武艺超群，因何在此落草？

公孙伯 当年我父镇守边关，被奸贼残害呵！

〔奏唢呐曲牌<急三枪>。

〔公孙伯翻起左手水袖，右掌拉开。右手一指，做刀斩状。右手揪左手水袖拭泪。

白　简 原来如此，小弟若得上进，必将仁兄含冤之事奏明圣上。

公孙伯 全仗贤弟。贤弟，我有意将这女子送回她家，你看如何？

白　简 那穆良失盗，必到官府告韩若水，若将此女送回，岂不以假成真，送不得。

公孙伯 送不得？

白　简 送不得。

公孙伯 也罢，将她暂留山寨，打听她父下落，再使她父女团圆就是。

白　简 山寨之上良莠不齐，如有差错，恐怕她的名节难保，留不得。

公孙伯 留不得？

白　简 留不得。

公孙伯 送又送不得，留又留不得。**【撕边大锣一击】**（一望白简，想起后面的韩翠娥，**【撕边大锣一击】**双手伸出拇指，一想）**【撕边大锣一击】**啊，贤弟，你可曾娶过妻室无有？

白　简 这……

白　奇 尚未娶妻。

公孙伯 好！我看这女子虽生寒门，颇晓节义，不如配与贤弟为妻，带她进京，愚兄打听她父下落，岂不是一举两得。

白　简 使不得。

公孙伯 愚兄性情直爽，言出必行，你若不从，我就要鲁莽了。（站起）**【撕边大锣一击】**

白　奇 应允了。

公孙伯 来呀，打扫后寨，准备洞房，贤弟你随我来呀，哈……

〔**【大锣原场】**公孙伯拉着白简，白奇在后面推着，三人同下。四喽兵“窝着”下。

第 八 场

〔场上设大帐，骑马桌，两把椅子。【撤锣】奏<西皮小开门>，丫环搀韩翠娥“上场门”上，坐在大帐旁的“小边”椅上。丫环下。韩翠娥走到台中。<西皮小开门>住。

韩翠娥 想我韩翠娥，被穆良抢到家中欲行非礼，被公孙大王救出，带上山来，强行配与那书生为妻。我不免等他到来，将我遭遇之事对他说明，求他放我下山，他若应允便罢，他若不允，我只有一死而已。

〔西皮摇板〕

【大锣凤点头】(过门同前) 3 3 6 5 7 7· 6 5 6 (6 5 3 5 6) 7 6

这大 王他 本 是 行侠

6 3 5 6 -(6 5 3 5 6 5 3 2 1 1 6 5 5 5) 3 3 6 5 5

仗 义， 反将 我配

6 6 3 6 5 6 6 5 353 5 (6 5 3 6 5 5 3 2 1 1) 5 i i 3

书生 实 为离 奇。 莫不 是

3 3 6 5 (6 5 3 6 5) 7 6 6 3 5 6 (6 5 3 5 6 5 3 2 1 1)

我中 了 他 人 之 计，

i i 3· 6 5 5 4 3 5 6 3 6 5 3 5 6 5 6 - 6 5 5 -‖

拼一 死也 不 能把 他 来 依。

〔【快长锤】公孙伯、白简“上场门”上，站“小边”。

〔西皮摇板〕

公孙伯 (7 6 5 5 5 3 6 5 5 3 2 1 1 6 5 5 5) 1 2 2 1 2 3 1

将贤弟打 扮

2· (3 2 1 6 1 2) 3 2 1 3 2 (3 2 1 6 1 2 1 6 5 5 5)

成 新郎 模 样，

3 2 3 2 2 1 1 2 (2 1 6 1 2) 1 2 5 3 3 2 2 - 2 1 -‖

前后寨悬灯 结 彩 喜气 洋 洋。

〔西皮摇板〕

白 简 【大锣凤点头】(过门同前) 3 6 5 5 7 6 5 6 3 5 6 (6 5 3 5 6 5 3 2 1 1 6 5 5 5)

仁 兄做 事太鲁 莽，

公孙伯 3 2 3 3 3 1 ^{3}2 - 3 21 1 3 ^{3}2 1 - ‖

我 看 你 入 洞 房 不 入 洞（啊）房。 （大－仓）

〔公孙伯把白简推进门去，锁好门。

白　简 仁兄快快开门！

公孙伯 贤弟，明早愚兄前来与你贺喜，哈…… （【大锣五击】“上场门”下）

白　简 仁兄开门，小弟有话言讲！这是哪里说起？

〔白简看韩翠娥，【小锣一击】然后坐在“大边”骑马桌左边椅上。韩翠娥站起欲讲话又坐下。【小锣一击】白简站起欲讲话又坐下。【小锣一击】二人同时站起欲讲话，碰面后又坐下。【小锣一击】白简站起。

白　简 啊，小姐，学生有礼。

韩翠娥 （站起还礼）还礼。

白　简 小生白简，乃四川人氏。进京求取功名，闻得小姐遇难之事。公孙大王乃侠义之士，我与他结为兄弟，是他强迫我二人成亲，如今小姐身在难中，小生焉能做那非礼之事，你我今晚假意成亲，待等明日，一同下山，我设法安置小姐，使你父女团圆就是。

韩翠娥 公子深明大义，奴家铭感肺腑，待等与家父团圆，将此事禀明，誓以终身相许。

白　简 多蒙小姐深情，看天色不早，请小姐安歇，小生在案头独坐，你我待等天明一同下山就是。

韩翠娥 请便。（进帐，白简坐原位睡）

〔<五更>【大锣五击】公孙伯、白奇“上场门”上，站“小边”。

公孙伯 （念）淑女逢佳士，虎客做冰人。（叫门）贤弟，愚兄来了。【小锣一击】

白　简 仁兄来了。

〔白简唤韩翠娥出帐，公孙伯进门站“小边”，白奇进门与白简、韩翠娥站“大边”。

公孙伯 恭喜贤弟，贺喜贤弟！【撕边大锣一击】

〔韩翠娥羞，“下场门”下。

白　简 多谢仁兄盛意，小弟今日就要登程了。

公孙伯 为何去心忒急？

白　简 本当在此盘桓几日，又恐误了考期。

公孙伯 贤弟功名事大，愚兄不便强留，待愚兄准备快马三骑，纹银二百两，送与贤弟以作路费。

白　简 仁兄如此厚意，小弟此去若是功名不就，也无有颜面来见仁兄了。

公孙伯 这个……你等候了。（【冲头】出门，“上场门”下，托褶子复上，进门站原位）愚兄有传家之宝胭脂宝褶送与贤弟。此去若是不中，将此宝献与当今，必得一官半职。

白　简 仁兄传家之宝，小弟不敢领受。

公孙伯 愚兄性情直爽，言出必行，你若不收，我就要鲁莽了！【撕边大锣一击】

白　奇 收下了。（接过宝褶）

公孙伯 看衣更换。（白简、白奇“下场门”下）李贤弟快来。

〔李义内白：“来也！”【冲头】“上场门”上。

李　义 参见大哥，有何吩咐？

公孙伯 命你准备快马三骑，纹银二百两，送白相公下山，不得有误。

李 义 遵命！

〖【冲头】李义“上场门”下。白简、韩翠娥、白奇换衣后“下场门”上，站“大边”。

公孙伯 备马伺候！

〖四喽兵持马鞭两边上。

公孙伯

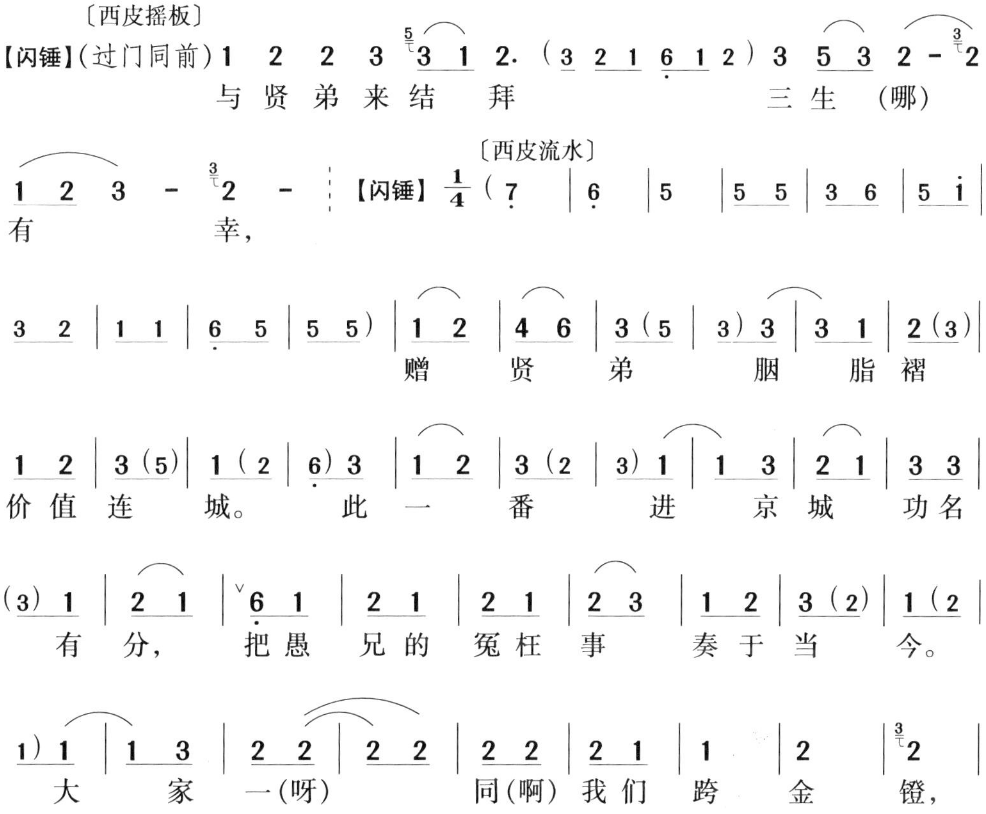

〖【长锤】众人一同出门，上马。四喽兵领起来，白奇、韩翠娥、白简、公孙伯随着走圆场，白奇、韩翠娥、白简归“大边”斜排站，四喽兵、公孙伯站“小边”“一条鞭”。

公孙伯

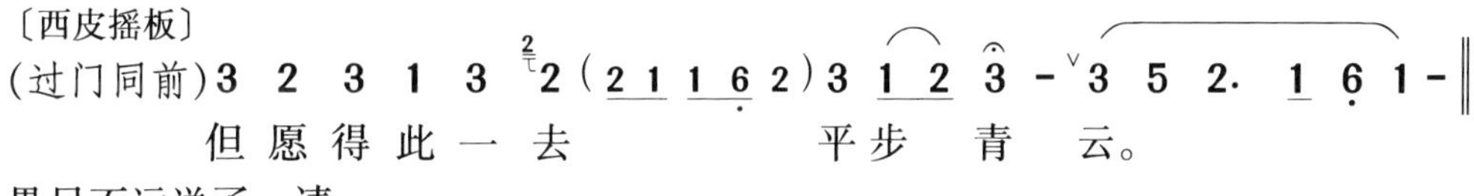

愚兄不远送了，请。

〖【长锤】公孙伯、四喽兵“上场门”下。

〖白简领起来，韩翠娥、白奇同走圆场。白简站“大边”，韩翠娥、白奇站“小边”。

白 简

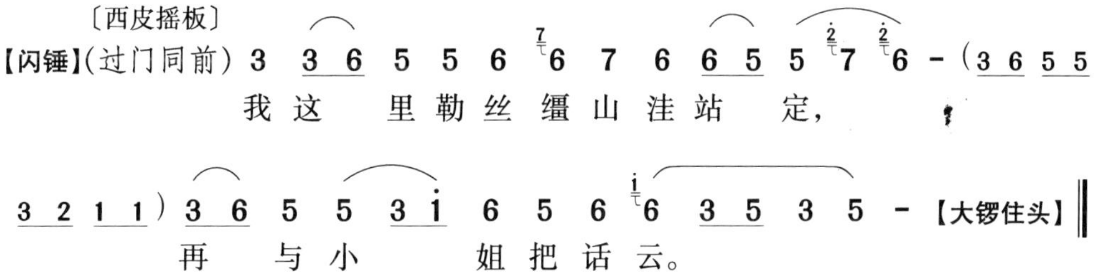

〔三人同下马，白奇接韩翠娥的马鞭。

白　简　小姐，此地离山寨已远，我有意命我的老家人白奇护送小姐回转洛阳，可在城外水月庵暂且安身，再打探令尊下落，小姐意下如何？

韩翠娥　就依公子。

白　简　啊，老人家，将银两分与小姐一半，以作路费。

白　奇　是。（分银一半交与白简）日后我们在哪里相见？

白　简　就在京中我表兄遇龙酒馆相会。

白　奇　记下了。

白　简　小姐，你我就此分别了吧！

〔**【大锣原场】**白简、韩翠娥、白奇欲下，白简回身叫韩翠娥。

白　简　啊，小姐！

韩翠娥　公子何事？

白　简　此番回去不可进城，命我老家人寻访令尊大人就是。小姐多多保重了。

〔三人欲下。韩翠娥回身叫白简。

韩翠娥　啊，公子！

白　简　小姐何事？

韩翠娥　到了京中，早日修书前来，一路之上多多保重。

〔三人欲下，白简、韩翠娥同时回身。

白　简　（同时）啊，小姐！
韩翠娥　（同时）啊，公子！

白　奇　哦！（拦住）（锣鼓切住）功名要紧哪！

〔**【大锣原场】**转**【撤锣】**白简“下场门”下，白奇、韩翠娥“上场门”下。

第　九　场

〔空场。

〔朱棣内白：“侍儿摆驾。”**【小锣夺头】**

〔侍儿提灯“上场门”上，站“大边”。朱棣随上。

〔二黄三眼〕

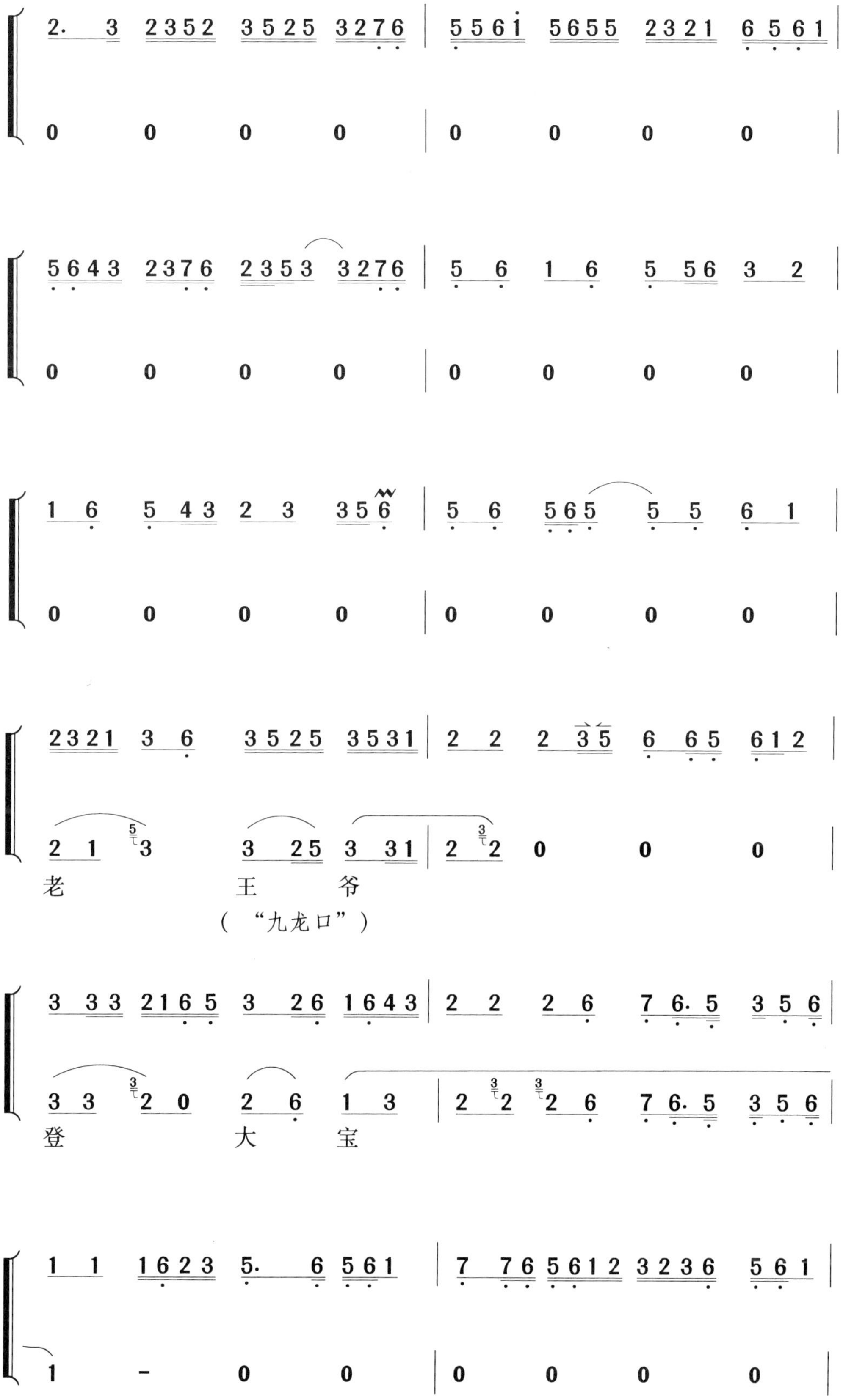
老 王 爷
（"九龙口"）
登 大 宝

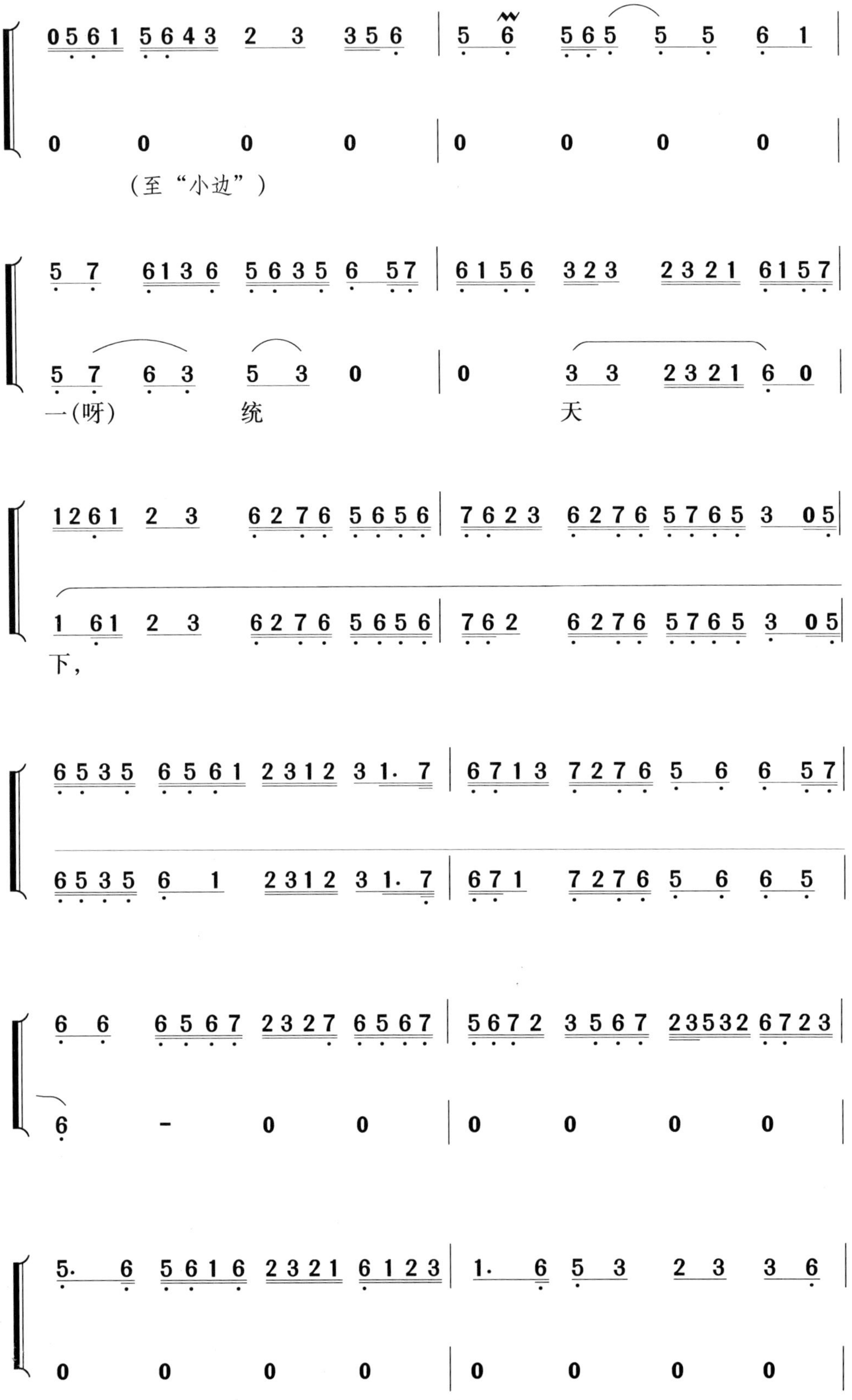

（至“小边”）
一(呀)
统
天
下，

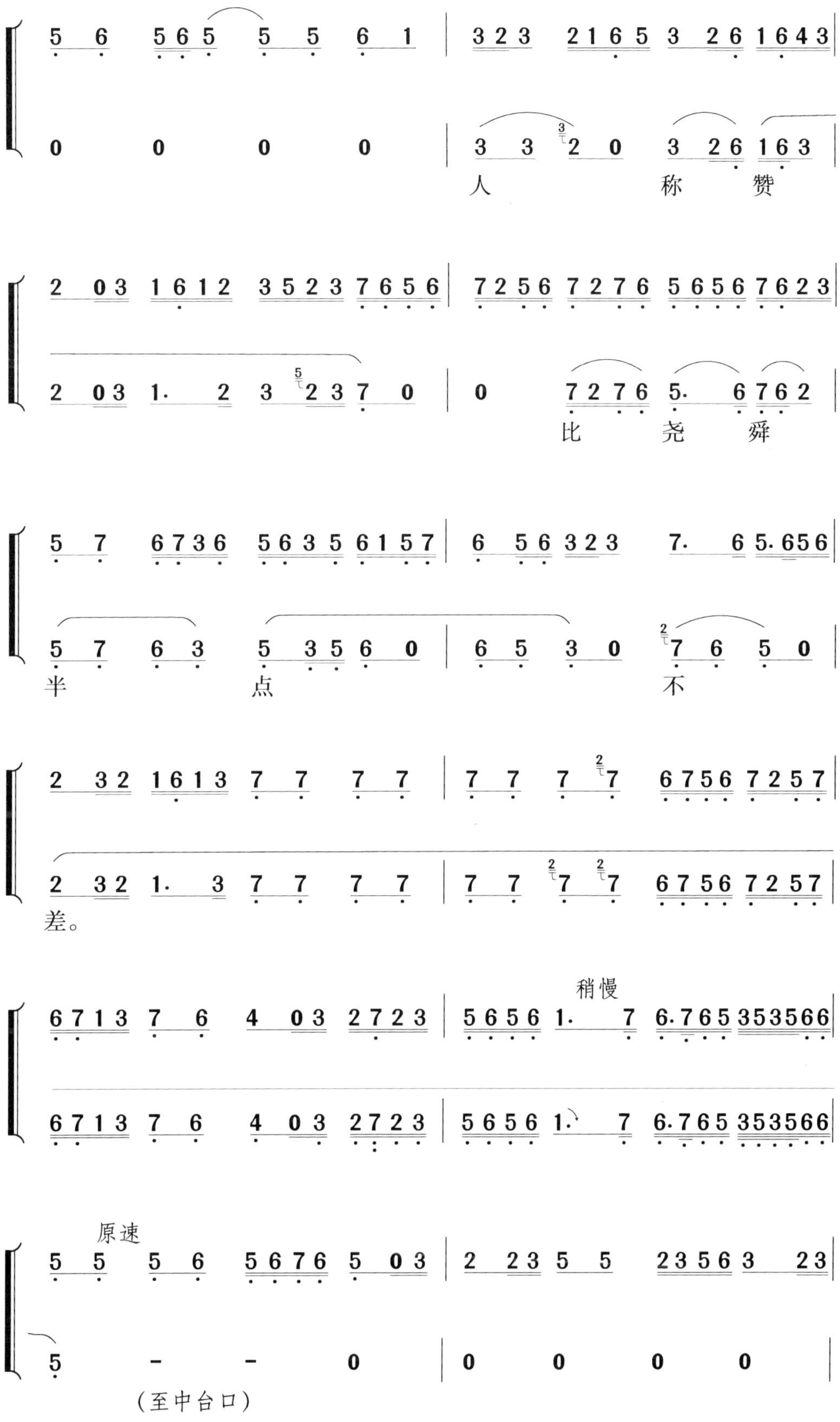
人 称 赞
比 尧 舜
半 点 不
差。
稍慢
原速
（至中台口）

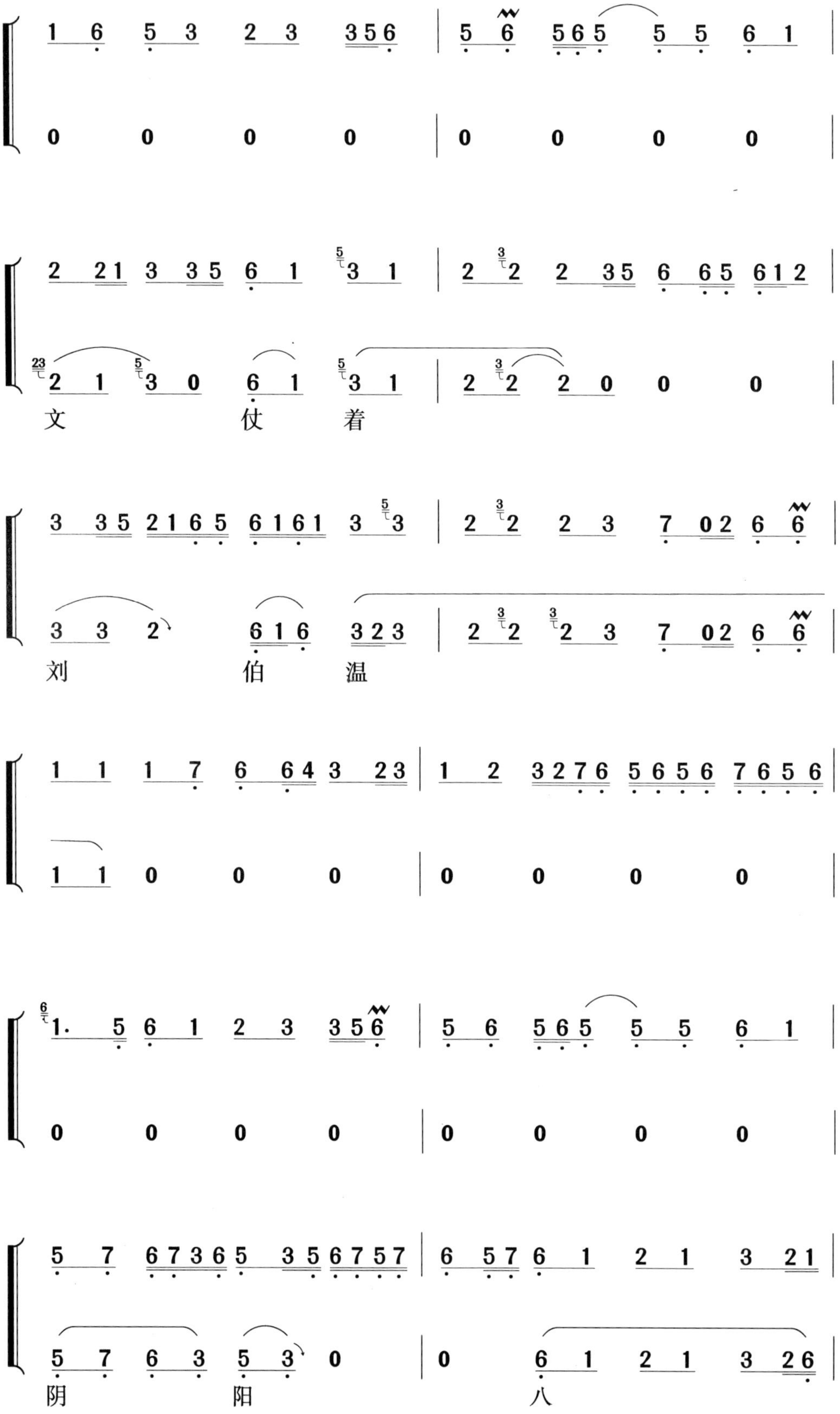
文 仗 着
刘 伯 温
阴 阳 八

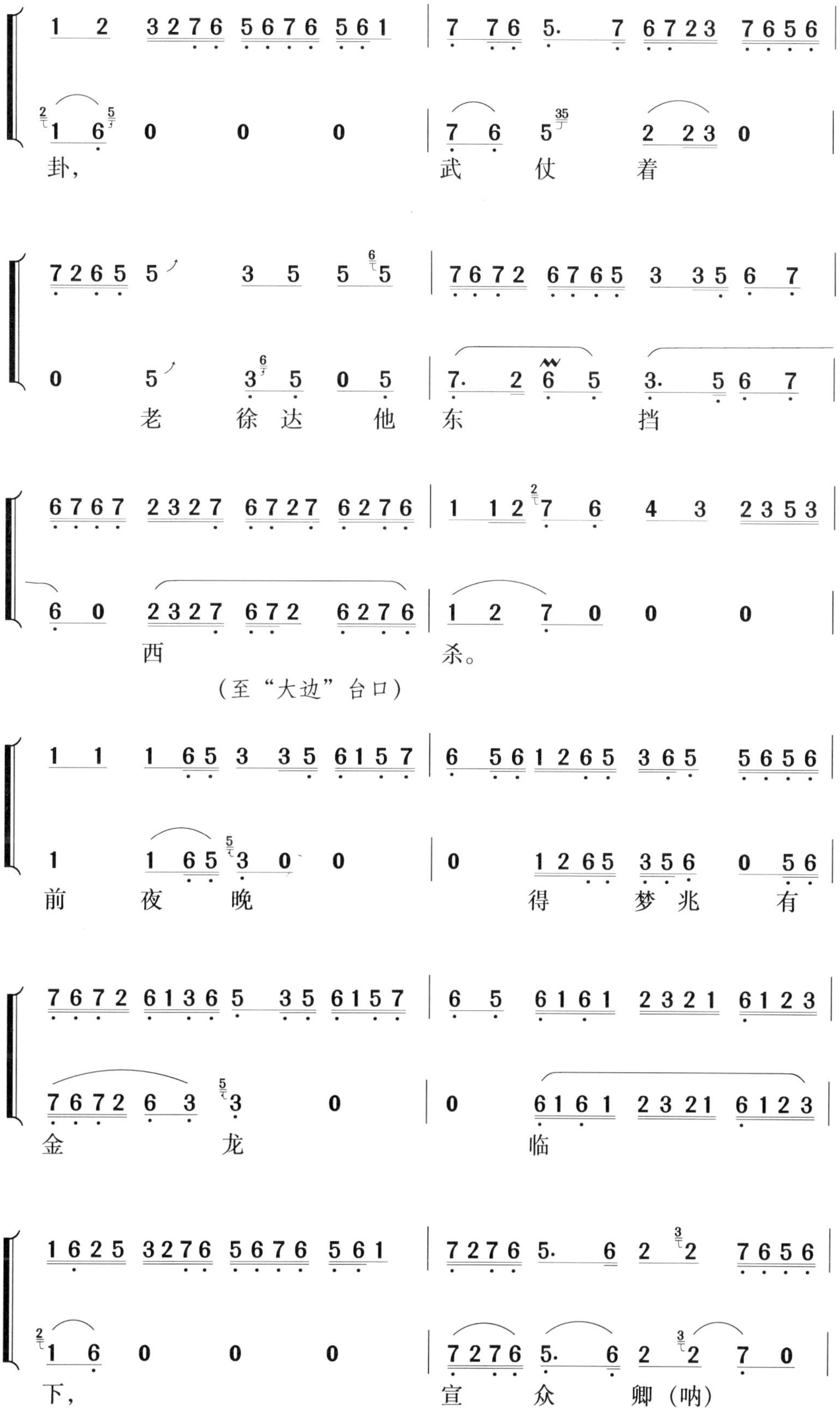
卦，
武 仗 着
老 徐 达 他 东 挡
西
杀。
（至“大边”台口）
前 夜 晚
得 梦 兆 有
金 龙
临
下，
宣 众 卿（呐）

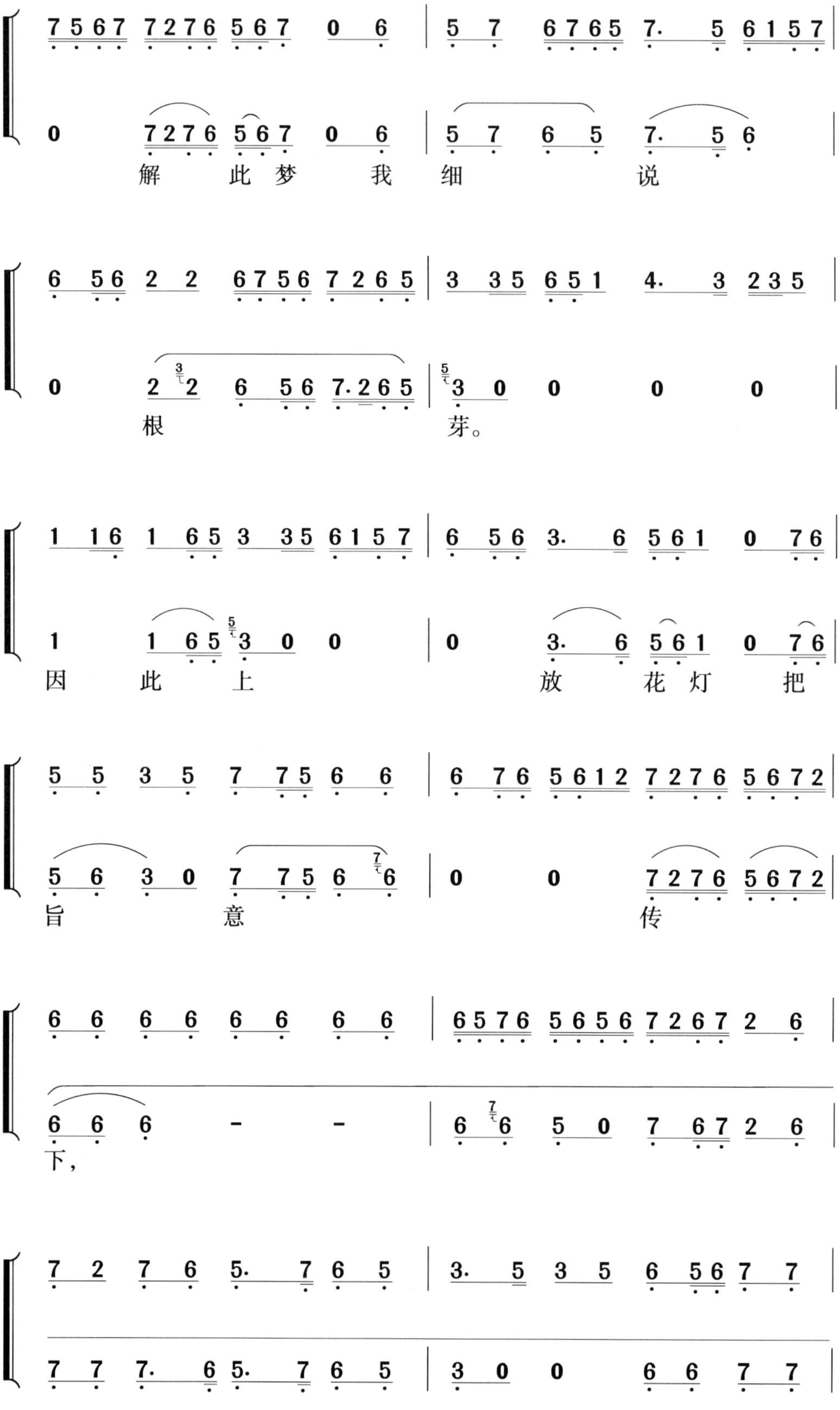
解 此 梦 我 细 说
根 芽。
因 此 上 放 花 灯 把
旨 意 传
下，

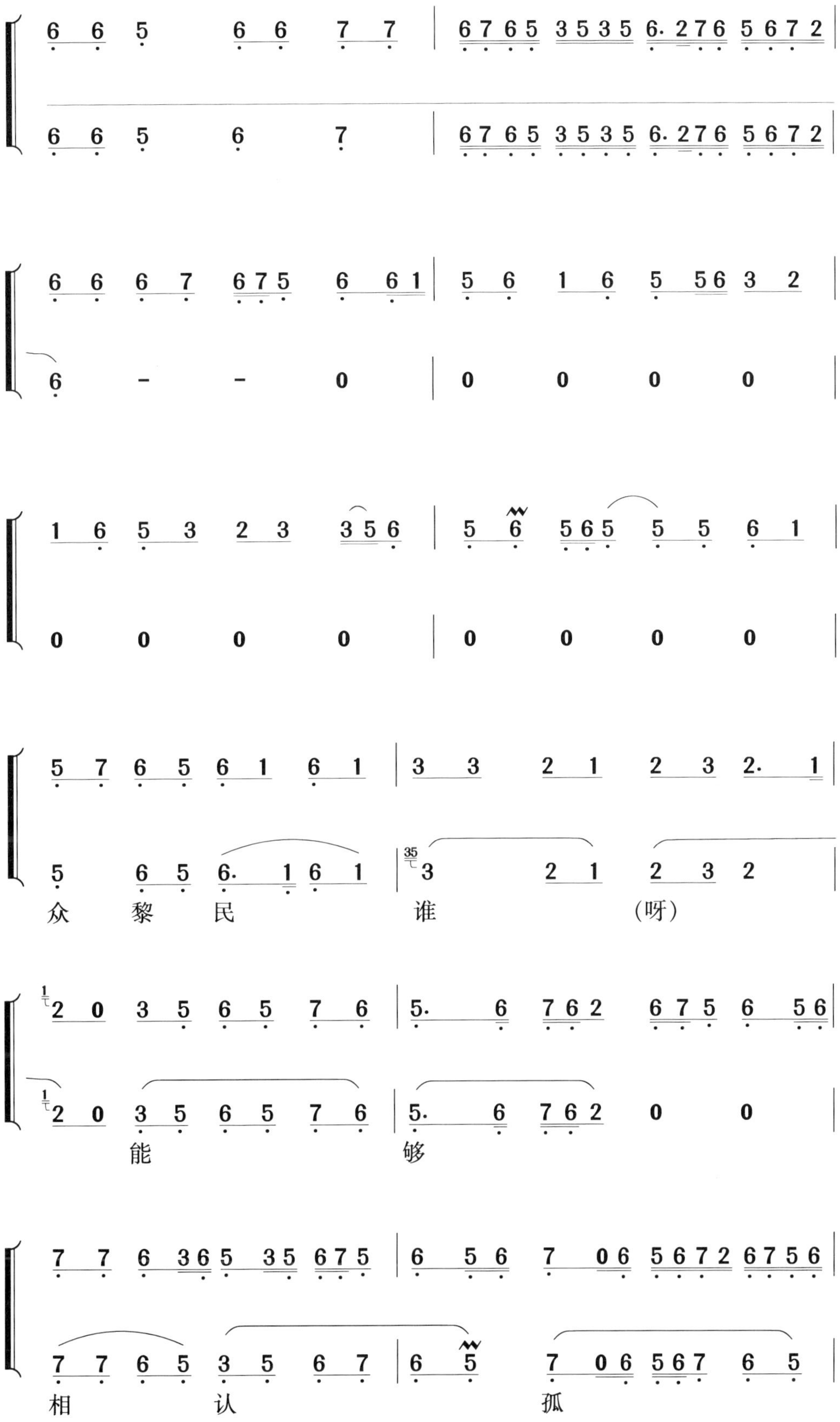
众 黎 民 谁 (呀)
能 够
相 认 孤

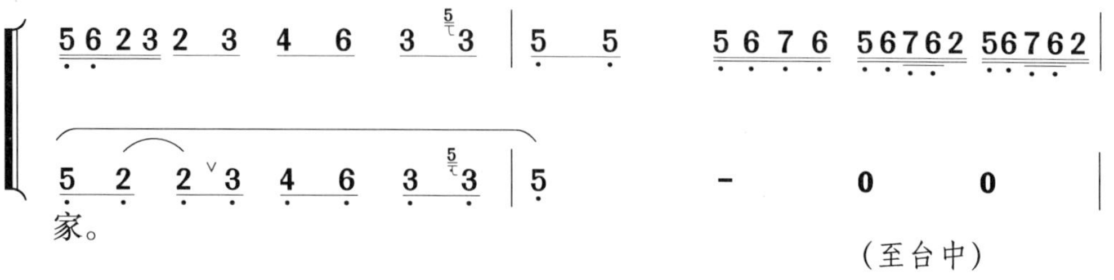

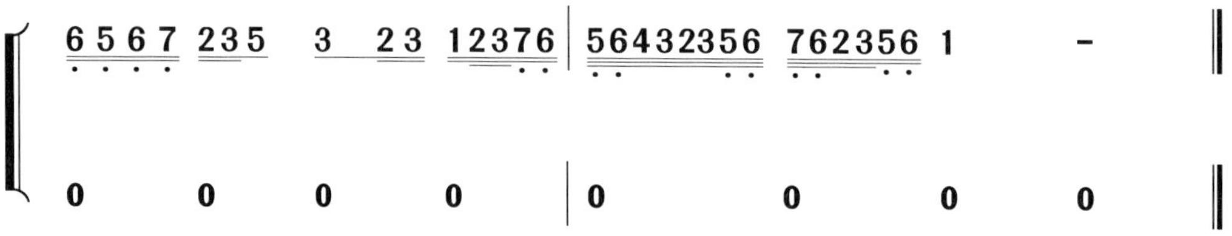

孤（左右看）【小锣一击】大明天子国号永乐。（0 多罗 台 大）自孤登基以来风调雨顺，国泰民安。是孤昨夜偶得一梦，见金龙盘绕玉柱，是孤请先生详解，先生言道：金龙盘绕玉柱，我朝不出良将，定出贤臣。为此正月十五日大放花灯，与民同乐，孤王改装出宫，前去私访。侍儿。

侍　儿　奴婢在。

朱　棣　少时到了御街，若遇黎民交谈，不可君臣相称。

侍　儿　怎样相称？

朱　棣　必须主仆相称。

侍　儿　奴婢不敢。

朱　棣　恕你无罪，摆驾！

〔二黄摇板〕

【小锣凤点头】

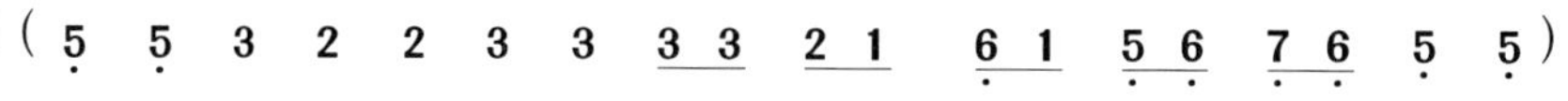

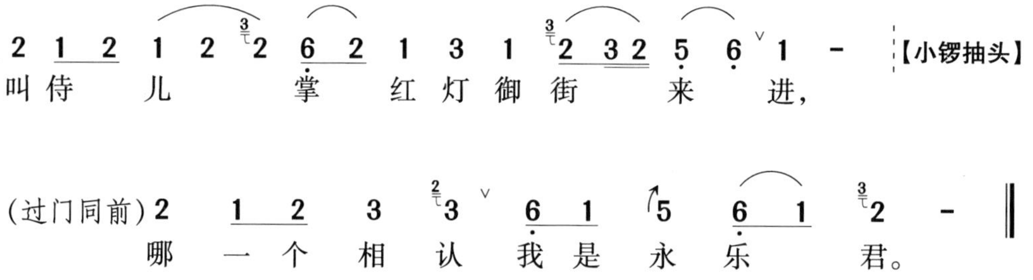

〔**【小锣下场】**一同“下场门”下。

第 十 场

〔正桌，两把椅，设“小座”。

〔闵江内白：“啊哈！”【小锣五击】“上场门”上。

闵　江　正月，——〔数板〕

正月十五闹元宵，

锣儿不住打，

鼓儿不住敲，

你说热闹不热闹。（坐“小座”）

在下闵江，是我在这京城三方街开了一座遇龙酒馆，买卖倒也兴隆。我有个表弟白简，进京赴试，住在我这了，天天老是这么“子曰长，子曰短”的哼哼唧唧，别再病了。今当正月十五大放花灯，我叫他出来看看灯，散散心。表弟呀！表弟！

〔白简内白：“来了。”【小锣归位】白简“上场门”上。

白　简　赴试进都门，何日挂籍灯。表兄。

闵　江　表弟，坐着。【小锣住头】

〔白简坐“大边”八字椅，闵江坐“小边”椅。

白　简　唤小弟为了何事？

闵　江　我看你一天到晚，就是哼哼唧唧的，别再病了。今儿是正月十五大放花灯，你何不去看看灯解解闷儿呢？

白　简　小弟此番进京赴试，若去游玩，岂不荒废学业，有负堂上期望。

闵　江　看来你倒是个耗子。

白　简　哦！孝子。

闵　江　对，孝子。那你就念你的书，我做我的买卖。正是：（扎）（站起）士农工商。

白　简　各干一行。

〔【小锣打下】二人同“下场门”下。

第十一场

〔台中设一小高台（椅子）。

〔朱棣内白：“侍儿带路！”【小锣平板夺头】侍儿提灯“上场门”上，站在“大边”，朱棣随上。

〔四平调〕稍快

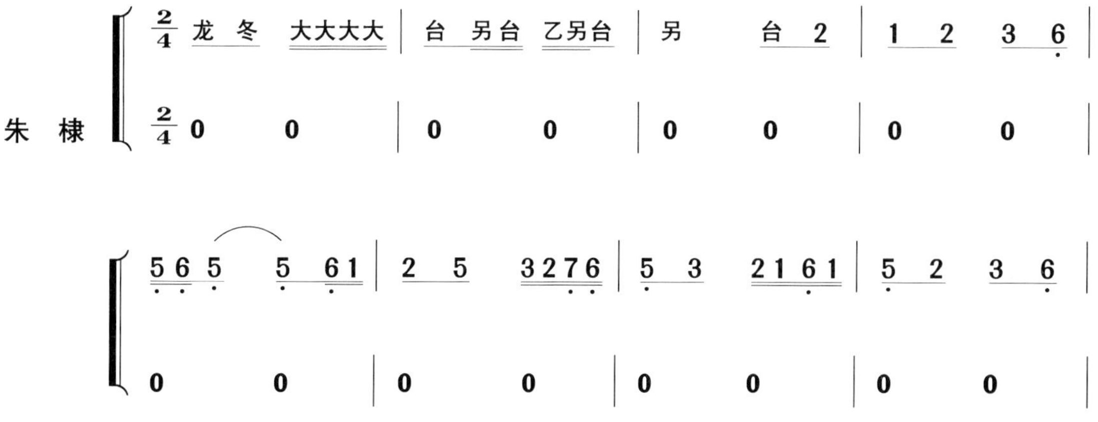

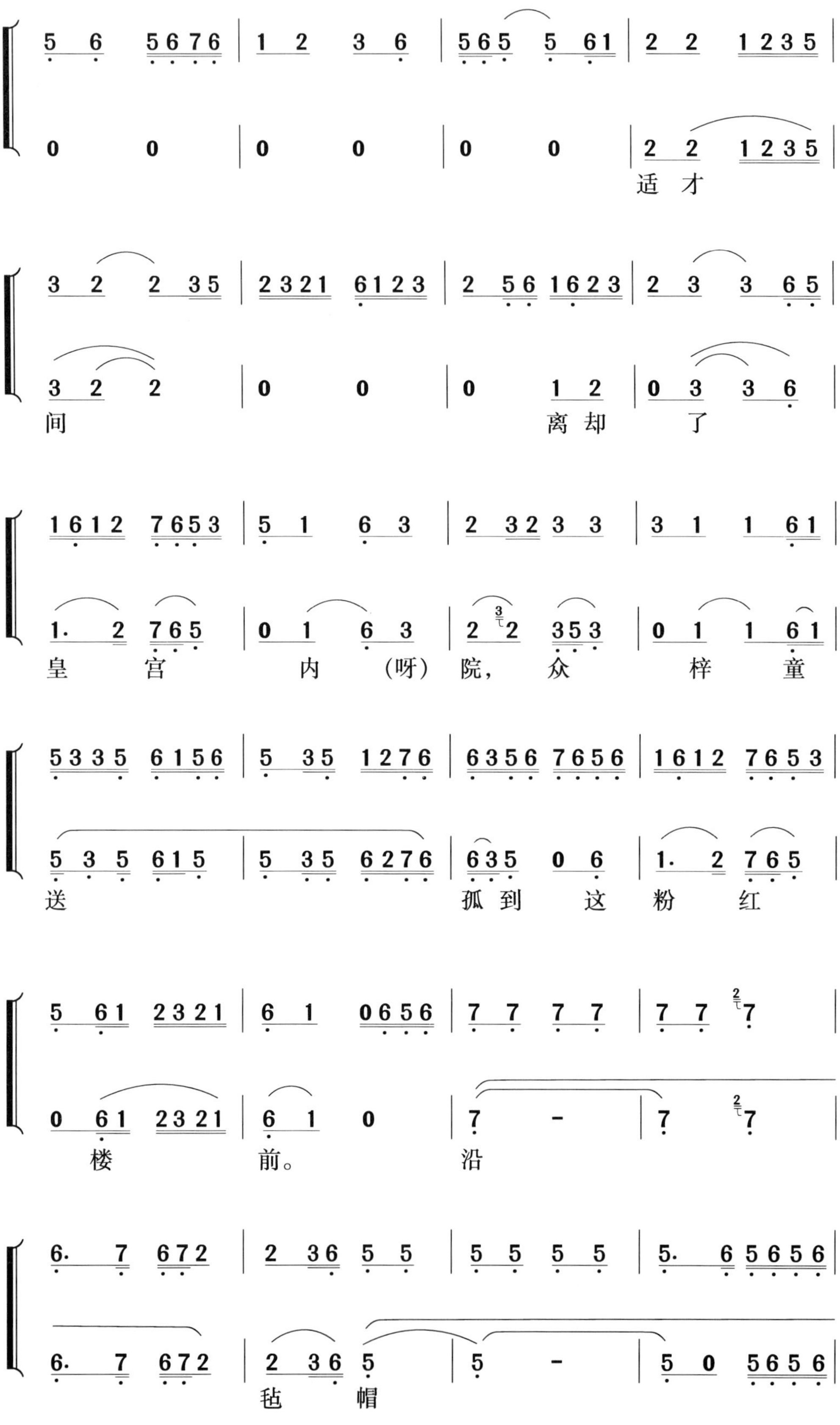
适 才
间 离 却 了
皇 宫 内 （呀） 院， 众 梓 童
送 孤 到 这 粉 红
楼 前。 沿
毡 帽

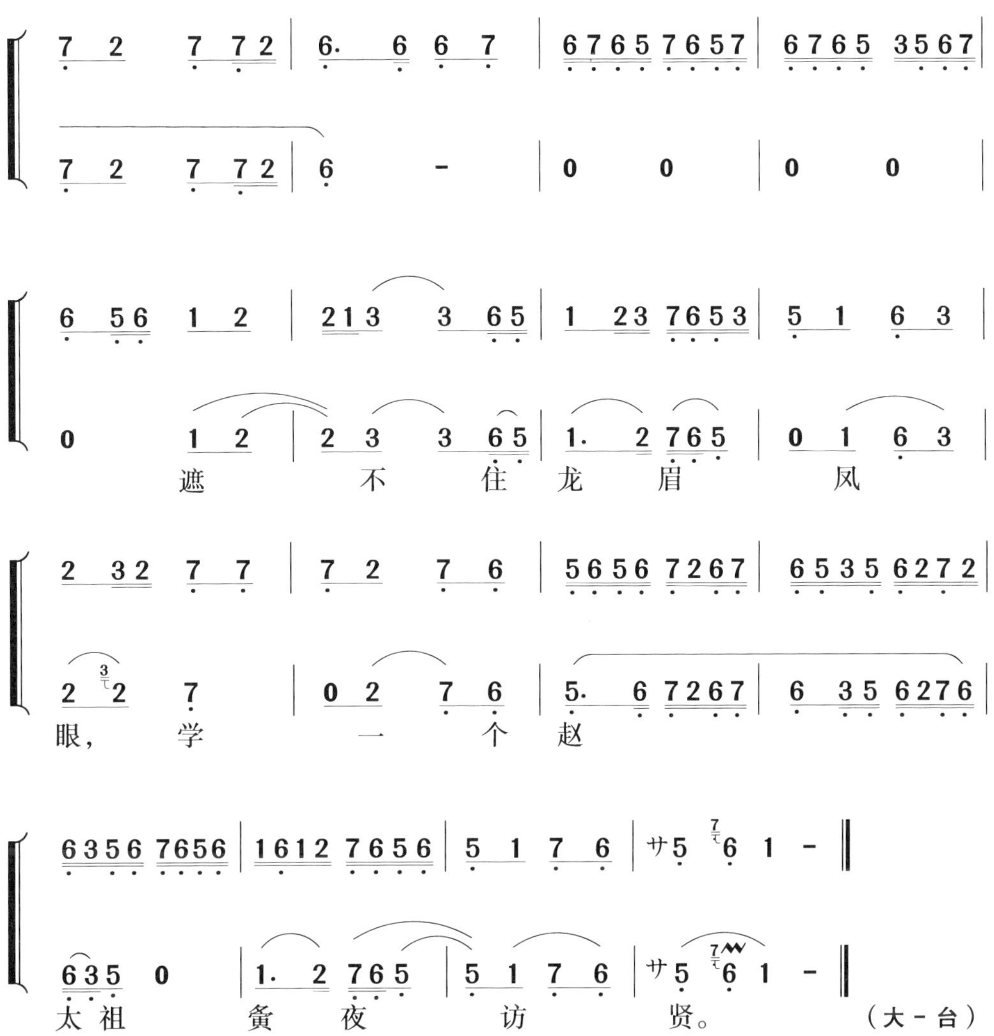

〔内喊声。

朱　棣　看那旁来了一伙人等，你我登高一望。

〔**【小锣抽头】**朱棣站台中间椅上，侍儿站旁边。八太平鼓“站门”上，杠上官上。

杠上官　（念）君王有道民安乐，家家齐唱太平歌，太平歌。

〔众“一翻两翻”，锣鼓同前。

杠上官　君王有道民不苦，家家齐打太平鼓，太平鼓。

〔**【大锣长丝头】**八太平鼓“插门”领起，杠上官同“下场门”下。

朱　棣　呀！

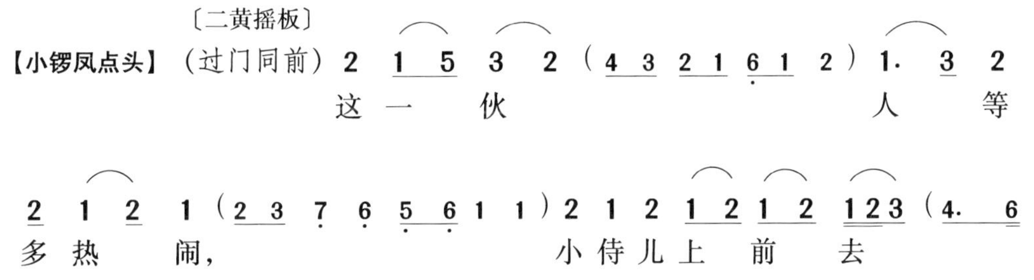

3 2 1 2 3 3) 6 2 1 - 3 2 1 6· 1 2 (2 1 6 1 2 -) ‖
细 问 根 苗。

侍 儿 (面向“上场门”)列位请了。

〔内白:“请了。”

侍 儿 你们这儿过的是什么会呀?

〔内白:“过的乃是太平会。”

侍 儿 何谓太平会?

〔内白:“君王有道民安乐,家家齐唱太平歌。”

侍 儿 有劳了。他们过的是太平会。

朱 棣 何为太平会?

侍 儿 君王有道民安乐,家家齐唱太平歌。

朱 棣 哈……

〔二黄摇板〕

【小锣凤点头】(过门同前)2 1 2 3 3 1 2 3 3 (过门同前)2 2 3 1 2 3
君王 有道民 安 乐, 家家齐唱

1 3 2 1 2 (过门同前)2 1 2 3 3 2 2 1 1· 2 3 1 -
太平 歌。 龙行 虎步御街 过,

〔**【小锣抽头】**侍儿领起来,同走圆场,归“小边”台口。锣鼓住。

〔闵江内白:“卖酒哦!”

〔亮弦〕

(6 7 6 1)

朱 棣 **【小锣凤点头】**(过门同前)1 2 2 2 1 2 3 1 1 2 2 - (2 5 6 1 2) ‖
又听得卖酒 人 一 声 吆 喝。

侍 儿 酒保。

〔闵江内白:“来了。”“下场门”上。**【小锣五击头】**

闵 江 (念)刘伶问酒何处好,
李白回答此地高。
军爷,您是吃酒的吗?

朱 棣 可有清静所在?

闵 江 有,您请吧。

朱 棣 带路。

闵 江 是。

〔**【小锣五击】**三人同进门,朱棣入“大座”,摘剑放桌上,侍儿站“小边”,闵江站“大边”。

闵 江 您请上坐。用什么酒啊?

朱 棣 将酒名报上。

闵 江 我们有金盘露、银盘露、状元红、史国公。

朱　棣　不好。
闵　江　（到台口自语）这些酒还不好。有了，把我的招牌报上，我这儿还有遇龙酒。
朱　棣　遇龙酒？
闵　江　对啦。
朱　棣　好，取遇龙酒前来。
闵　江　是，伙计们，遇龙酒一壶啊！（**多罗扎－台**）（“下场门”取酒）酒到。
朱　棣　唤你再来，去吧。
闵　江　是啦。（“下场门”下）（**扎多台**）
朱　棣　孤王今晚驾坐这遇龙酒馆，倒也有趣也！哈……

〔二黄摇板〕

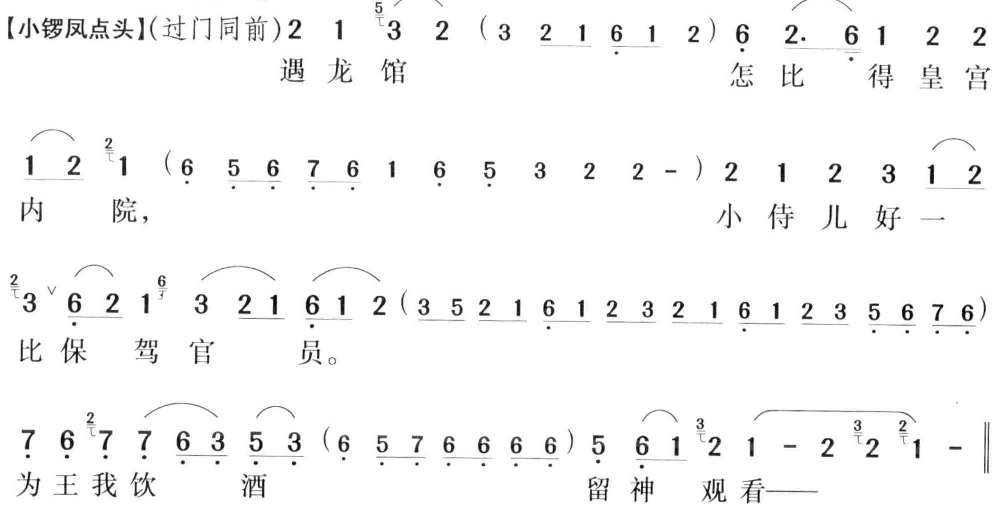

〖白简在“下场门”内唱“琴歌”。

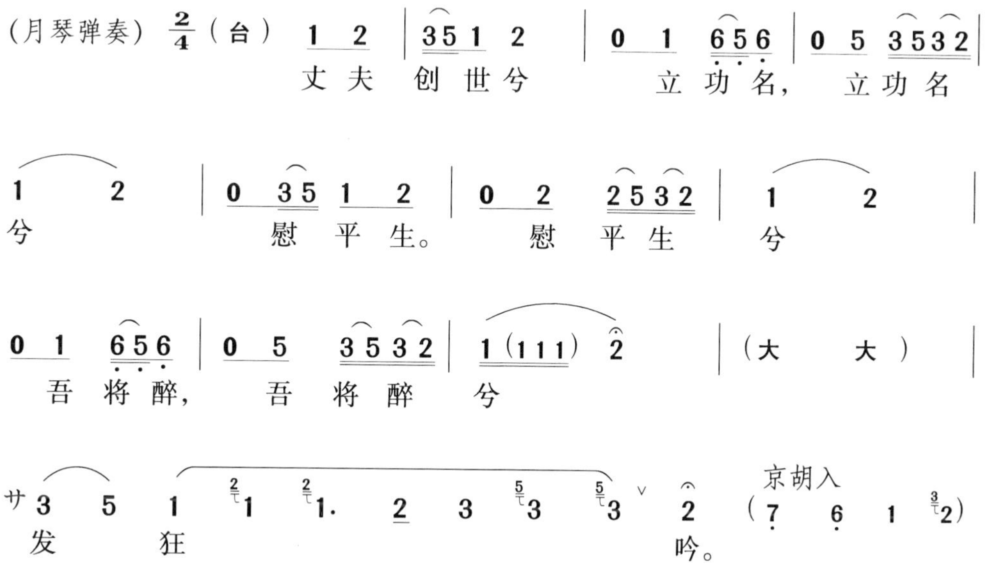

朱　棣　呀！

〔二黄摇板〕

【小锣凤点头】(过门同前)3 2 1 2 1 2 3 3 2 2 1 6 1 2 (2 5 6 1 2)‖
哪 里的读 书声送到 耳 边。

(白)唤酒保。

侍　儿　酒保。

〔闵江内白:"来了。""下场门"上。

闵　江　军爷什么事您?

朱　棣　我来问你,这酒馆哪里来的读书之声?

闵　江　乃是我的表弟。

朱　棣　哦!是你表弟,好,唤他前来见我。

闵　江　是,表弟啊!【小锣住头】

〔白简"下场门"上。

白　简　表兄何事?

闵　江　我这来了个吃酒的军爷,听见你读书了,他要见见你,八成是要跟你会会诗文。

白　简　小弟才疏学浅,焉敢对文。

闵　江　那有什么呀!他要说"赵钱孙李",那你就跟他对呀。

白　简　对什么呀?

闵　江　你就说"周吴郑王"啊。

白　简　取笑了。

闵　江　你快去吧。军爷,我表弟来了。

〔白简进门,站在"大边"。闵江"下场门"下。

白　简　晚生有礼。

〔白简施礼,朱棣示意侍儿。

侍　儿　这位相公,我家军爷从来不给人家还礼,你请坐。

白　简　哦,告坐。(扎多台)(坐"大边跨椅")

朱　棣　这一相公,家住哪里,姓甚名谁?

白　简　小生白简,乃四川人氏。

朱　棣　原来是白相公,失敬了。

白　简　岂敢。

朱　棣　啊白相公,今当永乐天子大放花灯,为何不去观灯,因何在此苦读文章?

白　简　小生若去观灯,荒废学业,岂不有负双亲期望。

朱　棣　哎呀呀,真乃孝子也。

白　简　岂敢。

朱　棣　白相公有什么现成的文字,拿来我看。

白　简　无有现成文字,只有草卷一篇不足一览。

朱　棣　不必过谦,快快取来。

白　简　是。(取文字)先生请看。(大-台)

朱　棣　唔呼呼呀!看这文章篇篇锦绣、字字珠玑,好文才也!啊,白相公,文章倒也不错,只是笔力弱些。

白　简　当面指教,便是我师。

朱　棣　也罢，你若拜在我的名下，日后决不亏待与你。

白　简　如此老师请上，受学生一拜。（拜）

朱　棣　罢了，起来，哈……哎呀且住！（**大－台**）文章不错，但不知他的口才如何。有了，待我口试于他。啊，白相公，卑人有题，你可愿对？

白　简　愿闻。

朱　棣　哎呀呀，但不知以何为题呢？**【小锣三击】**（敲锣边）问问什么响亮。

侍　儿　酒保。

闵　江　（“下场门”上）来了。

侍　儿　什么响亮？

闵　江　铁匠砧工。（ “下场门”下）

侍　儿　乃是铁匠砧工响亮。

朱　棣　就以铁匠砧工为题，听对。

白　简　是。

朱　棣　铁匠砧工红火炉内三闪电。对。

白　简　对，对就：弹棉弓响白云洞中一声雷。

朱　棣　倒也不错。再受一对。

白　简　愿闻。

朱　棣　灯明月明大明江山一统。对。

白　简　对，对就：君乐臣乐永乐天子万年。（**大－台**）

朱　棣　怎么讲？

白　简　永乐天子万年。

朱　棣　哈……

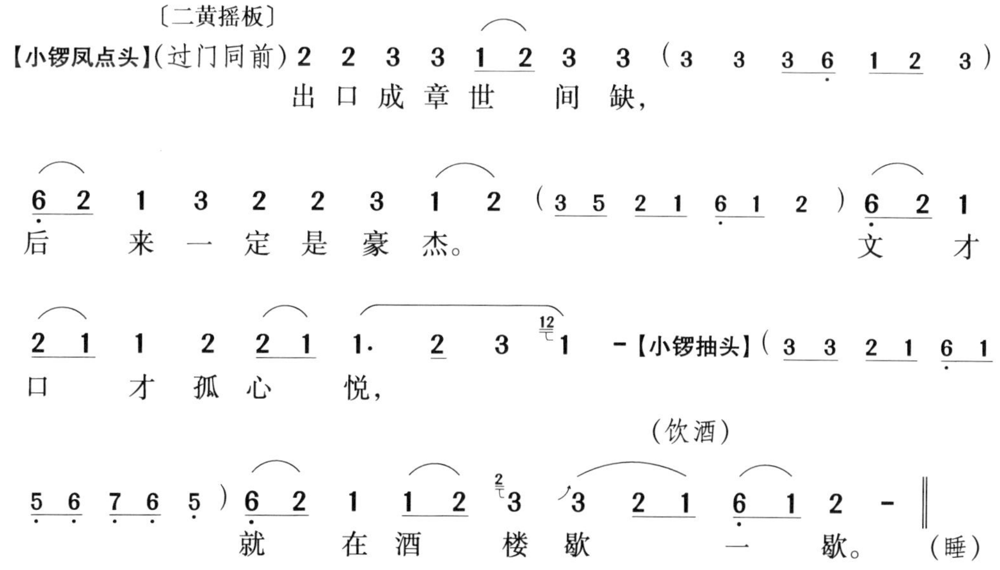

白　简　啊！

5 5 6 7 ⁶7 6 6 5 5 6 ⁵6 ⁱ5 （5 6 7 6 5）‖
想 是 观 灯 受 风 寒。

哎呀且住！（大－台）我看此人定有来历，不免将胭脂宝褶与他遮寒，求他做一引见之人便了。

【小锣凤点头】（过门同前）3 6 5 5 ⁶⁵6 6 3 5 6 i －
急 忙 取 宝 加 温 暖，

〔【小锣抽头】白简出门，“下场门”下取宝褶复上，进门把宝褶盖在朱棣身上。

（过门同前）7 7 6 5 6 ⁷⁶7（7 6 5 6 7）6 6 5 3 5 6 ⁱ5 ⁶5 －‖
先 生 醒 来 说 根 源。

〔二黄散板〕

朱　棣　**【小锣导板头】**サ（2 3 3 2· 1 6 ⁶5 －）2 2 3 3 1 2 ³2 ³²3（1· 2 3）6 2
正 月 十 五元 宵 节， 寡

1 3 ³2 ³2 1 1 ³2（7 6 1 2）6 2 1 3 2 2 2 1 1 2 ³2 ³1 －
人 亲 自 到 御 街。 猛 然 睁 开 昏 花 眼，

（大－台）

〔亮弦〕

（6 7 6 1· 2 3 5 2 1 6 1 －）

（发觉身上披上褶衣）

〔二黄摇板〕

朱　棣　**【小锣凤点头】**（过门同前）³2 1 2 3 3 3 2 2 1 1 2（2 5 6 1 2）‖
抬 头 只 见 胭 脂 褶。

〔朱棣离开座位出来。至台中，白简离座位侍立于左。

哎呀且住！（大－台）想这胭脂宝褶乃是孤王宫中之物，赐与大臣，因何落在他手？嗯，待我问个来历。白相公，此物是你家原有的呀还是银钱买来的呢？

白　简　乃是朋友相赠。

朱　棣　你的朋友是哪一个？

白　简　乃是二龙山公孙伯。

朱　棣　他乃叛逆之臣，因何与他来往？

白　简　公孙伯虽然落草，倒有辅佐之心。

朱　棣　怎见得？

白　简　学生进京赴试，路过二龙山，被掠上山去，叙来叙去，我二人结为金兰，赠我此宝，言道：我若功名不就，将此宝献与当今，定得一官半职。

朱　棣　原来如此。白相公，你看天色已晚，我身上寒冷，我意将此物借去，明日差人与你送来，你看如何啊？

白　简　这，请问先生上姓？

朱　棣　日月并行。

白　简　哦！原来是明老先生。

朱　棣　哈……

〔二黄摇板〕

【**小锣凤点头**】(过门同前)3　3　2　2　1　2. 2　1　2　1　-　-

胭　脂（啊）　宝　褶　我　暂（呐）借，

〔【**小锣抽头**】侍儿提灯，左手抱宝剑先下。

（过门同前）3 2　1 2　3 2　3　5　6 1　2　-

明　日　差　人　把　他　接。

白　简　（拱手）先生慢走。

〔【**大锣五击头**】朱棣“下场门”下。

闵　江　（上）表弟，吃酒的军爷呢？

白　简　走了。

闵　江　酒钱呢？

白　简　写在小弟账上。

闵　江　得！又写在瓢底下了。你那件宝贝衣裳呢？

白　简　借与明老先生了。

闵　江　你跟他又不认识，八成叫他骗走了。

白　简　啊！表兄，有道是“乘肥马，衣轻裘，与朋友共，敝之而无憾”哪，哈……（“下场门”下）

闵　江　衣裳让人骗走了，还打哈哈哪，书呆子吗！

〔【**小锣打下**】闵江“下场门”下。

第 十 二 场

〔正场桌，“小座”。

〔庆太平内白：“孩子们，打道啊！”

〔唢呐吹奏小锣<六幺令>前半段。四太监“站门”上，引庆太平“上场门”上。头家太监托宝褶，二家太监托红官衣，三家太监托盘子，放纱帽、上盖红绸子，四家太监捧玉带。

庆太平　（念）万岁游御街，偶遇白秀才；

　　对诗如流水，可算栋梁才。

咱家穿宫内监庆太平。只因昨晚万岁游玩御街，在遇龙酒馆，偶遇白简，对答如流。万岁见喜，命咱家宣他进宫。孩子们，打道遇龙酒馆哪！

〔众走圆场，归到“上场门”“一条鞭”。

四太监　来到遇龙酒馆。

庆太平　打了进去。

〔【**小锣五击**】四太监“挖门”进去，归两边，庆太平坐“小座”。

庆太平　传酒保。

四太监 酒保。

〔闵江内白："来了。""下场门"上，进门站"大边"。

闵　江 参见公公。

庆太平 罢了，你这儿有个白简哪？

闵　江 公公，我这儿卖酒不卖碱。

庆太平 什么呀！白简白相公。

闵　江 是有一个。

庆太平 好，叫他来见见咱家。

闵　江 是。得！（出门）惹娄子了吧？表弟！

〔闵江站"大边"台角，白简"下场门"上。**【小锣归位】**

白　简 （念）但愿功名得中了，

蟒袍玉带紧围腰。

闵　江 紧围腰，紧围腰，这就紧出祸来了。

白　简 怎么？

闵　江 大概你那件宝贝衣裳出了事儿，来了不少公公，八成是抓你来了。

白　简 哦，公公来了，这就好了！

〔白简欲进门，被闵江拉了回来。

闵　江 喂，表弟，要是出了事儿，你可别说咱们是亲戚。

白　简 却是为何？

闵　江 小买卖人怕打官司。

白　简 哦，是是是。

〔白简欲进门，又被闵江招了回来。

闵　江 喂，表弟，要是有了好事儿，你可别忘了哥哥我。

白　简 哈……取笑了。

〔**【小锣住头】**白简进门站"小边"，闵江进门站"大边"。

白　简 参见公公。

庆太平 罢了，你就是白简哪？

白　简 正是。

庆太平 这件衣裳你认识吗？

白　简 这是昨晚我借与明老先生的。

庆太平 什么明老先生，那是当今的万岁爷。孩子们！把他头上抓了，**【大锣一击】**身上给我剥了，**【大锣一击】**别害怕，（拿过纱帽盘，掀开红绸子）看衣巾更换哪！

闵　江 公公，我跟白相公可是亲戚。

〔奏唢呐曲牌<小傍妆台>，四太监、白简、闵江"窝着""下场门"下。白简换衣。四太监"下场门"上，站两边。白简头戴纱帽身穿红蟒、闵江穿白简衣帽"下场门"上，闵江来回走动。

庆太平 什么人在我这摆来摆去？

闵　江 公公，我跟白相公是亲戚。

庆太平 什么亲戚？

闵　江 姑表亲。

庆太平 什么是姑表亲？

闵　江 他是箍桶匠的儿子，我是裱糊匠的儿子。

庆太平 去你的吧！好，我问问你，昨晚上万岁爷在这儿喝酒用的是哪张桌子？坐的是哪把椅子？

闵　江 公公，您别看我卖酒，喝不了一百壶，有一壶就醉啦！

庆太平 没造化的孩子，来呀，把金豆儿、银豆儿赏给他点儿。

闵　江 谢谢您！

〔四太监从怀中掏出金豆儿给闵江，闵江站在“大边”。

闵　江 就是这张桌子，这把椅子。

庆太平 用黄绫子包好，这就是宝座啦。

闵　江 是是是。

庆太平 我再问问你，昨晚上万岁爷在这儿喝酒，你跟他老人家要钱了没有？

闵　江 我哪能跟您要钱，我还直巴结您哪！

庆太平 你还真会巴结差事。

闵　江 我不巴结您，我巴结谁呀？

庆太平 好好好，咱家不通圣命，封你个“百什户”。白相公随咱家进宫。孩子们，打道进宫。

〔唢呐奏小锣<六幺令>后半段。四太监领起，庆太平“下场门”下。

闵　江 表弟，见着皇上替我问好。（白简下）我表弟做了官了，我也是官亲了，闲人闪开，官亲来也。

〔**【小锣打下】**闵江“下场门”下。

第 十 三 场

〔正场桌，“大座”。

〔四大太监“站门”，**【长锤】**朱棣“上场门”上。

〔西皮摇板〕

朱　棣 （过门同前）2 2 1 5. 3 2 2 2 1 1 1 1 2 -
正 月 十 五 花 灯 放，

【闪锤】（过门同前）1 2 3 2 3 1 2 1（3 2 1 6 2 1）1 2 3. 1 2 3 2 2 -
酒 馆 之 内 遇 贤 良。 龙 行 虎 步 金 殿 上，

〔朱棣入“大座”，**【闪锤】**庆太平“上场门”上。

庆太平 2 5 3 3 2 1 2 3. 5 3 2 1 1 -
宣 来 白 简 见（呐）君 王。 **【大锣住头】**（进门）启万岁，白简宣到。

朱　棣 宣白简冠带上殿。

庆太平 遵旨。万岁有旨，白简冠带上殿哪！（站“大边”）

〔白简内白：“领旨。”“上场门”上。【小锣归位】

白　简　（念）昨晚遇龙馆，
　　今朝上金銮。【小锣住头】（跪中间）
臣白简见驾，吾皇万岁。

朱　棣　昨日你在酒馆言说公孙伯有辅孤之意，当殿奏来。

白　简　容奏！

〔唢呐吹奏小锣<江儿水>头、二段【大锣收头】。白简做身段。

朱　棣　白简听封。

白　简　臣。【大锣一击】

朱　棣　进宝有功，封为进宝状元。昨日你在酒馆称孤明老先生，就将明字赐姓于你，赐名明遇天，命你去至二龙山招安公孙伯来降，另有封赏。退班！

白　简　万万岁！

〔唢呐吹奏小锣<江儿水>合头【大锣收头】接【回头】四太监两边下。庆太平、朱棣“下场门”下，白简出门，“下场门”下。

第十四场

〔正场桌八字椅。【大锣长锤】四喽兵、张仁“站门”，引公孙伯“上场门”上。

〔西皮摇板〕

公孙伯　【闪锤】(过门同前) 3 3 2 1 2 (2 1 6 1 2) 2 1 3 2 －
行侠仗义人尊仰，

【闪锤】(过门同前) 6 2 1 3 2 3 1 2 1 (0 3 2 1 6 2 1) 3 1 3 2
一心除暴安善良。白简贤

2 (2 1 6 1 2) 2 1 3 2 － 【闪锤】(过门同前) 6 2 1 3
弟京中往，叫某时

2 (2 1 6 1 2) 3 3 21 1 －
刻挂心旁。（坐八字“大边”椅）

〔【大锣长丝头】李义“上场门”上。

李　义　启禀大哥，白大人到。

公孙伯　有请。

〔奏唢呐曲牌<小傍妆台>，四文堂“上场门”“一条鞭”引白简上。

白　简　仁兄。

公孙伯　贤弟，哈……请。（“挖门”进去，白简归“大边”）请坐。

〔公孙伯坐“小边”，白简坐“大边”。唢呐牌子住。

公孙伯　贤弟得中功名，可喜可贺。

白　简　小弟多承仁兄相赠胭脂宝褶，献与当今，当面谢过。

公孙伯 岂敢。

白　简 小弟今奉圣命特来招降仁兄辅佑当今。

公孙伯 待愚兄将山寨之事料理一番，再随同贤弟进京，后面备酒与贤弟接风。

白　简 请！

〔众人“窝着”下。**【大锣回头】**转**【撤锣】**

第十五场

〔**【小锣五击头】**吴良心“上场门”上。

吴良心 （念）江湖人称三只手，

偷摸钱财盗猫狗。

在下吴良心。自幼不务正业，专靠偷盗为生。今天七月十五城里的城隍庙会，不免把我那两个兄弟叫来，同去城隍庙会做一号两号的。兄弟们。

〔二扒手两边上。

二扒手 大哥，什么事？

吴良心 今当城隍庙会，咱们去到那儿做它一号两号的。

二扒手 好，走哇！

吴良心 走！

〔**【小锣下场】**三人同“下场门”下。

第十六场

〔**【冲头】**奏唢呐牌子<急三枪>，四文堂“上场门”上站“斜门”，白奇、白简、船夫上。

白　奇 来到洛阳。

白　简 湾船。

白　奇 湾船。

〔**【冲头】**众人归成正场。**【大锣归位】**

白　简 老人家，我意欲下船，一来察访民情，二来打听我爹爹下落，你看如何？

白　奇 待老奴跟随前去。

白　简 不必跟随，看衣巾更换。

〔奏唢呐曲牌<小傍妆台>。白简“下场门”下，更衣后复上。牌子住。

白　奇 印信在此，大人收好。

白　简 搭了扶手。

〔船夫搭扶手，白简下船，站“小边”。

白　奇 送大人。

白　简 免。（“上场门”下）**【冲头】**

白　奇 人役们，小心防守。

〔【回头】【大锣水底鱼】众人“窝着”“下场门”下。

第十七场

〔空场。二游人（甲、乙），一女游人（丙），白简、吴良心、二扒手同上。

一游人 列位请了。

众 请了。

一游人 今当城隍庙会，我等一同前往，请。

〔众人“窝着”下。吴良心偷白简的印，二扒手偷游人金子和玉佩。

二扒手 哈……今天运气真不错。

吴良心 你得着什么？

一扒手 一锭金子。

吴良心 你呢？

一扒手 玉佩。你呢？

吴良心 这是什么？黄铜。

二扒手 可不是黄铜吗？

吴良心 正是。（扎）

二扒手 摸来黄金和玉佩。

吴良心 偷块黄铜真倒霉。不要它了。

〔吴良心把印扔在地上，三人“窝着”下。

〔仇爱川内白：“走哇！”【纽丝】仇爱川“上场门”上。

〔西皮散板〕

仇爱川 （过门同前）サ 3 3 1 2 3 3 1 2 ³2 （7̣ 6̣ 1 2）
良 友 无 故 遭 大 难，（仓）

6̣ 2 1 2 ³2 6̣ 3 2 1 6̣ 1 － 【大锣住头】‖
不 能 搭 救 也 枉 然。

老汉仇爱川。只因我的好友韩若水欠下穆良三十两银子，将他女儿抢去，不想来了一伙强人，将穆良家中传家之宝比目镜与他女儿一同抢去。穆良在洛阳县告那韩若水勾结大盗，将他押在监中。是我在公堂讨限三天，前去捕盗镜之人，今日限期已满，不免再请宽限几日便了。

〔西皮散板〕

【大锣凤点头】（过门同前）サ 6̣ 2 1 2 2 3 1 2 －
急 急忙 忙 往 前 趱，

【纽丝】（走小圆场，踩印）

〔亮弦〕

（4 3 1 2 －）【大锣凤点头】6̣ 2 1 3 2 2 1 1 ³2 1 －【大锣住头】‖
只 见 一 物 在 眼 前。（拾印）

哎呀且住！那日穆良言道，比目镜乃是铜的，用黄绫包裹，莫非就是此物？管它是与不是，前去交差便了。

〔仇爱川拿印，“下场门”下。**【回头】**接**【撤锣】**

第十八场

〔正场桌，“大座”。

〔白怀内白：“嗯啧！”**【小锣帽子头】**白怀持扇“上场门”上。**【小锣归位】**

白　怀　（念）身为公衙捕快，
不图民间资财。
在下白怀，乃四川人氏。不幸遭逢兵戈，我一家人失散。是我一人独自来到河南洛阳县，蒙太爷收留，赐了一名皂班头。这且不言，只因此处乡绅穆良家中失盗，失却了传家之宝比目镜，也曾告到我家太爷台前。我家太爷拿住一名好百姓，名叫韩若水，当堂屈打成招，囚禁在监。是他有一好友名叫仇爱川，当堂讨限三天前来交镜，今日期限已满，我家太爷升堂必要追问此事，那时叫我有何言语回答上去？

〔升堂鼓，众青袍内：“哦！”

白　怀　哦，语言未了，太爷升堂来了。

〔**【兔行锣】**白怀将扇子插在腰后。四青袍“站门”，金祥瑞“上场门”上，走跛步。

金祥瑞　嗨，我说白……头儿。

白　怀　太爷。

金祥瑞　你这差事，可真越当越回去了。

白　怀　怎见得？

金祥瑞　怎见得？往日老爷升堂，你都打升堂鼓，今儿个老爷升堂，你怎么连升堂鼓也不打啦？

白　怀　打过了。

金祥瑞　打过了？没听见哪！再打还成不成？

白　怀　这倒可以。（向“下场门”）伙计们！再打升堂鼓。

〔升堂鼓：咚咚龙咚。**【小锣边一击】**

白　怀　太爷可曾听见？

金祥瑞　可这不结了。

〔小锣**【匝匝台】**金祥瑞入“大座”，白怀站“大边”。

金祥瑞　我名金祥瑞，一天三个醉，醒了我就喝，醉了我就睡。
下官金祥瑞，赐进士出身，蒙圣恩放我洛阳县正堂。前者乡绅穆良家中失盗，告在本县案下，也曾将韩若水拿到公堂。是他有个好友，当堂讨限三天，前去捕拿盗镜之人，今儿限期已满，我说白头儿。

白　怀　太爷。

金祥瑞　那个捕拿盗镜的人，可是讨限三天？今儿个是几……儿啦？嗨！今儿个到底是几儿啦？

白　怀　太爷，那个“讨限”之人只见其去，不见其归，叫小人也是无计奈何呀！

金祥瑞　这不像官话，你没主意，老爷我倒有个主意。

白　怀　太爷有何高见？

金祥瑞 把韩若水提出监来，夹了打，打了夹，夹打死了就算了。

白 怀 这个……

「**【大锣水底鱼】**接**【撕边一击】**白怀出门，仇爱川“上场门”上，同站“小边”台口。

白 怀 捕镜人来了？

仇爱川 来了。

白 怀 镜儿可曾“捕”着？

仇爱川 捕着了。

白 怀 好，太爷刚刚升堂追问此事，待我与你回禀，在此稍等。

「**【撕边·崩登仓】**接**【冲头】**白怀左手撩大带，抬左腿，右掌弯在胸前，面向“大边”一亮，进门站“大边”。

白 怀 启太爷，捕镜人来了。

金祥瑞 怎么喳，捕镜人他来啦？

白 怀 正是。

金祥瑞 这可是一脚踢出个屁来，巧得很。

白 怀 哈……巧得很。

金祥瑞 他在哪儿哪？

白 怀 堂口伺候。

金祥瑞 把他带上来呀！

白 怀 是。（出门）捕镜人随我进来。

仇爱川 是。

「**【大锣五击】**二人进门，仇爱川跪台中，白怀站“大边”。

白 怀 捕镜人当面。

仇爱川 叩见太爷。

金祥瑞 就是他呀？你叫什么名字？

仇爱川 小人仇爱川。

白 怀 太爷，他叫仇爱川，好一个响亮的名字呀！

金祥瑞 好个响亮的名字，你记着。你是哪儿的人哪？

仇爱川 山西人。

白 怀 啊太爷，他是山西人，山西人办事是最有信誉的。

金祥瑞 山西人办事非但有信誉，要是打上官司来，这个上头（以手势比钱）还是蛮懂交情的呢！

白 怀 哈……

金祥瑞 我说你这镜“捕”着没有？

仇爱川 “捕”着了。

金祥瑞 好，往上跪，亲手递给老爷。

白 怀 往上跪。

「仇爱川把印递与金祥瑞。**【撕边大锣一击】**

金祥瑞 （看印）啊！（惊）传禁卒！（禁卒“下场门”上）

禁 卒 太爷。

金祥瑞 把他钉杻收监，退堂！（**大大大仓**）

〔【快冲头】四青袍两边下。金祥瑞“下场门”下。禁卒拉下仇爱川。白怀拿下扇子，走半个圆场到台中，面向“下场门”，打开扇子一亮。【大锣叫头】

白　怀　哎呀且住！仇爱川上得堂来，镜儿也曾捕着，太爷为何将他钉杻收监？【撕边大锣一击】（用右手扇一指“下场门”）这是为了何事？【撕边大锣一击】（扇子交左手，右掌摊开一亮）哎呀，这…… 【乱锤】【大锣叫头】（往右转身，抚头想）哦呵有了，（扇子交右手）我不免紧紧随至二堂，观其动静。正是：【大锣住头】要知心腹事，但听口中言。（扇子指口，然后打开扇子背在身后，抬左腿，左拳弯在胸前，面向“下场门”亮相）【撕边·崩登仓】

〔金祥瑞内白：“白头儿！”

白　怀　来了。

〔【大锣撤锣】白怀“下场门”下。

第十九场

〔【小锣打上】金祥瑞“上场门”上。

金祥瑞　白头儿，白头儿！

〔白怀上，归“大边”。

白　怀　太爷。

金祥瑞　我打你，我打你，我拿坏脚丫儿踹你。

白　怀　太爷为何打起小人来了？

金祥瑞　为什么打你？你今儿也拿贼，明儿也拿贼，拿贼你都拿到老爷堂上来啦！

白　怀　啊！难道小人是贼不成？

金祥瑞　你不是贼，你是窝主。

白　怀　怎见得小人是窝主？

金祥瑞　怎见得你是窝主？那捕镜人他捕的是什么？

白　怀　比目镜哪。

〔门子暗上，站在“小边”。

金祥瑞　又比目镜了又，他竟自把按……【崩登仓·撕边八仓】

白　怀　噤声！（往右甩髯，双手摆动，示意有人）嗯喷！

金祥瑞　门子，你在这儿干什么哪？

门　子　伺候太爷。

金祥瑞　甭伺候我了，到师爷那儿瞧瞧去吧！

门　子　是。（“上场门”下）

白　怀　太爷，按什么？

金祥瑞　他把按院大人的印给盗来啦！

白　怀　小人不信。

金祥瑞　不信？你瞧瞧这是什么？

白　怀　哎呀！【撕边八仓】

金祥瑞　又哎呀了又。

白　怀　哎呀太爷，那按院大人失落印信，丢官事小，只恐他全家的性命难保哪！
金祥瑞　是呀！都是做官的，做官做到这个份儿上可不容易呀！赶紧顺轿。
白　怀　做什么？
金祥瑞　我给他送去呀！
白　怀　哎！一颗按院印信事关重大，非同小可，岂是明明白白送得的，送不得呀！
金祥瑞　送不得？
白　怀　送不得。
金祥瑞　不要紧，刨坑儿把它埋了得啦。
白　怀　哎！皇家的明器，岂是埋得呀？
金祥瑞　你看，埋又埋不得，送又送不得，这个私货搁在我家里头呀？
白　怀　太爷，小人倒有一拙见在此。
金祥瑞　有什么主意，你就说吧。
白　怀　太爷派一心腹之人，去到黄河两岸打听按院大人，若是失落印信，一定是托病不出，（双掌左右两摆）文武官员免参免见。若是不曾失落印信，一定拿稳做官，安然无事啊！（左腕一翻，右腕再一翻，然后双掌下垂一按）
金祥瑞　好是好，我哪儿找心腹人去呀？哎，白头儿呀，你就是我的心腹人哪！辛苦一趟不行吗？
白　怀　小人干办不来。
金祥瑞　别推辞了。

〔**【快冲头】**白怀从外首"推磨"到"小边"，金祥瑞从里首"推磨"到"大边"。二人同往里走，在堂桌处碰面。锣鼓切住。

白　怀　干办不来。

〔**【快冲头】**二人同往外翻着走，到台中碰面。锣鼓切住。

金祥瑞　去吧，赶紧走。哎哟！你就别叫老爷我着急啦！我的爹！
白　怀　哎！是是是。
金祥瑞　这是玩笑，走吧！

〔**【回头·原场】**金祥瑞"下场门"下，白怀"上场门"下。

第二十场

〔空场。

〔白简内白："走哇！"**【大锣水底鱼】**白简"上场门"上，上船归台中；白奇持棍"下场门"上搭扶手，站"大边"。

白　简　**【大锣叫头】**哎呀管家呀！是我下船私访，自不小心，将按院印信失落了！**【撕边大锣一击】**
白　奇　哎呀大人哪！印信失落丢官事小，只恐全家的性命难保！**【撕边大锣一击】**
白　简　待我自尽了吧！（**八仓**）（欲投江，白奇拉住）
白　奇　且慢！大人不必如此，老奴自有裁处，请舱内歇息。
白　简　咳！**【大锣五击】**（"下场门"下）

白　奇　差役来见。

〔【小锣五击】差役甲、乙“上场门”上。

差役甲　（念）人平不语。

差役乙　（念）水平不流。（二人上船）

差役甲乙　参见二爷，有何吩咐？

白　奇　命你二人在两岸之上巡视，若有可疑之人抓来见我。

差役甲乙　是。

〔【小锣打下】白奇“下场门”下，二差役下船，“上场门”下。

第二十一场

〔空场。

〔【小锣五击】白怀执扇子“上场门”上。

白　怀　（念）天上神仙府，
　　　　　　人间宰相家。

来此已是黄河两岸，你看这大官船、小官船，一十二号采莲船。按院大人在此下马是何等威严，是何等的体面哪！真个是呀，要得真富贵，还是帝王家。有了，我就在此偷看偷看便了。

〔白怀将扇子插在腰后，朝“下场门”处远望。二差役暗上，差役甲在白怀左边打嘴巴，（八大仓）白怀往右躲，差役乙在白怀右边用铁链锁住。【大锣慢冲头】拉着白怀上船，走小圆场，白怀面向外，跪在台口。

差役甲乙　有请二爷。

〔（扎多台）白奇“下场门”上，站“大边”。

差役甲乙　拿住可疑之人。

白　奇　将他刑具去掉，你二人退下。

差役甲乙　是！（摘链子下船，“下场门”下）

白　奇　嘟！【撕边大锣一击】胆大奸细，竟敢前来窥探官船，该当何罪！【撕边大锣一击】

白　怀　哎呀大人哪！小人是个办差的呀！

白　奇　你叫何名字？在哪里办差？与我讲。

白　怀　是，小人名叫白怀，在洛阳县当了一名皂班头。

〔白奇惊，细看，认出白怀。

白　奇　（自语）太老爷到了。有请大人。

〔白简“下场门”上。

白　奇　太老爷到了。

白　怀　奉了我家太爷之命，打探按院大人在何处下马，也好准备公馆，大人开恩。

〔白简跪在左边，白奇跪在右边。

白　简　爹爹！【撕边大锣一击】

白　怀　（惊，坐在地上，伸左腿一亮）啊！你是何人？

白　简　孩儿白简。【撕边大锣一击】

白　怀　你是我儿白简？

白　简　正是。

白　奇　太老爷！【撕边一击】

白　怀　（又一惊，坐地下）你是何人哪？

白　奇　老奴白奇。【撕边大锣一击】

白　怀　你是我老家人白奇？

白　奇　正是。

白　怀　白简、白奇，哈……（三人同时站起）【大锣住头】哎呀呀，不是你二人在此，为父大大吃了一惊哪！

〔白奇搬椅，白怀坐下。

白　简　爹爹请上，受孩儿大礼参拜。

白　怀　不用拜了。

白　简　恕孩儿久离膝下，少奉甘旨，爹爹恕孩儿不孝之罪！（拜）

白　怀　为求功名，何罪之有。起来，起来。

白　奇　老爷请上，受老奴一拜。

白　怀　慢来、慢来，（站起）你偌大年纪，不消拜了。

白　奇　多谢老太爷。【大锣住头】

白　怀　（坐下）儿呀,看你这般光景，想是功名不曾上进，在按院大人台前当了一名幕宾，可是吗？

白　简　孩儿进京求名，蒙圣恩封为进宝状元，钦赐八府巡按。

白　怀　八府巡按，哦！不对了，不对了。为父在衙内也曾看过缙绅，上面写着“明遇天”三字，不是我儿的名字，你不要哄我呀！

白　简　爹爹有所不知，圣上御赐，“明遇天”就是孩儿的名字。

白　怀　怎么？圣上恩赐的御名，“明遇天”就是孩儿的名字？

白　简　正是。

白　怀　当真？

白　简　当真。

白　怀　果然？

白　简　果然。

白　怀　哈……哎呀……（站起）待为父谢天谢地！

白　简　当谢天地。

白　怀　老哥哥，我儿当初在南学攻书的时节，我就说他是个有出息的，他果然是个有出息的呀！

白　奇　老太爷眼力不差。【小锣一击】

白　怀　（坐下）儿啊，你如今是八府巡按，为父呢？

白　简　老封君。【撕边大锣一击】

白　怀　哦！老封君。

白　奇　老太爷。【撕边大锣一击】

白　怀　老太爷，哈……【撕边大锣一击】（站起）老哥哥，我儿得此荣耀，皆是老哥哥的指教啊！

白　奇　老太爷的栽培。

白　怀　不不不，老哥哥的指教哇！哈……（坐下）【软撕边大锣一击】

白　简　（叹气）唉！

白　怀　儿呀，今日父子相逢，骨肉团圆，理当欢天喜地，你为何愁眉不展哪？（看自己）唔唔是了，你如今是八府巡按，为父的乃是个皂班头，诚恐玷污于你，这也无妨紧要，待我回得衙去，写个辞条，将这个皂班头辞掉也就是了，不要着急呀！

白　简　不是哟。

白　怀　不是的。儿啊，你有什么心事吧？

白　简　孩儿正有心事在怀。

白　怀　有什么心事对为父的言说。

白　简　这个……

「白简欲讲，白奇左手挡住，摆右手暗示不要说。

白　怀　哎，老哥哥，今日我父子相逢，骨肉团圆。有几句心腹话叙谈，你不要在一旁这么指手画脚，你歇息去吧，唤你再来。儿呀，慢慢地讲来。

白　简　是儿下船私访，自不小心，竟自将……（白奇又摆手暗示）

白　怀　嘟！【大锣五击】（站起对白奇）方才怎样嘱咐与你，不叫你在一旁打扰，你是偏偏在一旁打扰。唔，是了，你是按院大人的都管家，我就打你不得，我说打（崩登仓）就打！（【撕边】转【软撕边大锣一击】左手拿大带，右拳高举，骑马式一亮）

白　奇　老太爷！（跪下）

白　简　（跪下）爹爹！

白　怀　哈……（放下拳）老哥哥（扶起白奇，白简也站起）你偌大年纪，我岂能打你呀？我父子在此讲话，你一旁歇息去吧，唤你再来。儿呀，讲来呀！

白　简　【叫头】爹爹呀，孩儿下船私访，将按院印信失落了。（崩登仓）

白　怀　哦！【撕边大锣一击】怎么，你下船私访将按院印信失落了？【撕边大锣一击】好好好！（抖着髯口、颤抖着右手叫白简）你近前来，（白简害怕可又不得不近前，白奇着急想拦又不敢拦）嘟！（打了白简一个嘴巴）【大锣叫头】你身为职官，印信乃皇家明器，怎么你竟自将它失落了。（嘟儿仓）我说你是个没有出息的，你果然是个没有出息的呀！【大锣叫头】（指着白奇）嘟！大胆老狗，你家大人下船私访，你为何不跟随他前去呀？（嘟儿仓）

白　奇　他不叫老奴跟随前去呀！

白　怀　呀呀呸！【大锣五击】我儿得此荣耀，这有了福，【撕边大锣一击】是大家同享。【大锣住头】这有了祸，【撕边大锣一击】（双手托髯一亮）少不得我父子承当。【快冲头】（双手扔髯、朝天躬身一亮）【大锣叫头】天哪，天！我儿身为八府巡按，下船私访，自不小心，将印信失落，丢官事小，只恐我全家性命（八大仓）（往左甩髯，双掌摊开一亮）难保！

〔**【慢撕边大锣一击】**白怀剧烈地颤抖，白奇往前搬椅，白简紧扶着，白怀“气椅”坐下。

白　简　爹爹醒来，爹爹醒来！（**大－台**）

白　奇　老太爷，老太爷！

〔白怀苏醒，双手揠眼。**【撕边大锣一击】**左手往外一指，**【撕边大锣一击】**双手在右侧做护印姿势，**【撕边一击】**左手搂髯、右手拍腰，**【撕边大锣一击】**左手扔髯下来。

白　怀　**【大锣慢叫头】**（三笑）哈哈（向白简），哈哈（向白奇），哈……（站起）**【撕边·原场】**（白奇搬回椅子，白怀坐下）

白　简　爹爹为何发笑？

白　怀　儿啊，印信有了。（**嘟儿仓**）

白　简　现在何处？

白　怀　现在洛阳县。

白　简　来，顺轿。

白　怀　（站起）且慢！（**嘟儿仓**）顺轿何往？

白　简　前去要印。

白　怀　凭着何来？

白　简　白头文书。

白　怀　唉！想那洛阳知县金祥瑞，乃是二甲进士出身，颇晓官箴，那白头文书岂能调得那按院印信哪？荒唐得很，必须定计而行，大家想来。（**大－台**）儿啊，你有何计策？

白　简　孩儿忙中无计。

白　怀　身为按院大人，说什么忙中无计，没有出息。老哥哥，你有何主意呀？

白　奇　老奴也是无计呀？

白　怀　身为按院大人的都管家，事到如今连个计策都没有。嘿嘿！看起来还是我这个老——（双手托髯）**【撕边大锣一击】**

白　简　老封君。

白　怀　老封君。

白　奇　老太爷。

白　怀　老太爷。哈……**【撕边大锣一击】**（放下髯）儿啊，若要此印却也不难，除非用水火之计。

白　简
白　奇　（同）何谓水火之计？

白　怀　此番我儿吩咐人役牌发洛阳县，文武官员免参免见，单传洛阳知县金祥瑞，进察院待茶。

白　简　茶罢之后？

白　怀　儿就与他个压照。（右手搂髯，伸出左掌往下一按）

白　简　什么叫做压照？

白　怀　呵呵！身为按院大人，连“压照”二字都不懂，哎呀呀！我儿说道：本院一路而来，闻得你好酒贪杯，不理民词，待本院打本进京，参掉你的考程。

白　简　恐他有辩。

白　怀　让他去辩。

白　简　辩过之后？

白　怀　儿再与他一个大大的压照。

白　简　又是什么压照？

白　怀　那金祥瑞乃是有残疾之人，行路是一步三点头。（学金祥瑞走路的样子）我儿言道：胆大洛阳县，你有多大前程，敢在本院面前摆来摆去，想是欺我年幼不会为官，还是我尚方宝剑不利！（**八仓**）（双手比刀式）

白　简　恐他又有辩。

白　怀　让他去辩。

白　简　再辩罢之后？

白　怀　这个？【**大锣叫头**】（想一下，双手朝天拱手）天哪，天！想我白怀虽在公门之中，并未做过损阴丧德之事，今日为了我儿的印信哪，呵呵，这也说不得了。【**大锣五击**】待为父去至马棚，我就放，（左手搂髯，右掌胸前一按，抬右腿一亮）【**冲头**】（往右转身走小圆场）放起一把好火。（左手扔髯、拿起大带，右掌涮起，高举头上，右脚掏步，丁字步一亮。放下大带）【**大锣住头**】我儿吩咐人役速速前去救火。老哥哥，（到白奇身旁）你就把那空印箱交与那洛阳县。

白　奇　恐他不接吧。

白　怀　丢也要丢在他身上哪。

白　奇　是是是。

白　怀　我儿救火回来，开箱用印批发四路的文书，里面若是有了印信，儿啊，你千万要保举他高升啊！

白　简　爹爹，若是无有印呢？

白　怀　这个？！【**叫头**】哎呀！若是无有印信，我儿打本进京，奏明圣上，道洛阳县金祥瑞是个盗印的（左手往外一指）贼官。【**大锣住头**】我父子纵死，也要拉上一个垫背的。【**撕边大锣一击**】儿呀，记下了。老哥哥，留心在意，看看岸上有人无人。

白　奇　（看）两岸无人。

白　怀　两岸无人，为父的去也！（拔出扇子，拉“山膀”）

记下了。（下船往“上场门”走）

白　简　送爹爹。（**崩登仓**）

〔【**撕边**】白怀回身。往左甩髯，左手一摇；右手扔起扇子，左手接住。再往右甩髯，右掌胸前一按，抬右腿亮相。（**崩登仓**）“上场门”下。

白　简　吩咐牌发洛阳县去者。

白　奇　是。

〔二人同“下场门”下。【**大锣原场**】转【**撤锣**】

第二十二场

〔【**小锣抽头**】金祥瑞上。

〔西皮摇板〕

金祥瑞　【**小锣凤点头**】（过门同前）4 3 3 2 2 2 1 3 2（2 1 6 1
白 头儿一 去 无 音 信，

2）6 2 1 1 2 2 6 1 6 1 －（1 1 7 2 1）‖
倒 叫 本 县 我 挂 在 心。

〔白怀溜上，归“大边”，在金祥瑞身后站。

金祥瑞　嘿嘿？这个白头儿啊，天生不是办事的衙役。我叫你干什么去了？到了那儿探听探听是怎么回事儿，赶紧回来告诉我个信儿，我也好放心哪！得，肉包子打狗——一去不回头啦。别忙，回来抓个茬儿，我非打他个二——

白　怀　太爷。

金祥瑞　哟，你什么时候回来的？

白　怀　那个“二”字上小人就回来了。

金祥瑞　我说这“宝”押上了不是，打听得倒是怎么样了？

白　怀　小人打听得明白，按院大人就在我们这个地方下马。

金祥瑞　啊！就在咱们这个地方下马？真是可以，缝穷的撒尿——瞅冷子就来了。他是我的上司，我得迎接他呀！赶紧顺轿，顺轿。

白　怀　来不及了。

金祥瑞　来不及了，备马。

白　怀　也来不及了。

金祥瑞　都来不及了，我不去哪成啊？

白　怀　步行而去。

金祥瑞　走着去，就我这两步走，那不是受活罪吗？

白　怀　小人搀扶太爷。

金祥瑞　你搀着我？有的，真会巴结差事。就这么办，走着。（白怀双手搀着金祥瑞的右手，走小圆场，随说随走）这趟你得受点累。

白　怀　当得效劳。

金祥瑞　真格的，你打听的这位按院大人多大岁数啦?
白　怀　二十以上，三十以下。
金祥瑞　年轻啊！这都是没影儿的事儿，这么点岁数做这么大官，什么也甭说了，人家走了官运。
白　怀　太爷，小人打听得明白，按院大人虽然年幼，性情高傲，太爷此番前去必须小心一二。
金祥瑞　是不是，年轻人没准脾气，我就怵这样。
白　怀　要留心才是。
金祥瑞　留心……也只好是留心吧！咱们小心当差，小心无过。这趟差事完了，我好好地提拔提拔你，叫你高兴高兴。
白　怀　太爷怎样提拔小人?
　　　　〔这时二人走到台口偏"小边"处。
金祥瑞　我给你好差使，挣俩钱呀，我把那稿案门给你。
白　怀　谢太爷。
金祥瑞　马号也归你。
白　怀　谢太爷。
金祥瑞　管厨非你不可。
白　怀　……
金祥瑞　庶务是你的事儿了。
白　怀　是……
金祥瑞　干脆这么办吧，我把这衙门进钱的道，都给你一人。
白　怀　谢太爷的天恩。
　　　　〔三个（**八大仓**）白怀放开金祥瑞的手请安，金祥瑞跌倒。
金祥瑞　你倒搀着我呀！（白怀伸右手一搀，搀空）这边。（白怀伸左手一搀，又搀空）这边。（白怀再右手一搀，搀住）别跟我斗鸡了，这是诚心哪。
　　　　〔**【大锣原场】**白怀搀着金祥瑞"下场门"下。

第二十三场

　　　　〔**【冲头】**四红文堂"上场门"上，向"下场门"方向站"斜门"，白奇抱空印盒引白简上。白怀搀金祥瑞"下场门"上迎接，拿禀帖。奏唢呐曲牌<急三枪>。
白　怀　洛阳知县金祥瑞迎接大人。
白　奇　洛阳县迎接大人。
白　简　察院伺候。
白　怀　啊!
金祥瑞　怎么着啦?
白　怀　察院伺候。
　　　　〔奏唢呐曲牌<小傍妆台>，众人"下场门"同下。

连　场

〔正场桌，“大座”。

〔接前场唢呐曲牌<小傍妆台>中四红文堂“挖门”上，站两边。白奇、白简上，进门，白奇站“大边”，将空印盒放在桌上，白简入“大座”。金祥瑞、白怀上，在门外。白怀搬门椅，金祥瑞坐下，白怀站右侧，曲牌止。

白　简　来！

白　奇　有。

白　简　传话出去，文武官员一概免见，单传洛阳县知县金祥瑞进察院待茶。

白　奇　是。（走到台中）下面听者：大人传谕：“文武官员一概免参免见，单传洛阳县知县金祥瑞进察院待茶。”（回原位）

白　怀　啊！

金祥瑞　哟嗬！这是什么地方，你怎么到这儿怪叫啊？

白　怀　太爷可曾听见吗？

金祥瑞　说什么来着？

白　怀　按院大人传出话来，文武官员免参免见，单传洛阳县知县金祥瑞进察院待茶。太爷这个体面不小哇？

金祥瑞　敢情是够瞧半天的啦。哎，这茬不对？

白　怀　怎么？

金祥瑞　文武官员一概免见，单传我是怎么档子事儿呀？

白　怀　想是太爷的官亲到了。

金祥瑞　官亲，官亲有数，你瞧有他、有他……（用手指数着）

白　怀　有他？

金祥瑞　没他呀。

白　怀　同年。

金祥瑞　同年更有数啦，有他，有他……

白　怀　有他？

金祥瑞　还是没他。

白　怀　这小人就猜不着了。

金祥瑞　咱们就别打闷葫芦啦，他是我的上司，要见我，我敢不去吗？丑媳妇难免见公婆，早晚也得见。

白　怀　太爷，小人打听的明白，按院大人虽年幼，性情高傲，太爷此番进去要留心一二。

金祥瑞　性情高傲，架不住我没错，我怕他什么？

白　怀　太爷，倘若是按院大人摆布下来，说道：本院一路而来，闻得你好酒贪杯，不理民词，待本院打本进京参掉你的考程。

金祥瑞　这茬儿可老！不错，我好喝，可是一样，他不知道哇！

白　怀　百姓们的传言哪！

金祥瑞 好百姓啊，我待他们不错，没事儿给我造这个旱谣言。可是这么一说，要是摆布下来，总得提防，老白，你给我想两句。

白　怀 按院大人若是摆布下来，太爷说道：卑职自幼在书房攻书，偶得风寒疾症，请名医调治，用虎骨烧酒为引，吃酒也是用药，用药也是吃酒。此乃黎民百姓一派谤言。

金祥瑞 谤者是虚，对，没那么八宗事，有这两句话总能搪托他。

白　怀 哦哦哦。

金祥瑞 我去见他去。（站起，欲进门）

白　怀 哎呀，嘿嘿！要糟啊，要糟！

金祥瑞 什么要糟、要糟？我说你是怎么回事啊？你又哎哟，有什么毛病。

白　怀 太爷，此番进去，见了按院大人，也是这样的行走吗？

金祥瑞 我这两步走，这是一年半年的了吗？瞒得了别人，还瞒得了你吗？我还告诉你：起根儿啊，我是一点残疾没有。老太爷六根不全，他走道是这样一步三点头，如今他与世长辞故去啦，我丁忧了，闷坐书房，思亲落泪。那天我心一烦，故意把腿砸折了，我要学他那两步走。这是上书的，岂不知："父在观其志，父没观其行，三年无改于父之道，可谓孝矣！"我是尽点孝心，他埋怨我什么？

白　怀 倘若摆布下来说道：胆大洛阳县，你有多大前程，敢在本院面前这么摆来摆去，你是欺我年幼不会为官，还是我尚方宝剑不利？（**八仓**）

「白怀双手比刀，金祥瑞惊，坐下。

金祥瑞 我的娘啊！动这家伙，真要这么找下来，我应当说什么？

白　怀 太爷自己酌量。

金祥瑞 这可是诚心给我添腌煎，这会儿你又不管了，别介老白，咱们交情不是一年半年了，几十年了，没错儿，别拿搪啊！

白　怀 无有主意了。

金祥瑞 我杀个鸡，掴打掴打膀子，抻抻嗓子，来了，听着，咯、咯咯咯……（学鸡叫）怎么样？想两句吧！

白　怀 哈……若是摆布下来，太爷说道：卑职自幼在父母台前行孝就是这样行走，书房之中见了先生也是这样行走，科场之中见了宗师大人，也是这样行走，进京引见当今天子也是这样行走。此乃父母生就的遗体，万无更改。

金祥瑞 好！父母生就的遗体是万无更改，不能为今儿见他，还把我重新——

白　怀 也来不及了。

金祥瑞 是啊！也没有那么快的手艺人哪！这是哪儿的事？赶快给我报门哪！

白　怀 （把椅子搬下台去，又上来报门）报！洛阳知县金祥瑞告进。

「**【小锣匝匝匝台】**金祥瑞"挖门"进去，站在"大边。"

四文堂 哦！（堂威）

白　怀 待我到马棚放火。（"上场门"下）

金祥瑞 好良心！卑职洛阳县金祥瑞参见老大人。

白　奇 起，免，打躬！（**大－台**）

白　简 来。

白　奇 有。

白　简 与贵县看座。

白　奇　是。（搬椅到“大边”）
金祥瑞　且慢！老大人在此，哪有卑职的座位呀？不敢坐。
白　简　有话叙谈，请坐。
金祥瑞　卑职告坐。
白　奇　起，免，打躬！（**大－台**）
　　〔金祥瑞坐下。
白　简　贵县好？
金祥瑞　好，老大人可好？
白　简　本院好。
金祥瑞　好就好。
白　简　贵县。
金祥瑞　老大人。
白　简　本院一路而来。
金祥瑞　来啦。
白　简　闻得你好酒贪杯，不理民词。待本院进京，参掉你的考程。
金祥瑞　（跪下）哎呀我的老大人哪！【**大锣五击**】卑职自幼在书房攻书，偶然得下风寒疾症，请名医调治，用虎骨烧酒为引，吃酒也是用药，用药也是吃酒。此乃黎民百姓一派的谤言，我的老……老大人。
白　简　回衙理事。
金祥瑞　多谢老大人。
　　〔金祥瑞站起，【**软撕边**】转身欲出门。
白　简　嘟！【**大锣五击**】
金祥瑞　哎哟我的妈呀！（转身向里跪下）
白　简　胆大洛阳县，你有多大前程，敢在本院面前一步三点头，欺我年幼不会为官，还是我尚方宝剑不利？
金祥瑞　【**大锣叫头**】哎呀我的老大人哪？卑职自幼在父母堂前行孝，就是这样的行走，书房之中见了先生也是这样的行走，科场之中见了宗师大人也是这样的行走；进京引见天子，也是这样的行走。父母生就的遗体万无更改呀，我的老大人！
白　简　回衙理事。
金祥瑞　多谢老大人。（站在“大边”）
　　〔【**冲头**】一衙役上。
一衙役　马棚失火。
金祥瑞　我知道了。（衙役下）
白　简　本院前去救火，贵县护印。
金祥瑞　卑职不敢担待。
　　〔【**急急风**】四文堂引白简，倒领“上场门”下。白奇把空印盒交给金祥瑞，“上场门”下。
金祥瑞　卑职不敢担待……不敢担待，哈哈！这是哪儿的事啊？你瞧这毛腾似火的，马棚失火是我们地方官的事，与你按院大人什么相干哪？你瞧这毛腾似火的，带着人役们救火去了。救火也罢，你倒是把这东西带着呀！这玩意儿是胡擩鼓的吗？真可谓荒唐啊！荒唐之至呀！这可是"嘴上无毛，办事不牢"呀，荒唐之至啊！这话可又说回来啦，有朝一日我要是告老还乡，家门口也贴得按院的门封告条，这倒是个乐儿，是个乐儿，我总得乐儿那个呀——咿儿哟！（晃动印盒）没响声，空的！白头儿……

〔白怀"下场门"上，站"大边"。

白　怀　来了，来了。太爷！

金祥瑞　你哪儿去了？

白　怀　伺候太爷。

金祥瑞　你还伺候我哪？马棚失火，知道不知道呀？

白　怀　小人报过了。

金祥瑞　我知道你报过了，瞧见没有，按院大人救火去了。

白　怀　按院大人前去救火，太爷就没有事了。

金祥瑞　没事了？你瞧见没有？他把这个东西交给我啦。

白　怀　哎呀！

〔搀扶金祥瑞站当中，白怀朝金祥瑞大拜。

白　怀　小人与老爷叩贺天喜。

金祥瑞　我洗什么呀？修脚穿袜子吧。

白　怀　太爷，按院大人救火回来，开箱用印批发四路的文书，道太爷护印有功，奏明天子，不升粮道，定升知府。

金祥瑞　知府，我连豆腐也升不了啦！

白　怀　怎么？

金祥瑞　（拍印盒）它是空的。

白　怀　啊？

金祥瑞　空的。

白　怀　哦，空的？

金祥瑞　啊！

白　怀　你就不该接他的呀！

金祥瑞　现成的话，你真会说。他是我的上司，交给我东西，我敢不接吗？这么说吧，我把它交给你，你接不接？

白　怀　我不接。（双手向身后斜垂着）

金祥瑞　你知道它是空的吗！

白　怀　太爷，他这么一来一往，小人倒明白了。

金祥瑞　你明白什么？

白　怀　莫非他要那颗印信吗？

金祥瑞　嗯，这茬有，对，可不是这么个要法呀！知道我好喝酒呀，应该下封帖把我请过去，预备一桌酒席，酒过三巡，菜过五味，闲谈话，话里套话，袖里来袖里去的，我不就把这个东西给他了。什么事呀，拿苦汤呕我呀，欺负我是捐班呀！我也是两榜进士出身。这纱帽不戴了，上告他去。

白　怀　**【大锣叫头】**哎呀太爷呀！按院大人救火回来，开箱用印批发四路的文书，里面无有印信，他奏明天子，告太爷是个盗印的（**崩登仓·撕边八大仓**）贼官！（右手往外指，左手搂

髯一亮）

金祥瑞 哎哟我的妈呀！（把手中的印盒扔在“小边”地下）

白　怀 哎呀！（双手抚右脚）

金祥瑞 怎么了？

白　怀 砸了我的脚了。

金祥瑞 我把印盒掉在这边，会砸了你的脚，你可真会做戏。要依你怎么办？

白　怀 将那颗印信装在里面也就完了。

金祥瑞 大概也就没事了，就这么办吧，门子。

〔白怀忙捂住金祥瑞的嘴。

白　怀 太爷叫门子做甚？

金祥瑞 叫门子来包印哪？

白　怀 叫门子包印岂不走露风声。

金祥瑞 那谁会包印哪？

白　怀 小人【**崩登仓·撕边大锣一击**】会包印。（双手比护印式，抬左腿一亮）

金祥瑞 有你的，包印你也会；两头出主意，你也会。卖甲鱼的抖搂口袋，到底儿还是——（二人同时对指）

白　怀 太爷。

金祥瑞 一点儿亏不吃。

白　怀 太爷，印呢？

金祥瑞 印在我这哪。

白　怀 拿来呀。

金祥瑞 给你。

白　怀 啊！（**嘟儿仓**）

金祥瑞 别嚷啊！

白　怀 太爷巡风。

〔【**大锣阴锣**】白怀拾起印盒，面向里在桌上包印，右转身往外翻着走，站在“大边”，将印盒交给金祥瑞。

金祥瑞 怎么样了？

白　怀 包好了。

金祥瑞 我得试试。（晃印三下（**八大台 仓 仓 仓大·**）紧接唢呐曲牌＜小傍妆台＞）

〔四文堂内白：“哦！”四文堂、白奇、白简“上场门”上，“挖门”。金祥瑞把印盒交给白奇。白简入“大座”。白怀示意白奇“里面有印”，白奇将印盒放桌上，曲牌止。

金祥瑞 （冲白怀）我咬你！

〔白怀“下场门”下。金祥瑞坐原位。二差人上。

白　奇 用印。

〔奏唢呐曲牌＜急三枪＞，二差人领公文“下场门”下。

白　简 贵县护印有功，待本院打本进京，不升粮道，定升知府。

金祥瑞 老大人方才前去救火，叫卑职我大大的吃了一惊哟！（**仓 咚崩 乙咚 仓**）

白　简 就将韩若水一案，拨在本院审问，贵县回衙理事去吧。

金祥瑞　多谢老大人。
白　简　掩门！
〔四文堂两边下。白简、白奇“下场门”下。
金祥瑞　卑职告退。带马回衙。
〔**【冲头·水底鱼·回头】**四青袍、二差役两边上，金祥瑞持马鞭上马。众领起走圆场，归“上场门”“一条鞭”，金祥瑞下马，进门坐“小座”。四青袍“上场门”下。二差役“挖门”站两边。
金祥瑞　这茬儿不对呀，马棚失火有我地方官哪！他按院大人干吗去呀？糊里糊涂印就归他了，这里头一定有缘故。来，把白头给叫来。
差　役　白头儿，白头儿。（**大－台**）回太爷，白头儿不见了。
金祥瑞　又找地方喝酒去啦，把他给我找回来。
差　役　是。（“下场门”下，**【大锣五击】**复上）启老爷，白怀辞呈呈上。
金祥瑞　他要辞差不干了，你告诉他，老爷我不准他。
差　役　乃是按院大人差人送来的。
金祥瑞　这按院大人你也太爱管闲事了，送辞呈你也管。（门子上）
门　子　上差到。
金祥瑞　有请。**【冲头】**
〔白奇“上场门”上，金祥瑞迎出。
金祥瑞　上差。
白　奇　贵县。
〔二人“挖门”，白奇坐八字椅“大边”，金祥瑞坐“小边”。
金祥瑞　上差到此有何见教？
白　奇　奉了按院大人之命，请贵县过衙饮宴。
金祥瑞　卑职有事在身，不能前去。
白　奇　哼！不可违误。（**八仓**）（出门“下场门”下）
金祥瑞　有瞪眼请客的吗？没法子，他是我的上司，总得去。来呀！
〔**【冲头】**四青袍两边上。
金祥瑞　带马呀！
〔**【回头·大锣原场】**第一个青袍带马，金祥瑞上马，众领着“下场门”下。

第二十四场

〔正场桌“小座”，二把跨椅。
〔**【原场】**白奇“上场门”上。
白　奇　有请大人。
〔**【大锣五击】**白简“下场门”上。
白　简　何事？
白　奇　洛阳县到。
白　简　有请。

白　奇　有请。

〔奏唢呐曲牌<小傍妆台>，四青袍、二差役“上场门”上，站“一条鞭”，引金祥瑞上，下马。众人役“上场门”下。金祥瑞进门站“小边”，曲牌止。

金祥瑞　大人唤卑职前来必有见教。

白　简　请贵县到此一来饮宴，二来家父要见贵县。

金祥瑞　怎么？老封翁也来行辕了，请来，卑职拜见。

白　简　请少待，有请爹爹。

〔**【大锣五击】**白怀“下场门”上。

白　怀　何事？

白　简　洛阳县到。

白　怀　好，待我取笑于他。贵县在哪里？贵县在哪里？（进门站台中）

金祥瑞　你不是白——

白　怀　嗯！

金祥瑞　卑……职参见白老太爷。

白　怀　贵县请起。酒宴摆下。

〔奏唢呐曲牌<小傍妆台>，白怀入“大座”，白简坐“大边”跨椅，金祥瑞坐“小边”跨椅，白奇斟酒，曲牌止。

白　怀　贵县请。

〔奏唢呐曲牌<急三枪>。

金祥瑞　请。（三人同饮酒）卑职告便。（出门站“小边”台口）他不是我衙门里的白头儿吗？怎么又成了按院大人的爸爸了？这事把我闹糊涂了，我得问个清楚。（进门坐原位）老太爷，请将已往之事说与卑职洗耳恭听。

白　怀　贵县要问，贵县听了。

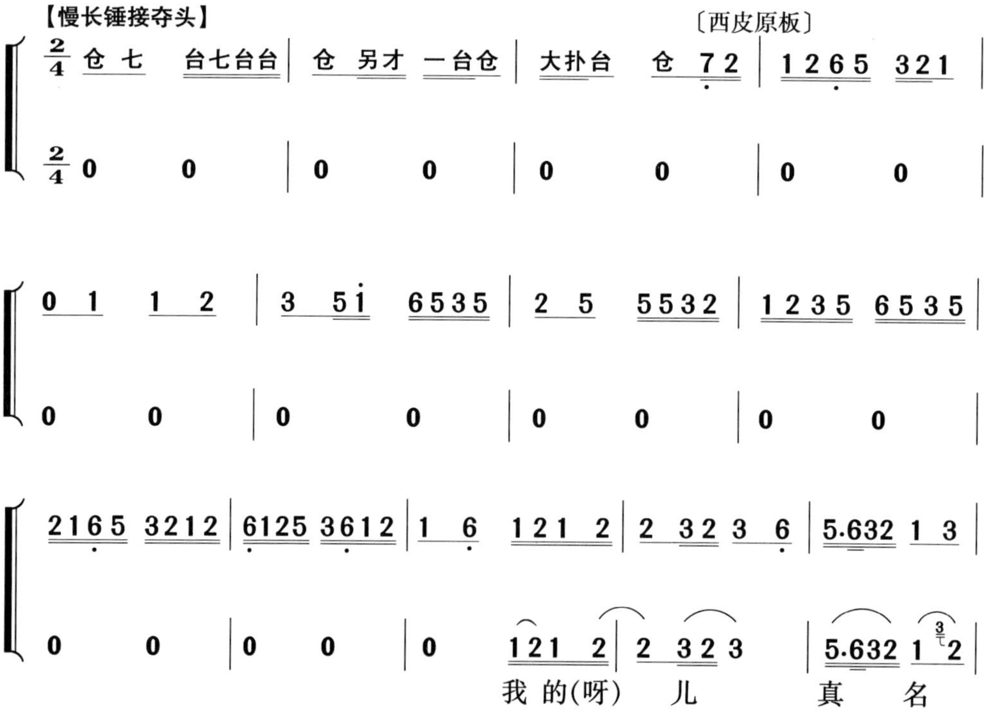

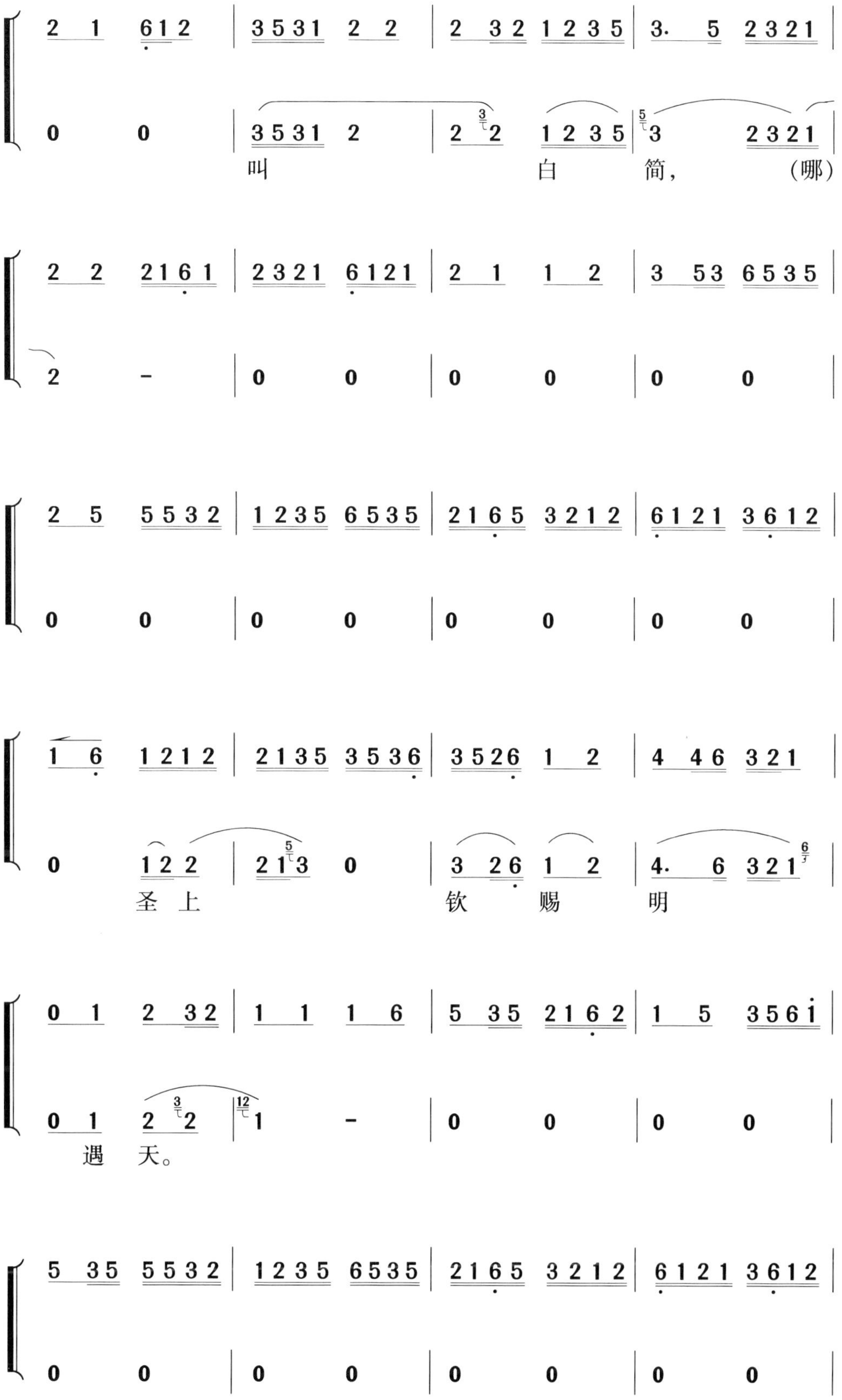
叫 白 简，(哪)
圣 上 钦 赐 明
遇 天。

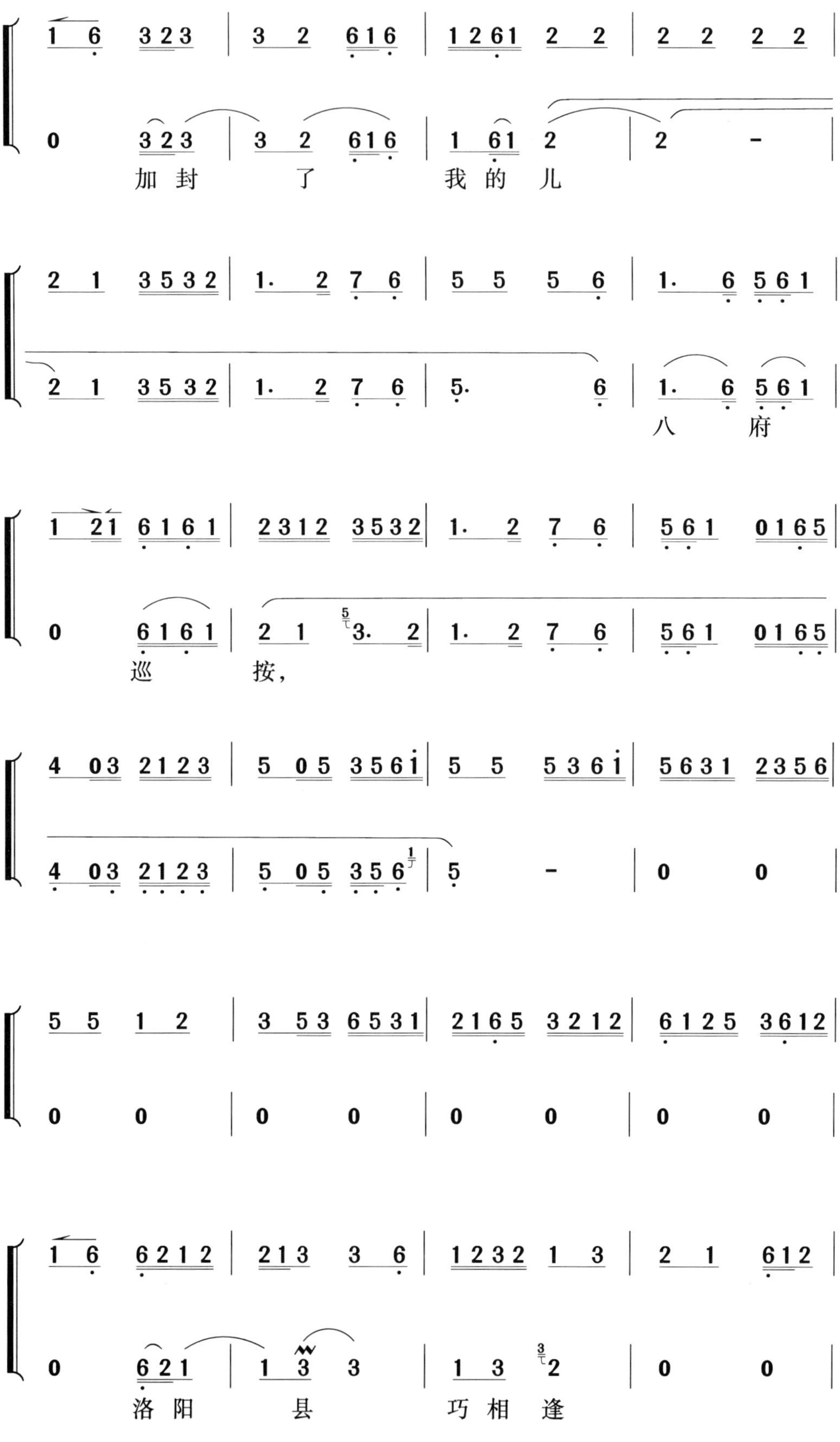
加 封 了 我 的 儿
八 府
巡 按，
洛 阳 县 巧 相 逢

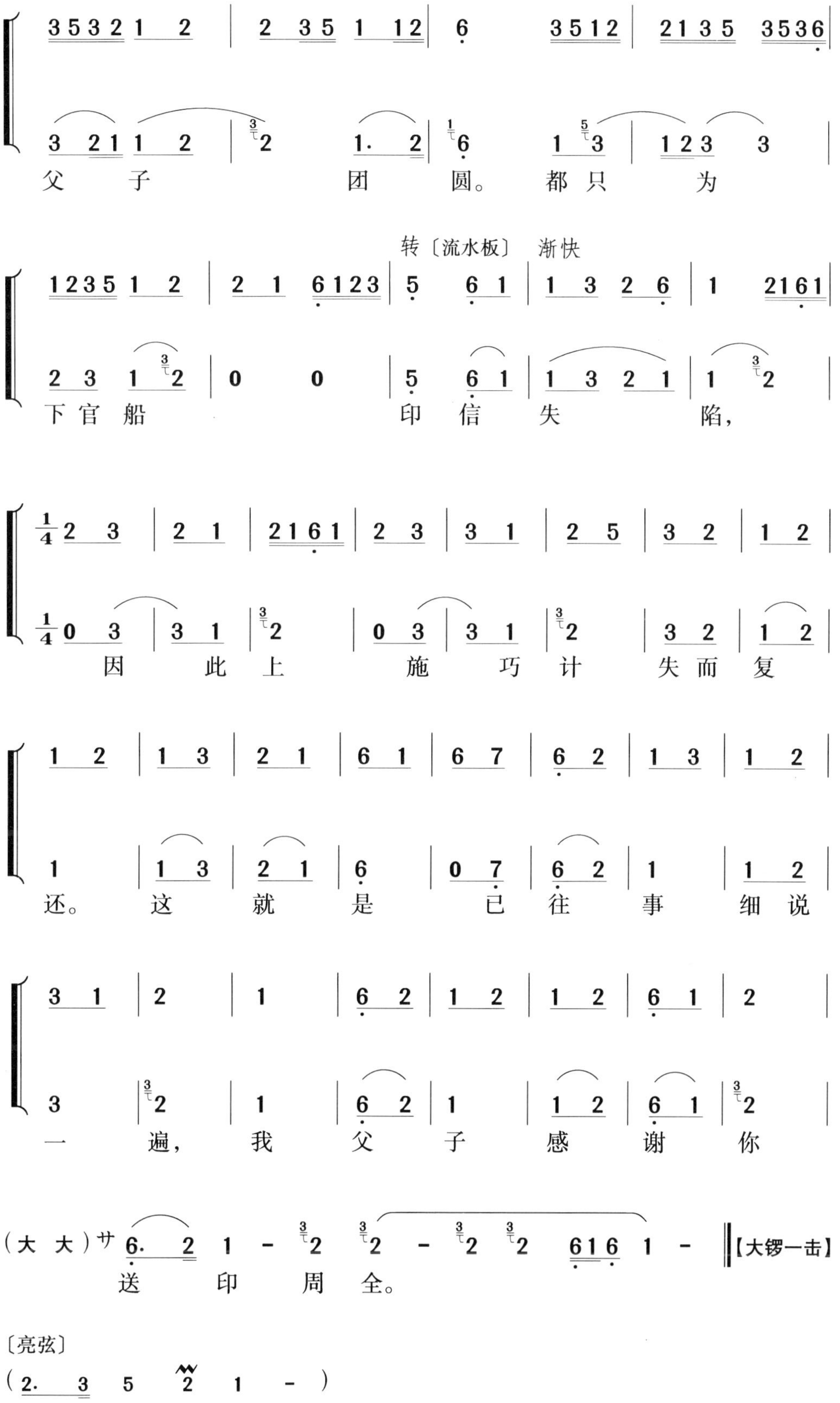
父 子 团 圆。都只 为
转〔流水板〕 渐快
下官船 印 信 失 陷，
因 此 上 施 巧 计 失 而 复
还。这 就 是 已 往 事 细 说
一 遍，我 父 子 感 谢 你
（大 大）サ
送 印 周 全。
【大锣一击】
〔亮弦〕

金祥瑞 噢！

金祥瑞 韩若水一案如何发落？

白　怀 韩若水乃负屈含冤，应即释放。

金祥瑞 卑职遵命。

白　怀 前者我儿在二龙山与韩若水之女韩翠娥虽成婚配，未结丝萝。今就烦贵县去至水月庵将韩小姐接来，与我儿完成花烛。

金祥瑞 遵命。

〔**【冲头】**四青袍、二差役两边上，金祥瑞出门上马，众领“下场门”下。内喊：“公孙大人到。”

白　简 有请。

〔奏唢呐曲牌＜小傍妆台＞，四文堂引公孙伯“上场门”上站“一条鞭”。四文堂下。公孙伯站“小边”台口，白简出迎。

白　简 仁兄。

公孙伯 贤弟，哈……（“挖门”进去站“小边”，曲牌止）

白　简 仁兄，这就是家父。

公孙伯 原来是伯父大人，小侄拜见。（跪拜）

白　怀 快快请起，请坐。

〔**【大锣五击】**白怀坐“小座”，白简坐“大边”跨椅，公孙伯坐“小边”跨椅。

白　怀 我儿得此荣耀皆贤侄之功也。

公孙伯 岂敢。啊贤弟，将弟妇请出相见。

白　简　实不相瞒，前者在二龙山，我二人对坐一夜，并未成亲。次日下山将她送至尼庵寄居去了。

公孙伯　贤弟秉烛达旦，真乃柳下惠也。啊伯父，就该将小姐接来才是。

白　怀　已烦洛阳县以为冰人，去接韩小姐与我儿重完花烛。

〔内喊：“花轿到！”

白　怀　穿堂而过。

〔奏呐唢曲牌<小傍妆台>，轿夫搭轿，韩翠娥上，“过场”下。金祥瑞“上场门”上，进门站“小边”。

白　怀　后堂备酒，大家同饮。请！

〔奏唢呐曲牌<尾声>后半段，众人“窝着”下。

——剧　终

迟金声 整理　　杨凌云 记谱

审头刺汤

马连良　萧长华　张君秋演出本

《审头刺汤》是清李玉《一捧雪》传奇的一部分。明嘉靖间太仆寺卿莫怀古曾搭救过裱褙汤勤，并将之荐与严世藩。汤预谋占有怀古之妾雪艳，遂撺掇严世藩向怀古索取家藏古玉杯“一捧雪”。怀古以赝品献，被汤识破。严怒而入府搜杯，一无所获。怀古弃官逃亡。严派人拿获怀古，并令总镇戚继光就地斩之，人头解京。怀古家仆莫成以貌似其主，挺身代死。《审头刺汤》一折即从莫成之人头解京演起。汤勤断言人头非怀古，锦衣卫陆炳奉旨勘审，并逮戚继光对勘。严令汤勤会审，陆拟断为真，汤则坚持是伪。此时雪艳乃暗示陆，汤意在谋己，顺之即可了断。陆既知此，又思开脱戚继光，遂佯将雪艳断与汤为妾。汤于人头真伪则不再追究。

洞房之夜，陆炳命人将汤勤灌醉。雪艳乘机刺死汤勤，报仇后自刎。

清末民初，刘景然、谭鑫培、贾洪林、刘鸿声均擅此剧。马连良于1934年整理重排全部《一捧雪》，由《过府搜杯》起至《雪艳祭坟》止，一人连饰三角，即前饰莫成、中饰陆炳、后饰莫怀古。

马连良是一位唱、念、做、打面面精到的艺术大师。“千斤话白四两唱”，念白是组成马派艺术的重要元素。在《审头刺汤》中，他以念为主，兼用做、唱等艺术手段，塑造了一位正义、老辣的锦衣卫大堂陆炳的光彩形象。

陆炳的对手汤勤是一个寡廉鲜耻、忘恩负义的势利小人。面对这个阴鸷狠毒的败类，只能智取不能硬斗。马先生演来以“嘲讽”为基调，既给他造成心理上的压力，又不损伤自己。如陆炳与汤勤见面的第一句话就是“汤老爷过得衙来敢是拿老夫的弊病不成”，就先给汤勤来了个不软不硬的下马威，实际上是告诉他“我这个锦衣卫大堂是有分寸的地方，你休想得逞”。再如陆炳和汤勤辩过几个回合后说的“我这锦衣卫大堂是有王法的所在，你在此这么摆来摆去，呵，可我又不买你的字画呀！”这句话可谓入木三分，一下子击中汤勤的痛处，既是对这位裱褙匠出身的丑类的蔑视，也是对他的警告。一张一弛，使汤勤急不得恼不得，只好“磕头赔礼”。

陆炳在与汤勤的交锋中有两大段念白，每一段都有四十余句，共三百多字。第一段是从“你方才言道”到“人头是真不是假，老夫我就是这样的落案哪”；第二段是从“我方才问到”到“真乃是无耻之徒，不知自爱。左右，撤座！”这两段念白完全体现了马连良的念白功力。马先生的双唇有劲，开、齐、合、撮运用得法，铿锵有力、节奏分明，是没谱子的曲，是无伴奏的唱。如第一段中的“常言道得好：烧柴想根本，饮水要思源，不是渔夫引，焉能上舟船。如今莫怀古惹下这样杀身大祸，才有你这铁板的干证”；第二段中“……想我陆炳，乃是二甲进士出身，为官以来，一不欺君，二不枉上，三不贪赃，四不卖法，以公治公，毫无私弊。我做官，做的是嘉靖皇上的官，又不曾做他严府的官，又不是他严府的走狗家丁、势利的小人”。真是嬉笑怒骂，尖刻辛辣，剧场效果非常强烈。早在20世纪的20年代，高亭公司就录制了马先生在《审头》中的念白，一时风靡全国。

《审头刺汤》中汤勤和雪艳是两个十分重要的角色，汤勤属大丑，念、做、唱都很吃重，萧长华、马富禄、茹富蕙擅演；雪艳属正工青衣，不仅要唱大段的〔二黄慢板〕，“刺汤”时在念〔扑灯蛾〕的同时还有繁杂的身段，程砚秋、张君秋常演。1931年在天津春和戏院，马连良曾和周信芳联袂演出全部《一捧雪》，马饰莫成演至《法场》，周饰陆炳接演《审头》，珠联璧合，成为佳话。

常立胜

人物行当

陆　炳	生	胡　瑞	生
雪　艳	旦	三差役	丑
汤　勤	丑	红文堂	杂
戚继光	生	绿文堂	杂
张　龙	净	四青袍	杂
郭　仪	生	刀斧手	杂
门　子	小生	二青袍	杂
书　吏	丑		

服装扮相

陆　炳　俊脸。忠纱帽、黪三髯口，香色蟒、玉带、衬红褶子，香色彩裤，厚底靴，红斗篷、红风帽。

雪　艳　俊份。梳大头、银钉头面，黑褶子、蓝边腰包、上腰包，素彩裤，白袜、彩鞋。“刺汤”一场，头戴红绒花，绣花红帔。

汤　勤　勾小花脸。圆纱、八字吊搭髯，小甩发，红官衣、玉带，红素褶子、黄绦子，红彩裤，朝方靴。

戚继光　俊脸。黑三髯口、高方巾，青褶子，白腰裙，黑彩裤，厚底靴。

张　龙　元宝脸。黑二涛、黑素罗帽，黑素箭衣，大带，黑彩裤，厚底靴。

郭　仪　俊扮。黑三髯口、黑素罗帽，黑素箭衣，大带，黑彩裤、厚底靴。

门　子　俊扮。黑素罗帽，黑素褶子，黑彩裤，厚底靴。

书　吏　勾小花脸。丑三髯口、高方巾，黑素褶子、黄绦子，黑彩裤，白大袜子、方口皂鞋。

胡　瑞　俊扮。忠纱帽、白三髯口，红官衣、玉带，红彩裤，厚底靴。

一差役　勾小花脸。红秦椒帽，蓝布箭衣、大带，黑彩裤，白大袜子、方口皂鞋。

二差役　揉淡脸。哨子帽，蓝布箭衣、大带，黑彩裤，薄底靴。

红文堂　大板巾，红龙套服，红彩裤，薄底靴。

绿文堂　大板巾，绿龙套服，红彩裤，薄底靴。

四青袍　红秦椒帽，青袍外加红卒坎。

刀斧手　揉淡红脸，红素大板巾、小额子、插一枝翎子，红马褂、红素下甲，红彩裤，薄底靴。

二青袍　红秦椒帽，青袍，黑彩裤，薄底靴。

道具

印匣	一个	折扇	两把
腰刀	四把	灯笼	一个
惊堂木	一块	酒具	一份
圣旨	一道	竿子	一根
木盘	一个	烛台	一盏
匕首	一把	宝剑	一口
马鞭	若干根	桌子	两张
梳妆台	一个	木桶	若干只
椅子	两把	矮座	一个
斧子	一把	彩头	一个
瓜锤	一个	瓜棍	一根
荷包枪	一堂	开门刀	一堂
大帐（红色）	一份	文房四宝	一份
金牌包黑布	一个		
红桌围椅披	一份		
写刺字折扇	一把		

第 一 场

〔【冲头】唢呐曲牌<六幺令·头段>四青袍、四刀斧手引胡瑞左手拿金牌、右手持马鞭上。

胡 瑞 下官，**【大锣一击】**胡瑞。**【大锣住头】**今奉圣命，下诏予锦衣卫陆炳，命他监斩人犯。人役们!

众 有。**【撕边大锣一击】**

胡 瑞 锦衣卫府衙去者。

众 啊!

〔<六幺令·合头>众引胡瑞下。

第 二 场

〔曲牌<水龙吟>四红龙套、四绿龙套上"站门"，门子上，（曲牌止）。

〔 **【四击头】**陆炳上，**【回头、原场、大锣归位】**至台口。

陆 炳 （引子）麟袍赐金，**【小锣二击】**

サ 2 3 2 2 2 3 - **【大锣帽子头】**

印 悬 肘，

不羡（大大）サ 6 1 2 2 2 1 - 6. 7 5 6

文 章 山

7 - 7 - 7 7 6 -

（哪） 斗①。

【冲头】接<水龙吟·合头> （进大帐，坐"大座"）

---

① 金印悬肘：即执掌大印。文章山斗：山斗是泰山、北斗的合称，犹言泰斗，喻指文章造诣之高。整个引子表现出陆炳虽为高官却以清高自许的心态。马连良生前演出此剧，把引子处理成"麟袍赐金，印悬肘，不羡文章山斗"。故整理者仍按马先生演出录音记录。陆炳史有其人，其母是嘉靖皇帝的奶娘，陆炳少时即随母入宫。一次，陆炳随嘉靖皇帝去卫辉（今河南汲县），入夜行宫失火，陆炳从火海中救出嘉靖，从此深得宠幸，任锦衣副千户，官至太保。有这样的背景，陆炳才可以在"审头"中藐视汤勤，卫护莫怀古、雪艳。史书载，陆炳与严嵩交好。不过，陆炳礼贤下士，在嘉靖兴起的几次冤狱中，曾多次保全蒙难官吏，从不构陷他人。这与本剧中陆炳的表现是一致的。

（诗）恼恨贼子太张狂，
欺君罔上霸朝纲；【小锣二击】
许多奸贼成一党，
谗害我朝大忠良。【大锣归位】

老夫，【撕边大锣一击】陆炳。【大锣住头】嘉靖驾前为臣，官拜锦衣卫大堂。日前莫仁兄不知为了何事，得罪严府，弃官逃走，命丧蓟州。严府有公文到来，道人头是假。圣上有旨，命我审问人头。我想这个人头，或者是假，此事叫我怎样审问？叫我好难断矣！（内白：“汤老爷到！”【撕边大锣一击】）

门　子　汤老爷到。

陆　炳　噢！汤老爷到……（思索）【撕边大锣一击】我想汤勤，乃严府的耳目，他今此来，必为审头之事。嗯，我自有道理。来！

门　子　有。

陆　炳　有请汤老爷。

门　子　有请汤老爷。

〔汤勤内白：“嗯哼！”

〔【小锣打上】汤勤上至台口。【小锣归位】

汤　勤　只为雪艳美佳人，
费尽三毛七孔心[①]；
若得她心合我意，
人头是假也是真。

报！【小锣一击】汤勤告进。（向里施礼）

众　哦！（喊“堂威”）

〔汤勤挖门进入。【小锣一击】

汤　勤　小官汤勤参见老大人。（施礼）

门　子　起、免、打躬。（汤勤站“大边”）

陆　炳　啊！【撕边大锣一击】汤老爷过得衙来，敢是拿老夫的弊病不成？

汤　勤　告辞。（欲走）

陆　炳　转来。【撕边大锣一击】

汤　勤　在。（又回）

陆　炳　为何去心忒急？

汤　勤　不是喏，小官上得堂来，一言未发，怎说拿老大人的弊病？这弊病二字，喏、喏、喏，小官吃、吃、吃罪不起。

陆　炳　呵哈……（直至大笑）【撕边大锣一击】老夫乃是一句戏言哪。

汤　勤　戏言？

陆　炳　啊。

汤　勤　哎呀呀，倒吓了我一身的冷汗哪。

陆　炳　汤老爷到此必有所为？

---

① 三毛七孔心：此语出于《史记·扁鹊仓公列传》，唐张守节正义：“心重十二两，中有七孔、三毛，盛精汁三合（gě，古计量单位），主藏神。”后来则以“三毛七孔”指心思、心机。

汤　勤　奉了严爷之命前来会审人头。
陆　炳　噢！怎么？汤老爷是前来会审人头的吗？
汤　勤　正是。
陆　炳　哎呀呀，（站起）来来来，请来上座。（离位）
汤　勤　哎呀呀，朝廷的法堂，小官不敢坐。
陆　炳　噢！怎么你也晓得朝廷的法堂？
汤　勤　独立法堂，怎么不晓得？
陆　炳　好，如此旁设一座。（坐下）
汤　勤　谢座。（**扎多台**）（施礼后坐桌侧“大边儿”）
陆　炳　哎呀，幸得汤老爷到此，不然我还要具帖奉请哪。
汤　勤　哎呀呀，小官呼唤即至。
陆　炳　啊，汤老爷。
汤　勤　老大人。
陆　炳　少时审问人头的时候，若有不到之处么，还求汤老爷要多多地指教哇！
汤　勤　哎呀，老大人你忒谦了。
陆　炳　忒谦了？呵……　**【小锣一击】**
汤　勤　哈……
陆　炳　来！
门　子　有。
陆　炳　带人犯。
门　子　带人犯！
　　　　〔**【大锣原场】**张龙、戚继光、雪艳、郭仪“搭轿”上，同进门向里跪。
张　龙
郭　仪
戚继光　（同念）叩见大人。
雪　艳
陆　炳　听点。
门　子　张龙。
张　龙　有。
门　子　郭仪。
郭　仪　有。
门　子　戚继光。
戚继光　有。
门　子　雪艳。
雪　艳　有。
陆　炳　戚继光、雪艳下去。
戚继光
雪　艳　是。
门　子　张龙、郭仪往上跪。
　　　　〔**【小锣一击】**张龙、郭仪二人跪近，戚继光出门从“下场门”下，雪艳出门由“上场门”下。

陆　炳　我来问你们，在哪里拿住犯官莫怀古？

张　龙
郭　仪　在蓟州西门以外柳林之中拿获的。

陆　炳　什么时候？

张　龙
郭　仪　黄昏时候。

陆　炳　怎样进城？

张　龙
郭　仪　叫开城门，劈开栅子，击动堂鼓，才见戚大人。

陆　炳　戚大人怎样吩咐你们？

张　龙
郭　仪　戚大人言道，此事重大，必须两家担待。

陆　炳　何为两家担待？

张　龙
郭　仪　头门以里，仪门[①]以外，有一军牢小房，将我等并锁在一处，里面有灯，外面有人。等到五鼓天明，看着绑、看着斩，人头打入木桶，回复严爷。

陆　炳　可是实情？

张　龙
郭　仪　句句实言。

陆　炳　下去。

张　龙
郭　仪　是。（出门，由“下场门”下）

陆　炳　带雪艳。

门　子　雪艳上堂！

〔**【小锣打上】**雪艳由“上场门”上，进门向里跪。

雪　艳　叩见大人。

陆　炳　雪艳。

雪　艳　有。

陆　炳　严府校尉在哪里拿住你丈夫莫怀古？

雪　艳　蓟州西门以外，柳林之中拿获的。

陆　炳　什么时候？

雪　艳　黄昏时候。

陆　炳　怎样进城？

雪　艳　叫开城门，劈开栅子，击动戚大人的堂鼓才见戚大人。

陆　炳　戚大人怎样吩咐他们？

雪　艳　戚大人言道：此事重大，必须两家担待。

---

① 仪门：明清官署大门内的第二重正门。旧例，仪门以内是会客、议事的正式场所，而来人下马、下车、整肃衣冠等均应在仪门外完成。

陆　炳　何为两家担待呢？

雪　艳　头门以里，仪门以外，有一军牢小房，将我等并锁在一处，里面有灯，外面有人。等到五鼓天明，看着绑、看着斩，人头打入木桶，才回复严爷的。

陆　炳　可是实情？

雪　艳　句句实言。

陆　炳　下去。

雪　艳　是。【小锣一击】（雪艳出门，由"上场门"下）

陆　炳　啊！汤老爷！（汤勤此时注视雪艳，未听见）汤老爷！（拍案）啊！汤老爷！

汤　勤　（发觉）啊……老大人！

陆　炳　怎么样？

汤　勤　老大人，有何话讲？

陆　炳　想戚继光，乃八台总兵，他罪犯皇家，非犯你我。这锦衣卫大堂，可以有他个座 位。

汤　勤　原有他的座位。

陆　炳　原有他的座位？带戚继光。

门　子　戚继光上堂！

〔【小锣上场】戚继光由"下场门"上，进门向里跪。

戚继光　叩见大人。

陆　炳　戚继光，堂口有个矮座，谢过汤老爷。

戚继光　多谢汤老爷。

汤　勤　大人请坐。

戚继光　谢坐。（坐"小边"矮座）

陆　炳　戚继光。

戚继光　有。

陆　炳　我来问你，严府校尉在哪里拿住犯官莫怀古？

戚继光　蓟州西门以外，柳林之中。

陆　炳　什么时候？

戚继光　黄昏时候。

陆　炳　怎样进城？

戚继光　叫开城门，劈了栅子，击动堂鼓，才见犯官。

陆　炳　你是怎样吩咐他们？

戚继光　此事重大，必须两家担待。

陆　炳　何为两家担待呢？

戚继光　头门以里，仪门以外，有一军牢小房，将他等锁在一处，里面有灯，外面有锁，锁上加封。待到五鼓天明，看着绑，看着斩，人头打入木桶，回复严爷。

陆　炳　可是实情？

戚继光　句句实情。

陆　炳　下去。

戚继光　是。（出门【小锣一击】由"下场门"下）

陆　炳　啊，汤老爷。

汤　勤　老大人。

陆　炳　这个人头是真的了。
汤　勤　怎见得是真的了？
陆　炳　看他等上得堂来，俱是一样的口供，岂不是真的了吗？
汤　勤　哦！老大人说他四人，上得堂来口供俱是一样的，这人头就是真的了？
陆　炳　啊。
汤　勤　假的。
陆　炳　怎么？
汤　勤　他等一路而来，同宿旅店，串通了口供，蒙哄老大人的呦！
陆　炳　哦！怎么？他们串通了口供，蒙哄老夫？（想）
汤　勤　是啊。
陆　炳　哦，汤老爷。
汤　勤　老大人。
陆　炳　老夫倒有个拙见在此。
汤　勤　有何高见哪？
陆　炳　前几日斩了几名江洋大盗，首级尚未盛殓，将其摆在堂口，莫怀古的人头也摆在堂口，叫那雪艳上堂，认真便真，认假便假，你看如何？
汤　勤　但凭老大人。
陆　炳　来，将大盗的人头摆在堂口。
门　子　将大盗人头摆在堂口。
〔**【冲头】**“上场门”一差役提一木桶、“下场门”一差役提两木桶同时上场，将木桶放在台前。
陆　炳　莫怀古的人头，也摆在堂口。
〔**【冲头】**“上场门”的差役转身再提一木桶放在台前。
陆　炳　带雪艳。
门　子　雪艳上堂。
〔**【小锣上场】**雪艳由“上场门”上，进门向里跪。
雪　艳　叩见大人。
陆　炳　雪艳，堂口有几个人头，哪一个是你丈夫莫怀古的人头，（**【大锣一击】**用扇子指向由“上场门”起第二个木桶，雪艳回身看木桶）抱头见我。
雪　艳　雪艳遵命。

〔二黄散板〕

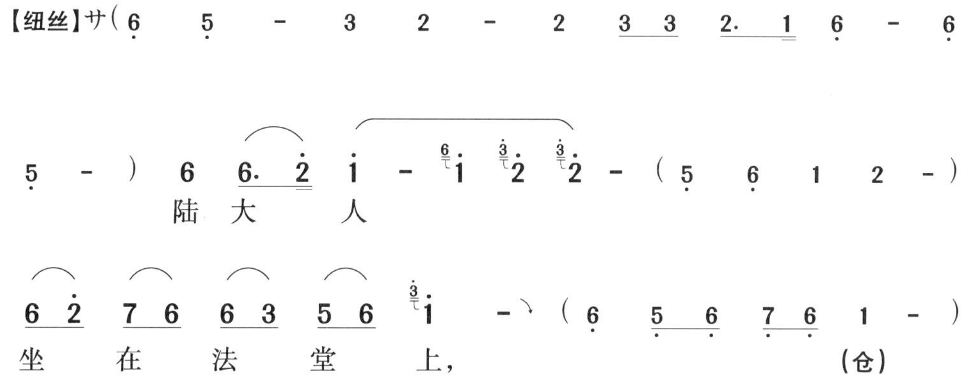

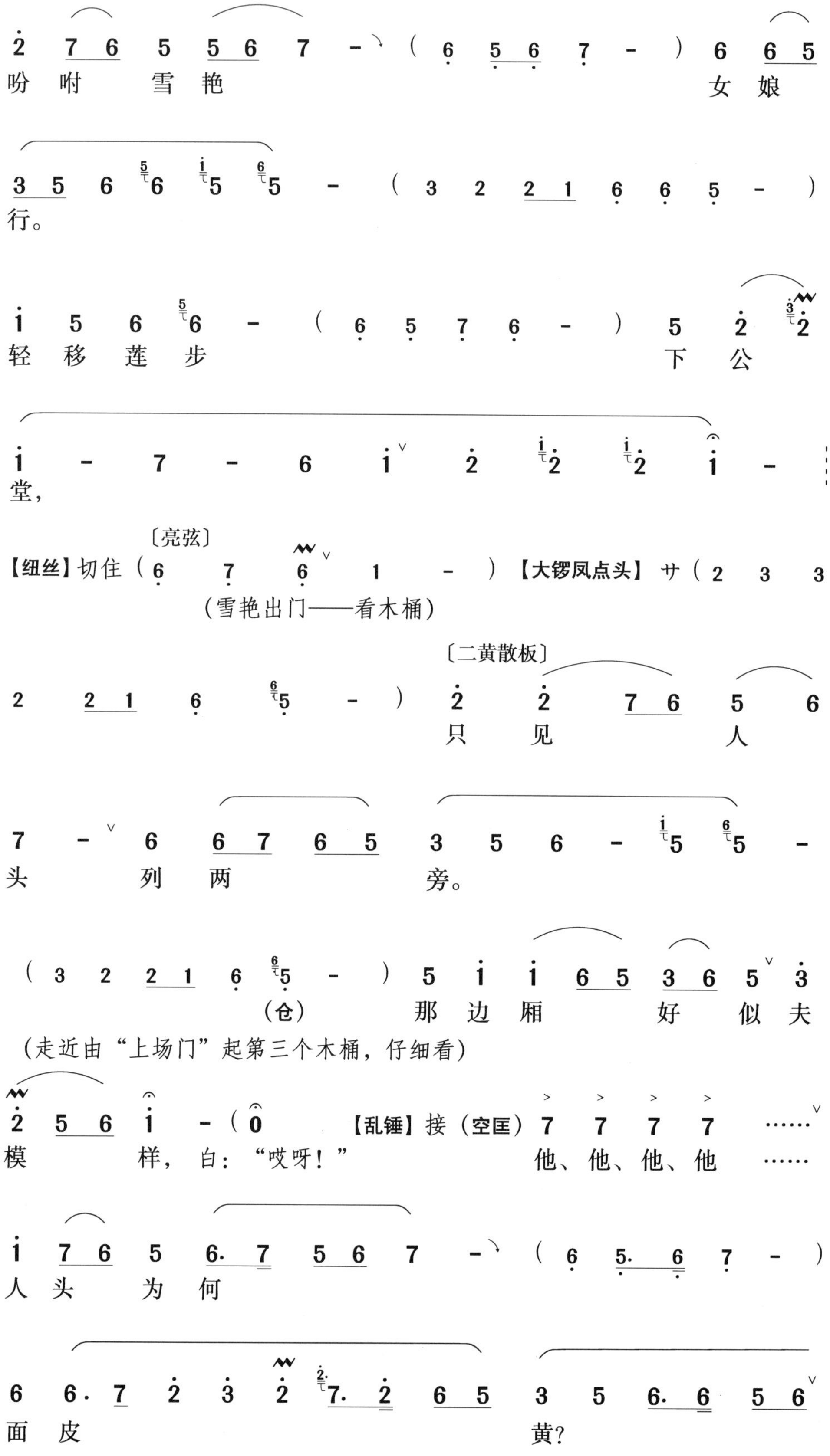
吩咐 雪艳 女娘
行。
轻移莲步 下公
堂，
〔亮弦〕
【纽丝】切住
【大锣凤点头】サ
（雪艳出门——看木桶）
〔二黄散板〕
只见人
头 列两 旁。
（仓） 那边厢 好 似夫
（走近由“上场门”起第三个木桶，仔细看）
模 样，白：“哎呀！”
【乱锤】接（空匡）
他、他、他、他 ……
人头 为何
面皮 黄？

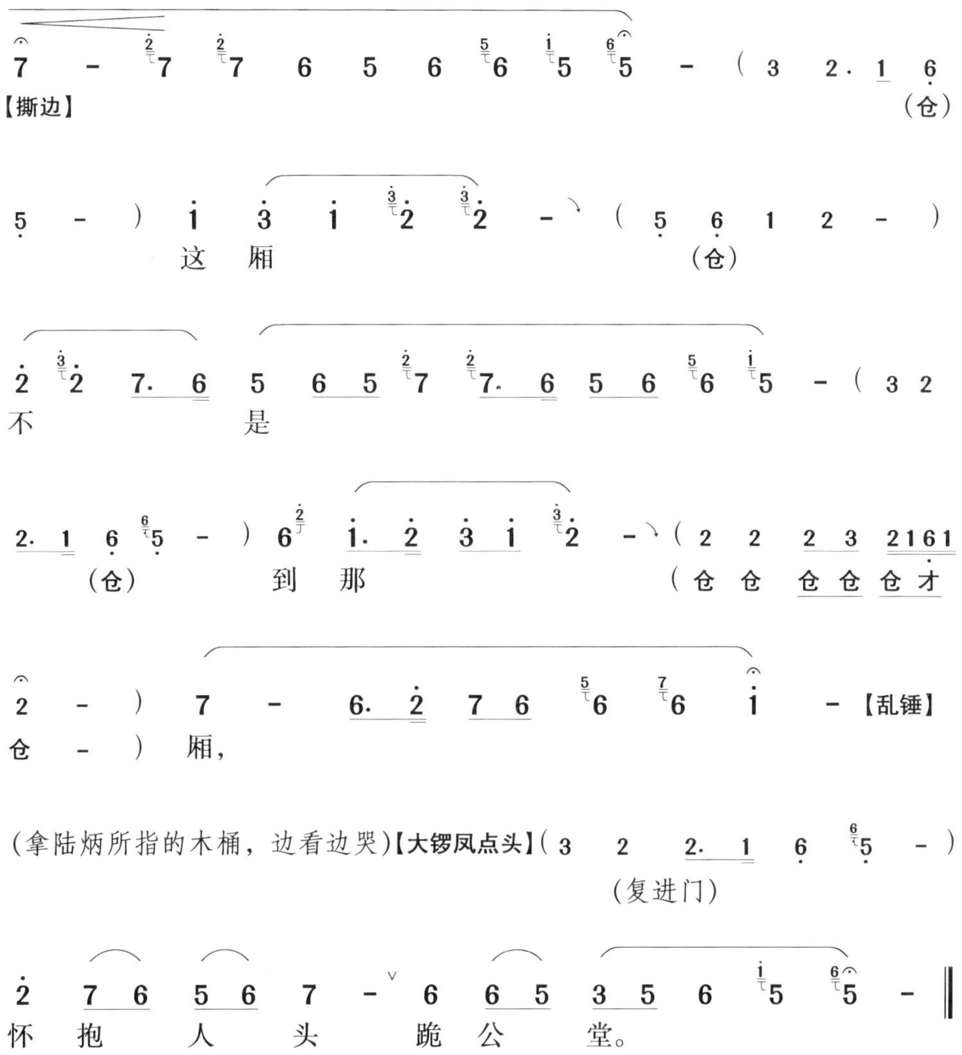

陆　炳　下去。
门　子　雪艳下堂，人头撤下。
〔【**大锣原场**】雪艳由“上场门”下，二差役拿木桶分下。
陆　炳　啊汤老爷，这个人头哇，越发是真的了。
汤　勤　怎么又是真的了？
陆　炳　看那雪艳，上堂不顾肮脏，抱着他丈夫的人头痛哭，岂不是真的了吗？
汤　勤　哦?老大人说那雪艳上得堂来,不顾肮脏,抱着那个人头痛哭,这个人头就是真的呀?
陆　炳　啊。
汤　勤　嘿嘿，我把那雪艳好有一比。
陆　炳　比作何来？
汤　勤　猫儿哭老鼠哇！
陆　炳　此话怎讲？
汤　勤　假慈悲！
陆　炳　哦！假慈悲。

「龙套、门子哭声，以袖拭泪。陆炳观看左右。【小锣一击】

陆　炳　啊汤老爷，你看我两旁衙役，俱已落泪，他们也是假慈悲吗？

汤　勤　他们哪？

陆　炳　啊。

汤　勤　也有一比。

陆　炳　比作何来？

汤　勤　他们是听评书落泪，替古人担忧。

陆　炳　哦？他们是听评书落泪，替古人提忧？

汤　勤　正是。

陆　炳　啊汤老爷。

汤　勤　老大人。

陆　炳　你怎么不替古人担忧哇？

汤　勤　啊啊，老大人说哪里话来，我与那莫大老爷一不沾亲，二不带故，他罪犯皇家，自作自受，我替他担的什么忧？

陆　炳　哦！你与他非亲非故，就担不着忧？

汤　勤　不能担忧。

陆　炳　你一口咬定莫怀古的人头是假，难道莫怀古的人头，有什么质对不成？

汤　勤　有，大有质对呀。

陆　炳　有什么质对？

汤　勤　莫大老爷的项上有两样贵处呀。

陆　炳　哪两样贵处？

汤　勤　前有梅花颚，后有三台骨，那才是真的呢。

陆　炳　哎呀呀，岂不知人死则变哪？

汤　勤　想那三台骨，乃是生就了的骨头，是万无更改。

陆　炳　万无更改？

汤　勤　万无更改。

陆　炳　汤老爷，我想那梅花颚长在明处，可以得见，三台骨长在脑后，你是怎么得见哪？

汤　勤　哎呀呀，若提起此事，说来也就长了。

陆　炳　怎么长了？

汤　勤　只因小官当年不得第的时节，在钱塘卖字画为生。

陆　炳　啊。

汤　勤　那莫大老爷出门拜客而归，路过我那画棚，他见我那字是真草隶篆，画是水墨丹青，他乃读书之人，有怜才之意，故而将我收留到他家下以为幕宾。他进京补官，又将我带进京来。我们一路之上，同宿旅店，同盆净脸，同桌用饭，同架穿衣，所以么看得清清楚楚，明明白白的。

陆　炳　哦，看得清清楚楚，明明白白的？

汤　勤　嗳，正是。

陆　炳　我来问你，你那莫大老爷他待你如何？

汤　勤　莫大老爷待小官么，嘿嘿，恩重如山。

陆　炳　噢，恩重如山？

汤　勤　决不亏心哪。

陆　炳　哎！**【大锣一击】**老夫我好恨哪！**【撕边大锣一击】**

汤　勤　老大人敢莫恨着小官不成？

陆　炳　亦非恨的汤老爷，我恨的是那去世的莫怀古，当初就大大失了眼力！

汤　勤　怎见得我那莫大老爷他失了眼力？

陆　炳　你方才言道：你不得第的时候，在钱塘卖字画为生，那莫大老爷，出门拜客而归，从你那画棚经过，见你那字是真草隶篆，画是水墨丹青，他是读书之人，有怜才之意，因此将你收留到他家下，以为幕宾款待。进京补官，又将你带进京来，既然将你带进京来，又不该把你荐与了严府，你才作了经历司，有了这身荣耀。常言道得好：烧柴想根本，饮水要思源，不是渔夫引，焉能上舟船。**【大锣住头】**如今莫怀古惹下这样杀身大祸，才有你这铁板的干证。**【撕边大锣一击】**哎，我想莫怀古弃官逃走，原办差人，是严府的校尉，张龙、郭仪在蓟州地方，拿获犯官；蓟州总镇戚继光，将他等并锁监牢之内，等到五鼓天明，看着绑，看着斩，人头打入木桶，解回京都，是众供确凿，人头是真，不是假，老夫我就是这样的落案哪！**【撕边大锣一击】**

〔陆炳拿笔欲批公文，汤勤急站起。

汤　勤　老大人就是这样的落案哪？

陆　炳　啊！

汤　勤　好好好，告辞了。（欲走）

陆　炳　转来！**【撕边大锣一击】**

汤　勤　在。（复回）

陆　炳　哪里去？

汤　勤　我回复严爷。

陆　炳　你是怎样回复严爷？（放下手中笔）

汤　勤　就说你审得不清不明，糊里糊涂的落了案了。

陆　炳　噢，糊里糊涂就落了案了？

汤　勤　你这不是草草了事，马马虎虎的吗？

陆　炳　你那严爷他是狼？

汤　勤　不是狼。

陆　炳　他是虎？

汤　勤　不是虎。

陆　炳　却又来！非狼非虎吞吃了老夫不成吗？**【大锣一击】**

汤　勤　呵呵，他虽不是狼虎，也有些虎狼之威！**【撕边大锣一击】**

陆　炳　怎么讲？

汤　勤　虎狼之威！

陆　炳　嘿，嘿嘿嘿……（冷笑）**【撕边大锣一击】**

汤　勤　（自语）这是冷笑啊。老大人为何发笑？（回原座）

陆　炳　嘿嘿，我笑你这两句话，真是颠而又狂，尊而又大，轻狂浮躁。

汤　勤　怎见得？

陆　炳　我方才问道，那严爷他是狼，你说也不是狼。我又问道，他是虎，你又说道，他不是虎。纵然是狼，我有打狼的汉子，纵然是虎，我有擒虎的英雄。想我陆炳，乃是二甲进士出身，为官以来，一不欺君，二不罔上，三不贪赃，四不卖法，以公治公，毫无私弊。我做官，做的是嘉靖皇上的官，又不曾做他严府的官，又不是他严府的走狗家丁，势利的小人！【大锣住头】我陆炳，奉了天子命诏，审问人头。你不过是领了严大人的一句话，前来会审人头。我与那严大人乃是一殿为臣，你到此，我不过是看其上，敬其下，才赐了你一个座位。你就该在一旁，耳闻目睹，听其自然才是。怎么，你一不耳闻，二不目睹，依仗权势，藐视朝廷命官。我这锦衣卫大堂是有王法的所在，你在此这么摆来摆去，呵，可我又不买你的字画呀！【撕边大锣一击】（汤勤羞愧）嘿！真乃是无羞无耻，不知自爱。左右！

门　子　有。

陆　炳　撤座！【大锣一击】

〔汤勤站起，撩袍走至“上场门”台前。【撕边大锣一击】

汤　勤　哎呀呀，这个老头儿倒有些个火性哪，我倒弄了个没趣。哎呀这……（思索）【小锣一击】有了，老头儿嗜好奉承，我上前奉承他几句也就完了，我就是这个主意。啊哈哈哈。（【小锣一击】走近陆炳）哎呀呀老大人，小官不会吃酒，今早吃了几杯水酒，酒言酒语得罪了老大人。老大人不要生气，喏喏喏，小官这厢磕头赔礼了。（随念随下拜）老大人不要生气呀，啊哈哈哈。

陆　炳　哦，怎么汤老爷是吃醉了酒了？

汤　勤　可不是吗。

陆　炳　岂不知人命关天非同儿戏呀。

汤　勤　下次改过了。

陆　炳　下次改过了？

汤　勤　改过了。

陆　炳　好，坐下坐下。

汤　勤　谢座。（坐原座）

陆　炳　怎样的审问呢？

汤　勤　哎老大人哪，有道是：抄手问贼贼不招，用棒呼犬犬必逃。此事不动大刑，谅他不能招。

陆　炳　哦，听老大人之言，敢莫是叫老夫动刑？

汤　勤　不动大刑谅他不招。

陆　炳　汤老爷，你来看，这上……

汤　勤　青天。

陆　炳　下……

汤　勤　后土。

陆　炳　为官者？

汤　勤　良心二字。

陆　炳　人若无良心呢？

汤　勤　人若无良心……嗯，叫天狗吃了他们。（指门子）

门　子　哼！

陆　炳　噢，叫天狗吃了他们？

汤　勤　啊。
陆　炳　嘿嘿！想这无有良心之事，旁人做得来，难道我陆炳就做不来？来！
门　子　有。
陆　炳　带张龙、郭仪。
门　子　张龙、郭仪上堂。
〔**【小锣五击】**张龙、郭仪由“下场门”上，进门。
张　龙
郭　仪　参见大人。
陆　炳　嘟！**【撕边大锣一击】**我把你们两个奴才，奉了严爷一道公文，一路之上是遮天盖地，少不得勒索州县，拿获犯官不清不明，来！
门　子　有。
陆　炳　扯下去打！**【撕边大锣一击】**
张　龙
郭　仪　汤老爷讲情？（张龙、郭仪叩求汤勤）
汤　勤　慢来慢来，啊老大人，他二人打不得呀！
陆　炳　啊？老夫连他二人都打不得？
汤　勤　不、不、不是喏，他们是牵连在内。
陆　炳　哦，听汤老爷之言，敢莫与他二人讲情？
汤　勤　不敢，老大人开恩。
陆　炳　嘿！我把你们两个奴才几十板子，暂记在腿上，把人情送在汤老爷的脸上，还不谢过汤老爷！
张　龙
郭　仪　多谢汤老爷。
汤　勤　下去。
〔张龙、郭仪出门，“下场门”下。
陆　炳　带戚继光！
门　子　戚继光上堂！**【小锣一击】**
〔戚继光由“上场门”上，进门。
戚继光　叩见大人。（跪）
陆　炳　嗯！**【撕边大锣一击】**胆大戚继光，身为八台总兵，监斩人头，不清不明，来！
门　子　有。
陆　炳　大刑伺候！
〔内白：黑诏下。**【撕边大锣一击】**
门　子　黑诏下！
陆　炳　带下去！
门　子　戚继光下堂！
〔戚继光出门，由“下场门”下。
门　子　黑诏下！
陆　炳　汤老爷，你道审头事大，接诏事大？
汤　勤　王命为重，接诏事大呀！

陆　炳　汤老爷请便。

汤　勤　小官告退。（下）

陆　炳　香案接旨。

门　子　香案接旨。

〔奏唢呐曲牌 <小傍妆台> 四青袍、四刀斧手引胡瑞手拿诏牌上，“一条鞭”下马。陆炳出门迎接，胡瑞等“挖门”，陆炳进门，胡瑞站正场，曲牌止。

胡　瑞　黑诏下，跪。

陆　炳　万岁！**【撕边大锣一击】**（跪下）

胡　瑞　听宣读，诏曰：今有圣上拿获一十八名江洋大盗，犯官三名，命刑部监斩，刑部染病在床，改派锦衣卫大堂陆炳去至平则门外监斩。旨意读罢，望诏谢恩！

陆　炳　万万岁！（接诏牌交门子送下即上）奉旨前来，后堂留宴。

胡　瑞　朝命在身，不敢久停，告辞了！

陆　炳　奉送。

〔奏唢呐曲牌 <小傍妆台> 胡瑞出门，青袍带马领下，陆炳出门送。进门仍归原座，汤勤由“下场门”上，进门坐原座，曲牌止。

汤　勤　老大人，黑诏到来为了何事呀？

陆　炳　圣上拿住一十八名江洋大盗，命老夫在平则门外监斩。汤老爷，审头事大，斩头事大？

汤　勤　啊，自然是斩头事大。

陆　炳　斩头事大？老夫有一事相烦。

汤　勤　老大人请吩咐。

陆　炳　老夫前去监斩人头，烦劳汤老爷与我背审背审雪艳哪。

汤　勤　背审雪艳，小官情愿代劳，情愿代劳。

陆　炳　情愿代劳？带雪艳！

门　子　雪艳上堂！

〔**【小锣打上】**雪艳由“上场门”上，进门。

雪　艳　叩见大人。（跪）

陆　炳　将她吊在西廊。

雪　艳　喂呀！（哭）

〔**【冲头】**门子把雪艳吊在“下场门”台角。

陆　炳　带张龙、郭仪！

门　子　张龙、郭仪上堂！**【小锣一击】**

〔张龙、郭仪由“下场门”上，进门。

张　龙
郭　仪　叩见大人！（跪）

陆　炳　命你二人看守雪艳，若是卖放，打折尔的骨拐！

张　龙
郭　仪　是。（出门站在雪艳身后）

陆　炳　带戚继光！

门　子　戚继光上堂。**【小锣一击】**

〔戚继光由“上场门”上，进门。

戚继光 叩见大人。（跪）

陆　炳 嘿，身为八台总兵，监斩人头不清不明，老夫赏你一乘小轿，随在老夫大轿之后，斩几个人头，与你见识见识！（门子给陆炳披斗篷，戴风帽）来！

门　子 有。

陆　炳 开道！

〔**【冲头】**陆炳、戚继光出门上轿；奏唢呐曲牌<急三枪>八龙套、四刀斧手、门子“倒领下”。

〔**【小锣一击】**汤勤走至“小边”台前。

汤　勤 陆炳监斩去了，他命我背审雪艳，待我来背审背审。

〔张龙、郭仪走至台中。

张　龙
郭　仪 嗯哼！

汤　勤 哦，二位在此啊？方才受惊了。

张　龙
郭　仪 多谢汤老爷讲情。

汤　勤 岂敢，岂敢。老大人监斩去了，命我背审雪艳，你二人歇息去吧。

张　龙
郭　仪 大人吩咐，不敢远离。

汤　勤 哦，来来来，这有一茶之敬，你二人吃杯茶去吧。

张　龙
郭　仪 汤老爷的银子，我们不敢要哇。

汤　勤 我送你们，只管收下，只管收下。

张　龙
郭　仪 多谢汤老爷。

汤　勤 不值一谢呀。

张　龙 啊伙计。

郭　仪 伙计。

张　龙 这个人头，分明是真，也不知哪个混帐东西偏说是假，害得我们票也销不成。从今以后，你在里面访，我在外面访。访着此人，也不打他，也不骂他，将他浑身衣服剥下来，将他的眼睛挖下来，挂在树梢之上，刮东风往西摆，刮西风往东摆，摆死这个囚囊的①……汤老爷……

汤　勤 啊？

张　龙 你是个好人哪！伙计，吃酒去。

〔张龙、郭仪二人由“下场门”下。

汤　勤 哎呀呀，这两个奴才。我花了一锭银子买了他们一顿好骂。待我来背审背审。啊，雪娘子，陆大人监斩去了，他命我来背审与你。我看你是个聪明伶俐的妇人，你若猜得着我的心事，我说人头是真，他就真。你若猜不着我的心事，这个人头一辈子

① 囚囊的：亦作囚攮的，古时骂人的词汇。

也不能落案。你那心中啊，要放明白些才好哇。

雪　艳　啊，汤老爷，请退后一步。

汤　勤　哦，是是是。（后退转身往后望着。）

雪　艳　哎呀且住，**【小锣一击】**我看此贼，有仆纳主妾之心，我不免用言语蒙哄于他，若得机会，好与夫君报仇雪恨。我就是这个主意。啊，汤老爷，请过来呀。

〔汤勤转身走向雪艳。

汤　勤　啊，雪娘子，怎么说？

雪　艳　可记得那年，在钱塘一同上船的时节，我险些失足落水，你扶我一把。

汤　勤　不错，有的。

雪　艳　那时我心中么……

汤　勤　怎么样啊？

雪　艳　就有了你了。

汤　勤　哎呀呀，哈哈哈！怎么？在钱塘江你上船的时节，险些儿失足落水，于是我上前搀扶了你一把，你那心中么，就有了我了？这样说来我那亲……（"双翻袖"欲接近雪艳。内喝道声起，**【大锣一击】**汤勤吃惊地止住举动）喂呀，什么乱七八糟的。嗯哼！（下）

〔**【大锣纽丝】**八龙套、门子上"一条鞭"，陆炳上。

〔二黄散板〕

陆　炳

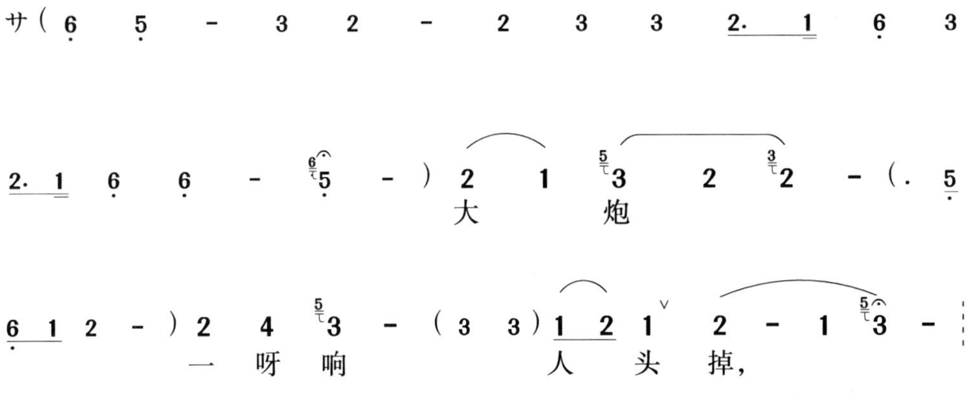

〔**【纽丝】**陆炳下轿。龙套等"挖门"，陆炳进门。

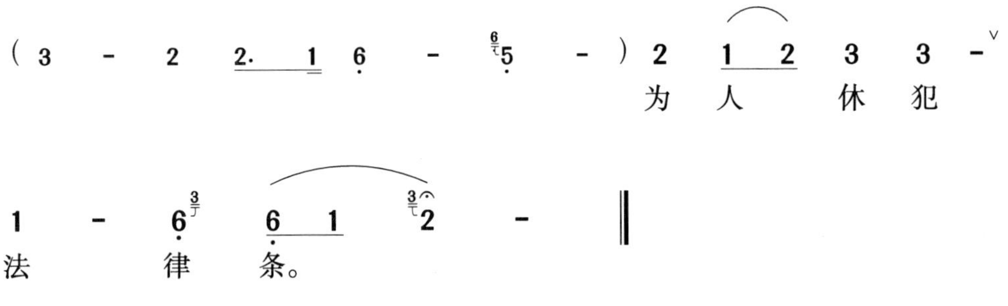

〔**【回头·大锣原场】**陆炳脱去斗篷、风帽，入"大座"坐下。汤勤由"下场门"上，与陆炳施礼后归原座。

汤　勤　老大人城外监斩，多有辛苦啊。

陆　炳　为国勤劳，何言辛苦。

汤　勤　但不知都是什么案子啊？

陆　炳　十八名江洋大盗，犯官三名。

汤　勤　哦，犯官三名？

陆　炳　啊。

汤　勤　但不知这头一个是什么案子？

陆　炳　头一案临阵脱逃，应当问他个什么罪名？

汤　勤　这临阵脱逃，理应问斩哪？

陆　炳　噢，理应问斩？

汤　勤　斩者无亏。

陆　炳　不错，问了个斩罪。

汤　勤　第二案？

陆　炳　第二案，克扣军饷应当问他个什么罪名？

汤　勤　克扣军饷，也该问斩。

陆　炳　噢，也该问斩？

汤　勤　斩者无亏。

陆　炳　不错，也问了个斩罪。

汤　勤　还有呢？

陆　炳　还有么……哦哦，是有一个小官，在大官面前搬弄是非，害了旧主人一家，死走逃亡，似这样无有良心之人，应当问他个什么罪名呢？

汤　勤　哦！哎呀这个案子么……倒是不要紧呀，不犯事便罢，若是破了案么，打他几十手简子①也就是了。

陆　炳　噢，打他几十手简子也就是了？

汤　勤　看看他的下次。

陆　炳　嗯，我看这人，不犯在老夫手中便罢，若是犯在老夫的手中，定要将他碎尸万段！

【大锣一击】

汤　勤　哎呀，老大人哪！忒重了哇！

陆　炳　舌尖杀人，实在是可恶哇。

汤　勤　他总是初犯哪。

陆　炳　忒重了？

汤　勤　忒重了。

陆　炳　啊，哈哈哈……　**【小锣一击】**

汤　勤　哈……　（尴尬地）

陆　炳　汤老爷，可曾背审雪艳哪？

汤　勤　背审过了。

陆　炳　背审过了？

---

①　手简子：简是古代用来写字的竹片，手简是旧时私塾老师责打学生用的竹板。此处汤勤用打手板来淡化自己的罪责。

汤　勤　背审过了。

陆　炳　人头呢？

汤　勤　这个人头是真的了。

陆　炳　啊？

汤　勤　是真的了。

陆　炳　哎呀呀，汤老爷你上堂来半日，方讲了一句有良心的话呀！

汤　勤　呵呵，小官是最有良心的呀。

陆　炳　你最有良心？

汤　勤　是的。

陆　炳　我来问你，张龙、郭仪？

汤　勤　销票无事呀。（陆炳拿笔批公文）

陆　炳　戚继光？

汤　勤　原任八台。（再写）

陆　炳　雪艳呢？

汤　勤　雪艳么……

陆　炳　啊。

汤　勤　但凭老大人发落。

陆　炳　如此将她发往钱塘。（陆炳欲写）

汤　勤　哎呀，钱塘路远哪。

陆　炳　钱塘路远，啊，发往蓟州。（欲写）

汤　勤　蓟州无人哪。

陆　炳　蓟州无人？

汤　勤　无有亲了哇。

陆　炳　也罢。（把笔放下）暂寄老夫衙内。

汤　勤　怎么？暂寄老大人衙内呀？

陆　炳　啊。

汤　勤　（站起）人头不真，你再背审。

陆　炳　啊？**【大锣一击】【冲头】**（汤勤下。陆炳离位至台前“小边”）**【叫头】**且住呀！我将雪艳发往钱塘，他说道钱塘路远，发往蓟州，蓟州无人。寄在老夫衙内，他言道人头是假，还叫我背审背审，这是何故？这这这……**【乱锤】**（焦急地思索）

雪　艳　好个不明白的陆大人哪。（哭）

陆　炳　**【叫头】**哎呀且住，老夫正在踌躇之间，听那雪艳言道：好个不明白的陆大人……（思索）莫非她要与我那莫仁兄报仇？（至台中向雪艳**【双叫头】**）莫仁嫂哇，雪娘子。你若能替我那莫仁兄报仇，拚着我这顶乌纱不要，也要与你担待担待。正是：**【大锣住头】**清官反把赃官做，明人倒做这懵懂人。**【一锤锣】**（转身归原座坐下）

〔汤勤暗上坐原座。

汤　勤　老大人为何背地沉吟？

陆　炳　非是老夫背地沉吟，我将雪艳发往钱塘，钱塘路远；发往蓟州，蓟州无人；寄在老夫的衙内，出入又不便。

汤　勤　是啊，本来的不便，名声不好听哪。

陆　炳　啊，暂寄汤老爷府中，汤老爷意下如何呢？

汤　勤　老大人越发地糊涂了哇！

陆　炳　怎么？

汤　勤　我想那雪艳，又不是什么物件，今日寄在东，明日寄在西，老大人若办么，就办他个水落石出。

陆　炳　哦，办他个水落石出？

汤　勤　是啊。

陆　炳　汤老爷可曾携眷来？

汤　勤　啊，这倒不曾。

陆　炳　也罢，老夫为媒，将雪艳断与汤老爷。汤老爷，你的意下如何？

汤　勤　怎么？老大人为媒，将雪艳断与小官了？哎呀呀，老大人真是小官的重生父母，再造的爹娘，我这里与老大人磕头感谢了。（跪拜后再归原座）

陆　炳　啊，起来起来，我来问你，这人头？

汤　勤　是真的呀。

陆　炳　张龙、郭仪？

汤　勤　销票无事。

陆　炳　戚继光？

汤　勤　原任八台。

陆　炳　严爷降罪？

汤　勤　严爷降罪，有小官担待呀。

陆　炳　原要你担待，来！带张龙、郭仪。

门　子　张龙、郭仪上堂！

〔张龙、郭仪由“下场门”上，进门跪下。

张　龙
郭　仪　叩见大人。

陆　炳　人头是真，你二人销票无事，下去！

张　龙
郭　仪　是。（二人出门）这就好了。（下）

陆　炳　来！

门　子　有。

陆　炳　将雪艳放下来。

门　子　是。

汤　勤　慢来，慢来，不用你们，男女授受不亲。（离座，出门走向雪艳）待我来与你放下。

〔**【冲头】**汤勤与雪艳解绳，陆炳在扇面上写一“刺”字，再将扇折好。汤勤进门坐原座。雪艳进门跪下。

陆　炳　雪艳，本当将你发往钱塘，钱塘路远；发往蓟州，蓟州无人；寄在老夫衙内，出入不便。老夫为媒，将你断与汤老爷。汤老爷可比不得莫大老爷，早晚必须小心……（**八大仓**）（右手打开折扇交左手，右手翻袖指着“刺”字，雪艳抬头看“刺”字）伺候！（**八大仓**）

〔雪艳会意，陆炳速将折扇折好。

汤　勤　呵呵，你要记下了。

雪　艳　谢大人。**【纽丝】**（站起）

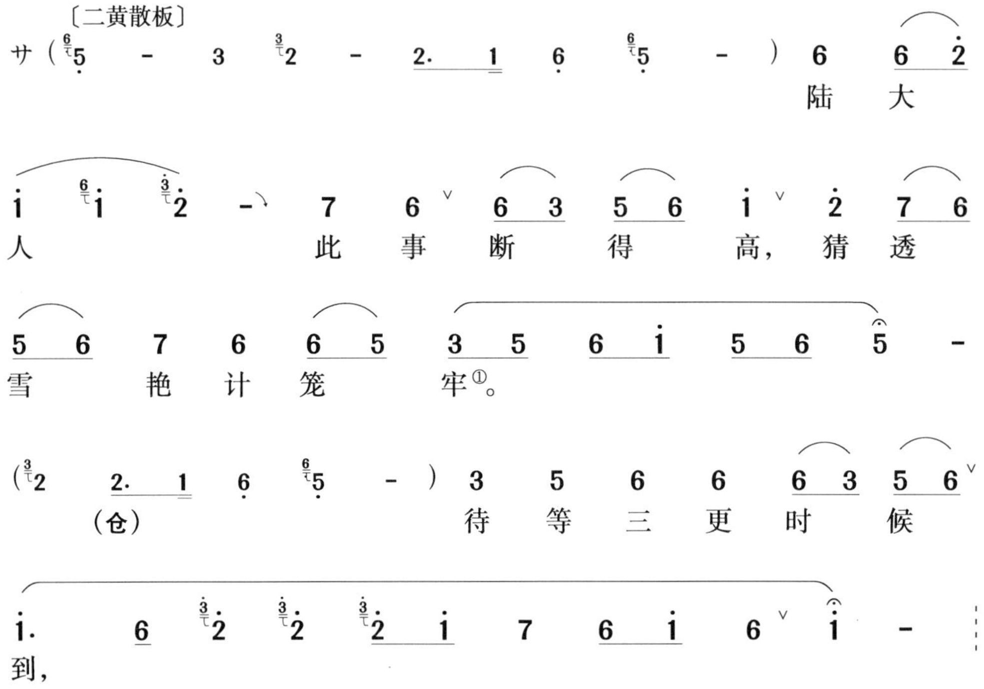

〔**【纽丝】**雪艳出门站“下场门”台口。

雪　艳

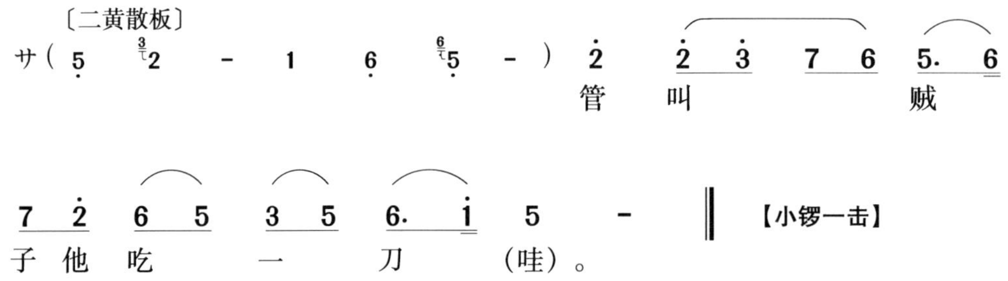

〔雪艳下，汤勤站起。

汤　勤　小官告辞了。

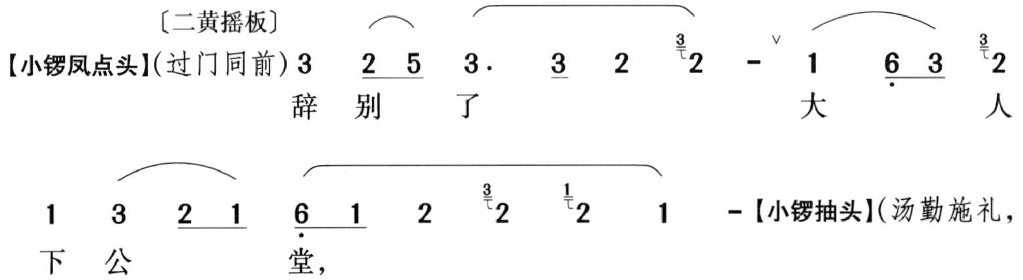

①　计笼牢：京剧为求押韵而习用的水词之一，语法欠通。其意为设下巧妙制胜的圈套。

出门站“下场门”台口）

（过门同前） 2 5 3 3 2 2 3 - 3 3 2 3

摇 摇 摆 摆 我 要 做

5 - 6 5 3 2 1 6 1 1 2 - ‖【大锣抽头】（汤勤下。陆炳站起）

新 郎。

〔二黄摇板〕

陆 炳 （过门同前） 3 1 2 1 2 （2. 1 6 1 2 2） 1 2

狗 汤 勤（呐） 下 堂

1 2 3 3 （3 2 1 2 3 3） 1 2 3 3 2 2 1

喜 洋 洋， 怎 知 机 关 在 内

1 1 2 （2 1 6 1 2 3 2 1 6 1 2） 3 2 2 1

藏。 吩 咐 左

1 6 2 2 1 1 2 3 1 1 -

右 忙 退 堂，

门 子 退堂。

〔【大锣抽头】龙套两边翻下，陆炳离位，站台中。

陆 炳 （过门同前） 1 2 3 2 2 1 2 1 2 1 2 3 -

快 请 戚 大 人 到 二 堂

5 6 1 2 2 - ‖

有 话 商 量。

门 子 有请戚大人。

〔【小锣抽头】戚继光上。

〔二黄摇板〕

戚继光 （过门同前） 1 2 1 2 2 2 1 1 1 2 1 -

迈 步 且 把 二 堂 上，

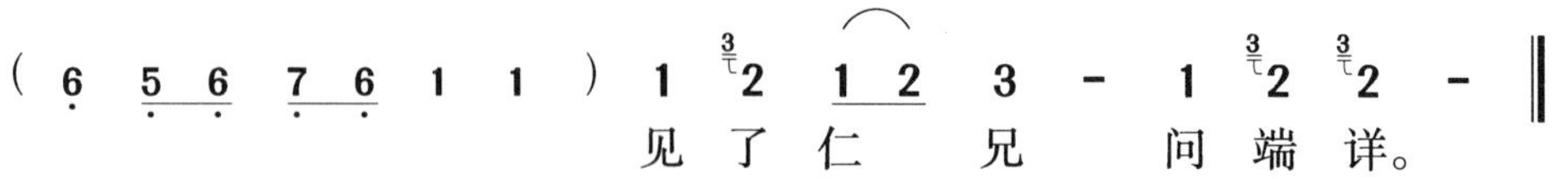

〔【回头】陆炳出门迎接。

陆　炳　贤弟。

戚继光　仁兄。【大锣原场】（二人进门）

陆　炳　贤弟请坐。

戚继光　有坐。

〔戚继光坐“大边”，陆炳坐“小边”。

陆　炳　恭喜贤弟，贺喜贤弟。

戚继光　喜从何来。

陆　炳　原任八台。

戚继光　那雪艳呢？

陆　炳　断与汤勤了。

戚继光　唉！仁兄你好无才！

陆　炳　哎，贤弟呀！

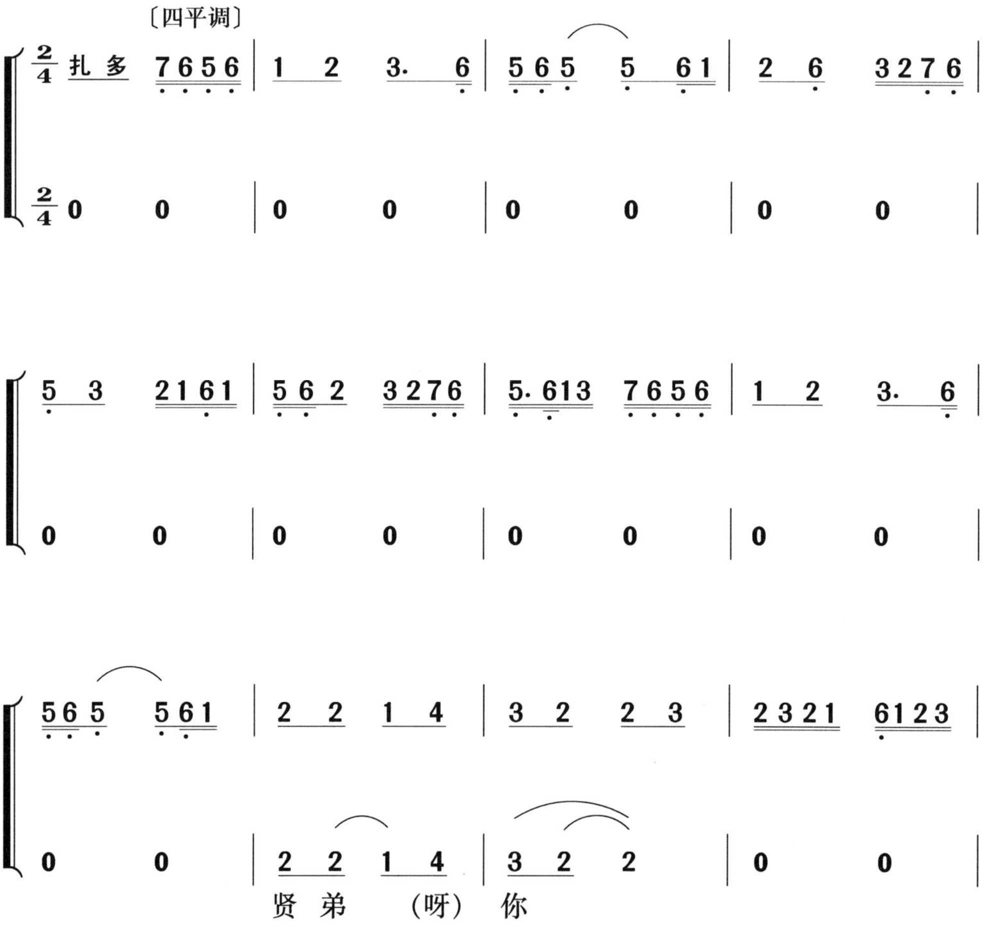

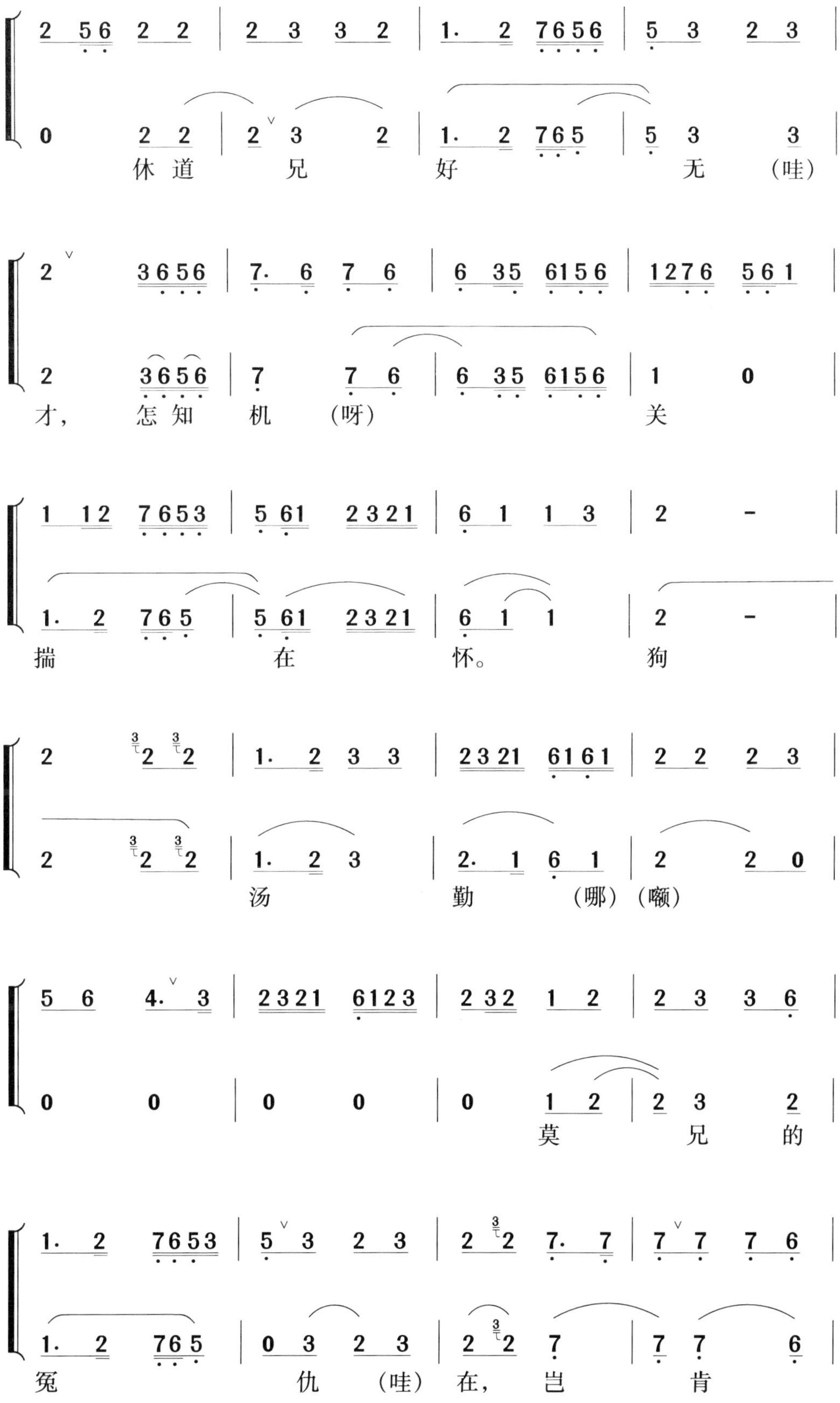
休 道 兄 好 无 （哇）
才， 怎 知 机 （呀） 关
揣 在 怀。 狗
汤 勤 （哪）（嘛）
莫 兄 的
冤 仇 （哇） 在， 岂 肯

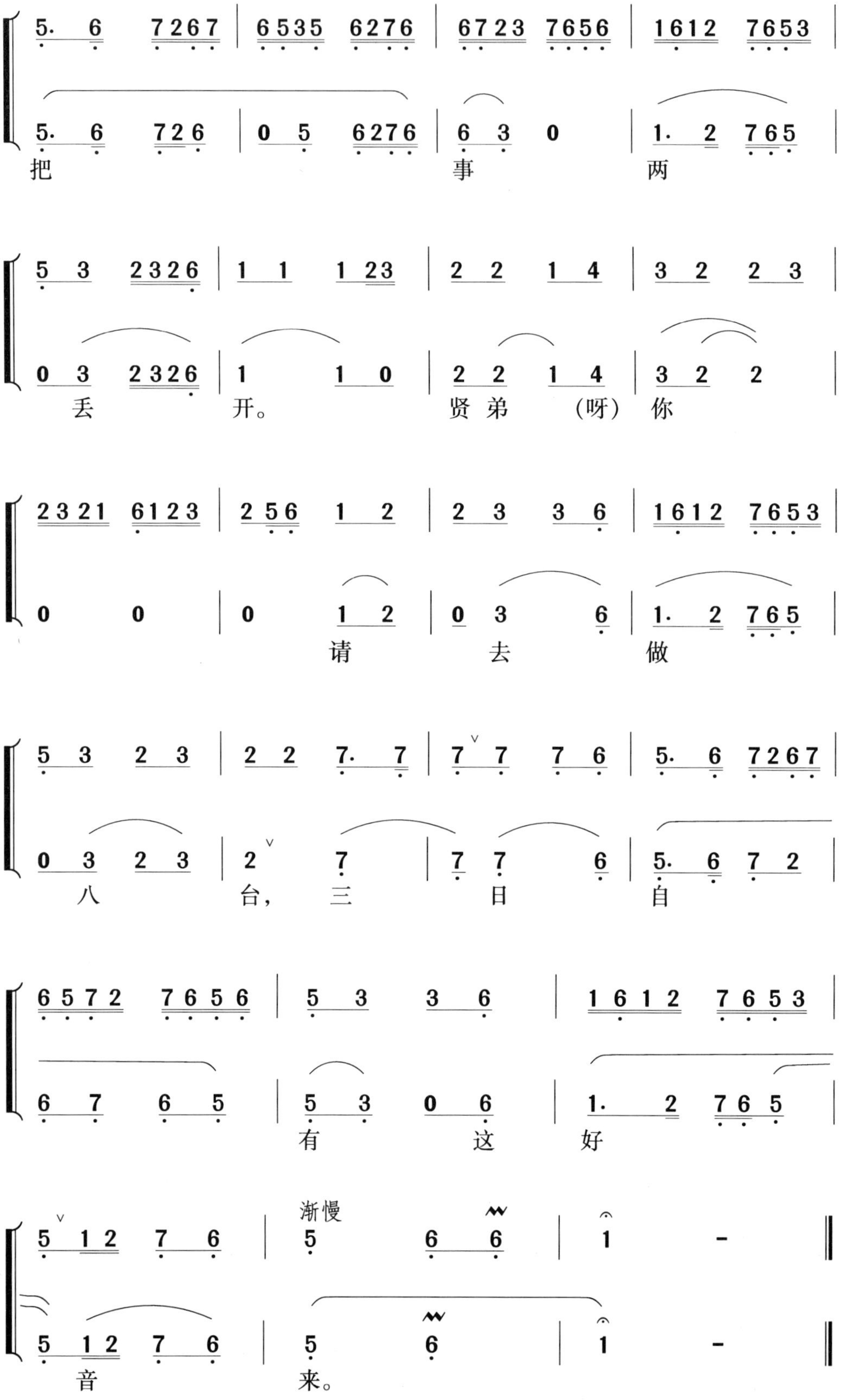
把 事 两
丢 开。贤弟（呀）你
请 去 做
八 台，三 日 自
有 这 好
渐慢
音 来。

戚继光 告辞了。**【小锣凤点头】**（二人同站起）

〔二黄摇板〕

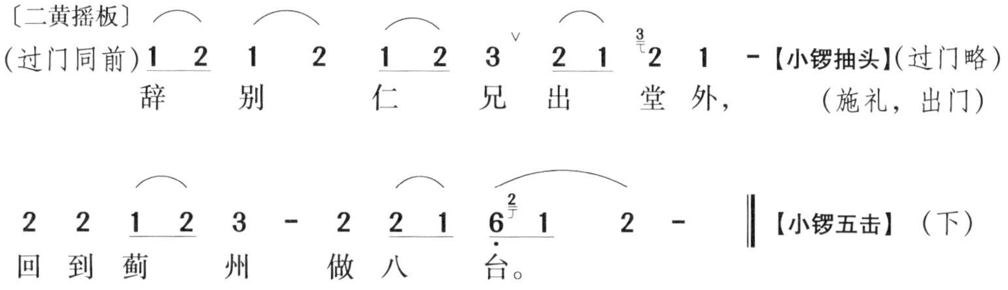

陆　炳 来，书吏进见。

门　子 书吏进见。

〔**【小锣打上】**书吏上。

书　吏 堂上一呼，阶下面喏。**【小锣一击】**（进门）参见大人，有何吩咐？

陆　炳 命你们每人领三分银子，与汤勤贺喜，用酒将他劝醉，回来重重有赏。

书　吏 遵命。

陆　炳 我今吩咐你，

书　吏 怎敢误延迟。

〔**【大锣打下】**陆炳下。书吏出门，由“下场门”下。

第　三　场

〔雪艳内唱。

〔二黄导板〕

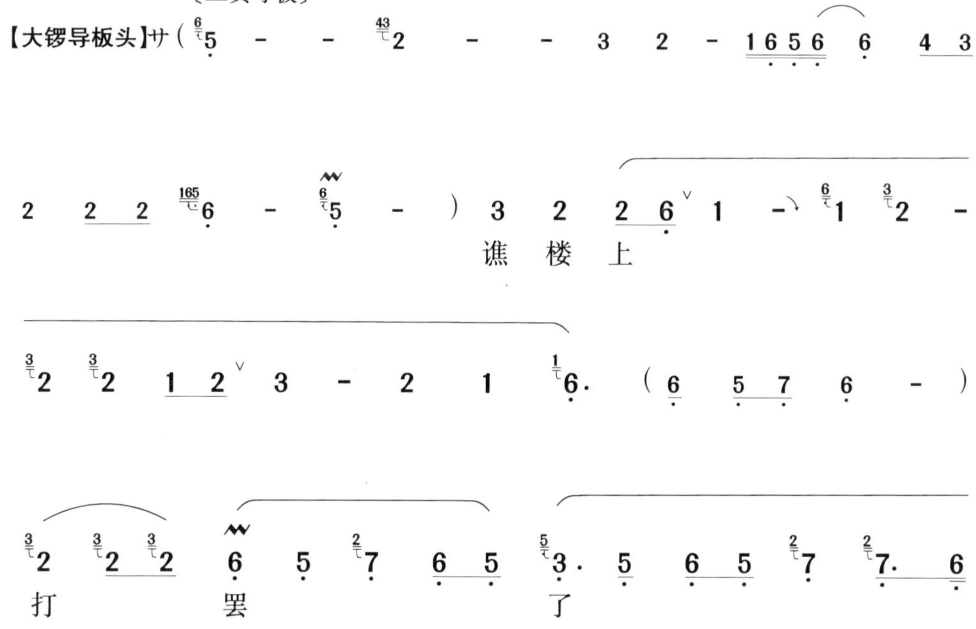

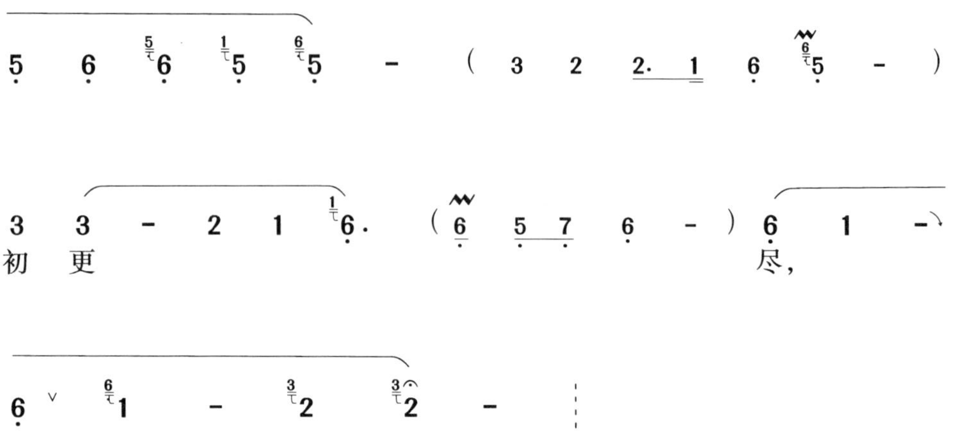

〔【大锣原场】雪艳"上场门"上。

雪　艳 【叫头】老爷！夫主！喂呀夫啊！（哭）

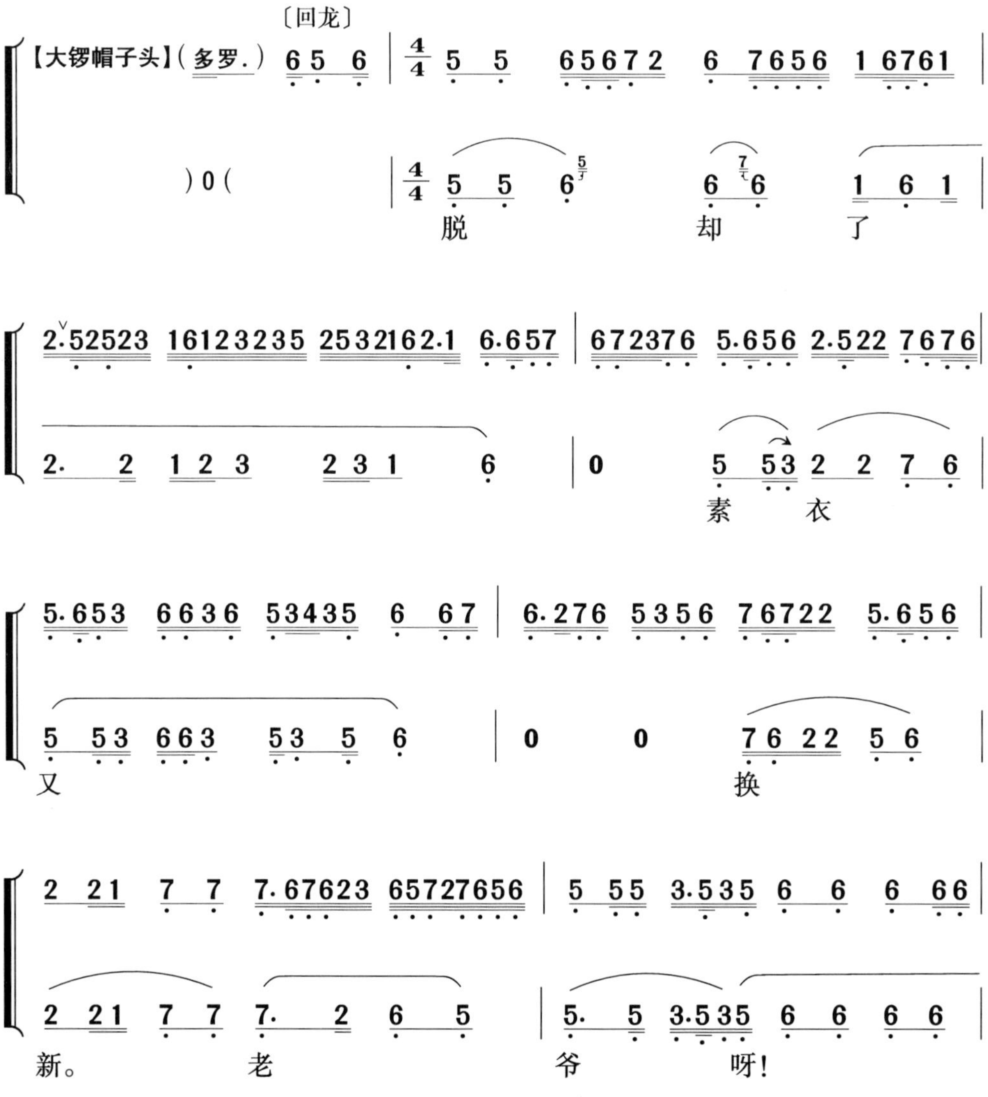

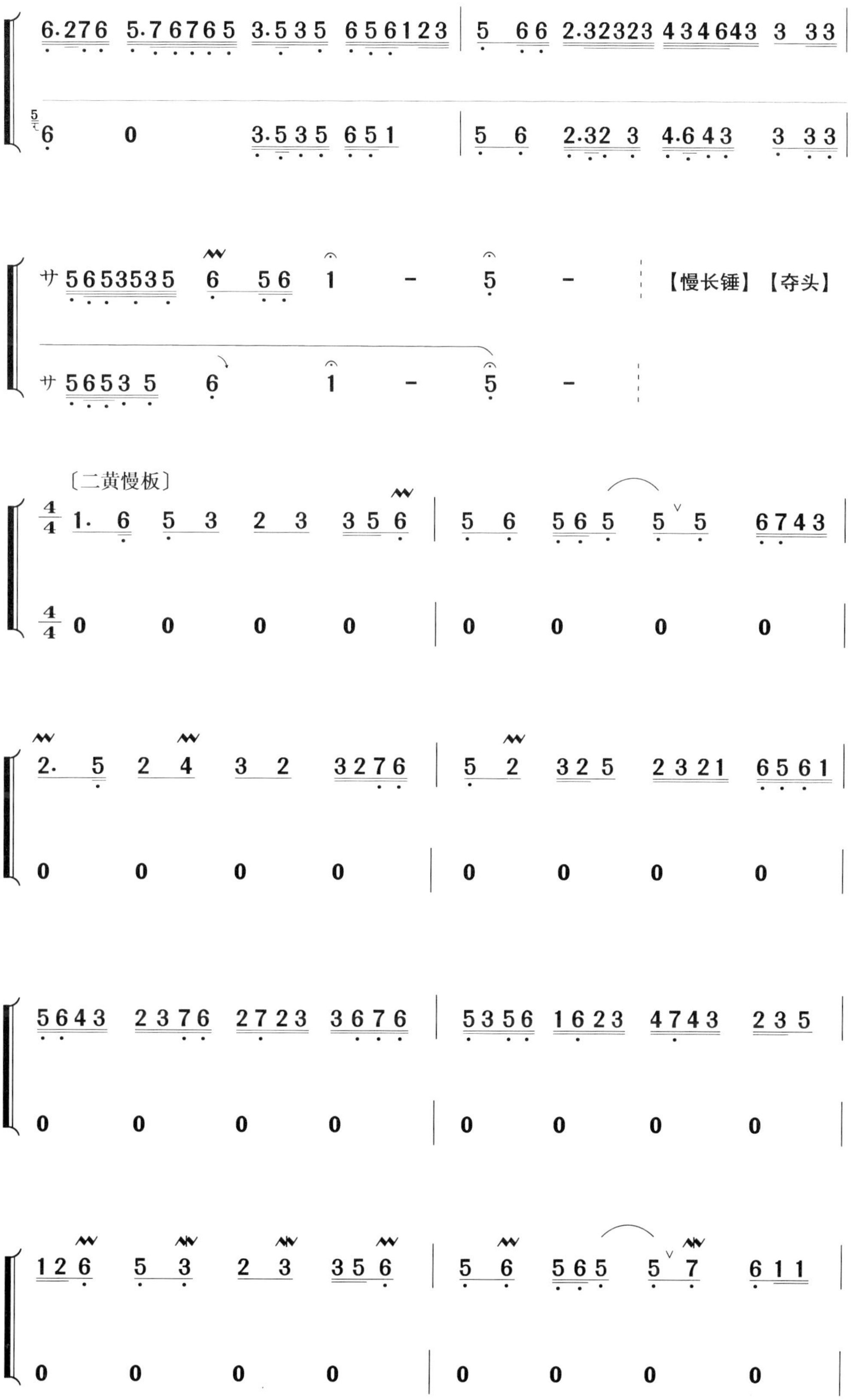
【慢长锤】【夺头】
〔二黄慢板〕

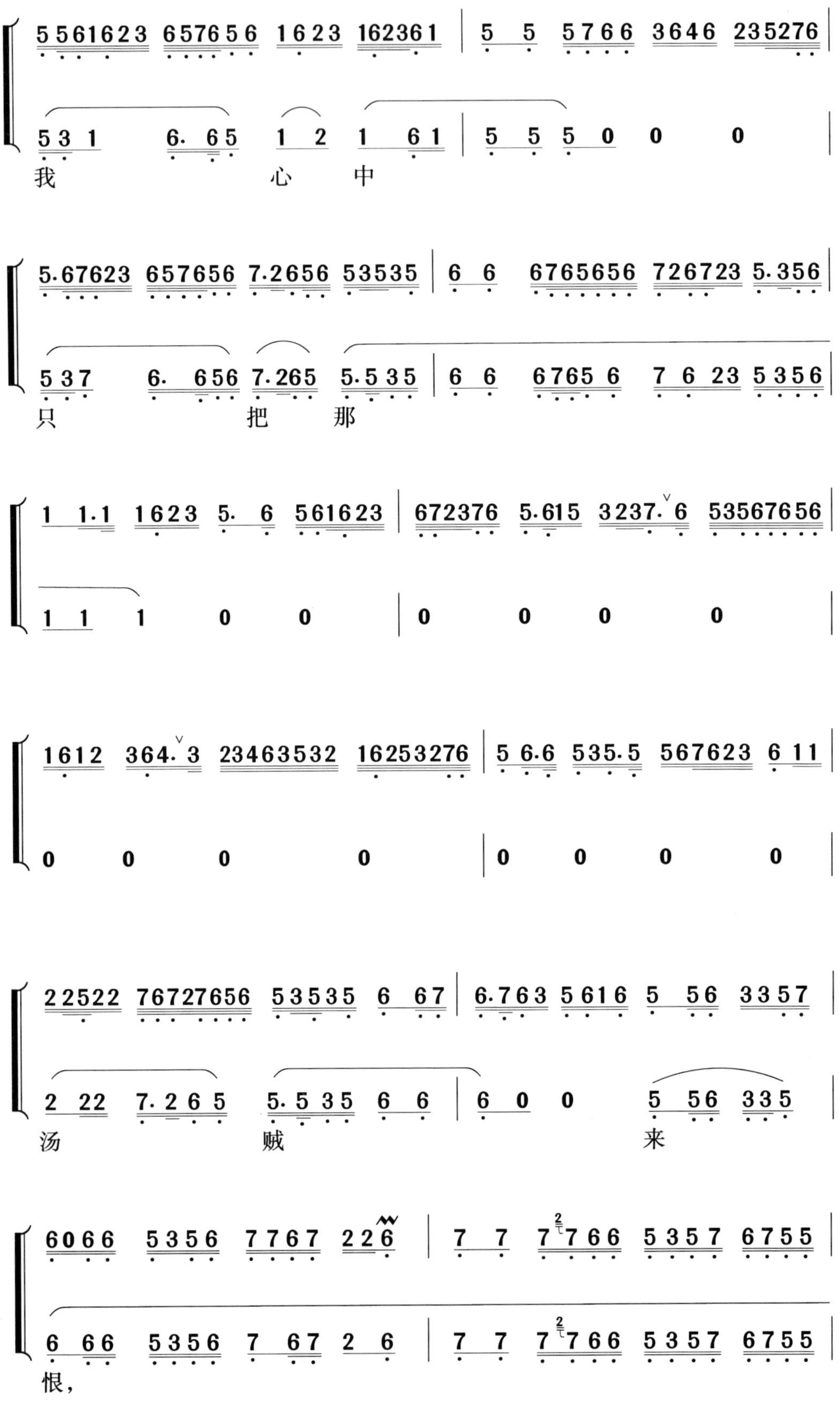
我 心 中
只 把 那
汤 贼 来
恨，

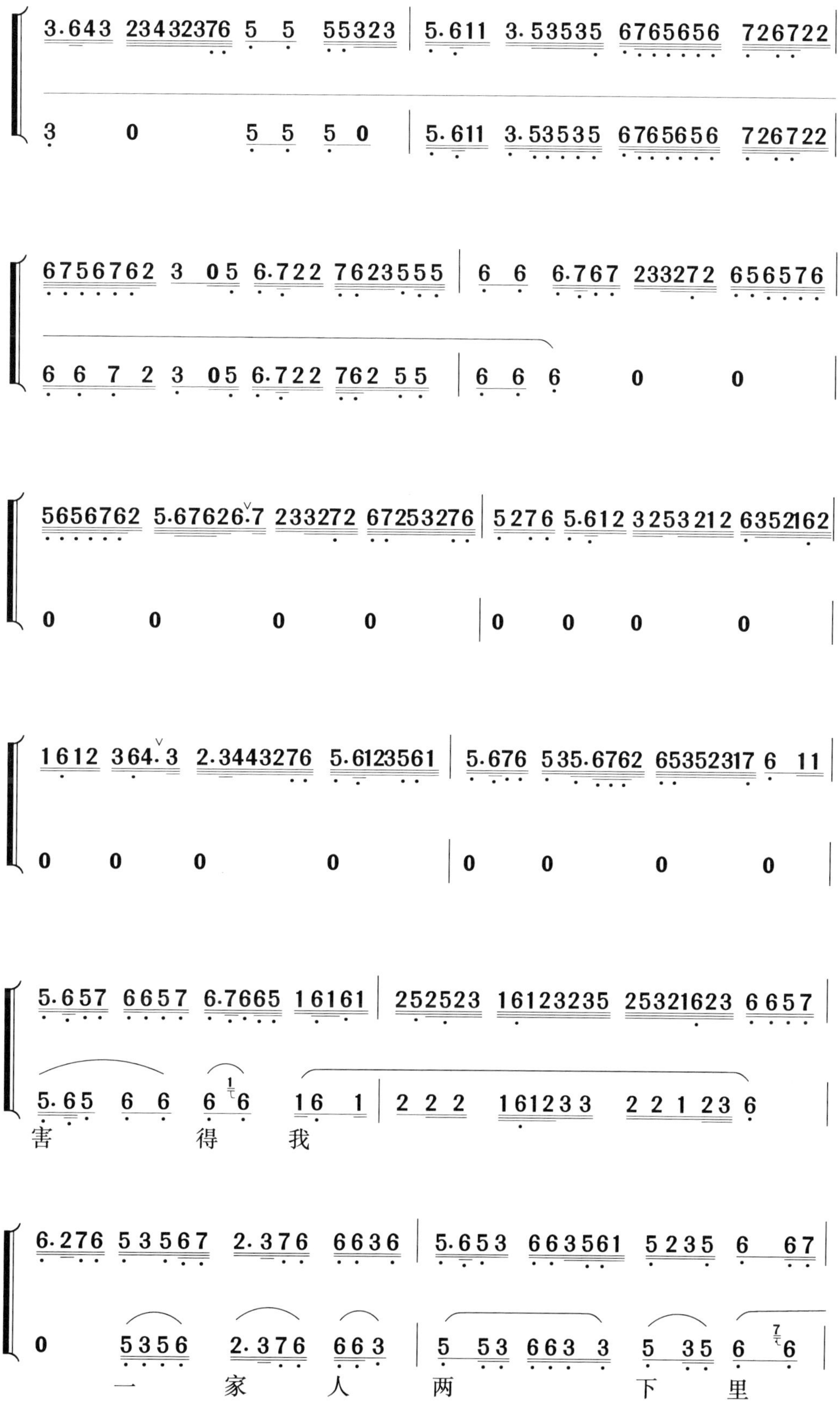
害 得 我
一 家 人 两 下 里

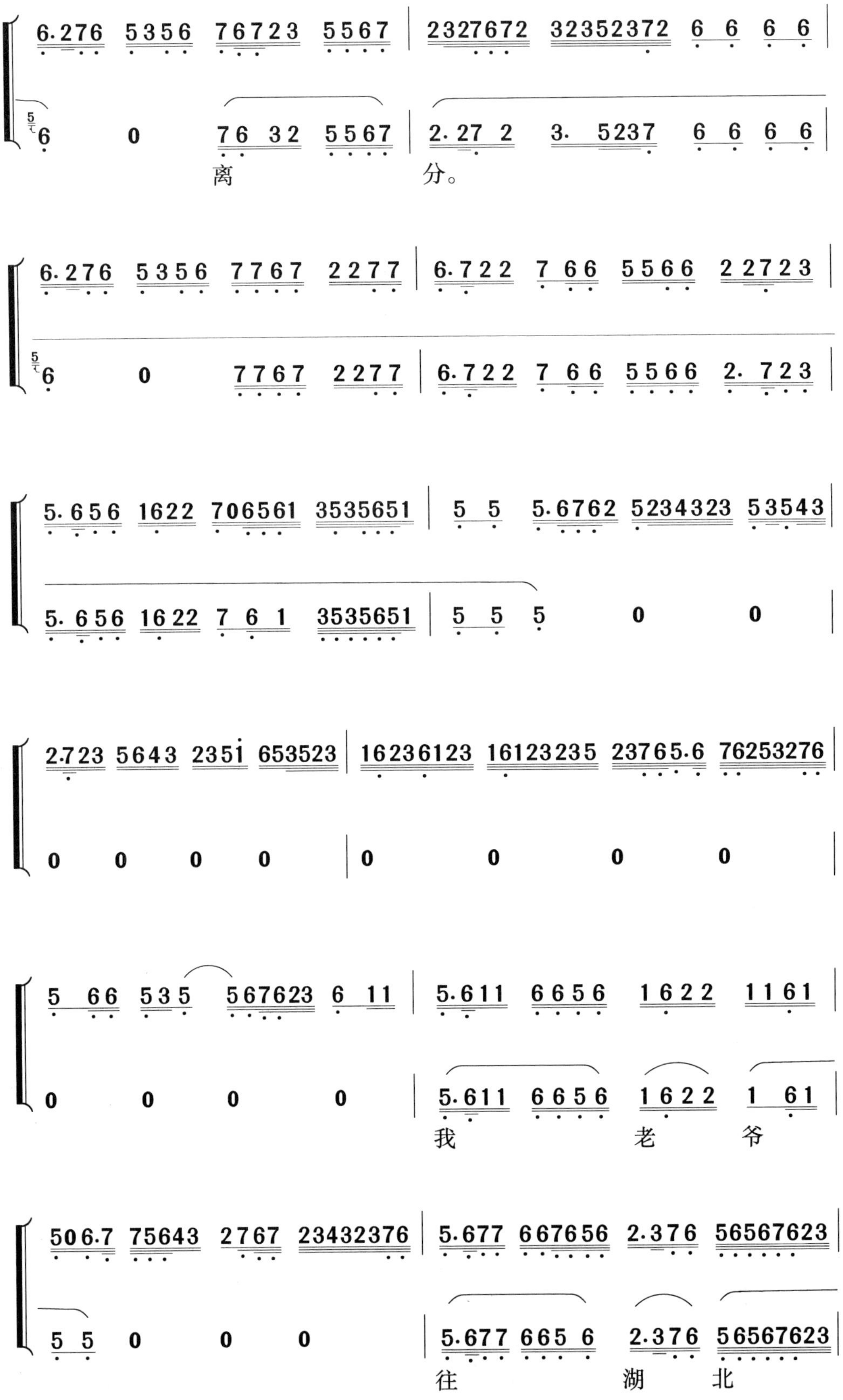
离 分。
我 老 爷
往 湖 北

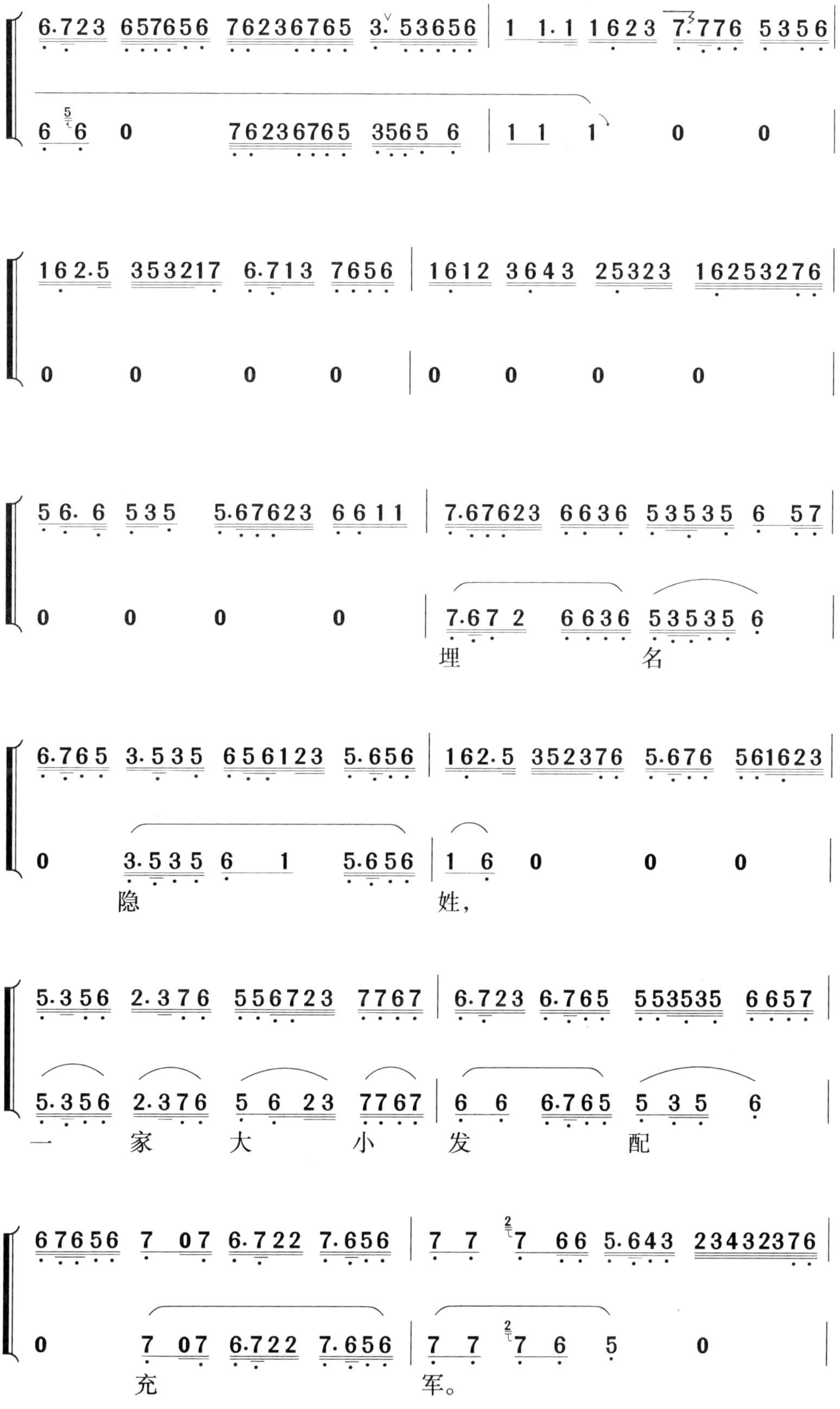
埋 名
隐 姓，
一 家 大 小 发 配
充 军。

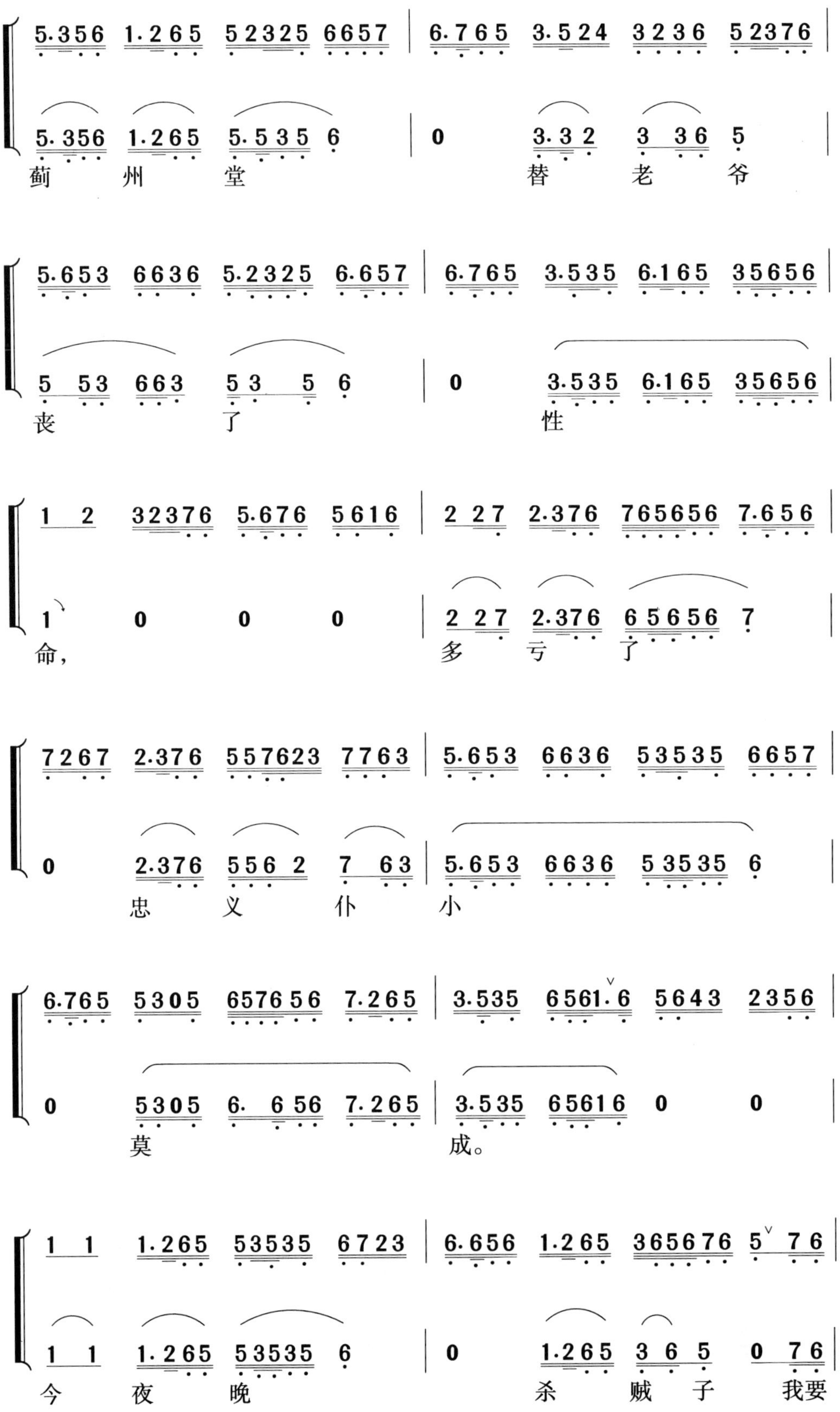
蓟 州 堂 替 老 爷
丧 了 性
命， 多 亏 了
忠 义 仆 小
莫 成。
今 夜 晚 杀 贼 子 我要

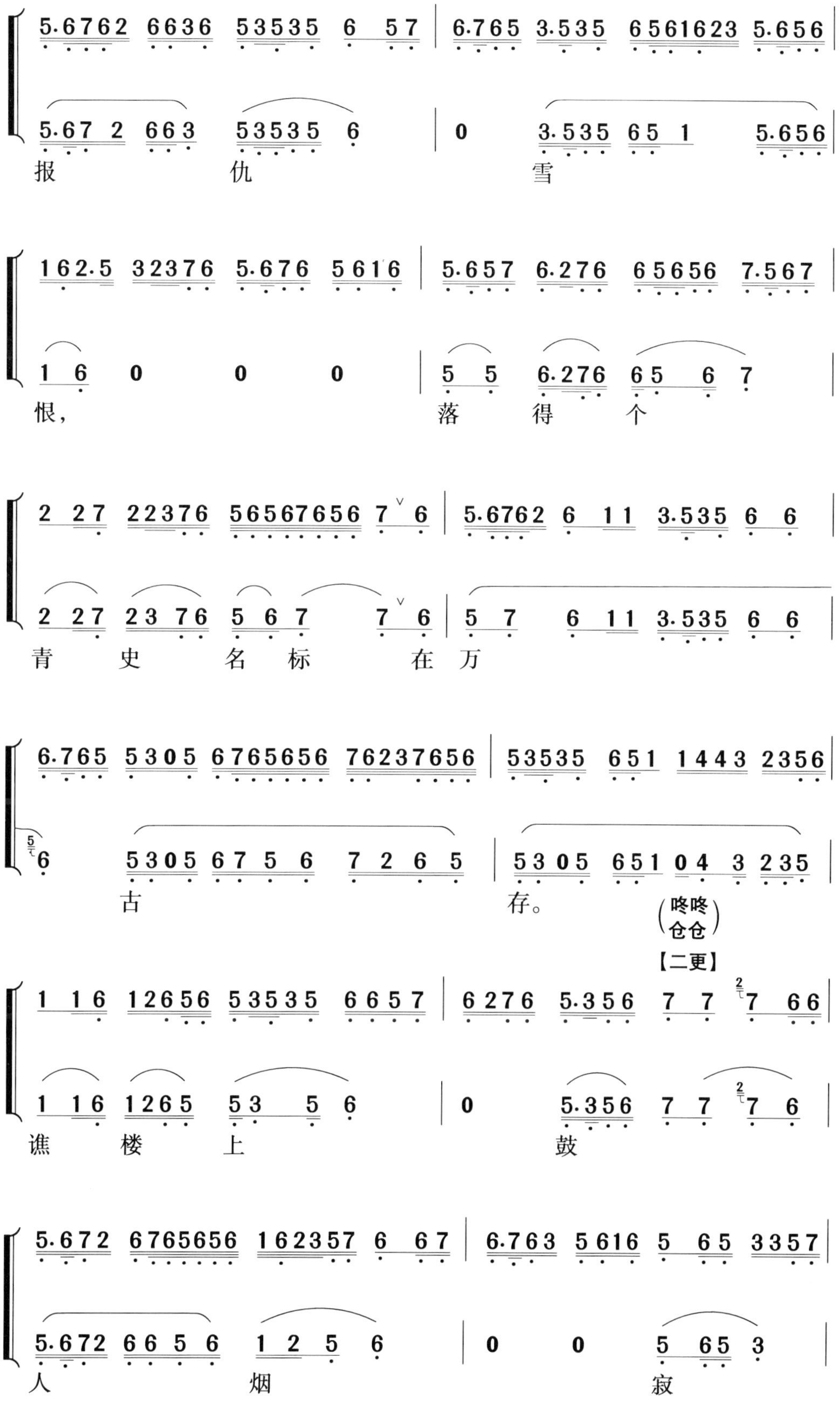
报 仇 雪
恨，
落 得 个
青 史 名 标 在 万
古 存。
咚咚仓仓
【二更】
谯 楼 上 鼓
人 烟 寂

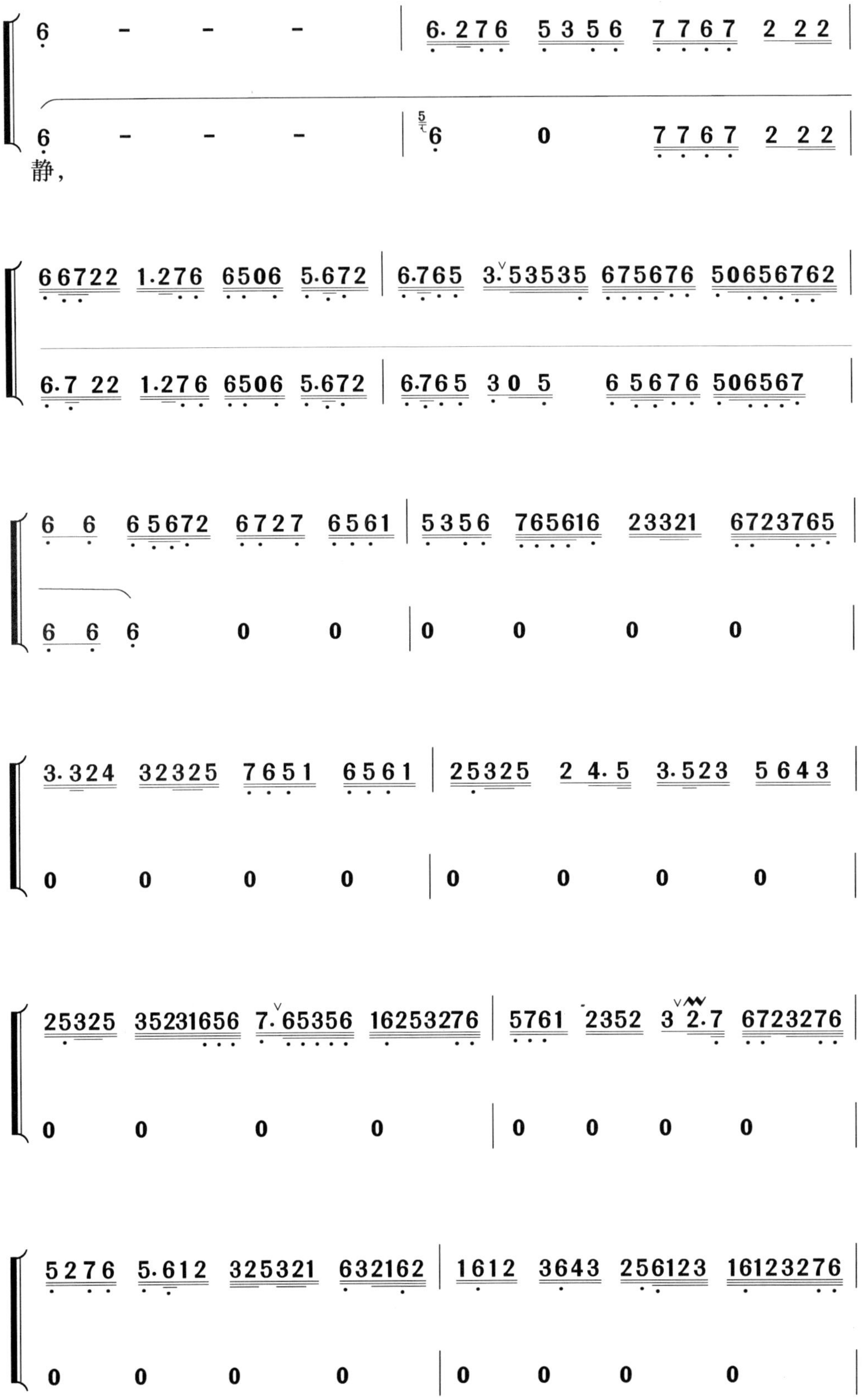
静，

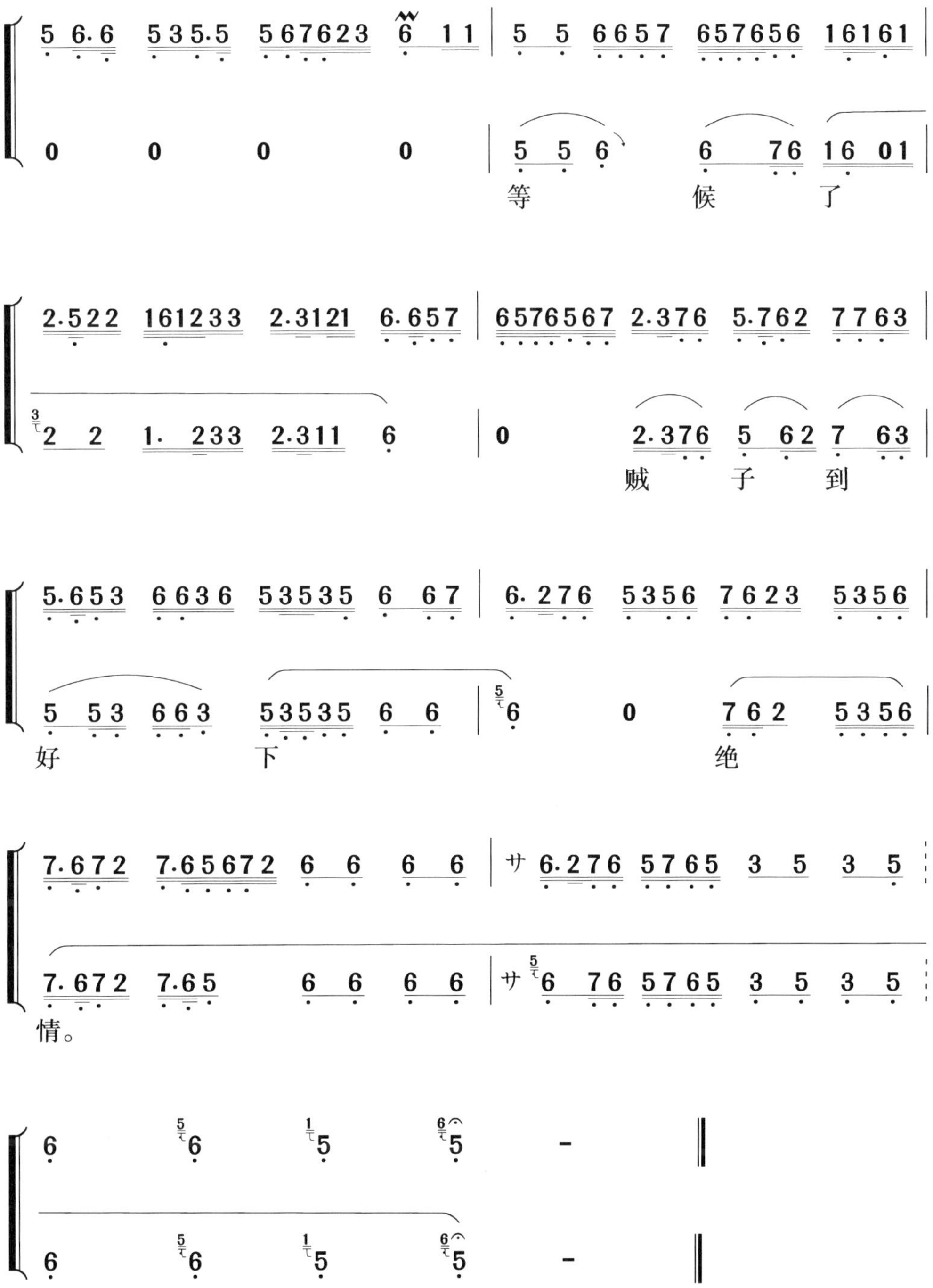

汤　勤　（幕内）掌灯！

差　役　（幕内）啊！

〔**【小锣夺头】**差役提灯笼引汤勤上。

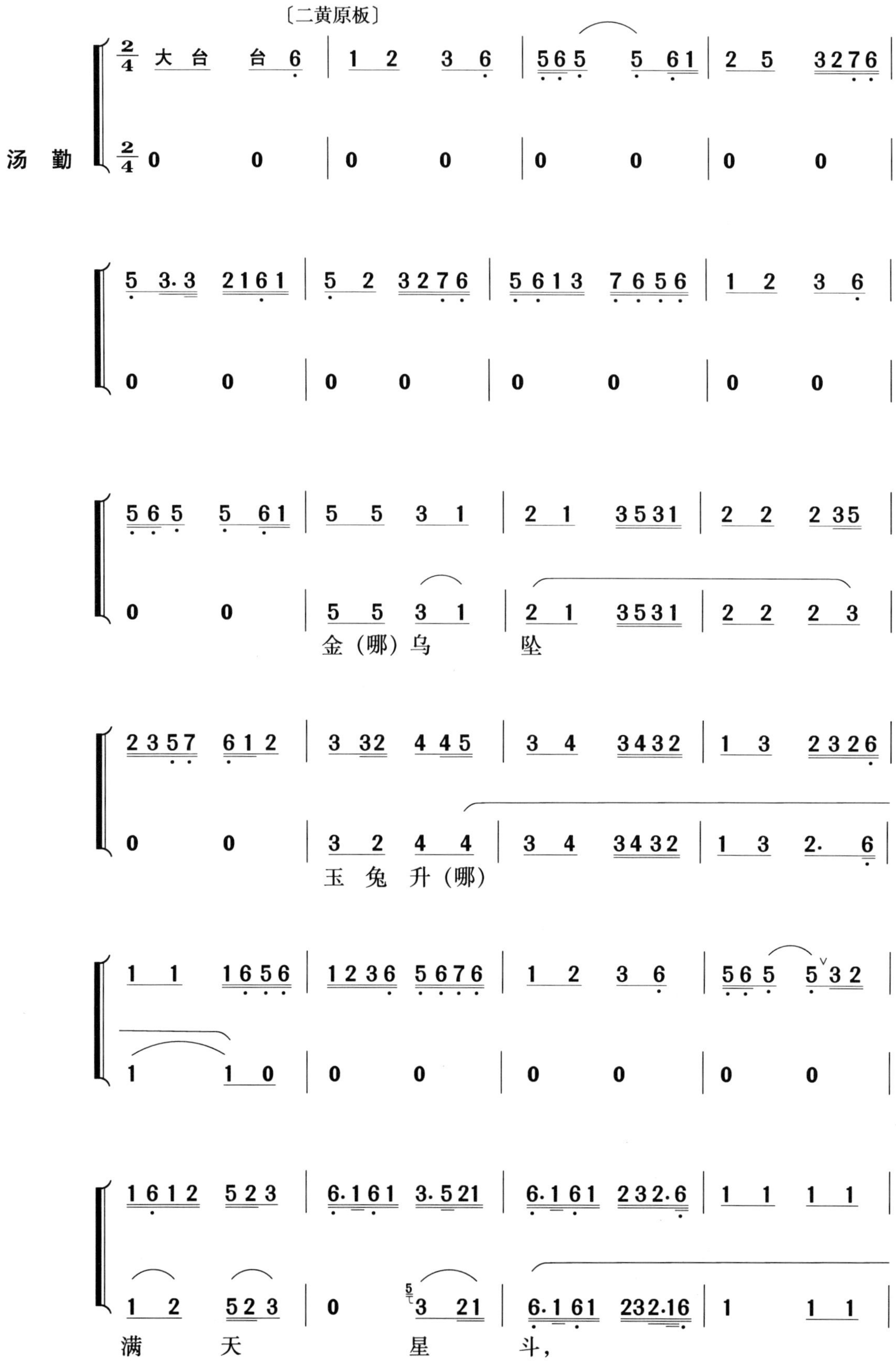
〔二黄原板〕
大 台 台
汤 勤
金（哪）乌 坠
玉 兔 升（哪）
满 天 星 斗，

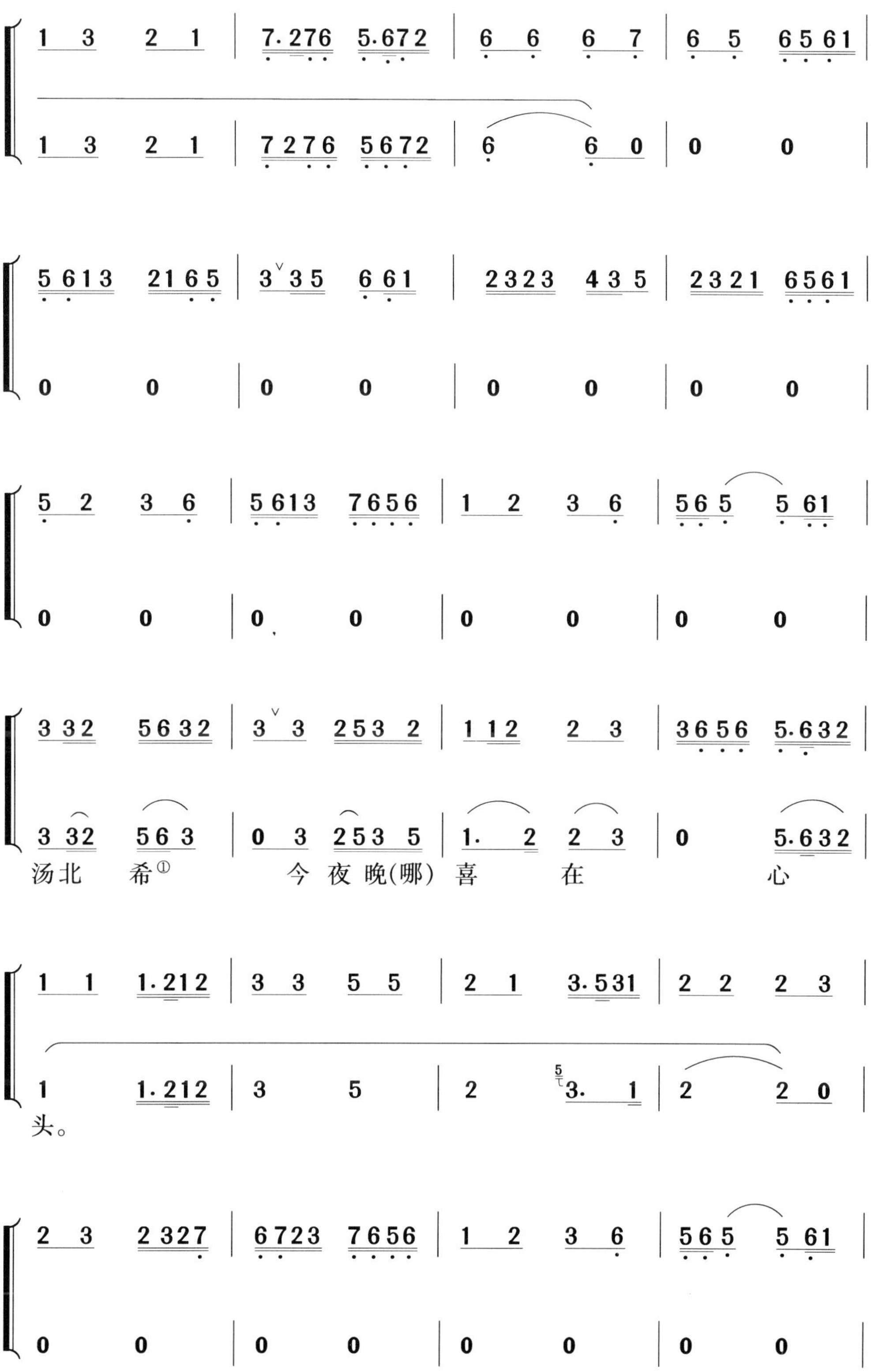

① 汤北希：汤勤字北希。

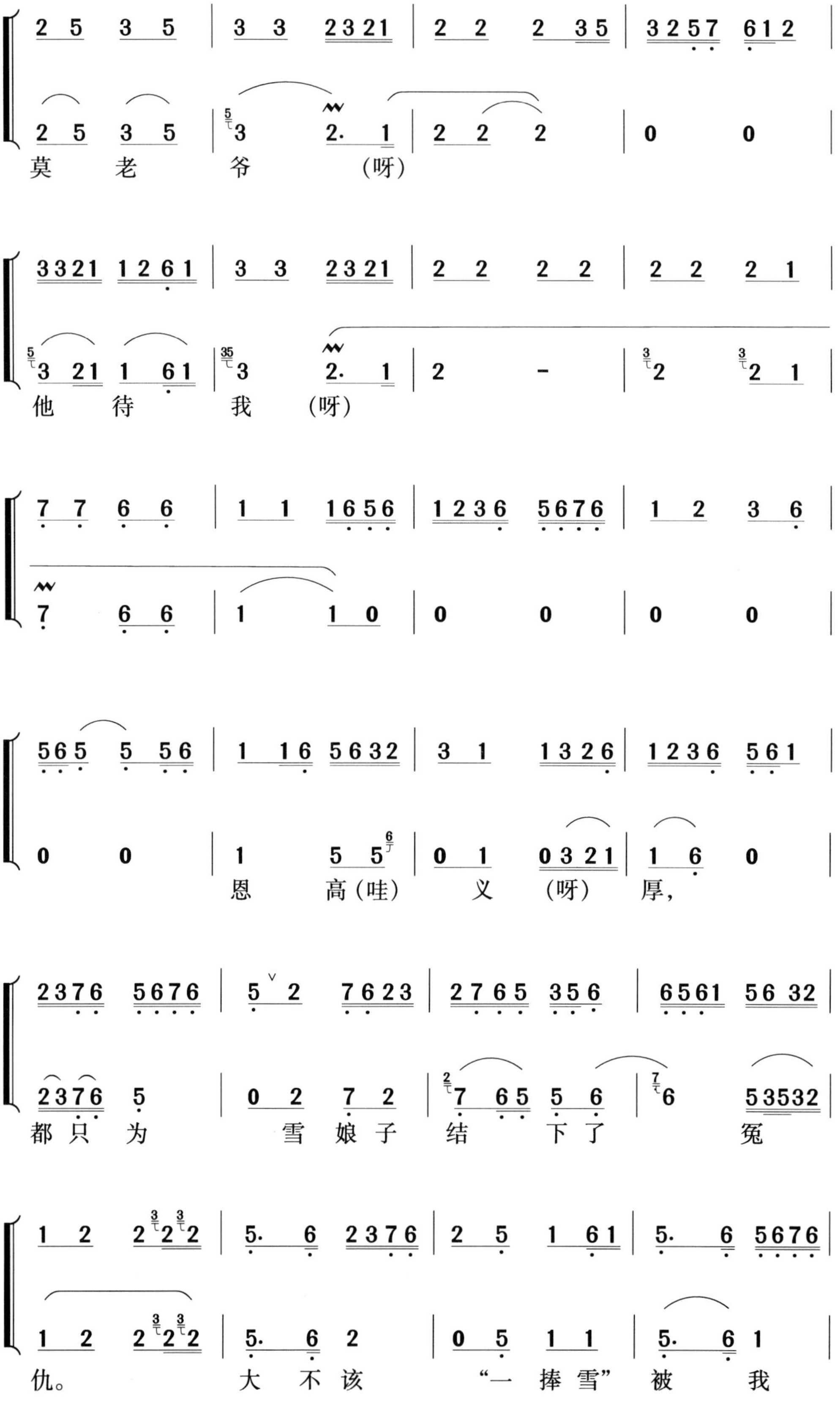
莫 老 爷 (呀)
他 待 我 (呀)
恩 高(哇) 义 (呀) 厚,
都只为 雪娘子 结 下了 冤
仇。 大不该 “一捧雪”被 我

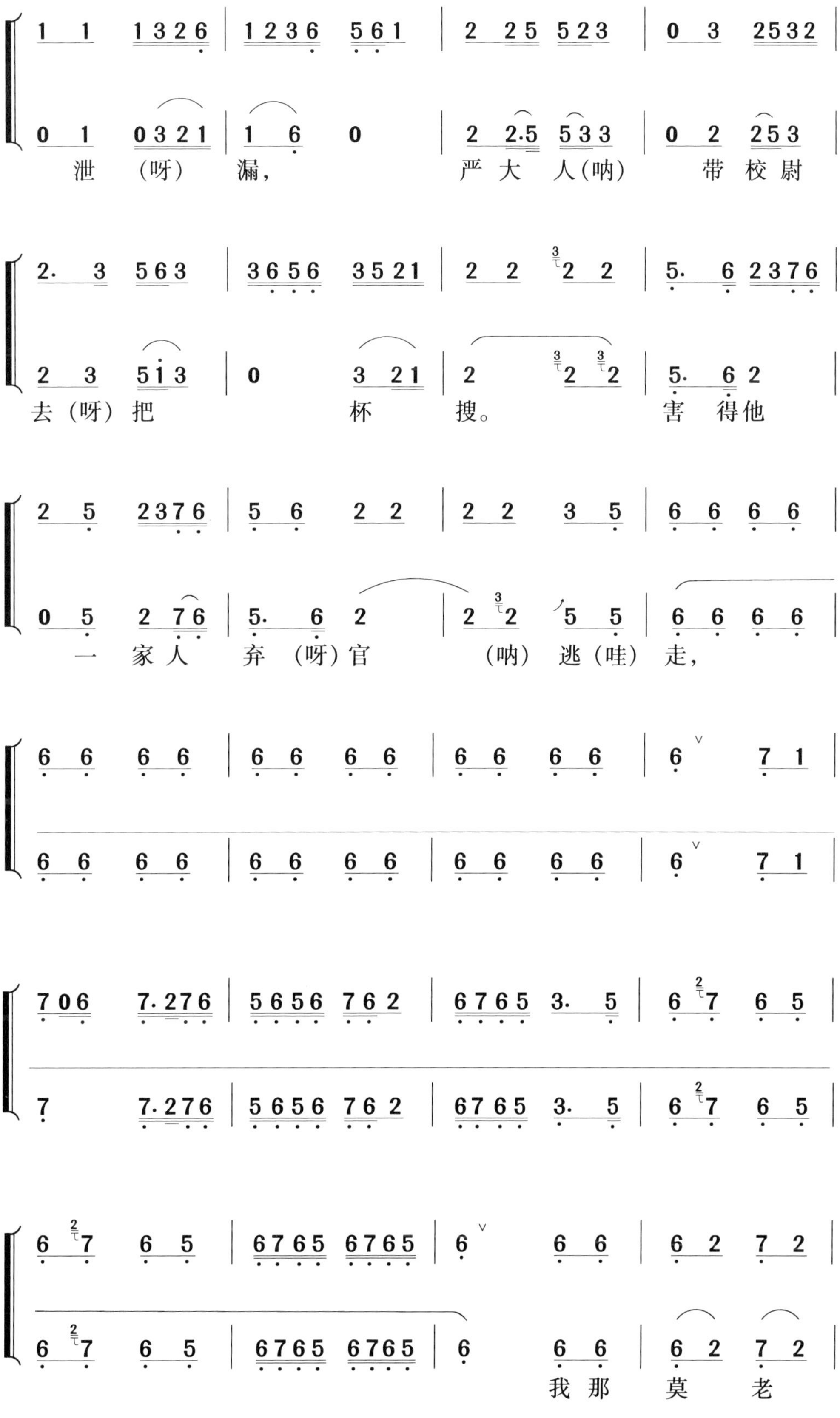
泄 （呀） 漏， 严 大 人（呐） 带 校 尉
去（呀）把 杯 搜。 害 得他
一 家人 弃 （呀）官 （呐） 逃（哇） 走，
我 那 莫 老

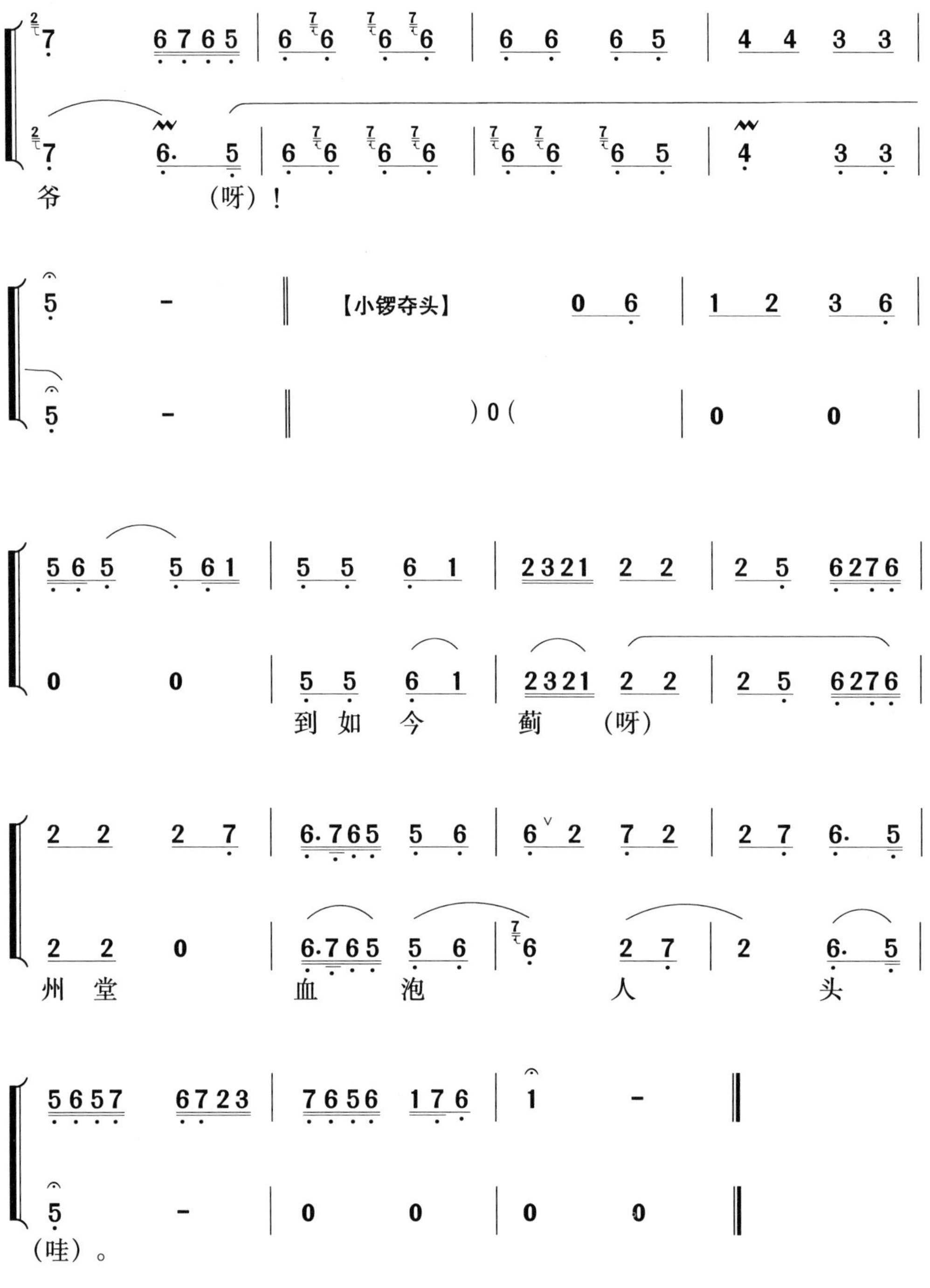

差　役　来到牢门。

汤　勤　唉！府门，什么牢门？前去叫门。

差　役　叫门也我们的事？

汤　勤　就会吃饭哪？

差　役　好，叫门就叫门。（走至门外）开门哪！

雪　艳　是哪个？

差　役　（对汤勤）人家问是谁哪？

汤　勤　汤老爷！笨蛋！

差　役　（对门）汤老爷。

雪　艳　不晓得。

差　役　（对汤）人家说不晓得。

汤　勤　汤老爷就是汤勤汤老爷。

差　役　（对门）汤老爷就是汤勤汤老爷。

雪　艳　不晓得许多，不开门。

差　役　（对汤）人家说了，不晓得许多，还是不开门哪。

汤　勤　哎呀，不开门，怎么办哪？

差　役　我早晨给人家"下销"去了，这儿有把斧子，干脆，我把这门给劈开得了。

汤　勤　甚么东西！这是喜事，你净说丧话！去吧，去吧！我不要你了。

差　役　怎么，不要我啦？

汤　勤　我辞了你啦。

差　役　辞了我啦？好，太爷正想不干哪。

汤　勤　什么太爷？

差　役　拿工钱来！

汤　勤　明天来领。

差　役　你还活得到明儿个？

汤　勤　咳！你这是甚么话？胡说八道。

差　役　钱我不要了，留着你打烧纸吧。

〔**【小锣一击】**差役由"上场门"下。

汤　勤　嘿！放屁！唉，待我自己叫门。啊，雪娘子，开门来呀！

雪　艳　又是哪个？

汤　勤　下官汤勤回来了。

雪　艳　哦，汤老爷回来了，待我与你开门。

汤　勤　这便才是。（雪艳站起，**【小锣一击】**汤勤进门）雪娘子啊！

〔汤勤欲抱雪艳，雪艳忙躲开。

〔书吏等内白："走走走！"

汤　勤　有人来了，你且回避。

〔雪艳进入"下场门""床帐"内。

〔**【小锣打上】**四青袍托酒盘、书吏同上。进门挖开，书吏站"小边"。

书　吏　汤老爷，该死了。

汤　勤　哦！大喜了。

书　吏　大喜了，我们特备水酒，与汤老爷贺喜来了。

汤　勤　哦！贺喜来了？

书　吏　是是，贺喜来了。我们把敬几杯。

〔书吏拿酒壶、酒杯斟酒。

汤　勤　喜酒总是要吃的。

书　吏　汤老爷，你吃了头杯酒，死后变黄狗。

汤　勤　夫妻到白头。（接杯喝干）

书　吏　到白头。（斟酒）来来来，请请请！吃了酒二杯，死后变乌龟。

汤　勤　哦，夫妻永和美。（喝酒）

书　吏　永和美。（斟酒）三杯喝完事，一死解千愁。

汤　勤　一醉解千愁。（喝酒）

书　吏　喝个长流水吧。

〔**【小锣匝匝匝】**汤勤随饮，书吏随斟，汤勤吐。**【小锣一击】**

汤　勤　酒已够了，吃不得了。

书　吏　我们告辞了。

汤　勤　不送了。

〔书吏示意，四青袍出门，由“上场门”下。

书　吏　（走至帐前）雪娘子，汤勤被我等灌醉了，报仇也在你，不报仇也在你，我们走了。（出门）待我将门与他们倒锁。

〔书吏扣门，**【小锣一击】**“上场门”下。

雪　艳　啊，汤老爷，怎么样了？

汤　勤　我多贪了几杯呀。

雪　艳　待我搀扶与你，安歇了吧。

〔**【小锣一击】**雪艳搀汤勤进帐内。

汤　勤　（帐内）你要来呀！

雪　艳　我就来的。汤老爷！（汤勤在帐内鼾声）汤老爷！（汤鼾声）**【叫头】**哎呀且住！汤贼已醉，此时不下手，等待何时？

〔二黄散板〕

【快纽丝】サ（6 5 - 3 2 - 2 3 3 2. 1 6. 6 5 -）

3 2 2 7 6 5 5 6 1 -（3 2 2. 1 6. 6 5 -）
一 见 汤 贼 已 睡 稳，（仓）

5 5 6 7 7 -（0 6 5 6 7 -）5 7
今 日 雪 艳 报 夫

7. 6 5 6 6. 1 5 5 -（3 2 2. 1 6 6 5 -）
君。（仓）

3. 6 5 6 6 6 3. 5 5 6 1 - 7 6 1 6 0 1 2
卸 却 钗 环 取 利 刃，

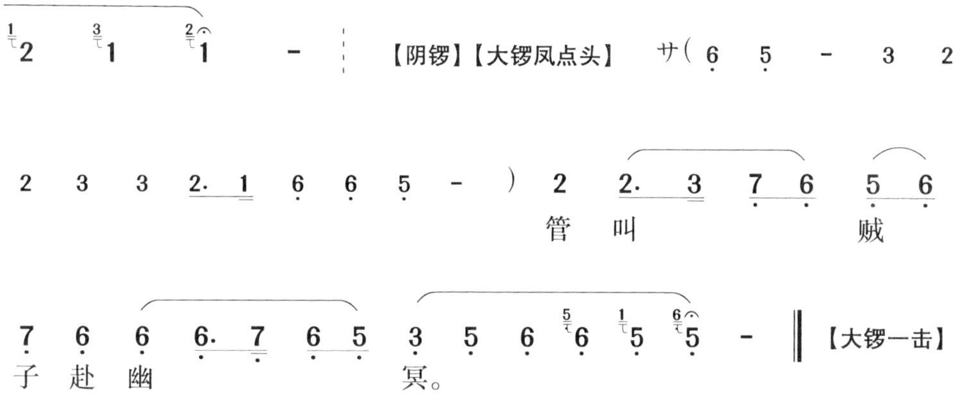

雪　艳　汤老爷！（汤鼾声）汤老爷！（汤鼾声。雪艳随叫随走近床帐）好贼子，看刀！

〔雪艳揭帐刺汤勤，（**八大仓**）汤勤被刺后双手揭帐，踢雪艳“屁股座子”。**【乱锤】**汤勤往“小边”扑雪艳，雪艳闪到“大边”，回身欲拔床帐上挂的宝剑，汤勤赶去把雪艳推开，他也欲拔宝剑，雪艳从汤身后赶上，将汤推倒。雪艳把宝剑拔出，汤勤双手抓住雪艳右手，**【回头】**二人“圆场”。**【撕边、八大仓】**把汤勤刺死，汤倒地。雪艳跪地用剑剁汤勤。

雪　艳　（念**【扑灯蛾】**）见贼子气难忍，
不由人动无名。
你仆纳主妾心何忍，
雪艳今日把冤伸。

（**【冲头】**雪艳站起，往里开门，未能打开）且住！想我大仇已报，若是逃走，岂不连累陆大人？也罢，我不免拜谢老爷待我的恩情，寻个自尽了吧！（哭）

奏唢呐曲牌<哭批>

〔雪艳向里跪拜，起身。

雪　艳　罢!

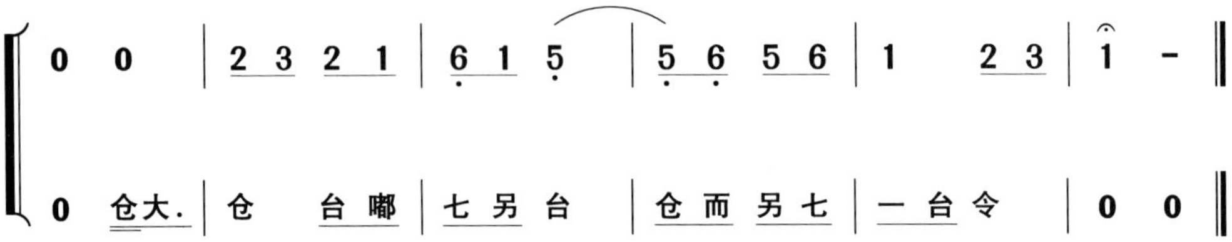

〔雪艳拿剑自刎、倒地。奏唢呐曲牌<尾声>后半段。

——剧　终

迟金声 **整理** 薛宝臣 **抄录** 杨凌云 **记谱**

打严嵩

马连良 裘盛戎演出本

明朝嘉靖年间，严嵩独揽朝政，排除异己，并在府中鸠营密室，私造九龙王冠，图谋篡位。其工匠邱、马二人被开山王常宝童诱入开山府，作为严嵩罪状的人证。御史邹应龙秉性耿直，对严嵩专政极为愤恨。他以献好心为名进入严府探其动静，乘机取得了严嵩的信任，将其诓进开山府。邹暗至开山府与常宝童定计将严嵩痛打了一顿。严嵩离开开山府决意上金殿参常宝童。为了便于验伤，严恳求邹应龙在其面部做伤，邹应龙又在御街上把严嵩痛打了一顿，最后还得到严嵩的称谢。

《打严嵩》是一出独具特色的传统戏。在京剧中鲜有以老生和花脸为主的喜剧。这出戏的内容风趣、格调明快，多少年来它是一出为广大观众喜爱的优秀剧目。御史邹应龙是戏中的主要人物，严嵩的两次被打，也都是他一手策划安排的。

关于邹应龙，《明史》有记载，他是长安人。嘉靖三十五年进士。在史书上，虽没有邹应龙打严嵩一事，但严氏父子确实是被邹参倒的。

这出戏又名为《开山府》，是以常宝童官邸的名字所取的剧名，多年来一直这样传下来。马连良先生发表过一篇文章，其中谈到“开山府”的问题，摘录如下：“……在《打严嵩》里演员一直都把常宝童的府第叫作‘开山府’，从来没有想到这里会发生问题。去年得到一位朋友的指教，才知道常遇春封的是开平王，《明史》（卷一百二十五《列传》第十三）上有记载，常宝童世袭王爵应是‘开平王’，不是‘开山王’……”（1962年11月11日《文汇报》）马先生接受了这个意见，准备把剧中的台词，统一改为“开平府”，但以后由于多种原因，这个戏没有演出，所以这个改动未能实现。

《打严嵩》这出折子戏，在京剧老生的各流派都演，尽管台词、唱腔等大同小异，但在表演上的艺术处理却各有特点。大约在1960年马先生教梅葆玥同志这出戏时，我向老师请教这出戏应注意哪些方面。先生说：“这个戏要注意念白的语气和层次的变化。邹应龙三次见严嵩是三个不同层次的语气：头次见严嵩是所谓的献好心；第二次是向严嵩献计，成了他的心腹人；第三次是御街打严嵩。他们的关系一次比一次‘亲近’，念白的语气也得随着剧情的进展去变化。但要注意别造作，要念得生动自然。”

当时，先生与裘盛戎同志曾几次演出此戏，经过先生的指点，再观摩老师舞台演出，使我对这出戏的理解更深刻了。

这出戏共四场。头场是邹应龙一个人的单场，是戏曲表演中特有的交代性的独白。第二场是邹应龙初到严府，以“献好心”为名来见严嵩，得到信任，奏命金殿作证后又在严府二次“献计”，严嵩把他进一步地信为心腹人，并把御赐的穿朝马送给他。这场戏以戏曲时空处理灵活的特点转换了三次地点：严府——金殿——严府。第三场是邹应龙见常宝童，献计打严嵩。第四场是在御街，邹应龙亲自打严嵩。

四场戏都侧重于念白，情节的进展基本都是通过人物对白来交代的，所表现的事件冲突则都是邹应龙制造的，是通过邹应龙的语言挑起来的。邹应龙所讲的内容有真有假，总之是要让对方确信无疑。因此，如何演好邹应龙的“挑”，如何表现好邹应龙的假话当真话讲是至关重要的。马先生曾说过：“表演不要做作。”我的体会，也就是台词要念得严肃，遇到风趣的地方不无限夸张、不找噱头，虽是喜剧，但要通过剧情的顺序进展，自会达到应有的效果。这次整理这个剧本正是对老师的表演艺术的回忆学习。以上我的体会还请读者和师友们指正。

迟金声

人物行当

邹应龙	老生	送旨太监	杂
严　嵩	净	四校尉	杂
常宝童	小生	二抬皇杠武士	杂
严　侠	丑	四太监	杂
四文堂	杂		

服装扮相

邹应龙　俊扮。黑三、纱帽，蓝官衣、红官衣（由金殿穿起至剧终），玉带、紫衬褶，香色彩裤，黑厚底靴。

严　嵩　勾白脸。黪满、黪鬓发、文扬，红蟒、玉带、红衬褶，红彩裤，黑厚底靴。

常宝童　俊扮。紫金冠，红龙箭衣、大带、红开氅，红彩裤，黑厚底靴。

严　侠　勾小脸。黑八字吊搭、丑圆纱帽，黑素官衣、玉带，黑彩裤，黑朝方靴。

四文堂　红大叶巾，红龙套，红彩裤，薄底靴。

送旨太监　太监帽，太监衣，红彩裤，薄底靴。

四校尉　大叶巾、小额子，素黄马褂、苫肩、素紫箭衣、大带，黑彩裤，薄底靴。

二抬皇杠武士　大凯盔，大凯服，黑彩裤，薄底靴。

四太监　太监帽，太监衣，黑彩裤，薄底靴。

道具

红手本	一本	牙笏	两个
圣旨	一道	印盒	一个
开门刀	四把	假砖	一块
马鞭	一条	瓜棍	一个
香炉	一个	小帐子	一个
桌子	一张	椅子	两把
红桌围椅披	一份	金锏（绑红绸）	一个

文书盘（放笔、墨、砚台）　一个

画像　（中间坐明太祖、左侧站常遇春）　一幅

第 一 场

〖【撤锣】邹应龙内白："嗯哼！"

【小锣帽子头】上，至台口。

邹应龙 （念引）

奸贼不奏反为仇，（多多）十年空白（多罗）

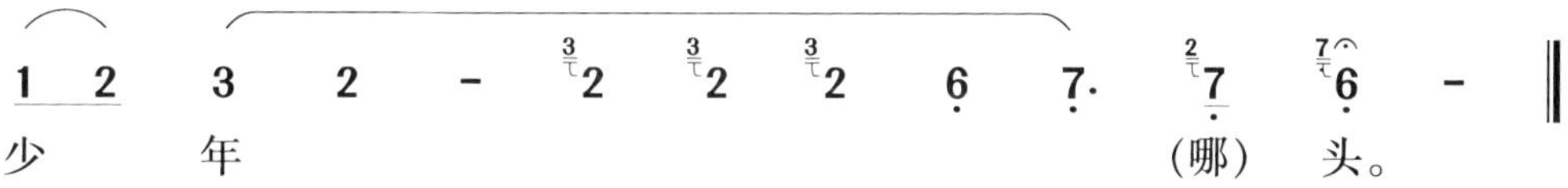

【小锣归位】转身归"小座"。

（念诗）恶贯满盈陷，

空自为君前；

枉费徒劳胆，

只落口怨天。【小锣住头】

下官，邹应龙。【小锣一击】嘉靖驾前为臣，官居外帘御史。可恨严嵩老贼，在朝专权，是我等三百六十同年，在双塔寺公论，有人将严嵩老贼参倒，方为首领。今日闲暇无事，无免到他府中看过动静。正是：（扎）

灭却奸佞贼，

方为栋梁臣。（站起、出门）

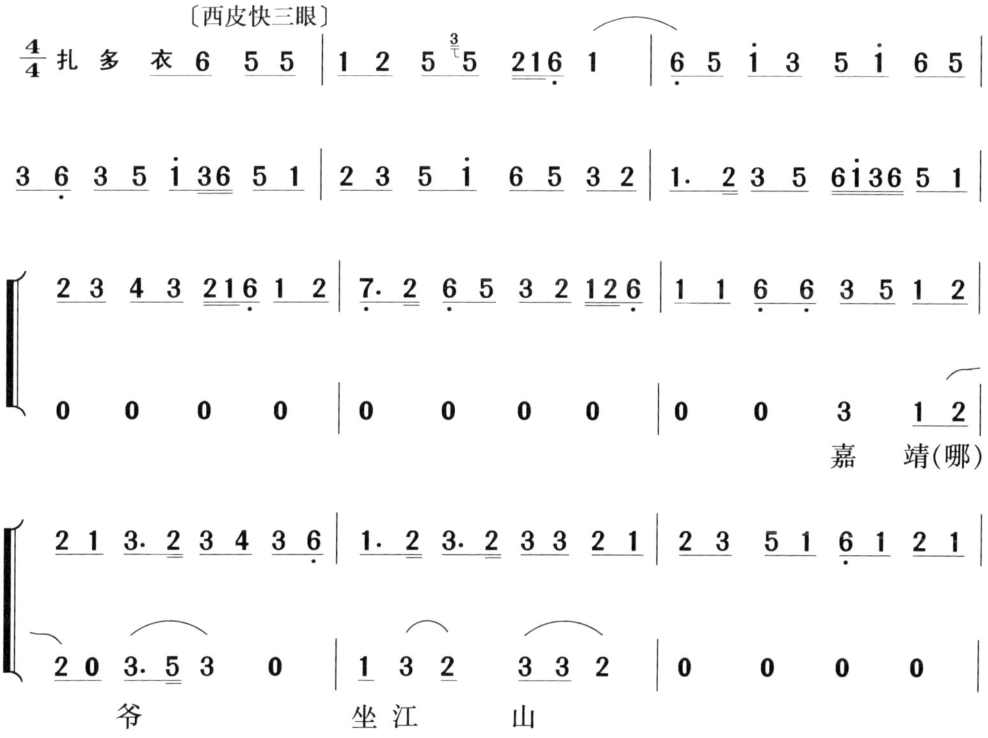

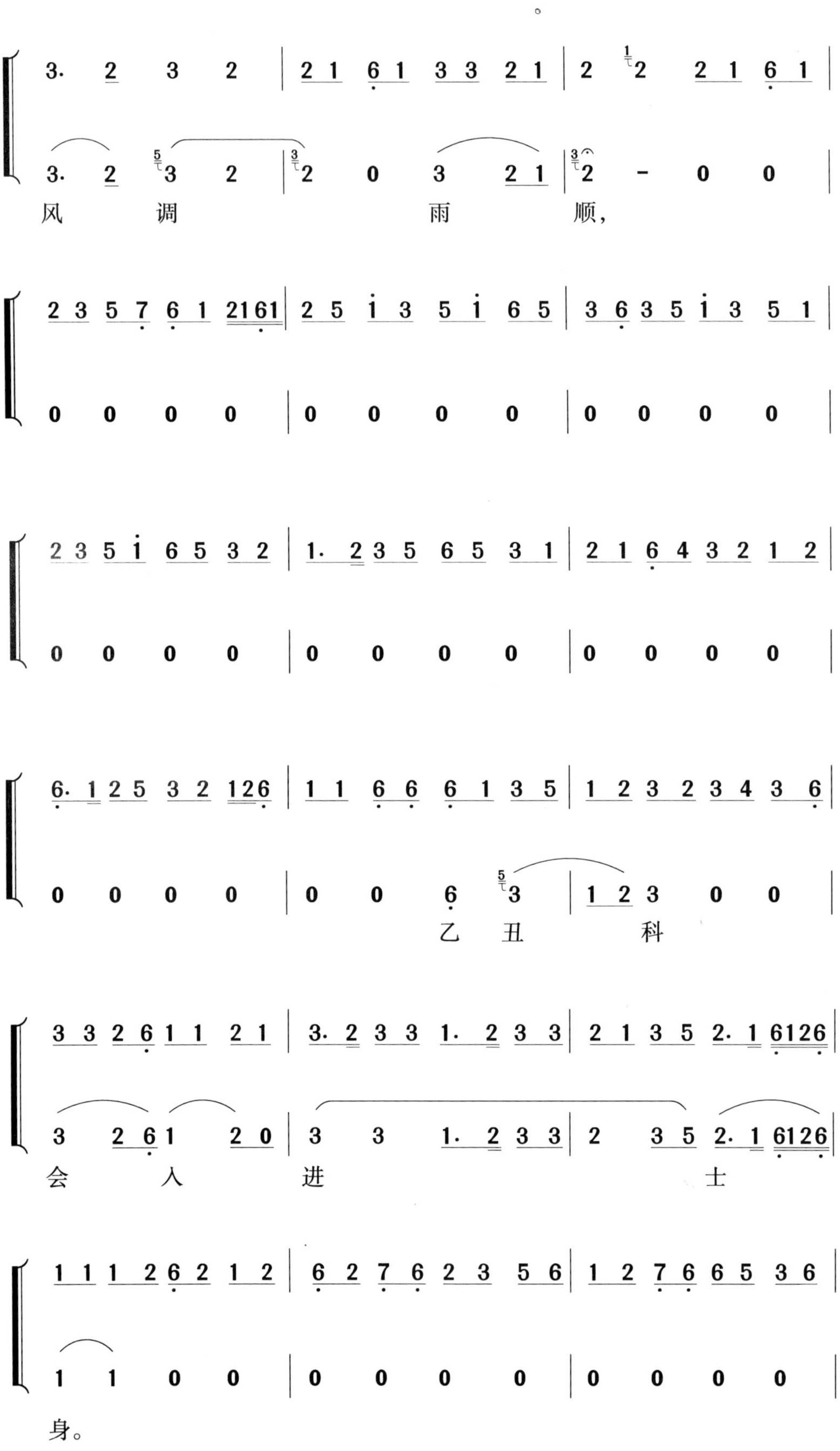
风 调 雨 顺，
乙 丑 科
会 入 进 士
身。

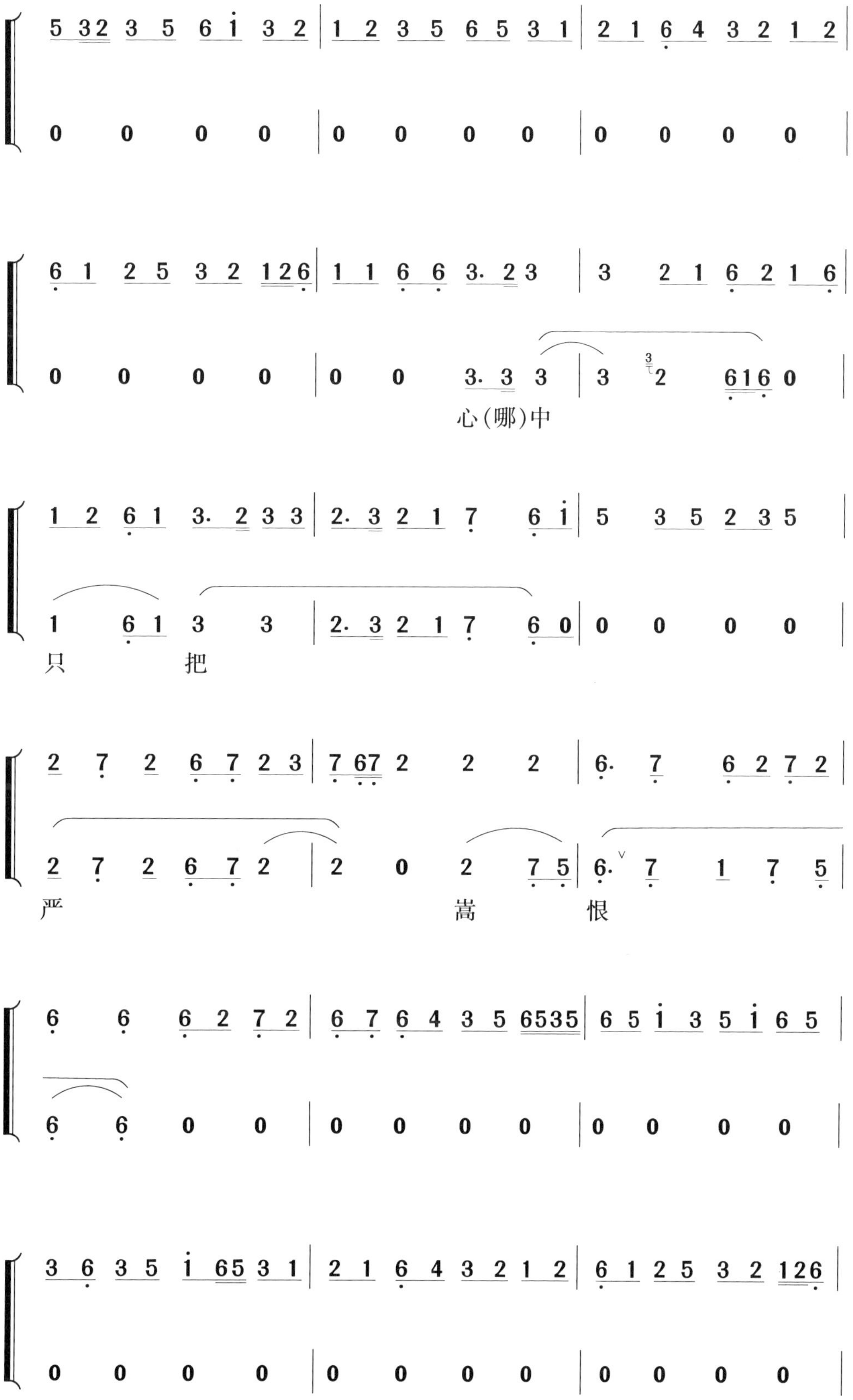
心(哪)中
只
把
严
嵩
根

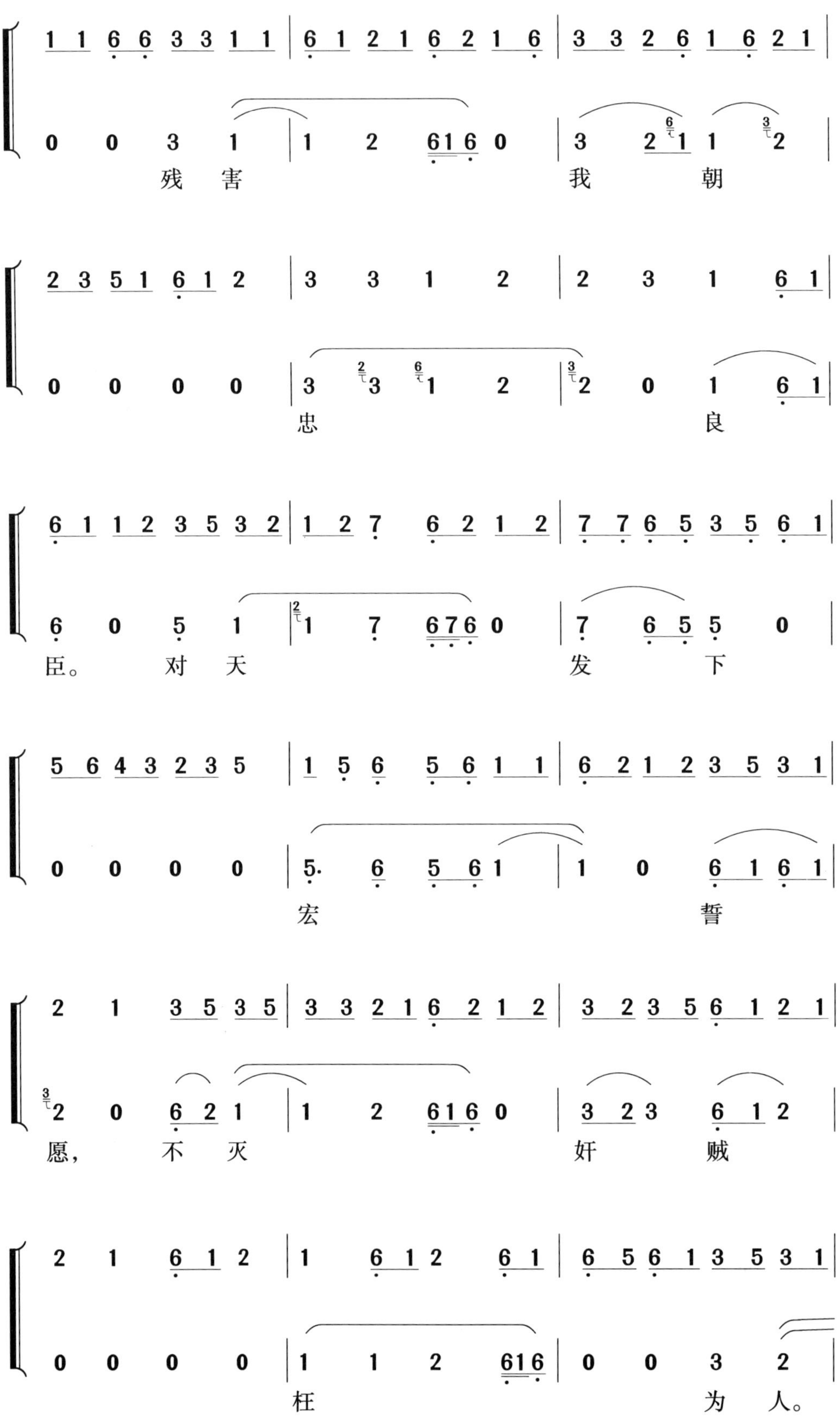
残害 我 朝
忠 良
臣。对天 发 下
宏 誓
愿，不灭 奸 贼
枉 为 人。

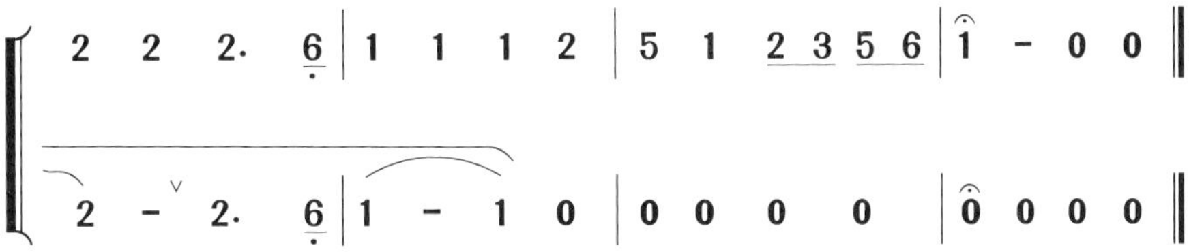

〔【小锣打下】“下场门”下。

第　二　场

〔严侠内白：“嗯哼！”【小锣打上】严侠“上场门”上，至台口。

严　侠　（念）宰相门前七品官，
　　　　见爷容易见我难。（扎）
在下严侠。自从进得严府，太师爷十分的宠信，大事回禀，小事任我自便。今当闻报之期，只得在此伺候。（走至台口“大边”）

〔【小锣打上】邹应龙“上场门”上，至台前。

邹应龙　（念）弟兄共同论，
　　　　要参奸佞臣。

严　侠　咳哼！【小锣一击】

邹应龙　（看到严侠）待我向前。（走近严侠）啊，尊官请了。

严　侠　啊，请了，哪儿来的？

邹应龙　下官邹应龙，禀见太师爷。

严　侠　噢，你要见太师爷？

邹应龙　正是。

严　侠　在手本吗？

邹应龙　在此。

〔邹应龙从袖内取出手本，严侠接过，打开，发现内中未夹着银票等。

严　侠　哎，我说这个邹老爷。

邹应龙　呃。

严　侠　八成您是初次上我们这儿来吧？

邹应龙　不错，头一次。

严　侠　头一次，那就莫怪啦，不知道我们这儿的规矩。

邹应龙　不晓得。

严　侠　我们这儿要见太师爷呀，大礼三百二，小礼二百四，有礼才能够见哪！

邹应龙　若是无礼呢？

严　侠　那您就免见吧。

邹应龙　哦，尊官！

严　侠　啊！

邹应龙　下官今日出来得慌速，未曾带着，改日再补。

严　侠　哦，你说是改日再补？

邹应龙 正是。

严 侠 嘿嘿嘿，那就改日再见吧！

〔严侠把手本扔地，【小锣一击】邹应龙把手本拾起。

邹应龙 （背供）哈，不要说那严嵩老贼，就是他府下之人，也是如此的可恶。嗯，我若不将此人扳倒，我是怎么参那严嵩啊？（思索）有了。（大声对严侠）过来！

严 侠 （一惊）叫谁那这是？这可真邪性啊，长调门啦。（走近邹应龙）什么事呢？

邹应龙 我且问你，你家太师爷，可到太庙拈香？

严 侠 太师爷呀？

邹应龙 啊。

严 侠 天天上朝，哪天他不出门儿呀！

邹应龙 好哇，有日我遇见你家太师爷，我走上前去，一把扯住轿杆，说道：那日小官去到府上，有好心当献，被府下有一尊官问我要什么，大礼三百二，小礼二百四，有礼才能相见，无礼免见。那时管叫你吃、吃吃吃罪不起！你邹老爷不见了哇！

〔邹应龙左手拿手本，双手背后往“上场门”走。

严 侠 啊，得啦，得啦！邹老爷您回来，拿过来吧。（严侠急迫着从邹应龙手中拿过手本）您这是干什么呀！我这儿给您赔礼啦。您瞧您把脸呱嗒下来啦，您这是干什么呀？（二人仍站原处）

邹应龙 怕你不与我通禀啊。

严 侠 哎！哪儿的话呀？哪能不给您回禀啊？哎，可是这么着邹老爷！

邹应龙 嗯。

严 侠 这可是有尺寸的地方，你站的可不是地方，得往下站！

〔邹应龙往后退一步。

严 侠 还得往下站！

〔邹应龙又退后一步。

严 侠 我说你哪！往下站！

邹应龙 啊？！

严 侠 怎么啦？

邹应龙 呸！（往前上步）叫你邹老爷站到哪里去呀？啊？！站到哪里去？

严 侠 反正这块地方，你爱站哪儿就站哪儿吧。

邹应龙 哼！什么东西？

严 侠 邹老爷。

邹应龙 势利的小人。（随念随往“上场门”走下）

严 侠 嘿嘿，一点儿都不含糊，唉，没法子，总得给他回禀一声啊。有请太师爷！

〔严嵩内白：“嗯哼！”

内唱〔西皮导板〕

【大锣导板头】サ（3. 5 6 6 - 6 5 5 - 6 4 3. 1 2 1

7 2 1 - ）3 3 2 3 2 1 2 （2. 3 5 5 2 1

昔 日 有 个

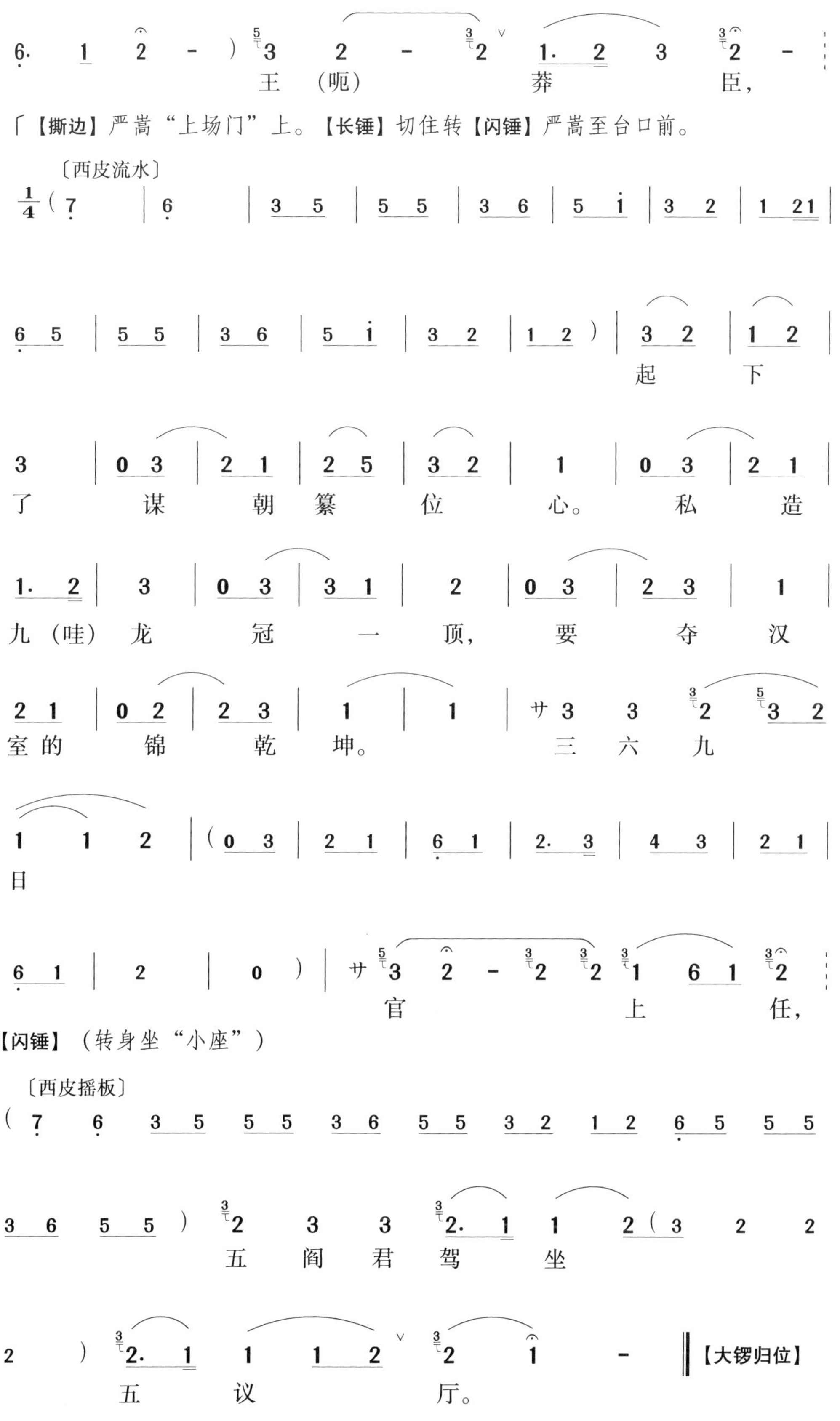
王（呃）莽臣，
【撕边】严嵩“上场门”上。【长锤】切住转【闪锤】严嵩至台口前。
〔西皮流水〕
起下了谋朝篡位心。私造九（哇）龙冠一顶，要夺汉室的锦乾坤。三六九日
官上任，
【闪锤】（转身坐“小座”）
〔西皮摇板〕
五阎君驾坐
五议厅。
【大锣归位】

严　嵩　（念）君不君来臣不臣，
　　诸事不问嘉靖君。【小锣二击】
　　私造九龙冠一顶，
　　要谋大明锦乾坤。【大锣住头】

老夫，【撕边大锣一击】姓严名嵩字惟中。【大锣住头】大明驾前为臣。只因我儿世蕃与嘉靖皇帝，同年、同月、同日生，只是不同时，嘉靖皇帝有天子之分，难道我儿世蕃就无有九五之尊？【大锣住头】为此，私造九龙冠一顶，准备我儿接位。【撕边大锣一击】严侠！

严　侠　有。
严　嵩　大事通禀，小事任尔去办。
严　侠　启禀太师爷，今有邹应龙，面见太师爷。
严　嵩　邹应龙？【撕边一击】
严　侠　正是。
严　嵩　见老夫为了何事？
严　侠　他言道有好心当献。
严　嵩　（思索）吩咐站堂伺候。
严　侠　站堂伺候。

〔【大锣原场】四龙套两边上，严嵩起身坐“大座”。邹应龙从“上场门”暗上至前方。

严　嵩　严侠，命邹应龙，东角门施礼，西角门打躬，报门而进。
严　侠　是！（走至台中）邹应龙听者！【大锣一击】
邹应龙　啊！
严　侠　太师命你，东角门施礼！
邹应龙　哦！【大锣一击】
严　侠　西角门打躬！
邹应龙　哦！【大锣一击】
严　侠　报门而进哪！【大锣一击】

〔严侠回身站“大边”。

邹应龙　哦！〔亮弦〕

サ（^{5}3　2 1　7̣　2　1̂　–　）

〔西皮流水〕

【闪锤】$\frac{1}{4}$（7̣ | 6̣ | 3. 5 | 5 5 | 3 6 | 5 6 | 3 2 | 1 1 | 6̣ 5 |

5 5）| 1 | 4 | ^{5}3 | 0 3 | 3 3 | 3 2 | 1 2 | 3 |
忽 听 得 里 面 传 一 声，

0 1 | 0 1 | 6̣ 5 | 3 5 | 2 1 | 6̣ | 1 | 0 2 | 0 1 |
吓 得 应 龙 胆 战 惊，东 角

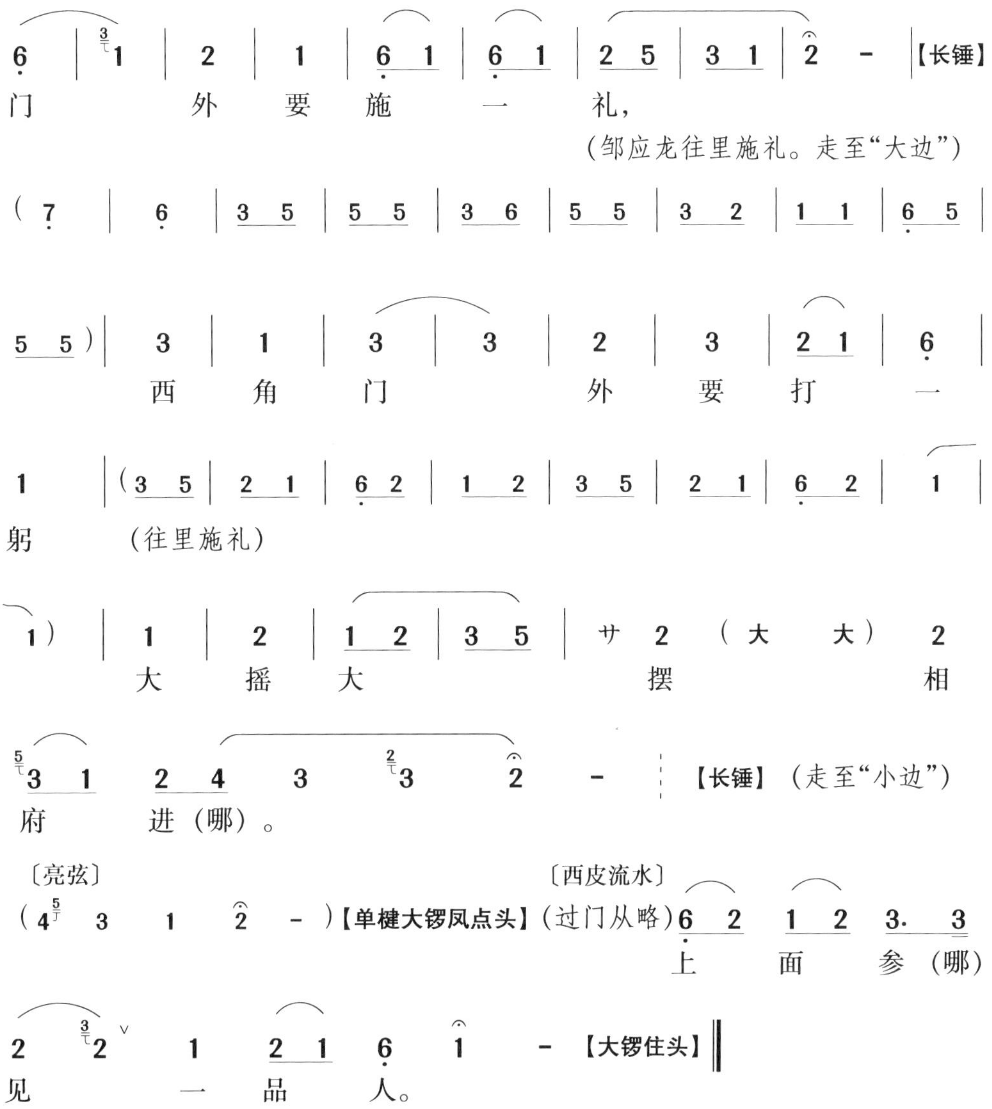

邹应龙 小官邹应龙叩见太师。（面向里跪）

严　侠 邹应龙到，邹应龙到！**【撕边大锣一击】**

严　嵩 下跪可是邹应龙？

邹应龙 正是。

严　嵩 要见老夫为了何事？

邹应龙 前来献好心。

严　嵩 好，起来。

邹应龙 谢太师！**【大锣住头】**（起来站“小边”）

严　嵩 严侠。

严　侠 有。

严　嵩 与邹官看座。

严　侠 是。

邹应龙 且慢，太师在此，哪有小官的座位？

严　嵩　有话叙谈，只管坐下。

邹应龙　谢太师！**【大锣住头】**（坐“大边”跨椅）

严　嵩　要见老夫，有何好心？

邹应龙　那日小官巡城，见府上有一官长，手持白牌往哪里公干？

严　嵩　提调邱、马两匠。

邹应龙　小官只见那常宝童，将那位官长掠进了开山府，吊在头门以里，仪门以外，是百般的拷打，还有两句淡话，唉！小官实实的不敢言讲。

严　嵩　哪两句淡话？

邹应龙　那常宝童言道：清晨打到黄昏，夜晚打到天明，打在那人的身上，羞在太师爷的脸上。

严　嵩　怎么讲？

邹应龙　羞在太师爷的脸上！**【大锣一击】**

严　嵩　小奴才！

〔西皮散板〕

【大锣凤点头】（过门略）サ 3 3 4 3 3. 2 1 2 3 （6 1 2 3 －）
听 一 言 来 怒 气 冲，（仓）

6 1 2 1 2 3 2 1 （7 6 2 1 －）
大 骂 开 山 常 宝 童。（仓）

2 2 3 2 1. 2 3 2 （7 6 1 2 －）
自 古 常 言 道 得 好，

6 1 2 3 2 2. 1 1 2 1 － **【大锣住头】**
打 犬 还 看 主 人 公。

顺轿！**【撕边大锣一击】**

邹应龙　且慢，老太师顺轿何往？

严　嵩　上殿参那常宝童。

邹应龙　万岁若问何人得见？

严　嵩　啊，少不得你的见证。

邹应龙　哎呀！小官乃是外帘御史，焉能见得圣上？

严　嵩　这，也罢，老夫不通圣命，升你为内帘御史。

邹应龙　但不知几时领凭？

严　嵩　嘉靖封官三日领凭，老夫放官即刻荣任，去吧。

邹应龙　谢太师！**【大锣五锤】**（出门下）

严　嵩　打道上朝。

严　侠　是，外厢顺轿上朝。（下）

〔**【冲头】**严嵩出门，上轿。唢呐吹奏<六幺令>前半段，四龙套两翻，**【大锣原场】**严嵩下轿，进门。四龙套分下。

严　嵩　臣，严嵩见驾吾皇万岁！（向里跪）

　　〔内白：“太师平身。”

严　嵩　万万岁！（站起）

　　〔内白：“赐绣墩。”

严　嵩　谢座。**【大锣五锤】**（坐“大边”跨椅）

　　〔内白：“太师上殿，有何本奏？”

严　嵩　臣启万岁，今有开山府常宝童，窝藏邱、马两匠，请主定夺。

　　〔内白：“常宝童窝藏邱、马两匠，何人得见？”

严　嵩　邹应龙得见。

　　〔内白：“邹应龙……”**【小锣一击】**

严　嵩　正是。

　　〔内白：“他乃外帘御史，怎能见得寡人？”

严　嵩　臣，有行大罪。

　　〔内白：“太师何罪之有？”

严　嵩　未通圣命，升他为内帘御史。

　　〔内白：“太师升官，与朕一般。替孤传旨，宣邹应龙官带上殿。”

严　嵩　领旨。（起站，走至台口）万岁有旨，宣邹应龙官带上殿。（回原位）

　　〔邹应龙内白：“领旨！”**【长锤】**“上场门”上。

邹应龙　哈哈哈……

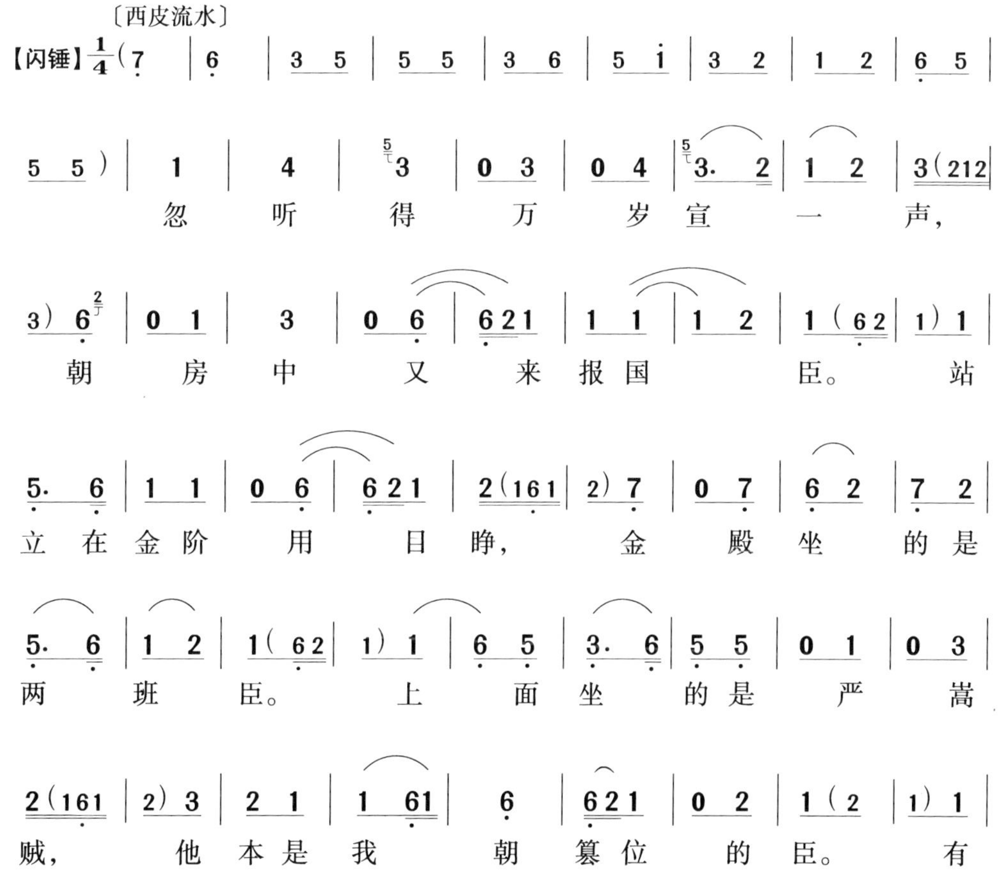

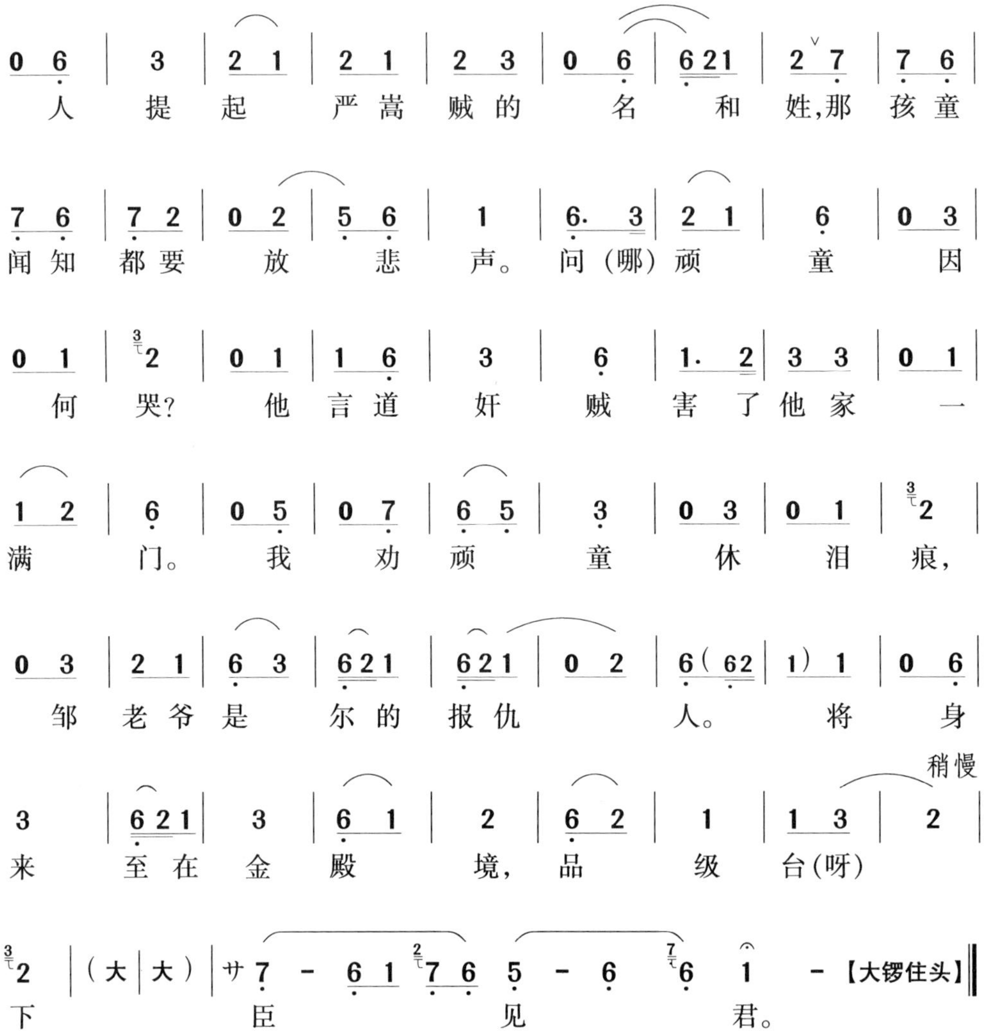

臣,邹应龙见驾吾皇万岁!(跪)

〔内白:“邹应龙。”

邹应龙 臣。

〔内白:“常宝童窝藏邱、马两匠,可是你亲眼得见。”

邹应龙 是臣亲眼得见。

〔内白:“授准内帘御史,下殿去吧。”

邹应龙 谢万岁!(出门)正是:(扎)

放起一把火,
要烧万重山。

〔【小锣五击】邹应龙“上场门”下。

〔内白:“太师近位。”

严　嵩 臣。【撕边大锣一击】(跪正场)

〔内白:“赐你圣旨一道,校尉四十名,去往开山府,捉拿常宝童,领旨下殿。”

〔一太监由“下场门”上,捧圣旨交严嵩即下。

严　嵩 领旨!

〔【冲头】严嵩接圣旨出门。四龙套两边上，严嵩上轿。唢呐吹奏<六幺令>合头，龙套走圆场至“上场门”，严嵩下轿，四龙套“上场门”下。【大锣原场】邹应龙、严侠由“下场门”上迎接，同进门，严嵩接圣旨，放在桌上，站“小边”，严嵩坐“小座”，邹应龙坐“大边”跨椅。

邹应龙 太师下朝来了？

严　嵩 下朝来了。

邹应龙 圣上怎样传旨？

严　嵩 赐老夫圣旨一道，校尉四十名，去到开山府，捉拿常宝童。

邹应龙 好个有道的明君。

严　嵩 有道明君。来！顺轿。

严　侠 是。

邹应龙 且慢！太师顺轿何往？

严　嵩 捉拿常宝童。

邹应龙 哎呀老太师呀！不是小官在此，老太师把事错办了哇！

严　嵩 怎么错办了？

邹应龙 那常宝童，依仗他先人立下的功劳，有一十二道免死金牌。此番老太师去往开山府，开读圣旨，那常宝童，若是不遵国法，将老太师一顿暴打，不过撤他一道免死的金牌，那时老太师如之奈何哇？

严　嵩 依你之见呢？

邹应龙 嗯，小官倒有个拙见在此。

严　嵩 你且讲来。

邹应龙 老太师在校尉之中，百里选十，十里选一，选他四十名精壮之人，跟随老太师，去往开山府，开读圣旨，那常宝童，若是不遵国法，抬也将他抬上了金殿哪。

严　嵩 哎呀呀！如此说来，你倒是老夫的心腹人了。

邹应龙 唉！心腹人好做，老太师的金面可难见得很哪！

严　嵩 啊！此话从何说起？

邹应龙 唉！太师有所不知，那日小官到府上有好心当献，被府上有一位尊官，问我要什么大礼三百二，小礼二百四，有礼才能相见，无礼免见。老太师可知呀？

严　嵩 此人你可认识？

严　侠 （旁白）全撩出来啦！

邹应龙 见面认得。

严　嵩 好，抓来见我！

邹应龙 是。

严　侠 （背供）我躲躲吧。（偷偷出门往“上场门”走）

邹应龙 （出门）这个小子往哪里去了？

〔邹应龙看到严侠。

严　侠 邹老爷，我给您沏茶去。

邹应龙 不渴，来来来。

严　侠 我给您拿点心去。

邹应龙 不用，来来来。（领严侠进门）就是他！（坐原处）

严　嵩　嘟！【大锣一击】
严　侠　哎哟！（跪下）
严　嵩　邹官到此有好心当献，你要什么大礼三百二，小礼二百四，你不定误了老夫多少大事，哪里容得，来！
四龙套　啊！
严　嵩　砍了！【撕边大锣一击】
严　侠　哎哟！（跪着走向邹应龙）邹老爷，邹老爷！
邹应龙　哦，做什么？
严　侠　邹老爷，太师爷要杀我啦！
邹应龙　哦，怎么老太师要杀你？
严　侠　对了。
邹应龙　你就让他去杀呀？
严　侠　哎哟！别价，邹老爷您给我求个人情儿吧！
邹应龙　哦，听你之言，叫我与你讲个人情？
严　侠　对了，邹老爷，您给说两句好话吧！
邹应龙　哦，你可晓得我的规矩呀？
严　侠　啊？您什么规矩呀？
邹应龙　我是小礼三百二，大礼六百八。
严　侠　哎呀，老头子，这比我还恶呀！别价呀，邹老爷，邹老爷，我给您磕头啦！在您一言之下，您给我说两句好话吧，邹老爷！
邹应龙　看看你的造化。
严　侠　没错儿，一说就成。（跪向严嵩）
邹应龙　（转向严嵩）太师，斩了此人，小官出入不利。
严　嵩　你是与他讲情？
邹应龙　太师开恩。
严　嵩　好，还不谢过邹老爷。
严　侠　是，谢谢邹老爷！（叩头）
邹应龙　谢过老太师。
严　侠　噢，谢过太师爷！（叩头）
严　嵩　谢过邹老爷。
严　侠　是，谢谢邹老爷！（叩头）
邹应龙　谢过老太师。
严　侠　谢过太师爷！（叩头）
严　嵩　滚了起来！
严　侠　是！（起来站“小边”）我谢谢您哪！
邹应龙　叫你认得认得我哇！
严　侠　我认准了你啦！
严　嵩　心腹人。
邹应龙　老太师。
严　嵩　你与老夫办事，乘骑而来，还是坐轿？

邹应龙 步行而来。
严　嵩 哎呀，岂不累坏这腿？
邹应龙 当得效劳。
严　嵩 也罢，前者圣上，赐老夫穿朝御马，我赠与你乘骑了吧。
邹应龙 谢太师！
严　嵩 严侠。
严　侠 有。
严　嵩 适才得罪了邹老爷，与邹老爷牵马赔礼。
严　侠 喳！（起〔行弦〕）

（大 大 | 大. 大 | 乙 大 | 大 | 仓 大 𝄋|: 0 | 1 | 6 2 | 1 |

3 | 2 1 | 7 2 | 1 | 0 2 | 1 2 | 6 2 | 1. 2 | 3 3 |

2 1 | 7 2 | 1 | 0 | 7 | 7 2 | 1 | 3 | 2 1 |

7 2 | 1 | 0 2 | 1 1 | 7 2 | 1. 2 | 3 3 | 2 1 | 7 2 | 1 :|𝄋）

严　侠 我拉马去。（进“上场门”拉马上）邹老爷，邹老爷，您上马吧。
邹应龙 （出门）太师爷在此，将马往下带。
严　侠 哦，是，哨……（往回牵）
严　嵩 严侠！
严　侠 嗳！
严　嵩 将马往上带。
严　侠 是。嘚、吁……（往前牵）邹老爷。
邹应龙 啊！
严　侠 您上马吧。
邹应龙 方才对你讲了，太师爷在此，问下罪来哪个担待？不能乘骑，将马往下带，往下带。
严　侠 哎。哨……（往回牵）
严　嵩 （大声）严侠！
严　侠 嗳！
严　嵩 将马往上带！
严　侠 是，真受不了啦！
严　嵩 无用的奴才！
严　侠 唔……（往前牵）吁……邹老爷。
邹应龙 啊！
严　侠 您上马吧。

邹应龙 太师爷怪罪下来，哪个担待？

严　侠 得啦，邹老爷，这就够我受的了，我的爹！

邹应龙 嗳！

严　侠 他给抄去啦。（〔行弦〕至此收住。）

サ（7 - 2 - 1 - ）

〔【撞金钟】

〔西皮小导板〕

邹应龙 （7 6 6 6 - 6 5 5 5 - 3

2 1 7 2 1 - ） 1 3 3 3 - 2 3 3
慢 施 礼 辞 别

3. 2 1 2 - 2 2 1 - （7 6 2 1 - ）

1 2 - 1 2 3 3 - 2 1 - 1 1 2 -
太 师 尊，

（向严嵩施礼）

〔【撞金钟】邹应龙出门上马，欲下。

〔亮弦〕

（7 6 1 2 - ）

严　侠 送邹老爷。（邹应龙回身）

〔西皮散板〕

邹应龙 【单楗凤点头】（2 - 2. 3 5 5 3 3 2 1 - ）3 - 2 62 1
慢 把 话

3 2 2 2 2. 1 6 5 - （6 5 3 5 6 i 5 - ）
说 与（呀）

3 - 2 1 1 - 2 2 1 - 1 - （7 6 2 1 - ）
尊 （哪）官 听。 （仓）

严　侠 哎！有话您说吧。

邹应龙 5 3 1 1 616 3 5 6. 5 6 6 6. 5
从 今 后 我 要

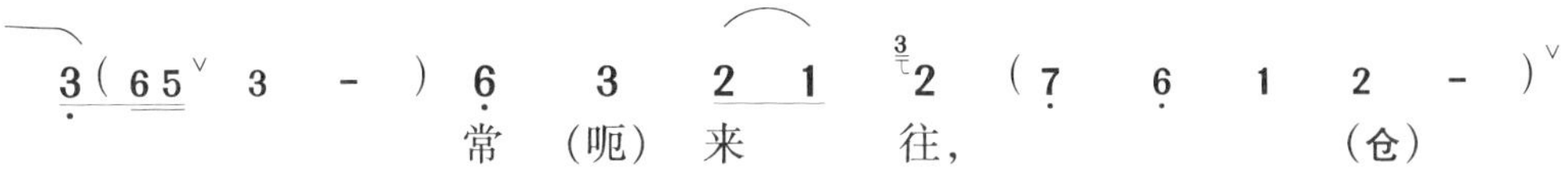

严　侠　是呀，您天天上我们这来呀。

邹应龙
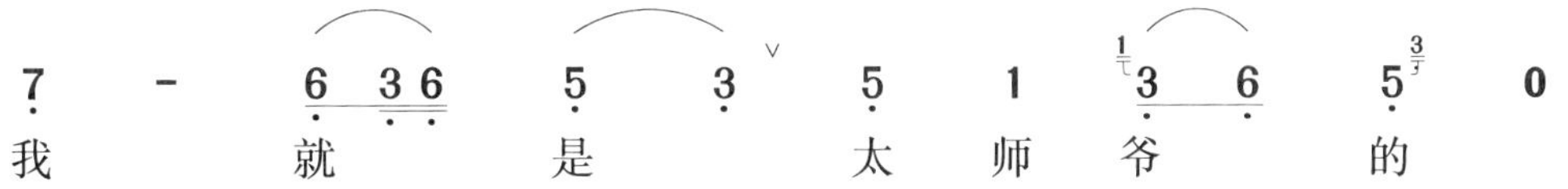

严　侠　嗯！

邹应龙
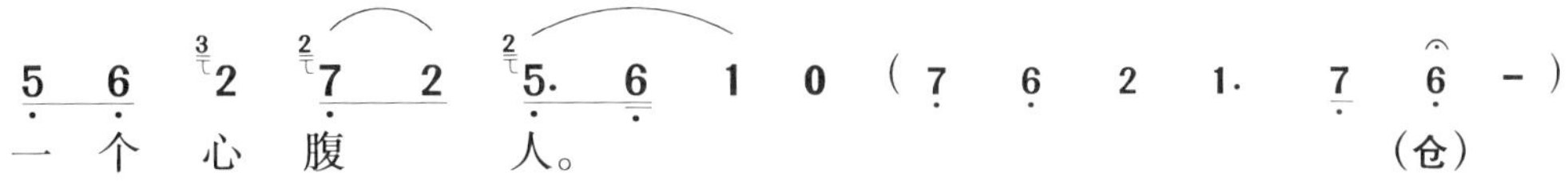

严　侠　不错，您是我们这儿的大红人儿呀！

邹应龙

严　侠　您又来了不是！这三百两银子您没给，我们也没要哇！

邹应龙
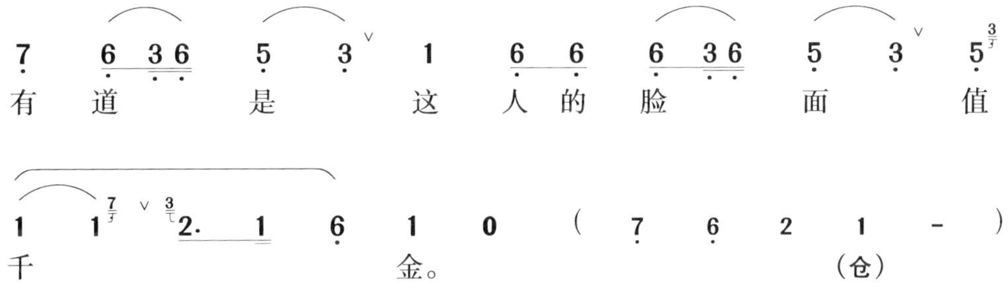

严　侠　不错，这人的脸面是要紧的。

邹应龙
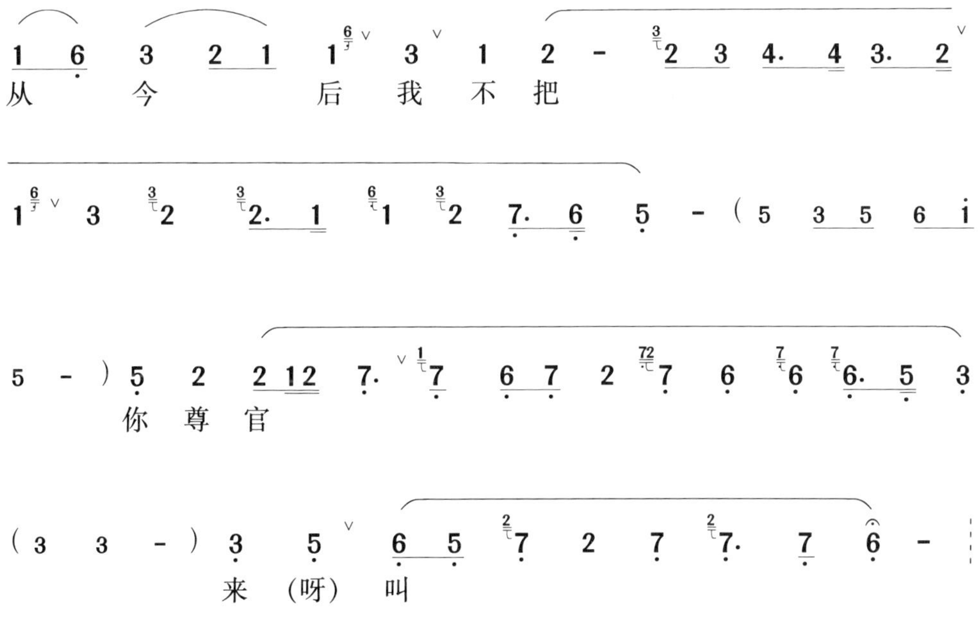

〔行弦〕

（仓大.‖: 1/4 6535 | 6 7 | 6535 | 6. 7 | 6535 | 6 7 | 6535 | 6 0）:‖

严　侠　邹老爷，请回来！那您不叫我尊官儿，您叫我什么呢？

邹应龙　喏！

严　侠　噢，我是喏呀！

〔〔行弦〕收住。

邹应龙　【大锣凤点头】サ 3　2. 1　1　3　2 1　1　3　3 2　6 1　2 1

你就是你邹老爷牵马坠蹬

3.　1　2.　（3　6 1　2 0）　7 7　6 2　7 2

一个势利的

7　6 5　3　5　-　6　1　6　5 3　1　-‖

小人。

〔邹应龙用马鞭打向严侠纱帽。【大锣一击】亮相。“下场门”下。

严　侠　骂苦了我啦！

〔西皮摇板〕

严　嵩　【闪锤】(过门同前) 3　3　3 1　2 -（2 1 | 6 1 | 2 | 2）2 1　1　3　2 -‖

人来与爷把轿(哇)顺

〔【长锤】四校尉两边上，严嵩拿圣旨，出门上轿。校尉领下。

严　嵩　3 2　3　1　2　2（2　2）サ 2 1　1　1　2　1　-‖

开山府内走一程。

〔【大锣抽头】“下场下”。

第　三　场

〔【长锤】二武士抬皇杠，四太监站门，引常宝童上。

〔西皮摇板〕

常宝童　(过门同前) 3　5　7　6　6 ⁞（6 5 | 3 | 3 5 |

太祖开基

6 | 6）| 6 5　5 6　7　7　6　6　- ⁞【闪锤】

山河定，

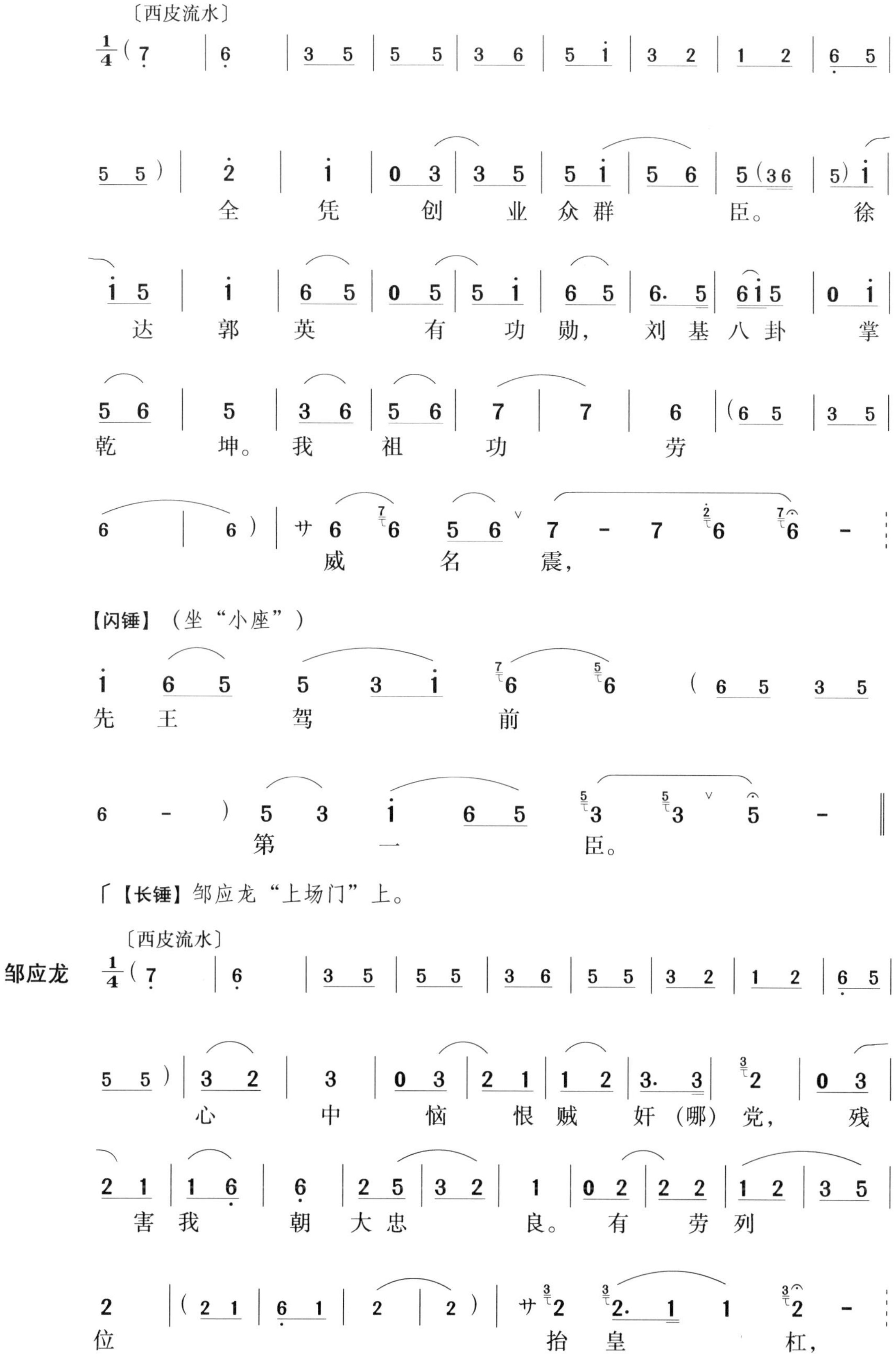
〔西皮流水〕
全凭创业众群臣。徐
达郭英有功勋，刘基八卦掌
乾坤。我祖功劳
威名震，
【闪锤】（坐“小座”）
先王驾前
第一臣。
「【长锤】邹应龙“上场门”上。
〔西皮流水〕
邹应龙
心中恼恨贼奸（哪）党，残
害我朝大忠良。有劳列
位抬皇杠，

〔【闪锤】二武士抬起皇杠，邹应龙从皇杠下进门后站“大边”。

〔西皮摇板〕

邹应龙 （过门同前）6̣ 2 1 3· 3 2 3 2 1 2 1 6̣1 6̣ 1̇ － 【大锣住头】

上 面 参（哪）见 少 年 王。

参见千岁。（施礼）

常宝童 邹官儿来了？

邹应龙 臣。

常宝童 孩子们。

太　监 有。

常宝童 给邹官儿看座呀！

邹应龙 谢座！【大锣住头】（坐“大边”跨椅）

常宝童 邹官儿。

邹应龙 臣。

常宝童 你发了财啦？

邹应龙 怎见得为臣发了财了？

常宝童 你身穿大红，岂不是发了财了吗？

邹应龙 升了官了啊。

常宝童 你升官了？

邹应龙 嗯。

常宝童 你官升何职呐？

邹应龙 外帘御史升为内帘御史了。

常宝童 但不知是谁的保举？

邹应龙 严嵩的保举。

常宝童 怎么着，你与那老贼一党啊！孩子们，撤座！

〔【撕边大锣一击】邹应龙离座。

邹应龙 啊千岁，虽然是严嵩的保举呀，还是与千岁办事啊。

常宝童 怎么着，你还是给小王办事？

邹应龙 啊，是的。

常宝童 那你就再坐下吧。

邹应龙 谢千岁！【小锣一击】（坐原位）

常宝童 邹官儿。

邹应龙 啊。

常宝童 你可知罪呀？

邹应龙 臣知何罪？

常宝童 你这几天，为什么不陪着小王来下棋玩耍？

邹应龙 哎呀！下不得棋了，下不得棋了！

常宝童 怎么下不得棋了？

邹应龙 千岁的大祸临身了！

常宝童 小王我还有什么大祸临身？

邹应龙 千岁窝藏邱、马二匠，那老贼奏知圣上，少时圣旨到来，请千岁上殿辩理呀。

常宝童　那不要紧，小王将邱、马两匠献上，不就没事儿啦？
邹应龙　哦，献不得，献不得。
常宝童　怎么献不得哪？
邹应龙　若是献上，以假成真，有蒙君之罪。
常宝童　对呀！邹官儿，依你怎么办哪？
邹应龙　哦——为臣倒有个拙见在此。
常宝童　你有什么高见啦？
邹应龙　少时奸贼必来，千岁怀抱凹面金锏，站在府门，阻止了校尉，只准那老贼一人进府。
常宝童　哦。
邹应龙　那老贼必然要开读圣旨，千岁言道：老太师不必开读，小王知罪。
常宝童　我知什么罪呀？
邹应龙　愿将邱、马两匠献上当今。
常宝童　那么献罢之后呢？
邹应龙　接罢了圣旨，千岁赐他个座位。
常宝童　胡说！我这儿哪有他的座位？
邹应龙　哎呀呀，啊千岁，金殿之上，二十四把金交椅，俱有那老贼的座位。
常宝童　好，给他个座儿，坐罢之后呢？
邹应龙　千岁问道，严嵩，你在我朝是个忠臣哪？还是个奸臣呢？
常宝童　他自然说他是个大大的忠臣了。
邹应龙　好哇，叫他抬头观看啊！
常宝童　看什么呀？
邹应龙　千岁将老王御容、伴驾王的真像悬挂在中堂。想他身为大臣，见君不参，先有一行大罪。
常宝童　哎呀，恐他有辩哪。
邹应龙　就让他去辩。
常宝童　辩罢之后呢？
邹应龙　再赐他个座位。
常宝童　那么坐罢之后呢？
邹应龙　千岁问道：严嵩，我这开山府欠粮？
常宝童　不欠粮。
邹应龙　缺饷？
常宝童　也不缺饷。
邹应龙　一不欠粮，二不缺饷，到此则甚？
常宝童　请小王上殿辩理不是吗？
邹应龙　好！拿来。
常宝童　要什么？
邹应龙　圣旨啊。
常宝童　咱们不是请过去了吗？
邹应龙　哦，与他一个不认账啊！
常宝童　啊！你让我要无赖呀？嗨，那我可会！

邹应龙 千岁言道：嘟！胆大的严嵩，今日在朝害文，明日在朝害武，害来害去，害到小王的头上来了，我今天不打你几下恐怕惯了你的下次。来！脱袍打严嵩。乒乓扑哧，一顿暴打，千岁的气也出了，你看此计如何？

常宝童 只恐打出祸来呀！

邹应龙 无妨事，打出祸来有我。

常宝童 有你？

邹应龙 啊。

常宝童 你在哪儿藏着？

邹应龙 屏风后面藏躲。

常宝童 好，去你的，我全懂了。

邹应龙 好好好！（对二武士）啊二位，少时严嵩挨打的时节，浑身只管拷打，千万不要伤了他的脸面。

二武士 却是为何？

邹应龙 少时到了御街，我还要与他找补找补，你们记下了。

二武士 记下了。

〔邹应龙“下场门”下。

〔内白：“圣旨下！”

常宝童 香案接旨！

〔唢呐奏<小傍妆台>二武士招起皇杠，常宝童抱金锏出门。四校尉引严嵩捧圣旨上，下轿。常宝童恭敬地迎接。严嵩进门，校尉欲随其后，被常宝童举锏吓跑。常宝童进门站大边。严嵩站中间。唢呐曲牌止。

严　嵩 圣旨下，跪。**【撕边大锣一击】**

常宝童 老太师不必开读，小王知罪就是。

严　嵩 你知何罪？

常宝童 愿将邱、马两匠献上当今。

严　嵩 好，请过圣命。

常宝童 （接旨）香案供奉啊！

〔**【大锣五锤】**太监接旨送下，再上。常宝童坐“小座”，严嵩至“大边”。**【撕边大锣一击】**

严　嵩 啊千岁在上，老臣大礼参拜。

常宝童 慢着，慢着，你乃年迈老臣，甭拜了。咱们免了罢。

严　嵩 唉，哪有不拜之理。

常宝童 啊！给脸不要脸哪，要拜，好哇，冲着小王的靴子尖，磕三个响头，孩子们。

太　监 有。

常宝童 给他数着！

太　监 啊。

〔严嵩向常宝童叩头。

太　监 一个。

〔严嵩又叩头。

太　监 一个。

〔严嵩再叩头。

太　监　一个。

严　嵩　哎呀千岁呀！他们怎么尽数一个呀？

常宝童　那么你磕了几个啦？

严　嵩　老臣磕了三个了。

常宝童　那么你就起来吧。

严　嵩　谢千岁！（**【大锣住头】**起身站“大边”）

常宝童　孩子们哪，给太师看座儿呀。

太　监　啊！

严　嵩　慢来、慢来，千岁在此，哪有老臣的座位？

常宝童　想金殿之上，二十四把金交椅，都有你的座位，何况我这小小的开山府呢？

严　嵩　谢座。

常宝童　甭谢啦，你坐下吧。

〔**【大锣住头】**严嵩坐“大边”。

常宝童　老太师。

严　嵩　千岁！

常宝童　你在朝是忠臣呐，还是奸臣呢？

严　嵩　唉，老臣乃是大大的忠臣。

常宝童　怎么着？你是大大的忠臣？忠臣有你这个长相儿吗？孩子们哪。

太　监　有。

常宝童　龙帘卷起呀！

太　监　啊！

〔二太监把正场桌的小帐子打开，露出一张明太祖和常遇春的画像，常宝童离座站“小边”。①

常宝童　老太师你抬头观看！

（**【撕边大锣一击】**严嵩站起看画像）

严　嵩　唔呼呀！这个娃娃也不知受了哪个高明老先生的指教哇，他将老王爷的御容，伴驾王的真像悬挂中堂，我身为大臣，见君不参，就有一行大罪！哎呀这……（**【撕边大锣一击】**思索）啊小千岁，老臣有辩哪！

常宝童　怎么着，你还会变吗？

严　嵩　啊，有辩。

常宝童　孩子们。

太　监　有。

常宝童　金盆打水。

严　嵩　啊慢来，打水何用啊？

常宝童　我看你是变乌龟，还是变王八呢？

严　嵩　哦，乃是舌辩之辩。

---

①　按传统早年演出无此画像，只在桌上摆一个印盒，上放一顶王帽，象征着画像。这是马连良演出时，根据剧情画制的。

常宝童　怎么着，舌辩之辩？好，任你去辩。
严　嵩　以非朔望，闲不参君。
常宝童　好个以非朔望，闲不参君。那你再坐下吧。
严　嵩　谢座。**【大锣住头】**（坐原位）
常宝童　我说严嵩。
严　嵩　臣。
常宝童　我的开山府欠粮？
严　嵩　不欠粮。
常宝童　不欠粮，缺饷？
严　嵩　也不缺饷。
常宝童　一不欠粮，二不缺饷，你到我这开山王府干什么来啦？
严　嵩　哦，请千岁上殿辩理。
常宝童　噢，请我上殿辩理？
严　嵩　暖！
常宝童　好，拿来！
严　嵩　啊！要什么？
常宝童　圣旨啊。
严　嵩　哦，圣旨方才请过去了。
常宝童　啊，我请过了？
严　嵩　正是。
常宝童　孩子们！
太　监　有。
常宝童　圣旨咱们请过了吗？
太　监　没有。
常宝童　没请过吗？
太　监　没有。
常宝童　哈哈！嘟！**【撕边大锣一击】**（严嵩站起）我把你这胆大的严嵩啊！今日在朝害文，明日在朝害武，害来害去，害到小王我的头上来了。今儿个要是不打你几下，惯了你的下次，孩子们哪！
太　监　有。
常宝童　脱袍打严嵩啊！
　　　　〔**【闪锤】**常宝童站起脱开氅，拿锏。
严　嵩　糟了！哎呀小千岁，老臣挨不起啊！

〔西皮摇板〕

常宝童　（过门同前）1̇　5　5 7　6　7　6　3 5　⁵6（过门前）3 6
　　　　　你　今　在（呀）朝　专　权　（哪）柄，　残

5　5 3　1̇　6　1̇　5　3 1̇　6 3　5（过门前）3 6
害　我　　朝　忠　良　　臣。　　打

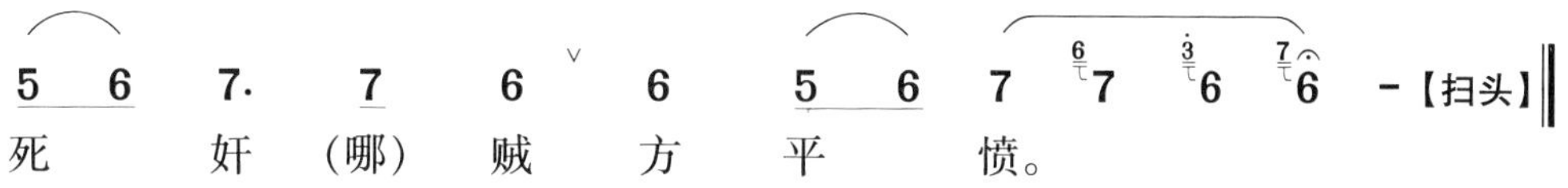

〔常宝童举锏把严嵩打一个小圆场。二武士抬起皇杠，严嵩要出门时，邹应龙从“下场门”暗上踢严嵩一脚，严嵩出门，由“上场门”逃下。

邹应龙 嘟！【撕边大锣一击】擅打当朝首相，这还了得，嘿嘿！反了你们，这还了得！

常宝童 嗳，我说邹官儿，不是你让我打的吗？

邹应龙 哈哈哈…… 【撕边大锣一击】臣叫打的，无有事了。

常宝童 嘿，你怎么跟我要“铁圈活”呀？

邹应龙 千岁，可曾打出个名堂来？

常宝童 我这是“沙子灯”，乱打，没名。

邹应龙 好，少时为臣到了御街，还要打出个名堂。

常宝童 打出什么名堂来啊？

邹应龙 满朝文武齐喝彩，应龙今日要闹京街。

常宝童 好，去你的。

〔西皮摇板〕

邹应龙 【闪锤】(过门同前)

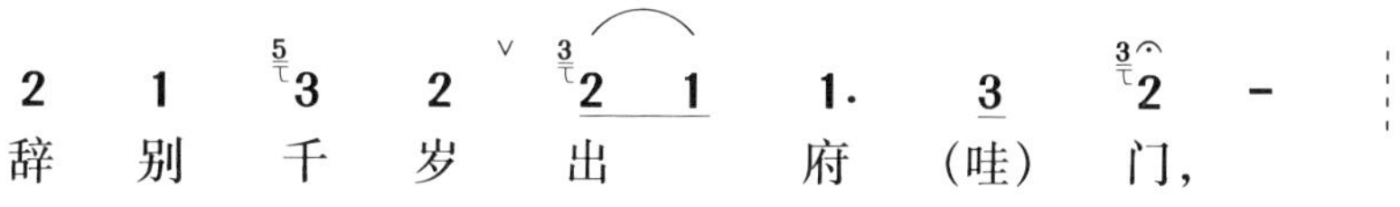

(【闪锤】二武士抬起皇杠，邹应龙出门)

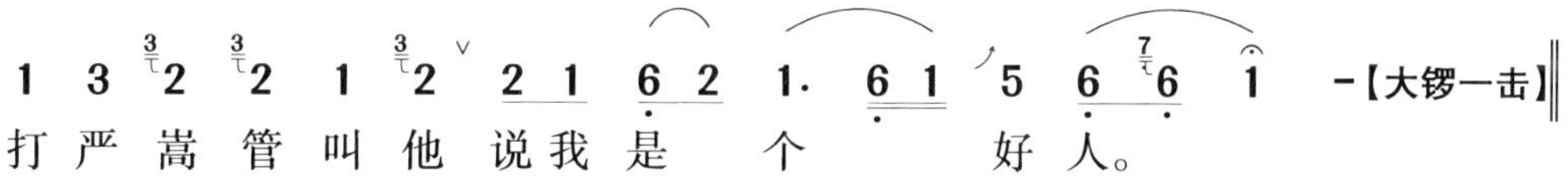

〔【闪锤】邹应龙“下场门”下。

常宝童

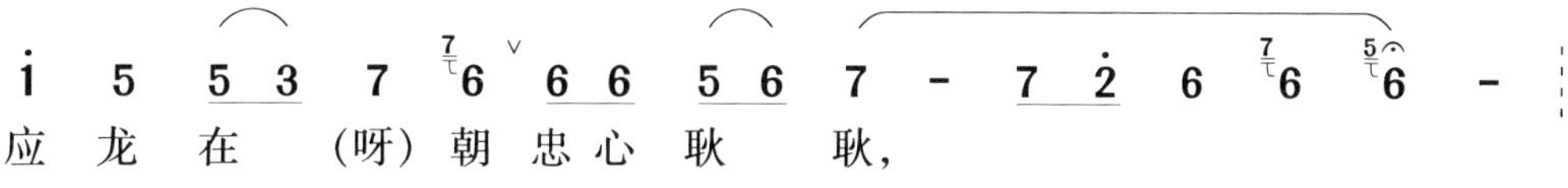

〔【长锤】二武士，四太监领下。转【闪锤】。

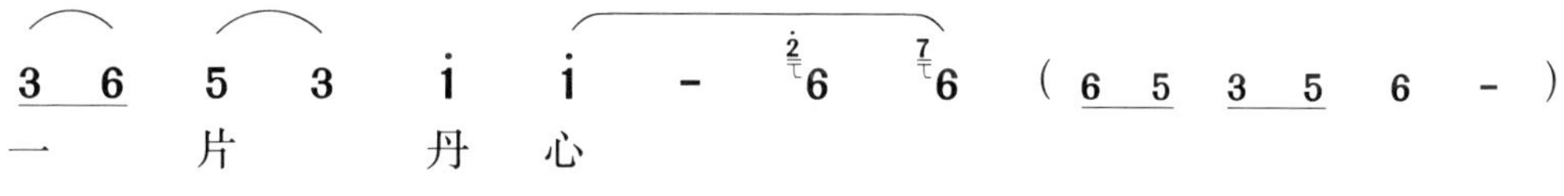

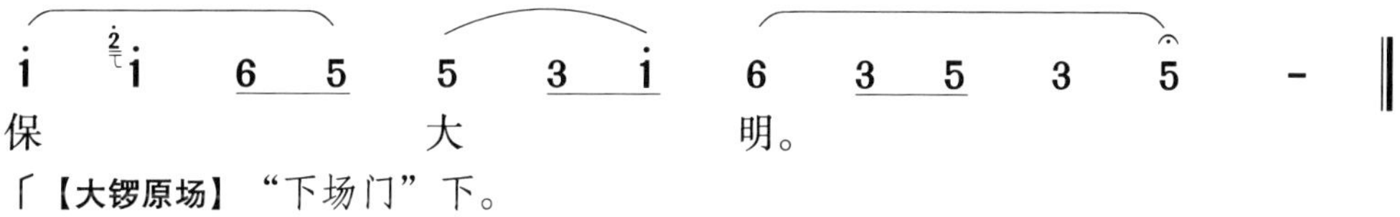

〔【大锣原场】“下场门”下。

第四场

〔【乱锤】四校尉、严嵩上，“挖门”。

严　嵩　嘟！**【大锣一击】**老夫在开山府挨打的时节，你们都往哪里去了？

校　尉　皇杠拦阻不能进去。

严　嵩　他们皇杠拦阻，你们不能进去？

校　尉　正是。

严　嵩　来！搭轿来，搭轿来！

校　尉　轿子被他们打碎了。

严　嵩　打碎了？好，带马，带马！

校　尉　马也被他们打跑了。

严　嵩　唉！好厉害的常宝童！来，我们商量商量，你们哪个有力气，将老夫背回府去，我是重重有赏。

校　尉　我们商议商议。（四校尉由两边走至一起相互耳语示意）哎呀！常宝童来了！

严　嵩　哎呀！

〔**【乱锤】**四校尉由两边跑下。严嵩往里走半个圆场，邹应龙从“上场门”上，与严嵩在台前碰面。

邹应龙　常宝童来了！

〔**【乱锤】**严嵩、邹应龙同时翻至台里，然后严嵩右转走至“小边”，邹应龙至“大边”。

严　嵩　哎呀小千岁，老臣挨不起了，老臣挨不起了！（低头施礼）

邹应龙　啊老太师，小官在此啊。

〔**【撕边大锣一击】**严嵩抬头看邹应龙。

严　嵩　啊，你是心腹人哪。

邹应龙　老太师。

严　嵩　我被他们打坏了哇！

邹应龙　哎呀，校尉呢？

严　嵩　打跑了哇！

邹应龙　到了开山府怎样行事？

严　嵩　哎呀心腹人哪！老夫慢慢对你言讲。

邹应龙　好好好，喘喘气。

严　嵩　是我去到开山府。

邹应龙　噢。

严　嵩　正要开读圣旨，那个娃娃言道：“老太师不必开读，小王我知罪。”

邹应龙　他知何罪？

严　嵩　“愿将邱、马两匠献上当今。”

邹应龙　啊，献罢之后？

严　嵩　献罢之后，他接过了圣旨。

邹应龙　啊。

严　嵩　赐了老夫一个座位。

邹应龙　坐坐何妨啊。

严　嵩　啊！坐坐何妨！这一坐就算坐坏喽！

邹应龙　怎么坐坏了！

严　嵩　那娃娃言道："嗳！我说严嵩，你在我朝是个忠臣哪，还是个奸臣哪！"

邹应龙　啊，老太师么，是个大大的忠臣哪。

严　嵩　着哇。老夫是个忠臣。

邹应龙　大大的忠臣。

严　嵩　那娃娃言道："忠臣有你这个长相吗？"

邹应龙　怎么样呢？

严　嵩　"你抬头观看。"

邹应龙　看什么？

严　嵩　啊！看什么？这个娃娃也不知受了哪个坏种的指教，他将老王爷的御容、伴驾王的真像悬挂中堂，我身为大臣，见君不参，先有一行大罪。

邹应龙　啊，是啊，便怎么样呢？

严　嵩　我说，老臣有辩。

邹应龙　啊！变什么？

严　嵩　那个娃娃言道："孩子们，金盆打水。"

邹应龙　金盆打水则甚哪？

严　嵩　他言道："老太师是变个乌龟，还是变个王八？"

邹应龙　老太师变了无有？

严　嵩　嘿！我焉能变那肮脏的东西。

邹应龙　啊，便怎么样？

严　嵩　乃舌辩之辩。

邹应龙　哦，舌辩之辩。

严　嵩　以非朔望，闲不参君。

邹应龙　啊，辩得好，辩得好哇！

严　嵩　啊……你别拿我开心哪！

邹应龙　辩罢之后？

严　嵩　辩罢之后，又赐了老夫一个座位。

邹应龙　坐坐何妨。

严　嵩　坐罢之后，那娃娃言道："严嵩，我这开山府欠粮？"

邹应龙　不欠粮。

严　嵩　"缺饷？"

邹应龙　也不缺饷。

严　嵩　"一不欠粮，二不缺饷，你到我这儿干什么来了？"

邹应龙　请千岁上殿辩理。

严　嵩　"哦，请我上殿辩理，好，拿来。"

邹应龙　什么？

严　嵩　"圣旨啊。"

邹应龙　方才请过去了。

严　嵩　哎哟，他给我一个不认账啊，这个娃娃言道："嘟！胆大的严嵩，今日在朝害文，明日在朝害武，害来害去，害到小王的头上。今天不打你几下，惯了你的下次，孩子们！脱袍打严嵩！"乒啊，乓啊，打了老夫一顿，哎哟，打坏了，打坏了！闪

开，闪开，闪开！（欲走）

邹应龙 哪里去？哪里去？

严　嵩 上殿参那常宝童。

邹应龙 慢来、慢来，待我看看。

严　嵩 看什么？

邹应龙 不成功。

严　嵩 怎么不成功？

邹应龙 并无伤痕。

严　嵩 啊！我浑身上下俱是伤痕！

邹应龙 见了万岁怎样验伤？

严　嵩 少不得脱袍验伤。

邹应龙 **【撕边大锣一击】**（惊讶地）哎呀，险哪！

严　嵩 啊！怎么？

邹应龙 想你身为大臣，脱袍见君按律当斩！

严　嵩 **【大锣一击】**哎呀！哎呀……心腹人！

邹应龙 啊。

严　嵩 这便如何是好呢？

邹应龙 啊，（思索）小官倒有个拙见在此。

严　嵩 你且讲来。

邹应龙 老太师，无论两班文武，与老太师做一两处面伤，上殿一参就准。

严　嵩 此计甚好，哪里去问？

邹应龙 文班中去问。

严　嵩 文班中？

邹应龙 啊。

严　嵩 好……（严嵩往“下场门”走，邹随其后）啊！列位大人请了，哪位大人与老夫做一两处面伤，参那常宝童，重礼相谢！你们来呀啊！

〔邹应龙在严嵩身后向内摇手示意。

〔内白：“我们不敢。”

邹应龙 怎么样了？

严　嵩 心腹人。

邹应龙 啊。

严　嵩 他们不管哪！

邹应龙 啊，武班中去问。

严　嵩 武班中？

邹应龙 啊。

严　嵩 有力气。

邹应龙 武班中有力气。

严　嵩 打得准。

邹应龙 打得准。

〔严嵩往“上场门”走，邹亦随其后。

严　嵩　啊，列位王侯请了。哪位王侯，与老夫做一两处面伤，上殿参那常宝童，重礼相谢，你们来呀！

〔邹应龙在严嵩身后向内摇手示意。

〔内白：“我们不敢打呀！”

严　嵩　哎呀……

邹应龙　怎么样了？

严　嵩　啊，心腹人。

邹应龙　啊。

严　嵩　他们都跑的跑了，溜的溜了。**【撕边大锣一击】**

邹应龙　我好恨哪！**【大锣一击】**

严　嵩　啊！你恨着老夫不成？

邹应龙　并非恨着老太师，我恨的是两班文武，俱受过老太师的恩惠，到如今，做一两处面伤他们都不肯。嘿嘿，那常宝童他是打了老太师，他若是打了我邹应龙，哼哼！我是定不与他甘休！

严　嵩　咦！**【撕边大锣一击】**（背供）哎呀呀，打老夫的人儿在这里呢！啊，心腹人，你请上受老夫一礼。

〔严嵩把邹应龙搀到中间，向邹施礼，再站原位。

邹应龙　啊！施礼为何啊？

严　嵩　就烦心腹人与老夫做一两处面伤，上殿参那常宝童，喏喏喏，我是重礼相谢。

邹应龙　哎呀，慢来慢来，小官蒙老太师升官之恩还未曾报，焉敢打着老太师，啊，使不得。

严　嵩　嗳，你若打了老夫，比报升官之恩还胜强十倍。

邹应龙　哦，怎么，小官打了老太师，比报升官之恩还胜强十倍？

严　嵩　胜强十倍。

邹应龙　如此老太师！

严　嵩　心腹人。

邹应龙　小官要报恩呐了！（向严嵩恭敬地施礼）

严　嵩　嗳，你就报恩吧！

〔西皮导板〕

邹应龙　**【大锣导板头】**サ（3. 5 6 6 5 - ∨ 3. 1 2 1 7 6 2 1 - ）5 3 3

大 骂

3 4 4. 6 3 ∨ 3 - 2 3 4 5 3 - 5 3 2 3 - ┊**【大锣一击】**

严 嵩（啊） 狗 奸 臣 （哪 呃），

严　嵩　唉！我是叫你打，你怎么骂起来了哇？哎呀，这还了得？嗯，岂有此理呀！

邹应龙　啊，老太师，你把小官错怪了啊。

严　嵩　怎么错怪你了？

邹应龙　有道是举拳难打笑脸人，我这也不过是：指东而骂西，指黑而骂白。指的是老太师，骂的是那常宝童，骂上气来好打。我将将骂了一句，老太师就怪下罪来了。哎呀呀，我是原礼退回，（把严嵩搀至中间，向严施礼后归“小边”）另请高明。

〔邹应龙走向“上场门”，严嵩急忙将其拉回。

严　嵩　啊，心腹人，你回来，你回来！老夫明白了。

邹应龙　明白何来？

严　嵩　你是指东而骂西，指黑而骂白。骂上气来好打。

邹应龙　正是。

严　嵩　好，这么办，你就连打带骂！

邹应龙　好，如此严嵩！

严　嵩　嗳！**【大锣一击】**

邹应龙　我把你这卖国的，（**顷仓**）奸贼！

严　嵩　你骂得好啊！

〔**【望家乡】**二人同时往里一翻亮相。

邹应龙

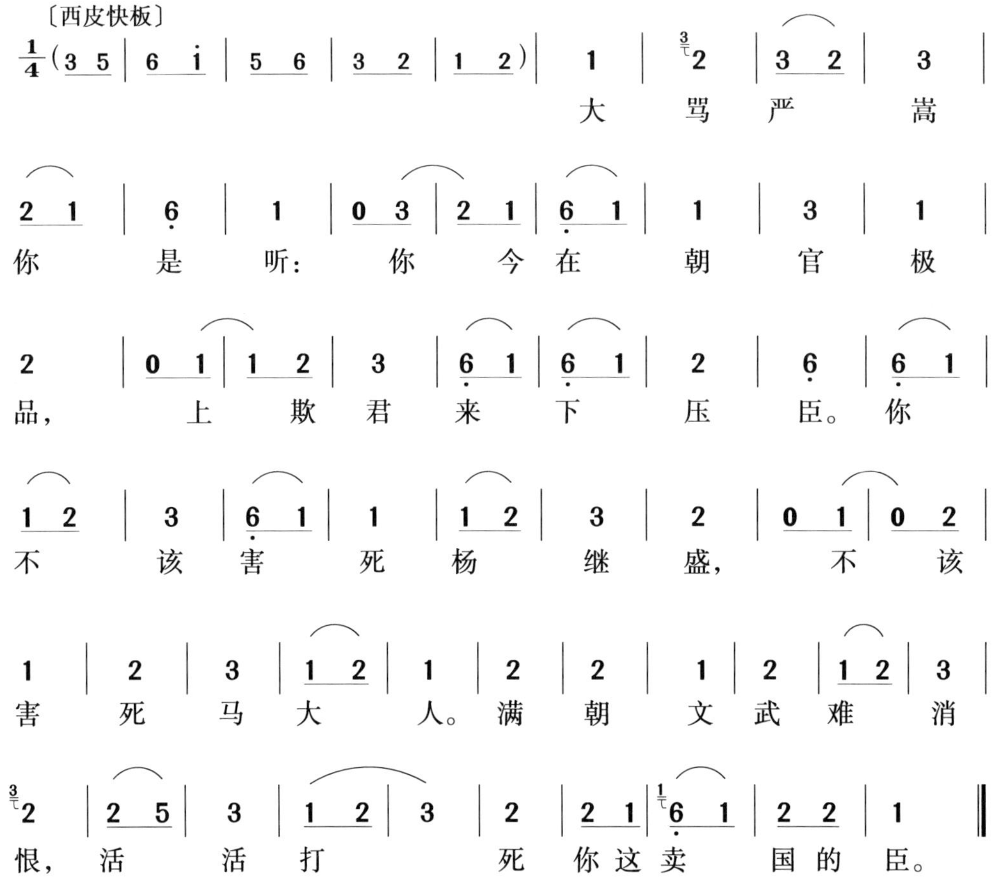

〔（**崩登仓**）邹应龙右手打严嵩脸，**【乱锤】**二人同时向里，严嵩在眼上做彩。二人同时翻至台前。

严　嵩　哎呀！邹应龙打坏了人了！（用袖挡脸）

邹应龙　呃！常宝童打的。

严　嵩　哦，是常宝童打的。你来看看。

邹应龙　待我看来。

〔**【撕边大锣一击】**严嵩放下袍袖。

严　嵩　怎么样了？

邹应龙　还是不成功。

严　嵩　啊！还是不成功？

邹应龙　一处乃是误伤，还得打！

严　嵩　哎呀，心腹人。

邹应龙　啊。

严　嵩　我挨不起了哇！

邹应龙　是啊，偌大年纪挨不起了。（发现地上有一块砖头）啊，老太师。

严　嵩　啊。

邹应龙　小官还有拙见。

严　嵩　快些讲来。

邹应龙　你看这（指砖）地下有砖头一块，老太师将袍襟衔在口内，自己打自己，这还有个名堂。

严　嵩　什么名堂？

邹应龙　这叫恨病吃药。

严　嵩　好，欠债的还钱。

邹应龙　嗳。

严　嵩　好……哎呀，我弄付药来尝尝。（拾起砖头）砖头啊，哎呀砖头，你就是老夫的对头。袍襟衔在口内，我自己打自己？

邹应龙　啊。

严　嵩　打在哪里？

邹应龙　脸面上。

严　嵩　闪开了，我要打了！

邹应龙　好，打了。

〔严嵩用砖打着自己左脚。**【大锣一击】**

严　嵩　哎呀呜……

邹应龙　怎么样了？

严　嵩　打着了，打着了！

邹应龙　打在哪里？

严　嵩　脚面上。

邹应龙　呃！打在脸面上啊。

严　嵩　哎呀，这一下又算白挨了！（拾起砖头交邹应龙）心腹人哪，我自己打自己，我是下不去手。

邹应龙　是啊。

严　嵩　有道是，一事不烦二主，心腹人。

邹应龙　啊。

严　嵩　您就替我代代劳吧。（把砖头递给邹应龙）

邹应龙　啊，小官代劳？

严　嵩　代劳。

邹应龙　好好好，当得效劳。如此老太师，你要忍！

严　嵩　心腹人，你要狠！

邹应龙　打肿了脸。

严　嵩　好奏本。

邹应龙　严嵩！【大锣一击】

严　嵩　嗳！

邹应龙　我把你这卖国的……

严　嵩　啊！（顷仓）

邹应龙　奸贼！

严　嵩　骂得好！

〔【望家乡】二人同时往里翻亮相。

〔西皮快板〕

邹应龙

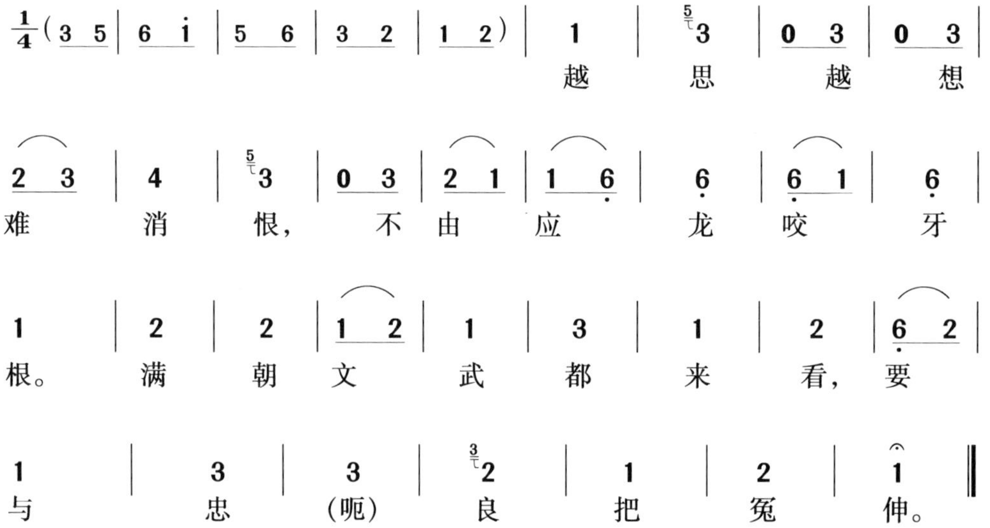

〔【大锣一击】邹应龙用砖头打严嵩脸。【乱锤】二人向里。严嵩在脸上抹彩。

严　嵩　哎哟，哎哟！（严嵩以袖挡脸，二人往外翻至台前）邹应龙打坏了人了，邹应龙打坏了人了！

邹应龙　嗳！常宝童打的。

严　嵩　哦，好好好，常宝童打的。（把袍袖放下）你来看看。【撕边大锣一击】

邹应龙　可以将就了吧。

严　嵩　我都看不见了。

邹应龙　待小官搀扶。

〔唢呐奏<尾声>前半段。邹应龙双手搀扶严嵩做半个“推磨”。

严　嵩　嗳，心腹人，我倒想起一桩心事来了。

邹应龙　什么心事！

严　嵩　我在开山府挨打的时节，从屏风后面闪出一个穿红袍的官儿，踢了老夫一脚，此人定不是好人。

邹应龙　哦哦，这有何难？老太师在朝内访，小官在朝外访，访出此人，我是定不与他甘休哇！【撕边大锣一击】

严　嵩　好，搀扶了！（唢呐奏后半段<尾声>邹应龙再搀扶严嵩做半个“推磨”）哎哟，哎哟！哎，心腹人。

邹应龙 啊。

严　嵩 劳你的驾啊。（“下场门”下）

邹应龙 哈哈哈……今日才叫大快人心哪！哈哈哈……

〔**【大锣原场】**邹应龙“下场门”下。

——剧　终